La guerre d'Espagne

Guy Hermet

La guerre d'Espagne

Édition revue et mise à jour

Éditions du Seuil

EN COUVERTURE :
Guerre d'Espagne 1936.
Groupe de gouvernementaux républicains.
© Collection Viollet.

ISBN 2-02-010646-9

à mes deux fils
Laurent et Matthieu

Introduction

Pour deux générations au moins, la guerre d'Espagne a été ce que les conflits du Vietnam puis de l'Amérique centrale ont été pour les générations plus jeunes : l'un des grands mythes de notre époque, peut-être le plus impressionnant de ceux qui ont exalté l'idéal politique de 1936 au terme de l'interminable dictature du général Franco.

On se prend même à penser que ceci est trop peu dire. Le Vietnam, le Nicaragua, le Salvador se sont trouvés éloignés de nous par la géographie, la culture, l'histoire, l'exotisme qui leur est prêté à tort ou à raison. La solidarité ressentie d'un côté ou de l'autre avec les habitants de ces contrées est demeurée forcément intellectuelle, transposée en vertu de nos sentiments propres dans le débat idéologique de l'Europe ou de l'Amérique du Nord. En un mot, chacun a pressenti ici que les valeurs réputées universelles dont s'alimentent les émotions occidentales risquaient de ne pas l'être vraiment. Ces valeurs ont cours chez nous. Beaucoup ont cru un moment qu'elles valaient pour l'Univers. Mais voici que le doute s'est introduit. Les convulsions du tiers monde échappent toujours en partie à notre compréhension. L'usage qui en est fait par les nantis que nous sommes revêt toujours une part d'artifice.

Rien de tel ne s'est produit dans le cas de la guerre civile qui a déchiré l'Espagne du 18 juillet 1936 au 1er avril 1939. En France spécialement, nul n'a pu la contempler comme d'un œil étranger. Certes, elle s'est entourée peu ou prou d'une imagerie folklorique réputée consubstantielle de la société espagnole de cette époque. Les vaillants prolétaires anarchistes de Barcelone et les belliqueux hidalgos sortis de l'ombre des cathédrales castillanes ont paru s'affronter en

…el typiquement ibérique, lié à une violence naturelle …apaisée à ce moment chez les autres peuples de l'Europe de l'Ouest. Cette façon de voir a renforcé l'attrait du pittoresque, stimulé le trouble des voyeurs tout en les rassurant sur eux-mêmes. Mais elle n'a représenté que l'accessoire, d'ailleurs fallacieux. Elle n'est pas parvenue à masquer la portée, ni surtout le sens, de la guerre d'Espagne. Celle-ci a constitué une sorte de répétition générale de la Seconde Guerre mondiale. Davantage encore, elle a symbolisé et cristallisé le drame de l'accouchement de la modernité dans nos sociétés. Elle a révélé le même visage que la Commune de Paris. Comme elle, elle a échappé à l'anachronisme aussi bien qu'à l'érosion des émotions antagonistes. Le grand combat des Espagnols les uns contre les autres a bien représenté l'exemple, poussé au paroxysme, des difficultés communes de l'Europe dans son cheminement vers la douceur démocratique. En même temps qu'il est apparu comme l'antichambre des souffrances dont procède l'exceptionnelle sagesse politique des Espagnols de l'époque présente, il a été le révélateur le plus cruel des tensions issues partout du mélange d'espoir et de crainte provoqué par l'approche des grands changements.

Reste que la guerre d'Espagne n'est pas qu'un mythe et que ce mythe a présenté des facettes multiples, presque oubliées aujourd'hui. A moins de leur attribuer à tous les intentions abominables des « fascistes », on saisit mal de nos jours comment les militaires insurgés contre la République espagnole ont pu se trouver des partisans. Ceux-ci étaient pourtant nombreux, d'extraction à peine moins populaire que les républicains, et probablement majoritaires à la fin du conflit. Pareillement, il est difficile d'imaginer par quels chemins, et avec quelles difficultés, les intellectuels en sont venus, hors d'Espagne, à choisir leur camp en reniant souvent leurs tendances premières. Mauriac n'a pas toujours condamné Franco, même si son changement d'attitude a marqué le grand tournant de la sensibilité politique du catholicisme en Europe. En bref, l'irruption du fascisme qui touche l'ensemble de ce continent au cours des années 1930 n'affecte l'Espagne que par imitation. Il ne suffit pas à éclairer la guerre civile. Bien avant cette période, la plupart des sociétés européennes ont vacillé entre l'autoritarisme et la démocratie au même titre que la société espagnole. A l'instar de chaque homme au-dedans de lui-même, elles ont désiré une chose et son contraire à la fois. D'une part le progrès qui bouleverse les situations acquises. D'autre part le maintien des habitudes et la sécurité, qui postulent au contraire la garantie de ces situations. La guerre civile apporte l'illustration grossie et insoutenable de cette tension.

Il s'agit précisément ici de restituer la nature complexe, blessante, contradictoire et fréquemment déroutante de la guerre d'Espagne, en deçà de la vision lyrique qui masque sa réalité. Cette lutte fut bien autre chose qu'un simple théâtre des sentiments ou qu'une geste prenante à la manière d'Ernest Hemingway. Réécrire son histoire suppose de faire œuvre utile, en cernant davantage ses traits voilés par la piété militante des amis ou des ennemis de chacun des deux idéaux opposés par les armes pendant près de trois ans.

Quelles que soient les émotions qu'elle nourrit toujours, cette guerre se dessine d'abord dans ses sources lointaines ou proches. Dans cette perspective, le projecteur doit balayer au préalable ce qu'il est convenu d'appeler les antécédents profonds de l'Ancien Régime espagnol, de l'échec nullement joué d'avance de la première tentative de monarchie parlementaire des années 1876-1923, puis de l'expérience républicaine manquée de 1931-1936. Ce qu'il y a de spécifique ou, à l'inverse, de commun à l'Europe dans le cas de l'Espagne transparaît de la sorte. La guerre elle-même représente cependant l'essentiel. Le recul du temps, le déclin des passions et l'apaisement de ses acteurs encore vivants autorisent maintenant à la soumettre à une analyse plus lucide, puis ses combattants les plus jeunes à l'époque sont presque octogénaires à l'heure présente.

Toutefois, si le parti pris de lucidité fait en général peser sur son auteur le soupçon injuste d'une certaine froideur, il n'implique pas que la guerre d'Espagne se trouve perçue dans ces pages comme une sorte d'entraînement fatal ou comme le fruit amer d'un déterminisme historique et social. En fait, cette lutte montre une fois de plus que les hommes ignorent l'histoire qu'ils sont en train de faire. Bien entendu, leurs actes revêtent constamment une double signification : l'une immédiate à leurs yeux, l'autre reconstruite après coup par les spécialistes qui l'extraient de leurs encriers ou de leurs machines à traitement de texte. Par contre, l'histoire demeure dépourvue de sens — directionnel — en tant qu'itinéraire quasiment prédestiné par le passé ou simplement prévisible. Le constat se révèle flagrant en Espagne.

A l'aube du 18 juillet 1936, les officiers insurgés se croient sur le point de réussir un putsch facile, destiné seulement à remettre la République en ordre par le biais d'une leçon vigoureuse aux partis de gauche. Il ne leur vient pas à l'esprit qu'ils déclenchent une guerre véritable, ni qu'ils vont se faire les fourriers d'un dictateur dont le règne s'étendra sur près de quarante années. De leur côté, les civils promus souvent « républicains » imaginent n'avoir affaire qu'à un accès passager d'urticaire factieux dans l'armée, avant de se persuader dans les jours suivants que le temps radieux de la grande révolution sociale est venu. Le dédale inextricable des développements insoupçonnés et des actions ou réactions nationales ou étrangères en décidera autrement, au mépris des attentes des uns et des autres. Qui plus est, les schémas idéologiques eux-mêmes vont rester sans prise sur la réalité. Les Espagnols se découvriront soudain « nationaux » ou « républicains », de par le hasard des événements et de l'émergence de deux espaces politiques recréés de toutes pièces. Des généraux des plus libéraux combattront avec Franco. Certains de leurs collègues monarchistes le feront du côté républicain jusqu'à la dernière heure, au coude à coude avec les communistes. De même, ces derniers vont se poser en champions de l'ordre et aussi de la décollectivisation dans la zone républicaine, au point que leur parti y deviendra le refuge des « bourgeois ». En définitive, la révolution et la contre-révolution s'entremêlent partout dans la guerre d'Espagne, de même que ses aspects consternants ou édifiants dont aucun des deux camps en présence ne détient le monopole.

1
Le poids du passé

L'Espagne s'est trouvée reléguée longtemps parmi les « hommes malades de l'Europe », presque à l'égal des pays balkaniques ou de la Turquie. En réalité, ce sort jugé particulier ne l'a pas été vraiment. Il s'est inscrit dans la division historique de l'Europe. D'un côté, les pays de la périphérie Nord-Ouest de notre continent, tels la France, l'Angleterre ou le Danemark, sont parvenus assez tôt à se constituer en États centralisés et en nations homogènes. De l'autre, les pays plus centraux ou méridionaux ont souffert d'un retard dans ce processus d'unification. Chez eux, la vieille idée romaine puis catholique d'un empire européen à reconstruire a dressé pendant des siècles un obstacle à l'émergence des identités nationales et des gouvernements modernes. L'Espagne s'est rangée dans ce second espace. Le handicap qu'elle a subi dans la formation d'un État véritablement cohérent et indiscuté y a fait que la question du régime nouveau à inventer — la démocratie — a dû demeurer au second plan jusqu'au début du siècle présent. L'Espagne avait une autre urgence plus élémentaire. Elle devait essayer d'exister ou de se retrouver elle-même avant de songer à faire coïncider son gouvernement avec l'esprit du temps. A beaucoup d'égards, la guerre civile prend figure de rattrapage dramatique de ce retard historique.

L'État-nation en question

Pourtant, rares sont ceux qui savent qu'avant d'enregistrer ses accidents politiques des XIXe et XXe siècles, l'Espagne a défriché plus tôt que la Grande-Bretagne la voie qui mène au gouvernement représentatif. Elle s'est toutefois arrêtée vite en chemin.

La société médiévale espagnole se révélait en effet égalitaire au regard du modèle hiérarchisé qui prévalait alors dans la plus grande partie de l'Europe. La longue aventure belliqueuse de la Reconquête sur les Arabes et la colonisation libre y avaient favorisé l'ascension de « chevaliers vilains ». Ceux-ci avaient grossi une noblesse plus nombreuse et perméable qu'ailleurs, au point qu'elle a englobé un moment près d'un huitième de la population (contre 1 à 3 % dans la plupart des autres régions de l'Europe). De même, ce contexte de liberté aventurière avait facilité la multiplication des bourgs francs, qui se gouvernaient eux-mêmes en échange de tributs. Plus généralement, il avait induit le style plus ouvert des relations sociales en Espagne, aussi bien dans la noblesse qui refusa toujours le rôle de valetaille titrée qu'elle acceptait en France, que dans la bourgeoisie pourtant assez indigente et dans le peuple plus misérable encore.

Dès le XIIe ou le XIIIe siècle, les bourgs castillans pratiquent dans ce contexte une sorte de proto-démocratie de notables, avec leurs maires, leurs procureurs et leur *regidores* élus pour un an en général. Dans le même temps, le roi de Léon octroie, dès 1188, la première *Carta Magna* ibérique qui, reconnaissant les droits de l'aristocratie laïque ou cléricale et du peuple des bourgs et limitant parallèlement les droits du souverain, anticipe sur celle que les barons anglais arrachent à Jean sans Terre en 1225, et débouche sur le système des Cortès. Toutefois, le pouvoir central se durcit à partir des XIVe et XVe siècles. La monarchie absolutiste, qui naît, s'effraie de l'attitude frondeuse des villes et des bourgs. Elle renonce à s'appuyer sur le peuple contre la noblesse pour retenir la stratégie inverse. Abandonnant un concept de l'autorité fondé en partie sur le consentement des sujets, elle restaure dans son intégrité celui du droit divin d'un souverain soutenu seulement par ses pairs, les autres Grands d'Espagne. Dans cette perspective, Charles Quint élimine définitivement la puissance des Cortès de Castille après le soulèvement des *comuneros* de 1520-1521.

La nouvelle monarchie absolue espagnole ne préfigure pourtant qu'assez peu son homonyme français. Elle s'en différencie même très fortement. Dès la Reconquête sur les musulmans, les rois catholiques ne rassemblent que hâtivement les territoires repris à l'Islam, en les gérant comme une série de fiefs personnels plutôt que comme un État unique en gestation. Plus tard, les Habsbourg font de même lorsqu'ils se lancent dans la grande aventure impériale. Leur domaine s'étend bientôt de l'Allemagne à l'Amérique. Mais ils le gouvernent à la manière d'une confédération lâche, comme autant de royaumes distincts soumis séparément et par le seul hasard de l'histoire au même souverain.

Cette absence d'unité politique vécue fait sentir ses effets en Espagne même. Les Catalans, les Basques, les Aragonais, les Valenciens et les habitants des autres provinces de la Péninsule ibérique se savent sujets du même roi mais ne se sentent Espagnols que face aux étrangers. Pour le reste, ils conservent une administration et des impôts distincts de ceux de la Castille, par ailleurs soumise presque seule à l'obligation militaire. Ils jouissent aussi d'un droit spécifique, de franchises particulières, voire de l'exemption des taxes douanières, et s'expriment souvent dans des langues différentes. En bref, l'État espagnol ne les concerne guère. Il ne constitue qu'un simple instrument de coordination de structures de pouvoir fractionnées. Plus tard, au XVIIIe siècle, lorsque les Bourbons d'origine française tentent de renforcer l'autorité centrale en copiant le système des intendants et en réduisant à titre de sanction l'autonomie de la Catalogne[1], leurs mesures de surface ne suffisent pas pour remédier à l'hétérogénéité du pays et amorcer un État centralisateur moderne. A l'inverse, leurs velléités uniformisatrices suscitent dans les masses aussi bien que dans l'aristocratie une réaction de rejet de cet État. L'État est perçu comme un dispositif d'importation étrangère appliqué par des fonctionnaires cosmopolites et mal aimés.

Au siècle dernier, la division de l'Espagne en provinces imitées des départements français et l'unification juridique relative ne modifient pas le fond de cette attitude. Persistant jusqu'à nos jours et seulement contredite de front par

1. Les Catalans s'étant opposés aux prétentions des Bourbons lors de la guerre de Succession d'Espagne.

la centralisation franquiste, la réticence des Espagnols devant l'État a fait que l'étatisation n'est jamais réellement entrée dans leurs mœurs alors qu'elle a façonné le sens politique de la société française. L'État central a signifié quelque chose comme « oppression castillane » dans l'esprit des non-Castillans, alors qu'il apparaît depuis longtemps comme l'instrument majeur de protection et d'égalisation dans celui de la majorité des Français. La source de ce clivage remonte aux orientations différentes des absolutismes monarchiques dans les deux pays.

Jusqu'en 1936, le legs politique de ces absolutismes se distingue aussi sur un autre plan. Tandis que l'absolutisme français reflète une conception gallicane de l'utilisation d'un pouvoir religieux qu'il ne privilégie pas comme instrument de sa domination, celui de l'Espagne repose sur l'option inverse. En Espagne, l'absolutisme royal choisit par une sorte de prescience des despotismes du XXe siècle l'arme d'un monopole idéologique qui ne peut être que religieux à l'époque. L'absolutisme espagnol repose donc au premier chef sur la puissance d'un catholicisme qui, dans son environnement propre, doit être forcément celui de l'orthodoxie pure de la Contre-Réforme. Mais, ce faisant, il néglige un aspect capital de son dessein monopolistique : si l'idéologie de l'Église gallicane appartient largement aux monarques français en conflit ouvert ou sournois avec la papauté, celle de la Contre-Réforme reste avant tout la chose de l'Église de Rome, c'est-à-dire d'une puissance supraterritoriale dont l'Espagne n'est que le colossal gendarme.

Les conséquences de ce choix seront incalculables. L'application à l'Espagne du monopole idéologique catholique va faire que le ciment de l'identité des Espagnols sera non pas une religion ou une idée nationales, mais un système de dogmes transnational par nature, qui les rend catholiques et romains avant d'être sujets de leur propre pays. L'impact de l'opération sera tel que cette identité avant tout religieuse d'une fraction importante de la population s'opposera, jusqu'au milieu du XXe siècle, à l'émergence d'idéologies modernes et à l'unité politique du pays.

Ailleurs en Europe, le libéralisme et les autres idéologies pourront supplanter l'ancien substrat religieux pour configurer un ordre socio-politique nouveau. En Espagne, ces apports ne feront que se superposer sur le massif catholique. Au lieu de l'éroder, ils l'affermiront dans son intolérance des nouvelles doctrines jugées incompatibles avec la vérité et l'unité religieuses. La France a eu ses Vendéens et ses légitimistes, mais ceux-ci ne postulaient pas la position subalterne de l'autorité civile, et ils ont de toute manière été balayés par le libéralisme jusque dans la fraction conservatrice des élites. Au contraire, l'Espagne a vu le traditionalisme catholique — dont l'expression politique était le carlisme — résister victorieusement à la poussée de la modernité bourgeoise, puis socialiste jusqu'aux années de la guerre civile de 1936-1939. De son fait, celle-ci fut la dernière des guerres de religion européennes.

La révolte contre la modernité : carlistes et anarchistes

Le courant carliste va représenter le fer de lance de cette résistance politique et idéologique catholique. De 1821 à 1876, il incarne en Espagne un contre-État virtuel ou réel à certains moments, qui mène les trois guerres civiles de 1833-1840, 1846-1849 et 1872-1876 contre son adversaire représenté par un État libéral vacillant. Pendant ces périodes de guerre ouverte, le carlisme exerce une véritable domination territoriale sur le nord de l'Espagne où il dispose d'une armée régulière et d'un embryon de fonction publique. En outre, le carlisme survit à sa défaite militaire de 1876. Il se transforme en parti, pour renaître à partir de 1934 en tant que contre-État potentiel appuyé sur une nouvelle armée en gestation. A ce titre, il tente, pendant et après la guerre civile, d'infléchir le gouvernement franquiste dans une perspective traditionaliste. Sans y parvenir de manière totale, il réussit à influencer notablement les institutions et la doctrine du régime de Franco.

A l'inverse des autres courants légitimistes européens, le carlisme se caractérise aussi par le maintien de son assise populaire. Cette stabilité tient, d'une part, à l'intégrisme religieux dont les racines demeurent profondes dans la petite paysannerie du Nord où la distinction du profane et du sacré paraît toujours impie. Il relève, d'autre part, du particularisme qui pénètre la Navarre, le Pays basque et la Catalogne et qui contribue au moins autant à l'existence d'un peuple carliste.

Cette couche populaire des provinces de la périphérie septentrionale du pays se mobilise pour la défense de ses *fueros*[2]. Ceux-ci désignent les privilèges coutumiers dont jouissaient les provinces, les bourgs et les communautés paysannes jusqu'à l'avènement des Bourbons. Abolis alors dans la plupart des provinces, ils subsistent encore pendant le premier tiers du XIXe siècle en Navarre et au Pays basque. Mais le gouvernement libéral les supprime en grande partie en 1836, en représailles contre la rébellion carliste. La frontière douanière de l'Espagne avance alors de 150 kilomètres vers le nord, pour s'aligner sur la Bidassoa et englober la zone basco-navarraise. Simultanément, cette région cesse de jouir d'un système budgétaire autonome. La révolte avait éclaté avant même que ces réformes soient promulguées, mais leur application met davantage encore le feu aux poudres. A partir de ce moment, le carlisme basque et catalan préfigure les particularismes et la revendication séparatiste qui se feront jour plus tard dans ces mêmes provinces.

Curieusement, les deux mouvements carliste et autonomiste participent à la fois du cléricalisme et de l'anticléricalisme spécifiques de l'Espagne. Comme la chouannerie, mais plus durablement qu'elle, ils traduisent sur le fond une réaction violente contre l'emprise naissante de la bourgeoisie libérale lorsque celle-ci vient à toucher les campagnes par le biais de ses achats de terres et de l'introduction de ses pratiques commerciales et financières. Dans ce contexte, le particularisme des provinces du Nord apparaît tout à la fois contre-révolutionnaire et anti-bourgeois ou anticapitaliste. De plus, il donne le ton à un clergé heureux de cette sainte colère. Jusqu'au début du XXe siècle, le libéralisme reste un péché pour le secteur dominant du catholicisme espagnol. Dans ces conditions, le cléricalisme des masses catholiques ne peut que demeurer lui-même, jusqu'en 1936, l'expression d'une volonté intolérante et autoritaire d'hégémonie totale sur la société. Ceux qui refusent cette volonté

2. Expression dont dérivent les termes « foral » et « foraliste ».

sont vus comme les hétérodoxes coupables de l'autre Espagne, ou plutôt de l'anti-Espagne à exterminer au propre ou au figuré. Dans cette perspective, les seuls gouvernants jugés légitimes obéissent à ce dessein hégémonique et lui subordonnent leur action. Dans un tel environnement, il n'est pas surprenant qu'un parti démocrate-chrétien digne de ce nom ne soit jamais parvenu à s'imposer à la catholique Espagne alors qu'il l'a fait en Italie. Il est moins étonnant encore que l'anticléricalisme espagnol ait revêtu des formes tout aussi manichéennes que l'objet religieux de sa détestation, spécialement pendant la guerre civile.

L'anticléricalisme espagnol revêt il est vrai deux visages : d'un côté, celui de son expression intellectuellement positiviste et politiquement républicaine professée à l'origine par la bourgeoisie et l'intelligentsia radicales du XIXe siècle, à la manière du laïcisme jacobin à la française; de l'autre, celui d'un anticléricalisme populaire cette fois plus spécifique de l'Espagne. L'anarchisme se nourrit de ce dernier et il représente le deuxième versant de la révolte des Espagnols contre la modernité. Mais, au lieu d'être négation de la religion, il participe au contraire d'une réaction quasiment religieuse contre les représentants d'une Église établie alliée aux riches. Croyance séculière des pauvres, l'anarchisme espagnol procède par ce biais d'un idéalisme d'inspiration évangélique qu'une large fraction du prolétariat estime trahi par les prêtres et les puissants.

L'anarchisme libertaire s'implante à partir de 1868-1869 en Catalogne puis en Andalousie. De la sorte, ses deux bastions sont formés l'un par les prolétaires de Barcelone, l'autre par les journaliers agricoles du Sud. Ce sont, toutefois, les populations misérables des zones latifundiaires de l'Espagne méridionale qui offrent un terrain d'élection à l'apostolat libertaire de connotation para-religieuse. Pour les journaliers imprégnés d'un évangélisme sommaire mais intransigeant dans son éthique sociale, l'hostilité à l'Église établie constitue le corollaire de leur vision globale d'une société dichotomique. Société partagée entre les Bons — représentés par eux-mêmes pour l'essentiel — et les Mauvais, c'est-à-dire tous ceux qui ne travaillent pas de leurs mains et apparaissent pour cette raison comme les exploiteurs hypocrites du labeur d'autrui. Pour le sous-prolétariat agricole, cette conception légitime le recours à la violence purificatrice pour l'établissement d'une société juste et fraternelle dont les Mauvais seraient exclus, si possible grâce à une « conversion » mais au besoin par le fer et par le feu.

L'anarchisme fait tache d'huile dans cet environnement. Il trouve en Andalousie, comme plus tard dans la Russie méridionale, l'un de ses rares terrains privilégiés face au courant socialiste-marxiste qui conquiert le prolétariat ouvrier des concentrations industrielles du reste de l'Europe. Dès lors, il devient le trait distinctif des sociétés européennes où l'industrialisation ne parvient pas à l'emporter sur une économie agraire demeurée prédominante et traditionnelle. Où, également, le sort de la modernité politique se joue dans des campagnes frappées par la misère, la faim de terre des paysans, l'emprise électorale des propriétaires et la haine réciproque des pauvres et des riches. Ce terroir sera selon les cas celui des révolutions ou des dictatures réactionnaires de l'entre-deux-guerres.

Sans doute cet anarchisme spontané, religieux et nihiliste recule-t-il au début du XXe siècle devant le courant anarcho-syndicaliste dont procède aussi la CGT française d'avant 1914. Mais la constitution de la Confederación Nacional del Trabajo (CNT), fondée en 1911, ne réprime pas vraiment sa pulsion messianique. Certes, le mythe de la grève générale qui doit entraîner l'avènement du « Grand jour » se fonde de moins en moins sur l'idée d'une action révolutionnaire armée ou terroriste, et davantage sur une œuvre d'éducation des masses et de persuasion idéologique en vue de l'éclosion de communautés fraternelles de travailleurs libérées de l'État, de l'Église et de la bourgeoisie. Mais la tentation de la violence rédemptrice demeure sous-jacente. Elle resurgit de 1931 à 1936 et s'assouvit pendant la guerre civile. Le traditionalisme condamne l'État libéral tout en s'en accommodant progressivement au niveau économique. L'anarchisme l'expulse de façon plus radicale encore. Phénomène en quelque sorte pré-politique, parce que incompatible avec la démarche de compromis des régimes représentatifs de ce temps, il étouffe en Espagne l'expansion d'un mouvement ouvrier socialiste ou social-démocrate disposé à jouer la carte de la démocratie, non pas idéale mais simplement quotidienne.

L'hypothèque agraire

Le ressort structurel de cette révolte procède de la distribution inégale de la terre. Comme de nos jours en Amérique latine, le problème agraire a représenté pendant un siècle la grande pomme de discorde d'une société espagnole déchirée entre la frustration des journaliers sans terre et la grande peur des propriétaires même modestes. Longtemps, l'idée de démocratie s'est trouvée associée à celle de l'irruption dévastatrice et niveleuse des pauvres.

Selon le recensement de 1797, la noblesse espagnole contrôlait 50 % de la superficie du terroir espagnol, l'Église 17 %, les communes et — dans une moindre mesure — les propriétaires paysans ou bourgeois 33 % environ. Ces chiffres n'ont de sens qu'au regard de la situation observée à la même époque dans d'autres pays européens. En France, dans les années qui précèdent la révolution de 1789, les paysans exploitent déjà en propriété ou quasi-propriété 40 % du sol cultivable, tandis que les propriétaires bourgeois en détiennent 20 % ; de leur côté, les terrains communaux recouvrent également 20 % à peu près de la surface agricole, les domaines nobiliaires 16 % et les propriétés ecclésiastiques 4 % seulement. La comparaison parle d'elle-même. A la fin du XVIIIe siècle, comme au début du XIXe, la propriété nobiliaire ou ecclésiastique d'Ancien Régime prédomine toujours en Espagne (67 % du sol), alors qu'elle cesse de le faire en France dès avant la Révolution (20 % du sol).

Sur le plan social, ce mode d'exploitation de l'agriculture espagnole entraîne l'oisiveté d'une population affamée de travail et de pain, demeurée essentiellement rurale en dépit du développement du parasitisme urbain. Seulement un homme sur trois est utilisé de manière effective dans les travaux agricoles, les deux cinquièmes de la population masculine des campagnes et des villes demeurant totalement sans emploi. Un immense chômage structurel s'étend sur les zones castillanes et andalouses, où la population n'a pour ressource que l'embauche sporadique requise par la culture intercalaire des oliveraies, parfois de la vigne, pendant les brèves périodes de collecte ou de vendange. Le dénuement du prolétariat rural, groupé en immenses bourgades, en même temps que sa révolte latente contre la condition qui lui est faite prennent leur source dans ce mécanisme historique dont les conséquences se manifestent toujours en 1936.

En effet, cet état de déchéance des paysans survit aux réformes de la propriété foncière opérées à partir de la fin du XVIIIe siècle en vertu de l'esprit du temps. Peut-être même s'aggrave-t-il au XIXe siècle, par un effet pervers des mesures de sécularisation des terres ecclésiastiques ou nobles. Au lieu de favoriser la division des grands domaines, celles-ci renforcent à l'inverse une concentration terrienne déjà impressionnante. Le fait que cette extinction légale de l'Ancien Régime agraire ait été interminable et semée de reculs ne constitue pas son défaut principal. Ce qui importe vraiment — les nobles conservant la faculté de garder leurs domaines ou de les vendre librement, notamment à l'occasion des partages successoraux — c'est que le transfert de propriété n'a eu lieu de manière massive qu'en ce qui concerne les terres de l'Église. Qui plus est, le champ de l'appropriation privée s'est élargi aux communaux qui y échappaient jusqu'alors. Ainsi, l'immense changement des titulaires des biens fonciers n'a en rien favorisé l'accès à la petite propriété des journaliers sans terre, ni diminué la concentration foncière. Il l'a aggravée en privant les paysans faméliques de l'accès aux champs ou aux pâtures autrefois communautaires et en mettant ceux-ci sur le marché. Dans le nouveau contexte monétaire, les grands propriétaires, la minorité des paysans enrichis ou les bourgeois avides de respectabilité terrienne ont été seuls capables de l'emporter. Les journaliers, qui se voyaient quelquefois offrir un lot gratuit, ne savaient qu'en faire individuellement en raison de son exiguïté. Ils y renonçaient souvent, ou le cédaient à vil prix aux notables dont la faveur pouvait signifier l'octroi plus fréquent d'un travail et d'un modeste salaire.

En bref, la sortie juridique de l'Ancien Régime alourdit

l'hypothèque agraire au lieu de la lever. Certains propriétaires portent des habits neufs. Mais la masse des journaliers sans terre ressent une frustration accrue par le contraste existant entre sa misère maintenue et le regain de prospérité des grands domaines qui leur apparaissent comme un paradis proche et inaccessible à la fois. Tel est le handicap dont la société espagnole hérite au XXe siècle. Des 22 400 000 hectares cadastrés en 1930[3], 7 500 000 reviennent à des domaines de 250 hectares au moins qui, détenus par à peine plus d'un propriétaire sur mille, recouvrent le tiers de la superficie totale. A l'inverse, les petits paysans disposant de moins de 10 hectares forment 98 % du nombre des propriétaires mais n'occupent que 36 % de cette superficie, tandis que les agriculteurs moyens détenant de 10 à 250 hectares ne représentent que 1,8 % de l'effectif des propriétaires terriens et contrôlent 31 % de l'ensemble cadastré. En outre, plus de deux millions de journaliers agricoles formant le cinquième de la population active ne disposent pas du moindre lopin. Recrutés épisodiquement par les majordomes des grands domaines, ils subsistent au jour le jour grâce à la solidarité villageoise des victimes du dénuement. Mais, travaillés par la faim de terre, ils vivent aussi du radieux espoir du partage égalitaire du sol. Animés par la haine des messieurs qui habitent la ville et des gardes civils qui quadrillent les campagnes, ils prêtent en revanche peu d'attention aux subtilités des politiciens madrilènes, y compris lorsqu'ils prétendent œuvrer pour leur bien.

Pression démographique et retard industriel

Le blocage agraire ne constitue toutefois pas le facteur unique de la fragilité sociale de l'Espagne et de ses difficultés à admettre, jusqu'en 1936, les conséquences pleines et entières du suffrage universel. Si les paysans sans terre connaissent l'humiliation, la misère et la colère, c'est aussi qu'ils trouvent trop peu de travail dans les rares manufac-

3. Cf. P. Carrion, *Los latifundios en España*, Madrid, Gràficas reunidas, 1932, p. 51-52.

tures des villes. De façon plus générale, la société espagnole souffre jusqu'au milieu du siècle présent de ce que l'on appelle maintenant un retard de développement, au moins par rapport à d'autres pays européens.

Peuplée de 7 500 000 habitants en 1748, l'Espagne en compte 10 500 000 en 1797 et 12 millions en 1833. De plus, cette croissance soutient le même rythme par la suite. La population passe de 15 600 000 personnes en 1857 à 18 600 000 en 1900 et 23 600 000 en 1930. En dehors de la France, où le ralentissement des naissances se dessine à la fin du XVIIe siècle, tous les pays européens ont connu cette augmentation soudaine de leur population. Mais tous ne l'enregistrent pas de la même façon ni pendant la même durée. Dans l'Europe du Nord-Ouest, le comportement prolifique des paysans subit assez vite le contrecoup de l'industrialisation qui déplace les ruraux vers les villes en modifiant leurs mœurs. En peu de décennies, la natalité y régresse à un niveau qui atténue les effets du recul simultané de la mortalité. En Espagne comme dans les autres pays méditerranéens, en revanche, la vieille prédisposition nataliste ne cesse d'agir de plein fouet et vient s'ajouter au recul de la mortalité, en particulier dans les campagnes de Castille ou d'Andalousie. De leur côté, les régions plus prospères de la périphérie basque, catalane et valencienne attirent assurément une fraction de l'excédent de population des provinces centrales et méridionales. Le transfert demeure toutefois insuffisant, même si ces régions périphériques en viennent à concentrer 22,4 % de la population nationale en 1920 conte 18,5 % en 1797. La demande de main-d'œuvre des îlots industriels du Nord n'est pas à la mesure de l'immense faim de travail des millions de demi-chômeurs qui végètent dans le reste du pays. Pour l'essentiel, elle ne mobilise jusqu'à la guerre civile que des migrants issus des régions elles-mêmes assez septentrionales de la Vieille-Castille, de l'Aragon ou du Levant, en laissant à leur dénuement les masses de l'Andalousie, de l'Estrémadure et de la Nouvelle-Castille.

Cette carence de l'emploi industriel reflète une stagnation économique dont les origines sont lointaines. A la limite, le retard de l'Espagne trouve son origine dans le privilège royal octroyé au Moyen Age à l'élevage extensif au détriment des cultures. Il tient aussi à la façon dont les Habsbourg cassent l'industrie textile naissante de la Castille afin d'y freiner l'essor d'une bourgeoisie frondeuse. Dans ce marasme, les réformes opérées au XVIIIe siècle par les Bourbons viennent trop tard. De façon générale, le mouvement industriel dépend d'une nouvelle catégorie d'immigrants étrangers, artisans ou experts en « arts mécaniques », et il se localise dans les régions relativement épargnées par le marasme des siècles précédents, c'est-à-dire au Pays basque et en Catalogne. Ailleurs, le progrès technologique et industriel demeure au stade expérimental ou à l'état d'échantillon. En 1788, l'introduction d'une machine à vapeur en Catalogne prend figure d'extravagance dans le reste du pays. De la même façon, la promulgation de l'ordonnance de 1783 qui déclare toutes les professions « honnêtes » et justiciables d'un brevet d'annoblissement ne fait rien pour la diffusion de la mentalité d'entrepreneur capitaliste en Espagne. Publiée dès 1794, en espagnol, *La Richesse des nations* d'Adam Smith y rencontre peu d'adeptes. Assez peu nombreux et périphériques dans tous les sens du terme, les Espagnols éclairés lui préfèrent les philosophes français moins férus d'économie...

Pour aggraver les choses, les retombées de l'effervescence révolutionnaire et les guerres napoléoniennes bloquent ce processus d'industrialisation élémentaire pendant quatre décennies. L'invasion française laisse l'Espagne ruinée au moment où elle perd ses colonies d'Amérique. De plus, cette invasion entraîne une autre conséquence perverse. Elle déconsidère l'élite libérale soucieuse de régénération économique, car celle-ci s'est rangée en bonne partie du côté des envahisseurs en qui elle voyait, non sans raison, des alliés de son dessein modernisateur. Ces *afrancesados* manquent à l'appel après 1815, et il faut attendre les années 1840 pour que les timides prémices de la révolution industrielle resurgissent dans la Péninsule. Toutefois, si la longueur du réseau de chemins de fer passe de 26 kilomètres en 1846 à 10 000 environ après 1890, l'insuffisance de l'activité économique le rend non rentable. De même, l'exploitation des mines, dont les produits non transformés sur place sont en général évacués par voie maritime, crée des enclaves semi-coloniales dont l'effet multiplicateur est nul en Espagne. De son côté, l'investissement industriel proprement dit est soit découragé par l'expérience négative des compagnies ferroviaires en ce qui concerne les capitaux étrangers, soit freiné par l'exiguïté des débouchés intérieurs et l'étroitesse du marché financier local dans le cas des capitaux nationaux. D'où le maintien de l'avantage industriel relatif de la Catalogne et du Pays basque, où ces deux stimulants sont moins mesurés.

En définitive, la révolution industrielle de l'Espagne ne s'accélère vraiment qu'au début du siècle présent et pour un temps trop court. Car si la perte de Cuba favorise après 1898 un rapatriement de capitaux qui alimentent un nouveau réseau bancaire devenu plus efficace et entreprenant, et si la Première Guerre mondiale favorise une poussée passagère des exportations de produits manufacturés, cet essor industriel tardif se trouve vite contrarié par la crise de 1929 et les difficultés politiques des années 1930. La production d'acier ne dépassera plus 900 000 tonnes — un dixième de celle de la France, le quart de la production luxembourgeoise — jusqu'à la fin des années 1950. On en viendra à oublier le temps de la guerre de 1914-1918 où des moteurs fabriqués en Espagne équipaient des avions français. Le mythe des limousines Hispano-Suiza construites à Barcelone s'effondre de même quand la marque cesse ses activités en 1936. Les usines de la Péninsule n'abritent plus alors qu'une sorte de musée technique, et l'Espagne reste un pays principalement agricole à la veille de la guerre civile. En 1930, le secteur secondaire ou industriel n'y emploie que 20 % de la population active, et le secteur tertiaire ou des services 20 % également. Par voie de conséquence, le secteur primaire agricole et minier « sous-emploie » toujours près de 60 % des personnes « actives ». En 1841, les travailleurs agricoles ne représentaient déjà plus que 26 % de la main-d'œuvre en Grande-Bretagne. En France, ils n'en constituaient plus que 54 % en 1856. En Italie, il faut remonter à 1871 pour retrouver à cet égard une situation analogue à celle de l'Espagne de 1930, avec 64 % de travailleurs employés dans l'agriculture… En plein XXe siècle, la fatalité agraire demeure toujours le problème majeur de la société espagnole. Déjà modernisée sur le plan des idées et de la culture, dotée d'une élite artistique qui la situe au tout premier plan dans ce domaine, elle reste empêtrée dans le passé en ce qui concerne son cadre matériel, social et aussi politique.

De l'ère des « pronunciamientos » aux séparatismes

Le déphasage de l'Espagne se révèle également politique, en effet, et il ne trouve pas seulement sa source dans les errements lointains de la monarchie absolutiste. Le grand traumatisme suscité par l'invasion napoléonienne et l'occupation française y participe aussi. Au lendemain de cette humiliation, les anciennes élites aristocratiques et ecclésiastiques absentes de la lutte contre les envahisseurs se trouvent certes discréditées. Mais ce discrédit n'affecte pas que les tenants de la tradition. Il frappe tout autant les idées libérales et les hommes qui les professent.

La mince couche libérale ne se trouve pas en mesure de prendre la relève des autorités traditionnelles comme dans d'autres sociétés européennes. Parmi les anciens « technocrates » du despotisme éclairé, beaucoup ont collaboré avec l'occupant français et se voient rejetés dans la caste honnie des *afrancesados*. De leur côté, les libéraux résistants ne sont guère mieux lotis. Leurs débats d'apparence abstraite n'ont pas suscité d'écho dans la population et la réaction absolutiste qui accompagne le retour du souverain légitime leur enlève toute possibilité d'expression. Circonvenues par le petit clergé intégriste, les masses paysannes ne sont pas loin de mettre les *afrancesados* et leurs adversaires libéraux dans le même sac : celui d'une irréligion condamnable dans la catholique Espagne. Si l'on ajoute que la bourgeoisie reste trop peu nombreuse et influente pour prétendre à un rôle majeur, et que le peuple des villes n'intervient que par des sursauts de violence sporadiques, il ne fait guère de doute que l'armée se trouve alors seule capable d'arbitrer la lutte pour le pouvoir. Née d'une conjoncture précise, cette situation va se survivre à elle-même pour modeler le destin particulier de l'Espagne pendant la plus grande partie du siècle dernier. Elle fera que le jeu politique espagnol va se militariser au rythme des putschs réussis ou manqués durant plus de cinquante années, au moment où les pays voisins développent leurs régimes parlementaires ou souffrent d'accidents autoritaires de style moins élémentaire.

L'ère des *pronunciamientos* tire son nom de l'intervention constante des militaires dans la vie politique de l'Espagne au cours de la période écoulée de 1814 à 1874. Le règne des monarques aussi bien que celui des gouvernements y trouvent leur origine et leur fin pendant ces soixante années, tandis que les grandes réformes libérales relèvent également d'initiatives martiales dans leur origine. En définitive, les politiciens civils ne servent que de prête-noms aux militaires dont ils dépendent pour leur ascension et leur permanence au pouvoir. Ils ne commencent à s'émanciper qu'après 1850, lorsque le corps des officiers vire lui-même vers le conservatisme. La caste martiale s'embourgeoise alors à mesure de son enrichissement, découvrant que ses intérêts coïncident avec ceux d'une élite bourgeoise et d'une aristocratie modernisée avec lesquelles elle tend à former une nouvelle couche dominante. Mais cette découverte ne la persuade nullement de la suprématie du pouvoir civil et ne la convainc que lentement de rentrer dans le rang. Les officiers progressistes vont régir l'Espagne jusqu'en 1843. Par la suite, leurs collègues modérés se soucieront à l'inverse de prévenir la révolution. Enfin, de 1868 à 1875, les généraux s'efforceront de consolider une monarchie constitutionnelle civile installée de façon définitive par le général Martinez Campos avec le coup d'État du 3 janvier 1875.

Cette intervention semble marquer le terme de l'arbitrage politique de l'armée. Mais, en réalité, les militaires ne cessent jamais de contempler avec mépris l'action des politiciens civils et de considérer qu'ils ont pour vocation de sauver le pays de sa déliquescence interne. Leur ambition politique fait à nouveau surface avec les juntes d'officiers de 1917. Puis elle débouche de 1923 à 1930 sur la dictature clémente du général Primo de Rivera, avant de s'engager dans les complots anti-républicains qui culminent avec le soulèvement du 18 juillet 1936. En outre, au moment même où l'État libéral, inscrit dans une monarchie parlementaire, entreprend de se consolider à partir de 1875 et semble rapprocher le sort de l'Espagne de celui des nations voisines, un facteur de déchirement se profile avec l'émergence des nouveaux séparatismes régionaux issus d'une mutation du carlisme.

Les modalités sociales, économiques, culturelles et politiques de la relation difficile entre le centre castillan de l'Espagne et sa périphérie maritime enregistrent un véritable retournement à la fin du XIXe siècle. Longtemps, l'hégémonie militaire, politique et administrative exercée par la Castille sur l'ensemble du pays l'avait été sur des régions dont les niveaux de développement matériel demeuraient sensiblement comparables, et où l'espagnol reléguait peu à peu les langues locales au rang de patois abandonnés aux paysans. Les guerres carlistes expriment une première réaction contre cette dominante castillane. A ce moment même, cependant, la Catalogne voit déjà sa fibre traditionaliste s'affaiblir à la mesure de sa croissance industrielle. Puis, bien vite, le Pays basque connaît à son tour une industrialisation rapide. Dès lors, pendant la seconde moitié du siècle dernier, les périphéries catalane et basque en viennent à concentrer la plus grande partie de la richesse nouvelle de l'Espagne. Le pouvoir politique demeure castillan. En revanche, le pouvoir économique réside désormais dans ces périphéries dont la modernisation économique contraste avec l'archaïsme d'une zone centrale qui prétend incarner toujours l'essence nationale. De plus, cette modernisation revêt des dimensions sociales et culturelles. La société castillane au sens large, en y incluant celle de l'Andalousie, reste dans sa plus grande partie traditionnelle. A l'inverse, la Catalogne et le Pays basque voient poindre des sociétés modernes. Le prolétariat ouvrier s'y développe. Il en va de même d'une strate moderne de grands entrepreneurs industriels ou financiers, et d'une classe moyenne urbaine ou rurale dotée de ressources indépendantes, pour qui l'État castillan représente un obstacle à l'initiative privée plutôt qu'un pourvoyeur de prébendes administratives.

Les Catalans et les Basques retrouvent dans ce contexte un sens accru de leur particularisme. Abandonnant le légitimisme carliste, ils portent davantage l'accent sur leurs singularités culturelles et linguistiques. Le « catalanisme » procède à partir de 1833 de cette réaction contre la suprématie de l'espagnol. Il se diffuse au prix d'un réapprentissage d'une langue locale jusqu'alors réservée aux paysans. De la même façon, la fierté de la langue locale renaît quelques décennies plus tard au Pays basque. Dans les deux cas, cette résurrection linguistique ne fait pas que blesser le symbole le plus manifeste de l'unité espagnole qu'est la langue castillane. Elle porte en elle une autre façon de penser, des cultures qui s'éloignent de plus en plus de la matrice nationale et dont l'inspiration devient plus européenne et moderniste qu'ibérique et traditionaliste. Cette évolution éclaire le mécanisme qui, en Catalogne comme au Pays basque, induit la transition d'un traditionalisme rétrograde à la revendication autonomiste, puis aux séparatismes du XXe siècle.

Pourtant, les Basques et les Catalans assument dans un premier temps deux attitudes différentes vis-à-vis du pouvoir madrilène. Les élites basques ne renient pas l'Espagne, même si elles choisissent d'y jouer un rôle économique majeur plutôt qu'un rôle politique. Pour cette raison, le nationalisme basque se développe à partir de 1894 en dehors d'elles, dans les classes moyennes catholiques et sous l'égide d'un courant clérical, puis démocrate-chrétien avant la lettre. A l'inverse, le nationalisme catalan procède à l'origine des élites locales. Vouant un certain mépris à l'irresponsabilité castillane, celles-ci optent en somme pour un développement économique et politique séparé. En particulier, elles prennent l'initiative de créer un système de partis propre à la Catalogne. Dans les deux cas, cependant, ces développements nuisent gravement à la consolidation du régime parlementaire installé en 1875.

Déjà privé de l'appui stabilisateur qui aurait pu lui être apporté par un parti catholique d'envergure nationale rendu impossible par l'hypothèque carliste, ce régime manque aussi du soutien de la base sociale représentée par les classes moyennes modernes de la Catalogne et du Pays basque. Celles-ci ne possèdent guère d'équivalent dans le reste du pays, et elles auraient pu constituer le noyau dur d'une démocratie encore balbutiante. Au lieu de cela, elles s'enferment dans leurs propres formations modérées à vocation purement régionale. De la sorte, le personnel parlementaire madrilène n'a d'autre ressource que de s'appuyer sur les masses rurales attardées, sur la petite bourgeoisie léthargique des provinces centrales et sur les grands propriétaires terriens du sud du pays. Presque naturellement, la corruption clientéliste de la pratique électorale et de l'exercice du gouvernement s'impose ainsi comme une sorte de fatalité, en renforçant encore les préventions des Catalans et des Basques vis-à-vis du pouvoir national. L'image du suffrage universel s'en trouve discréditée pour longtemps dans la population, parmi les ouvriers dominés par le courant anarchiste aussi bien que dans le peuple conservateur toujours tenté par l'aventure autoritaire.

Le parlementarisme comme subterfuge

Dans le temps même où la Troisième République s'installe en France, l'expérience fondatrice du parlementarisme espagnol s'inscrit sous ces auspices à partir de 1875. Son inspirateur est le Premier ministre Canovas del Castillo. Politicien conservateur, mais aussi historien, Canovas est obsédé par le déclin de l'Espagne. Bien que pessimiste sur les chances que son pays a de sortir du marasme, il croit que l'action de quelques dirigeants peut jouer un rôle déterminant dans son éventuelle régénération. En revanche, cet esprit éclairé se défie du peuple espagnol dont il déplore l'incivisme et la « vulgarité ».

Canovas méprise aussi les monarques, mais place le salut de l'Espagne dans une monarchie modernisée. Son objectif consiste à établir une monarchie constitutionnelle stable, fondée sur un pouvoir exécutif puissant, mais bénéficiant de la confiance de la nouvelle élite à dominante civile formée par la bourgeoisie foncière et financière, l'aristocratie et les officiers apparentés à ces deux groupes. Cette monarchie doit être parlementaire afin de permettre la représentation de ces intérêts et leur identification aux gouvernants. Mais il convient en même temps que le corps électoral demeure restreint ; ou, à tout le moins, que le verdict des urnes soit rendu, d'une façon ou d'une autre, conforme aux attentes du gouvernement... L'espoir ultime est, qu'à la longue, le peuple se convainque lui-même de l'excellence de cette pré-démocratie limitée, qu'il effectue dans son cadre l'apprentissage du comportement politique déférent qui lui permettrait, un jour, de voir lever la tutelle qu'on lui impose.

La bonne marche de l'opération suppose l'hégémonie des deux partis dominants qu'il s'agit de maintenir. Le dispositif va fonctionner à merveille si l'on ne considère que le produit apparent des élections et l'équilibre parlementaire auquel il doit correspondre. De 1876 à 1907, les conservateurs et les libéraux alternent au pouvoir de la façon la plus harmonieuse au regard du verdict apparent des urnes. A l'issue de quatorze consultations électorales successives, les deux partis accaparent une représentation totale jamais inférieure à 80 % du nombre des sièges à pourvoir. Le subterfuge sur lequel repose cette sorte de légalité devient cependant trop voyant. Selon l'expression d'un essayiste critique de l'époque, Joaquin Costa, le pays légal ne correspond pas au pays réel. Pour assurer l'équilibre alterné entre les conservateurs et les libéraux, le jeu politique requiert non seulement leur connivence, mais aussi la manipulation frauduleuse du processus électoral. A l'aube du XXe siècle, celle-ci apparaît insupportable, même si le détournement persiste pour assurer le pouvoir d'une oligarchie appuyée sur des réseaux de clientèle régis par les *caciques* locaux. Ce « caciquisme » dresse un obstacle infranchissable contre l'émergence de tiers-partis, en particulier à gauche. Il vicie du même coup le développement du mouvement ouvrier en le poussant vers le tout ou rien libertaire. De manière plus globale, la fraude et la coaction électorales dévalorisent la portée du suffrage universel masculin établi en 1890 sous l'égide des libéraux. Le vote prend figure d'imposture couvrant la fausse légitimité du règne des nantis. Il semble, au fond, n'être que la recette par laquelle le débat entre les *gentlemen* candidats au gouvernement peut rester pacifique. La procédure électorale n'est pas conçue comme instrument de la représentation ou de l'éducation politique du peuple.

Elle ne constitue que l'un des ingrédients des compromis régissant la cooptation des dirigeants en vue du partage du pouvoir et de ses dépouilles. Elle comporte aussi l'avantage de se révéler inutilisable par les militaires et d'accroître leur handicap vis-à-vis de la classe dirigeante civile.

La comédie culmine avec la nouvelle loi électorale de 1907. Celle-ci dispose que les candidats sans concurrents dans une circonscription seront déclarés élus automatiquement et sans scrutin. Dès lors, une proportion d'un septième à un tiers de l'électorat enregistré se trouve privée du droit de vote effectif. Le nombre des députés « élus » sans vote passe de la sorte de 119 sur 404 en 1910, à 145 sur 409 en 1918 et à 146 sur 409 également en 1923. S'ajoutant aux autres, cette procédure colmate l'hégémonie des deux partis dominants au moment où elle commence à se lézarder, en assurant de façon parallèle la mise en marge des autres formations.

Toutefois, si le système résiste, le prix à payer se révèle catastrophique. Les élections ne représentent qu'une dérision aux yeux des couches sociales qui n'y jouent qu'un rôle de figuration. Au-delà, le discrédit qui frappe le vote rejaillit sur l'État et sur un régime parlementaire qui ne se trouve pas seulement disqualifié par la façon dont ses acteurs sont désignés. Le jeu parlementaire lui-même apparaît dénaturé, privé des débats réels en vertu des tractations menées en coulisse par les chefs des partis et d'autres éminents personnages, dépourvu par là de tout prestige capable d'impressionner le corps politique. De son côté, l'État n'est plus vu que comme le référent d'une justice partiale qui ignore les jurys de citoyens, ou comme le pourvoyeur de postes et de subsides qui ne vont jamais aux couches déshéritées.

Les origines du mouvement ouvrier

Ce rejet populaire d'un libéralisme truqué entraîne une abstention considérable et persistante. Issu de l'expérience malheureuse de la Restauration, l'abstentionnisme devient une seconde nature pour le peuple espagnol. Se transformant en comportement durable, il obère le développement politique de l'Espagne jusqu'à la guerre civile, faisant que les Espagnols tournent le dos à la démocratie avant même qu'elle existe vraiment. Au tiers de l'électorat privé du droit de vote en vertu de la loi électorale de 1907, s'ajoute ainsi le deuxième tiers d'abstentionnistes volontaires qui le demeurent jusqu'en 1936. De plus, au phénomène immédiat de l'abstention correspond un effet second d'affirmation d'une identité populaire étrangère aux impératifs de la pratique démocratique réelle. On retrouve à ce point le phénomène libertaire. Bafouées par le parlementarisme, les masses ouvrières ne s'orientent guère vers le socialisme d'inspiration marxiste ou la social-démocratie qu'à Madrid et au Pays basque. Ailleurs, ces masses leur préfèrent l'utopie révolutionnaire et la violence anarchiste, en croyant y trouver la dignité que la société leur refuse. Tel est spécialement le cas de la Catalogne, de l'Andalousie méridionale, de Murcie et de l'Estrémadoure. Domaines privilégiés de la prédication des « apôtres » de la Fédération espagnole de la Ire Internationale, ces provinces ne cessent plus, jusqu'en 1936, d'être profondément affectées par la fuite devant les urnes.

Mise hors la loi de 1873 à 1881, la Fédération anarchiste se consolide dans ces zones en dépit de la répression qui conforte ses membres dans l'idée qu'aucun compromis n'est possible avec l'État et les patrons. Le courant libertaire s'ancre à ce moment dans la conviction qu'il doit fuir le piège de son intégration dans un syndicalisme réformiste capable de l'émasculer. On le voit après 1881, quand la tolérance relative des libéraux ne convainc pas les libertaires de prendre le chemin de la légalité. S'ils se restructurent alors, c'est en développant un réseau compartimenté de groupes d'action connus sous le nom de « Main noire ». La Main noire terrifie les grands propriétaires andalous qu'elle assassine parfois, brûle les récoltes, exerce des représailles sauvages contre ceux qui la trahissent. Rejetant le cadre légal offert en 1887 par la loi sur les associations, elle intensifie ses coups de main au cours de la décennie suivante, pour déboucher finalement sur le nihilisme terroriste et le meurtre du Premier ministre Canovas del Castillo en 1897.

Il est vrai que les voies de l'anarchisme se transforment au début du siècle. Découvrant l'illusion d'une action directe qui effraye les masses autant que ses victimes, les libertaires espagnols aussi bien que français ou italiens acceptent alors de revenir sur leurs préventions contre le jeu syndical. Ils se modèrent en s'intégrant dans le cadre légal qui régit désormais le mouvement ouvrier avec, en contrepartie, la volonté de le radicaliser en y conquérant une place prépondérante. En Espagne, cette évolution se dessine dès 1900 avec l'apparition d'une Fédération des sociétés ouvrières pour donner naissance en 1911 à la Confédération nationale du travail (CNT) dont la vocation est nationale bien que son siège se situe à Barcelone.

Mais le ralliement de la CNT à la tactique syndicale ne signifie pas qu'elle adhère pour autant au système politique, ne serait-ce que de façon critique. Fidèle à ses principes de rejet de l'État et de non-compromission avec les partis, même ouvriers, la centrale anarchiste reprend à son compte le mot d'ordre d'abstention électorale. Elle l'inscrit dans une stratégie dite « apolitique », parce que fondée sur une volonté d'indépendance totale du syndicalisme vis-à-vis des partis de gauche, et, en particulier, du Parti socialiste créé depuis 1879. Dans cette perspective, la CNT défend en réalité le primat de la lutte syndicale sur la lutte politique. Elle affirme son autosuffisance, en tant que vecteur du cataclysme social dont l'avènement se trouve lié désormais aux mythes du « Grand Jour » et de la « Grève générale révolutionnaire » qui donneront naissance au pouvoir syndical libérateur. En 1916-1917, l'accord temporaire que la Confédération nationale du travail conclut avec l'Union générale des travailleurs (UGT) socialiste ne modifie pas cette ligne de conduite. En revanche, il lui permet de faire tache d'huile en Catalogne et en Andalousie. De même, la révolution soviétique n'affecte pas l'idéologie de la CNT. Forte de 714 000 adhérents en 1919, elle atteint alors son zénith. Lénine lui-même mise un temps sur elle, sans imaginer les conséquences de l'affrontement du terrorisme libertaire et du contre-terrorisme patronal qui bouleverse les années 1920 et 1921. Cette violence incandescente ne fait que hâter la dictature militaire qui, à partir de 1923, disqualifie définitivement le régime parlementaire de la Restauration.

Ce régime s'était efforcé de promouvoir l'émergence d'un mouvement ouvrier non anarchiste par la voie législative. La liberté de réunion avait été reconnue en 1881, celle de la presse et le droit de coalition l'étant en 1883 et 1887, peu avant que le suffrage universel soit rétabli en 1890. Un régime de protection sociale s'esquisse également à partir de 1900 : d'abord avec la loi de la même année sur les accidents du travail, puis avec les lois et le décret de 1908 sur le travail des femmes et des enfants, le droit de grève et les tribunaux de conciliation et d'arbitrage en matière de conflits sociaux.

Dans cette situation de permissivité relative, le groupement socialiste né en 1879 dans le milieu des typographes madrilènes ne parvient cependant pas à l'emporter sur le courant libertaire. Représentant la fraction marxiste de la Ire Internationale menée par Pablo Iglesias, il prend en 1888 le nom de Parti socialiste ouvrier espagnol (PSOE) qu'il conserve toujours. Très vite, ces socialistes doivent se démarquer du maximalisme violent des anarchistes, en décidant dès 1890 de participer à la compétition électorale et de condamner la stratégie de la grève générale. D'où l'orientation générale réformiste donnée d'emblée à l'Unión General de Trabajadores (UGT), qui est l'appendice syndical du PSOE apparu la même année que lui. Cette modération n'est guère récompensée. Les effectifs du Parti socialiste demeurent longtemps infimes, tandis que les quelques candidats qu'il présente aux élections échouent régulièrement jusqu'en 1910. De son côté, l'UGT ne rassemble que 3 350 membres à sa fondation et n'en compte toujours que 41 000 en 1910 (alors que la Fédération anarcho-syndicaliste des sociétés ouvrières en possède 52 000 dès le début du siècle). Finalement, elle ne prend son essor tardif qu'en fonction même du développement de la CNT, en vertu d'une réaction de défense des ouvriers qualifiés et des cols blancs rebutés par les outrances libertaires. Mais encore l'UGT n'atteint-elle dans ces conditions qu'un effectif de 211 000 adhérents en 1919-1920, contre 714 000 pour la CNT. Parallèlement, le PSOE ne regroupe que 14 300 membres en 1919 et 23 000 en 1921. Le pire est que le Parti socialiste se trouve alors vidé de ses éléments les plus jeunes et les plus radicaux. En novembre 1921, ceux-ci se sont séparés de lui pour constituer le Parti communiste d'Espagne (PCE) avec des éléments venus aussi de la CNT.

La mort du premier espoir démocratique

Confrontés aux fruits amers de leurs propres manipulations, les leaders des partis dominants affrontent en fait à ce moment une situation révolutionnaire déjà vieille d'une douzaine d'années.

Celle-ci s'ouvre en 1909, avec la « Semaine tragique de Barcelone ». L'étincelle du soulèvement dans la métropole catalane se produit lorsque la foule s'oppose à l'embarquement de renforts militaires destinés au Maroc. Elle provoque immédiatement une version ibérique tardive de la Commune de Paris. Orchestrée par les anarchistes qui proclament la grève générale et se livrent à des violences anticléricales hallucinantes, elle isole la capitale catalane du reste de l'Espagne, en provoquant en retour une répression sanglante.

Quelques années plus tard, si la neutralité de l'Espagne dans l'Europe en guerre lui vaut une prospérité passagère, l'euphorie reste de courte durée. La classe politique et les élites se divisent entre les « aliadophiles » (la gauche en général, mais aussi les Catalans et le roi) et les « germanophiles » (les catholiques, mais aussi quelques socialistes). Surtout, l'expansion des activités industrielles et minières exportatrices ne profite guère qu'aux détenteurs de capitaux. La masse ne constate qu'une baisse de son pouvoir d'achat et l'agitation renaît en 1916-1917, dans une conjoncture intérieure et internationale plus redoutable encore que celle de 1909. Curieusement, pourtant, l'étincelle première de la crise de régime s'allume dans l'armée plutôt que dans la classe ouvrière. Mécontents de la détérioration de leur sort matériel, et choqués par le favoritisme du roi en matière d'avancements, les officiers constituent en mai 1917 des juntes de défense tolérées par le gouvernement aux abois.

Par la suite, l'État et la classe politique ne parviennent plus à reprendre un semblant de contenance face à un rebond révolutionnaire qui paraît augurer une répétition des événements de Russie. Comme celle-ci, l'Espagne est un pays économiquement attardé, travaillé par des mouvements séparatistes et menacé par une révolte paysanne. En 1918-1919, une véritable jacquerie se déclenche dans les provinces du Sud où les journaliers occupent les grands domaines. S'ajoutant aux grèves quasi insurrectionnelles et aux violences de tous ordres fomentées par les anarchistes en Catalogne et dans la région de Valence, ces convulsions engendrent la grande peur dont le pouvoir ne vient à bout qu'en 1921. Mais, si le cataclysme annoncé par ce « triennat bolchevik » avorte, du fait de la contre-violence des syndicats jaunes soutenus par l'armée et de l'essoufflement de la CNT, le régime en sort exsangue. Comme en Italie, le peuple conservateur attend désormais son salut d'un homme providentiel libéré des entraves de la politique parlementaire. En juillet 1921, la défaite essuyée par l'armée espagnole du Maroc à Anual, face aux bandes d'Abd el-Krim, relance la colère des militaires. Les juntes de défense resurgissent et le général Primo de Rivera, sanctionné pour ses critiques à l'endroit des gouvernants, apparaît comme un sauveur possible. Le possible devient réalité le 13 septembre 1923, lorsqu'il se proclame chef d'un directoire militaire aussitôt reconnu par le roi Alphonse XIII.

La « dictadouce » du général Primo de Rivera

L'homme fort attendu depuis un certain temps est un personnage pittoresque et somme toute sympathique, grand amateur de bonne chère et de femmes, mais aussi anticonformiste et libéral à sa manière. Pour ces raisons mêmes, le général n'est d'ailleurs pas en odeur de sainteté dans l'armée où il se trouve isolé.

Pour tout dire, le général Miguel Primo de Rivera ne séduit guère les secteurs les plus conservateurs et ceux qui vivent des prébendes de l'État. C'est que, contre le gré de ces derniers, le général n'entend pas seulement rétablir l'ordre public. Il veut reconstruire l'Espagne, en y confortant les assises d'une stabilité qui ne peut être uniquement répressive. Le dessein est modernisateur et il s'applique d'abord à l'appareil de l'État, dont l'armée. Sur ce plan, l'objectif consiste à l'assainir et à le rendre plus efficient, en combattant l'absentéisme de ses serviteurs et leur tendance au cumul d'emplois, en réduisant aussi le déficit budgétaire et en orientant les ressources publiques vers des dépenses plus productives. De plus, l'ambition du dictateur et de son ministre des Finances, José Calvo Sotelo, dépasse ce projet de refonte de l'État. Elle touche l'ensemble des ressorts de la vie nationale.

Libéral dans le langage, le général Primo de Rivera l'est toutefois moins dans la pratique, en matière économique comme dans le domaine politique. A cet égard, il se révèle tout au contraire dirigiste en même temps que nationaliste. Dans la ligne des principes, que les chrétiens sociaux commencent à divulguer, Primo de Rivera ne fait pas de la propriété privée un absolu. Il la subordonne aux nécessités du progrès et de la puissance économique du pays, ainsi qu'aux impératifs d'une plus grande justice et d'une plus grande égalité dans les rapports sociaux. En même temps, ses conceptions apparaissent comme la manifestation du projet d'une droite autoritaire rénovée par sa volonté planificatrice aux fins d'un objectif de stabilisation sociale par le développement économique. Mais bien que ces idées soient promises à un bel avenir dans les dictatures technocratiques des années 1950-1960, elles ne se fondent pas, chez Primo de Rivera, sur une appréciation suffisante des obstacles politiques auxquels elles se heurtent. Assez ingénu, le dictateur ne se donne pas les moyens politiques de son action moderniste.

L'idylle entre le général et le plus grand nombre des Espagnols se poursuit cependant pendant toute la durée du Directoire militaire proprement dit, jusqu'à l'instauration d'un Directoire civil opérée le 3 décembre 1925. En revanche, cette deuxième phase du régime coïncide à la fois avec l'apogée de l'autorité du général et avec l'amorce de la détérioration de sa popularité. Primo de Rivera se préoccupe alors de rendre son système de gouvernement moins exceptionnel dans son ressort militaire, et plus convaincant dans ses réalisations. Sur le premier point, il reconfigure le Directoire en associant aux quatre ministres issus de l'armée six notables civils connus pour leur compétence technique et administrative. S'agissant des réalisations, l'accélération du travail législatif due à la suppression des débats parlementaires permet de faire aboutir nombre de projets importants, nés souvent avant 1923 mais enlisés jusqu'alors dans les chicanes partisanes. Un essor décisif est donné ainsi aux réseaux d'irrigation et à la production de houille blanche, de même qu'aux grands travaux routiers et aux créations d'entreprises industrielles publiques.

Facilitées par la reprise économique amorcée en 1923, ces réussites font pleinement sentir leurs effets en 1926. Les milieux économiques traversent une période d'euphorie, tandis que l'amélioration de l'emploi industriel détend le climat social et contribue à la raréfaction des grèves. De plus, l'Espagne se voit offrir au Maroc une victoire militaire, la première qu'elle ait remportée depuis longtemps. Grâce au renforcement des moyens de l'armée et à des opérations combinécs avec les troupes françaises du maréchal Pétain, la résistance d'Abd el-Krim dans le Rif s'effondre après le débarquement bien mené d'Alhucemas, en juillet 1927. Ce succès souligne que l'Espagne sort de son isolement international grâce à son entente tactique avec la France. Il démontre, aussi, que le dictateur a rempli son contrat avec l'opinion publique et l'armée. Obsédés depuis quinze ans par la question marocaine, les Espagnols s'en libèrent d'un coup. De plus, la victoire d'Alhucemas redore le blason d'une armée jusque-là clouée au pilori. En deux ans, celui qu'on surnomme désormais le « chirurgien de fer » est parvenu à réconcilier l'Espagne avec ses soldats.

Cette conjoncture faste encourage le dictateur à aménager de façon plus précise l'État fort promis aux Espagnols. Il le fait d'abord en tentant, sans grand résultat, de moraliser une administration nonchalante et d'améliorer son rendement miné par l'habitude des cumuls abusifs de postes et de salaires. Il s'efforce ensuite de jeter les bases d'une alternative politique au régime « corrompu » des partis. Improvisée de bric et de broc, cette alternative prend le visage d'un projet unique — l'Union patriotique — dans le style du Parti fasciste italien. Cependant, il apparaît vite que les sociétés espagnole et italienne ne se ressemblent guère en ce qui concerne leur réceptivité à un tel dessein. Regroupant des notables sceptiques, l'Union patriotique créée en avril 1924 reste une structure vide en 1925-1926.

Plus graves encore sont les maladresses que le général commet vis-à-vis des élites catalanes et des intellectuels. Oubliant sa connivence des débuts avec le patronat de Barcelone, il a l'imprudence de croire que celui-ci pourra s'accommoder des mesures de plus en plus répressives que le gouvernement doit prendre pour satisfaire le sentiment unitaire de l'armée. En bannissant l'usage officiel de la langue et du drapeau de la Catalogne, puis en dissolvant son gouvernement autonome en 1924, le général Primo de Rivera dépasse ce que les conservateurs catalans admettent de tolérer. Il perd ses soutiens les plus solides, qui ne tardent guère à rejoindre l'opposition républicaine. De plus, le dictateur succombe à un accès de colère qui lui aliène les intellectuels. Après que le philosophe Miguel de Unamuno eut dénoncé ses méthodes dans une lettre privée, il transforme cette critique en affaire d'État. Contraignant le recteur de l'université de Salamanque à l'exil, Primo de Rivera érige cette figure de proue de la culture espagnole en victime symbolique de la rupture survenue entre la dictature et les élites.

Ce divorce spectaculaire marque un tournant décisif et encourage l'expression de multiples oppositions jusqu'alors voilées. La moins dangereuse dans l'immédiat résulte de la réapparition extra-légale de la classe politique modérée, dont les éléments monarchistes se réconcilient tandis que les républicains s'unissent au sein de l'Alliance républicaine. Plus redoutables sont les conjurations mêlant divers secteurs de l'armée à certaines coteries politiques civiles.

Menacée dans ses intérêts à court terme par les desseins modernisateurs du dictateur, l'armée va mener l'offensive finale contre lui. Si les officiers hostiles à Primo de Rivera se veulent le plus souvent libéraux et demandent le rétablissement de la légalité constitutionnelle, ces intentions généreuses cèlent mal leurs préoccupations plus profondes qui sont d'ordre professionnel et matériel. Primo de Rivera veut rajeunir une armée qui, en 1927, compte 219 généraux et

19 906 officiers pour 207 000 soldats. Dans l'ensemble, le nombre des officiers par rapport à celui des hommes de troupe est deux fois plus élevé dans les forces espagnoles que dans les armées européennes modernes, notamment en France et en Grande-Bretagne. Parallèlement, l'encadrement trop faible en sous-officiers limite l'efficacité d'un appareil militaire dont le budget se trouve obéré lourdement par les soldes pourtant parcimonieuses versées à un commandement pléthorique. La rénovation de l'armée requiert des mises à la retraite dont on n'ose parler, mais qui peuvent seules dégager les crédits nécessaires aux achats de matériel et aux dépenses d'entraînement. Elle implique aussi que l'avancement s'opère de manière différente, de telle sorte que les jeunes officiers les plus compétents accèdent plus vite à des responsabilités importantes.

Cette volonté de remodelage de la caste des officiers lui apparaît comme une trahison perpétrée par l'un des siens. La fronde militaire reprend en 1929, contraignant le gouvernement à intensifier la surveillance policière dont certains officiers sont l'objet, à infliger des amendes aux indisciplinés et à procéder à des mutations fulminantes. La conjuration proprement dite se tisse pendant l'automne 1929, après pourtant que le général Primo de Rivera, conscient de son isolement, eut annoncé officiellement qu'il préparait le transfert du pouvoir « avec calme et sérénité ». Mais les conjurés s'impatientent d'autant plus qu'ils se sont déjà trouvés un chef en la personne du général Goded.

Averti des préparatifs d'un *pronunciamiento*, Primo de Rivera tente de jouer une dernière carte. Le 26 janvier 1930, la presse diffuse une note par laquelle il déclare se soumettre à l'« épreuve sensationnelle et décisive » du verdict de ses pairs, les commandants des dix régions militaires, les trois préfets maritimes et les directeurs de la garde civile, du corps des carabiniers et de celui des invalides. Puisque l'armée l'a porté au pouvoir en « interprétant la saine aspiration du peuple », il revient à ses hauts responsables de se prononcer à nouveau. Faute de leur accord, le général Primo de Rivera entend présenter sa démission au roi dans le plus bref délai. Les réponses ayant été presque toutes négatives, il le fait effectivement le 28 janvier, sans être retenu par personne. La nouvelle est rendue officielle deux jours plus tard, alors que l'ex-dictateur s'exile à Paris où il mourra six semaines après. Le dernier acte précédant la guerre civile commence alors, avec la naissance de la Seconde République espagnole.

2
La République perdue

Au début de 1930, l'ex-dictateur pathétique qu'est devenu Primo de Rivera ne se trouve pas seulement abandonné par ses collègues militaires. Il l'est tout autant par le peuple espagnol, soudain guéri par les lubies du général de la tentation autoritaire. Il l'est également par le roi Alphonse XIII qui, dans son souci de répondre à l'humeur changeante de l'armée, prend soin depuis plusieurs années de marquer une distance à son endroit.

Alphonse XIII ne demeure fidèle que sur un point au programme de la dictature. Il redoute le retour immédiat des hommes et des partis qui ont gouverné le pays avant 1923. Tout en retenant l'hypothèse d'élections rendues nécessaires par l'effervescence du pays, il entend confier leur préparation à un gouvernement fort, bien que moins personnalisé que celui de Primo de Rivera. Pour assurer cette transition, il porte le général Berenguer à la tête d'un nouveau cabinet le 30 janvier 1930. Celui-ci prend à beaucoup d'égards le contrepied de la politique du régime précédent. S'affirmant « soldat-citoyen », Berenguer satisfait l'armée en rapportant la plupart des mesures qui l'ont affectée depuis 1926. Parallèlement, son gouvernement tolère la renaissance des partis et des syndicats dans l'espoir de les amadouer. Il n'obtient pas leur caution pour autant. Les anarchistes continuent de se considérer hors du jeu politique, quel qu'il soit, et se préoccupent avant tout de manifester à nouveau leur puissance en attisant l'agitation sociale. De leur côté, les républicains comme les socialistes manifestent une hostilité frontale à la monarchie, en reprochant en particulier au cabinet Berenguer son mutisme sur la date des élections. Enfin, les monarchistes eux-mêmes cessent de l'être, convaincus de l'impossibilité de défendre plus longtemps un souverain qui a discrédité l'institution dynastique. Tous savent que les Espagnols, déjà meurtris par l'expérience parlementaire frauduleuse de la Restauration, rejettent désormais par surcroît le principe monarchique lui-même.

La courte unanimité républicaine (1931)

Les conspirations reprennent. L'une d'elles, prématurément tramée par de jeunes officiers républicains impatients, échoue à Jaca le 12 décembre 1930. En fait, l'essentiel se situe ailleurs. La future République en gestation doit être la seconde à porter ce nom, puisqu'elle succédera à plus d'un demi-siècle d'intervalle à la Première République née en 1873 et défunte une dizaine de mois plus tard dans d'amères convulsions. Chacun conçoit, cette fois, que la Seconde République doit s'esquisser sous des auspices différents et rassurants. En fait, elle est souhaitée ou au moins acceptée par avance, faute de mieux, par une vaste entente allant des socialistes aux royalistes déçus en passant par les radicaux. Formalisée dès le 17 août 1930 par le pacte de Saint-Sébastien, cette trop belle unanimité laisse le pouvoir établi sans recours.

Le 18 février 1931, le roi substitue l'amiral Aznar au général Berenguer à la tête du gouvernement. Mais il ne s'agit plus pour celui-ci que de fixer le calendrier des élections promises, dans un climat de manifestations incessantes et de grèves de plus en plus étendues. Les consultations municipales sont prévues pour le 12 avril 1931, les provinciales pour le 3 mai, les législatives pour le 7 juin, tandis que les sénatoriales doivent attendre jusqu'au 14 juin. Les conservateurs les plus irréalistes n'en attendent qu'un retour à l'ordre sans changement de régime. Les autres, dans la classe politique comme dans la masse de la population, souhaitent que ces consultations entraînent à brève échéance le triomphe de la cause républicaine, seul capable de provoquer une accalmie véritable dans une société lassée de constituer une exception politique en Europe. Nul ne pressent, alors, les enchaînements néfastes qui vont conduire la nouvelle expérience républicaine à la catastrophe de juillet 1936 puis à une autre dictature, infiniment moins pittoresque que celle du général Primo de Rivera.

Configurée dans le contexte d'urgence créé par le vide politique des dernières années du règne d'Alphonse XIII, la coalition républicaine issue du pacte de Saint-Sébastien associe dans ces conditions des républicains convaincus, représentant les partis de gauche et du centre ainsi que les autonomistes catalans et basques, à des démocrates par simple convenance provenant de cercles monarchistes déçus par la dictature du général Primo de Rivera. Ainsi en va-t-il en particulier de Niceto Alcala Zamora et de Miguel Maura, ralliés au cours des mois précédents à la formule d'une république modérée après qu'ils eurent constaté l'impuissance de la monarchie. Dans la pratique, ces éléments disparates s'accommodent d'autant mieux les uns des autres qu'ils ne croient pas au début à un succès rapide de leur projet républicain. C'est, par conséquent, de façon assez platonique qu'ils dressent en octobre 1930 la liste des membres d'un futur gouvernement provisoire. Demeurée largement monarchiste en dépit des gestes d'indiscipline de ses éléments radicaux, l'armée reste à leurs yeux l'obstacle difficilement franchissable dans la perspective d'un renversement du pouvoir en place, d'autant que la minorité formée par les officiers républicains a franchi trop tôt et aventurément le pas décisif avec le putsch de la garnison de Jaca. De plus, les dirigeants républicains craignent les anarchistes plus encore qu'ils ne redoutent l'armée. Ils ne souhaitent bénéficier en aucun cas du soutien dangereux des milices libertaires qui ne leur vouent de leur côté nulle sympathie. Soucieux avant tout d'assurer la respectabilité de la République dont ils ne voient guère comment se faire les accoucheurs, les républicains espèrent en somme le miracle qui leur permettra d'accéder au pouvoir sans violence et, si possible, dans la légalité. Dans cet esprit, les élections municipales du 12 avril 1931 ne peuvent être à leurs yeux qu'une répétition générale des élections législatives dans lesquelles ils placent leurs espoirs.

Ce pessimisme va se trouver démenti. Dans les mois qui

précèdent les élections municipales, un certain nombre des ministres-fantômes sélectionnés en octobre sont accusés fort exagérément d'incitation à la révolte armée et condamnés à des peines légères par un tribunal militaire. Ils sortent de prison dans la liesse générale. Le gouvernement de l'amiral Aznar n'avait pas imaginé que son simulacre de répression servirait en réalité la campagne électorale des républicains. De fait, le scrutin du 12 avril 1931 voit les républicains l'emporter dans la plupart des villes, en premier lieu à Madrid et Barcelone. Et comme le vote des campagnes est entaché d'un soupçon de fraude et de manipulation par les notables, on n'attend pas son résultat — qui se révélera favorable aux monarchistes — pour considérer que la République sort victorieuse des urnes. Tout le premier, le chef du gouvernement recommande au roi de se retirer avant d'abandonner lui-même les bâtiments publics avec ses ministres. Il sait que ni la police ni la garde civile n'entendent s'opposer à l'enthousiasme de la rue.

Dans cette atmosphère d'abandon, les responsables républicains se trouvent comme forcés d'occuper les bureaux ministériels désertés par leurs prédécesseurs. La République naît dans ces conditions le 14 avril, alors qu'Alphonse XIII se déclare en vacance de règne et quitte le pays dès le lendemain sans renoncer pourtant à la couronne. Dans le même temps, l'armée et la garde civile se placent aux ordres du gouvernement provisoire. Le ministre de l'Intérieur Miguel Maura déclarera plus tard : « Ils nous ont fait cadeau du pouvoir[1]. »

Les chances manquées (1931-1933)

Présidé par le catholique conservateur et ancien monarchiste Niceto Alcala Zamora, le nouveau gouvernement comprend une douzaine de ministres représentant la presque totalité de l'éventail politique — des socialistes à la droite ex-royaliste — à l'exception des anarchistes de la Confederación

1. M. Maura, *Así cayó Alfonso XIII*, Barcelona, Ariel, 1968, p. 188.

Nacional del Trabajo (CNT) et de l'extrême droite. Il bénéficie en outre de l'appui de la gauche catalane — l'*Esquerra* — séduite par la promesse d'un statut d'autonomie.

Les nouveaux gouvernants ont deux séries de tâches à remplir, les unes immédiates et les autres à long terme. S'agissant de l'immédiat, il leur faut rassurer l'opinion nationale et internationale inquiète du changement survenu à Madrid, maintenir la paix publique et l'activité économique, plus rapidement encore organiser l'élection des Cortès constituantes fixée au 28 juin. Si l'agenda est chargé, les atouts dont dispose le gouvernement apparaissent considérables. La reconnaissance internationale du régime républicain ne suscite aucune difficulté, y compris de la part du Vatican où le pape Pie XI se montre compréhensif sur la nécessité de prévoir un aménagement du statut concordataire de l'Église. De son côté, l'opposition conservatrice laisse aux républicains le bénéfice de l'inventaire et doit de toute manière s'organiser. Elle ne souhaite pas l'affrontement, d'autant qu'elle ne peut compter sur l'armée et la hiérarchie ecclésiastique divisées pour l'appuyer. Dans leur majorité, les officiers n'éprouvent pas d'hostilité *a priori* contre la République, tant ils ont été déçus par une monarchie devenue fictive. Parallèlement, le clergé et les masses catholiques hésitent à se prononcer. C'est avant tout en vertu de leur neutralité qu'un *modus vivendi* s'esquisse, dans la perspective d'un ralliement à un régime d'ordre dont l'influent quotidien clérical *El Debate* se fait le défenseur avec quelques évêques et le nonce.

En effet, l'attitude d'une partie de l'Église et d'un nombre appréciable de catholiques vis-à-vis de la République est loin d'être négative dans les premiers temps. Le discrédit qui a frappé la monarchie depuis les dernières années de la dictature du général Primo de Rivera fait que les masses modérées et catholiques ne professent pas d'hostilité fondamentale au régime naissant, même si elles éprouvent la crainte de le voir s'orienter dans une direction trop radicale. De plus, le régime républicain compte nombre d'hommes politiques catholiques parmi ses fondateurs. Certains, en tout premier lieu le président du gouvernement provisoire et futur président de la République, Niceto Alcala

Zamora, sont même connus pour leur piété. Avant même la chute d'Alphonse XIII, Alcala Zamora s'emploie à obtenir des garanties pour l'Église et à rassurer les catholiques. Inscrites dans le pacte de Saint-Sébastien, celles-ci se rapportent aussi bien au respect de la liberté de conscience et des cultes qu'au maintien de la propriété privée, qui intéresse aussi la bourgeoisie catholique et l'Église.

Parallèlement, la faiblesse des échanges extérieurs de l'Espagne lui évite de subir de plein fouet les contrecoups de la crise de 1929. La conjoncture économique demeure relativement clémente, exception faite d'une chute persistante des prix agricoles qui suscite la nervosité des milieux ruraux. Il conviendrait de veiller à cet aspect des choses. Mais restent précisément les échéances à long terme, toujours redoutables pour un régime démocratique à peine inauguré. Or, celles-ci concernent notamment la réforme agraire. De façon plus générale, elles obligent le gouvernement à résoudre cette sorte de quadrature du cercle qui consiste à satisfaire les exigences pressantes de ses soutiens populaires sans s'aliéner par contrecoups la complaisance fragile des possédants et des milieux effarouchés par le changement.

Ce jeu d'équilibre requiert une certaine bonne volonté du côté des partis de gauche et des syndicats. Les socialistes se révèlent compréhensifs. A l'issue de difficiles tractations, et en dépit de certaines réticences de leur part, ils participent au gouvernement dans lequel ils détiennent les trois portefeuilles du Travail, qui revient à leur leader Largo Caballero, des Finances, détenu par Indalecio Prieto, et de la Justice, qui échoit à Fernando de los Rios. Leur présence protège le pouvoir face aux demandes ouvrières trop impatientes, en ce qui concerne au moins les milieux ouvriers et de cols blancs contrôlés par la socialiste Unión General de Trabajadores (UGT), forte surtout dans les zones industrielles du littoral atlantique et dans le secteur tertiaire de la capitale.

En revanche, le nouveau régime va souffrir constamment, jusqu'à la guerre civile, de la surenchère anarchiste vis-à-vis d'un État républicain que les libertaires exècrent à peine moins que l'État monarchiste qu'il remplace. Surenchère qui contraint le gouvernement et le Parti socialiste à la réalité ou au simulacre d'une certaine radicalisation, et qui vient surtout à point nommé pour précipiter la renaissance d'une extrême droite antirépublicaine. La CNT et son noyau activiste de la Federación Anarquista Ibérica (FAI) ne se contentent pas de ne pas soutenir les gouvernements républicains et de les mettre en difficulté par des grèves violentes[2]. Elles prônent en outre l'abstention aux élections législatives de 1931 et de 1933, privant de la sorte les partis démocratiques d'une vaste clientèle ouvrière, spécialement en Catalogne et en Andalousie. Parallèlement, le Parti communiste (PCE) ne peut faire moins que suivre les consignes diffusées alors par la IIIe Internationale. Prônant la lutte « classe contre classe » et dénonçant les « sociaux-traîtres » (les socialistes), il multiplie alors les désordres et les grèves sans issue, fomentant même à Séville, dès avril 1931, une tentative révolutionnaire dépourvue de toute chance de succès.

Au sein même du mouvement ouvrier, les différents courants s'affrontent, notamment du fait de heurts armés meurtriers entre militants communistes et socialistes. De manière plus générale, l'immense CNT forte de 1 200 000 membres en 1932, l'infime PCE seulement gros d'un millier d'adhérents et les groupements nationalistes ou intégristes de toutes natures se retrouvent pour harceler le pouvoir et susciter la peur.

Il est vrai que l'extrême droite n'attend pas la provocation pour agir. Dès le 14 mai 1931, le cardinal Segura, primat d'Espagne et archevêque de Tolède, juge bon de publier une pastorale exprimant son attachement à la monarchie disparue et à la personne du roi. La réponse ne se fait pas attendre. Les 10 et 11 mai, des édifices religieux sont incendiés à Madrid et à Malaga, sous le prétexte que l'hymne royal a été diffusé par quelques haut-parleurs dans des rues de la capitale. Dès lors, le gouvernement se trouve acculé

2. Le nombre de journées de travail perdues pour fait de grève passe de 314 000 en 1929 à 3 843 000 en 1931 et à 14 441 000 en 1933 (cf. R. Tamames, *La República. La era de Franco*, Madrid, Alianza, Éditorial, 1973, p. 121).

à la répression tous azimuts, au risque de ruiner les chances d'une entente des catholiques modérés avec la République. S'agissant du secteur « ultra » de l'Église, incarné par le cardinal-primat, les incidents avec les autorités se multiplient jusqu'à l'expulsion de ce dernier, opérée le 15 juin 1931 au grand émoi de tous les catholiques. En dépit de son désir de conciliation, le cardinal Vidal i Barraquer, qui le remplace à la tête de l'épiscopat espagnol jusqu'en 1936, ne parvient pas à redresser complètement la situation ainsi compromise. Quant aux anarchistes qui donnent le ton à l'extrême gauche révolutionnaire, tout est mis en œuvre de leur côté pour saper l'assise populaire de la République et troubler l'ordre public, au moment où leur soutien serait le plus nécessaire et où la paix civile devrait être le souci de tous les démocrates. Dans ce climat, les petits cénacles où se mêlent les généraux réactionnaires et les aristocrates comploteurs commencent à ourdir leurs conspirations et leurs préparatifs belliqueux, fournissant par là même une fausse justification à la contre-violence anarchiste.

Tableau 1

Résultats des élections du 28 juin 1931[3]

Orientation politique	*Sièges remportés*	*% global des abstentions*
coalition gouvernementale		
— socialistes	117	29,9 %
— autres partis de gauche et centre gauche	116	
centre		
— Union Republicana	32	
— Partido Radical	93	
droite		
—Ensemble de la droite	126	

3. R. Tamames, *La República. La era de Franco*, *op. cit.*, p. 54.

Sous réserve de l'abstention des adeptes de la CNT, les élections législatives du 28 juin 1931 confortent pourtant la position des dirigeants républicains. Le scrutin assure une large majorité à une coalition de gauche et de centre-gauche qui recueille 233 sièges aux Cortès constituantes. Parallèlement, les radicaux autonomes menés par Alejandro Lerroux en obtiennent 93, tandis que la droite d'opposition agrarienne, basco-navarraise ou monarchiste n'en conquiert que 126 au total.

Ce triomphe des réformistes a toutefois de quoi inquiéter les tenants d'une stratégie républicaine modérée. Le président du gouvernement provisoire, Alcala Zamora, prêche la prudence à ses ministres et à la gauche largement majoritaire. Vite débordé, il démissionne le 14 octobre 1931 avec le ministre de l'Intérieur Maura, en signe de désaccord sur l'adoption de l'article 26 de la Constitution.

Cet article stipule la séparation de l'Église et de l'État, prévoit l'extinction du budget des cultes et ordonne la dissolution des congrégations religieuses liées au pape par un vœu d'obéissance (les jésuites en particulier). En outre, il soumet les confessions religieuses, dont l'Église catholique, à une future loi spéciale sur les associations cultuelles. Ces principes constitutionnels prennent valeur de symbole pour la gauche, pour qui la laïcisation à la française constitue le point d'ancrage de la démocratie à la fois jacobine et sociale qu'elle entend promouvoir en brûlant les étapes. Mais leur adoption brutale constitue une maladresse politique grave. Elle apparaît comme une provocation et un aveu de sectarisme aux yeux des catholiques. En effet, l'affaire Segura n'avait pas interrompu les tractations entre l'Église et le gouvernement républicain. En dépit de quelques incidents comme le refus d'agrément de l'ambassadeur désigné auprès du Saint-Siège, des réunions avaient eu lieu pendant l'été et l'automne 1931. Fruit de ces conversations, un protocole d'accord daté du 15 septembre avait même été envoyé au secrétaire d'État, Mgr Pacelli. Votée définitivement le 9 décembre 1931, l'adoption des articles anticléricaux de la Constitution rend ce compromis caduc, alors qu'il prévoyait la reconnaissance de la personnalité juridique de l'Église, le respect des congrégations religieuses, la liberté de l'enseignement et le maintien du budget des cultes. Plus largement, elle marque le début de la coupure entre les deux univers qui s'affronteront pendant la guerre civile.

Le même mois, l'élection de Niceto Alcala Zamora à la présidence de la République prendrait toutefois figure de compensation de ce coup de force légal si le pouvoir réel n'appartenait au nouveau président du Conseil, Manuel Azaña. Personnage clé de la Seconde République, celui-ci va demeurer à ce poste jusqu'en septembre 1933 ; plus tard, en avril 1936, il succède à Alcala Zamora en tant que chef de l'État. Radical modéré, mais intransigeant sur la laïcité, Azaña se présente comme le seul arbitre possible d'une coalition de gauche scindée en réalité entre deux factions : socialiste d'un côté, bourgeoise-radicale et laïque de l'autre. Mais si le président du Conseil appartient pour sa part au courant dit bourgeois de cette coalition, s'il peut rassurer l'opinion conservatrice par ses positions libérales en matière économique et sociale, il ruine cet atout par son intransigeance politique sur les « principes républicains » dans un pays divisé à l'égard de ceux-ci. Azaña entend forcer une mutation irrésistible du système politique en détruisant d'emblée l'influence de ces sortes de puissances d'Ancien Régime représentées par l'Église, l'armée et les grands propriétaires. Mais il ne perçoit pas que ce dessein bien intentionné risque, dans la pratique, d'infliger une lésion irrémédiable à la République espagnole naissante, comme la provoque toute politique de ressentiment vis-à-vis des élites qu'un nouveau régime déplace. Susceptibles de demeurer neutres ou attentistes tant qu'elles ne sont pas menacées trop directement dans leurs intérêts profonds, ces élites se voient acculées à la résistance ouverte, puis à la contre-attaque lorsque les nouveaux gouvernants les mettent moralement le dos au mur. Elles recherchent alors, dans la fraction traditionaliste ou conservatrice de la société, le soutien populaire qui leur permet de légitimer à leur manière cette contre-offensive.

Courant au-devant de ce risque, Manuel Azaña va se faire le défenseur passionné de la « Constitution modèle » de 1931, qui repose sur une assemblée unique et s'inspire dans une large mesure de celle de la République de Weimar, considérée à l'époque comme un exemple à suivre... Une fois à la tête du gouvernement, il s'attache à poursuivre son œuvre en stimulant le zèle législatif des Cortès. Des coupes sombres sont opérées dans l'effectif incontestablement pléthorique des officiers, l'ordre des jésuites est dissous, le code pénal remplacé, une loi sur le divorce votée, tandis que l'enseignement confessionnel se trouve interdit sur le papier sans que les écoles publiques soient en réalité capables de le suppléer. La frénésie législative se traduit, aussi, par l'adoption d'une loi sur la réforme agraire dont les ambitions sont grandioses et les conséquences immédiates quasi nulles en raison de l'extrême lenteur de son application. Au total, tout se passe comme si le pouvoir républicain s'attachait à liguer ses adversaires contre lui, sans satisfaire en contrepartie les attentes des masses frustrées par le caractère platonique de ses réformes sociales et la prudente sagesse de sa politique économique.

Par surcroît, cette prudence n'apaise pas l'inquiétude politique de la petite et moyenne bourgeoisie choquée par l'anticléricalisme de la gauche. Elle désarme moins encore l'hostilité de plus en plus manifeste des militaires professionnels et des minorités riches. Ces secteurs basculent dans une opposition absolue au régime républicain quand bien même les fuites de capitaux restent peu importantes et la monnaie stable. Parallèlement, le fait que l'activité industrielle et l'emploi se maintiennent en dépit de la crise n'empêche pas la recrudescence des menées anarchistes. Insensible aux transformations effectuées dans le domaine institutionnel et juridique, la CNT se révolte contre l'immobilisme réel de la politique sociale du gouvernement, multiplie de nouveau les grèves, les affrontements de rue et les occupations de terres dans les campagnes. Craignant d'être débordé, poussé également par le syndicat UGT dont le recrutement s'intensifie dans les zones agricoles, le PSOE[4] ne peut faire moins, à son tour, qu'accorder un soutien de plus en plus critique au cabinet Azaña.

4. Partido Socialista Obrera Español (PSOE), titre officiel du Parti socialiste ouvrier espagnol.

Dès 1932, de multiples signes attestent la baisse de popularité du Parlement et du gouvernement. S'agissant de l'attitude de l'extrême gauche, les actions violentes débouchent bientôt sur des actes insurrectionnels : des gardes civils sont massacrés à Castiblanco le 1er janvier ; un soulèvement libertaire se produit le même mois dans la vallée du Llobregat, en Catalogne ; des troubles semblables se déclenchent en janvier 1933 à Casas Viejas et à nouveau en Catalogne ; des récoltes sont incendiées en Estrémadure pendant l'été suivant. La droite s'agite de son côté, en particulier dans l'armée où les officiers s'indignent de la discussion du statut d'autonomie de la Catalogne, en l'interprétant comme une tentative du démembrement de l'unité nationale. Quelques-uns tentent d'y faire obstacle avec le putsch manqué du 10 août 1932. Ce putsch a été inspiré par le général Sanjurjo, dont la position apparaît spectaculairement modifiée depuis le jour où il offrait à la République le concours de la garde civile qu'il commandait en avril 1931...

D'autres considérations convainquent toutefois la droite catholique de ce que le cadre légal des institutions lui offre plus de chances d'aboutir qu'un coup d'État militaire. Le choc produit par l'avènement de la République provoque incontestablement un certain renouveau chez les catholiques. Ce renouveau se traduit par une affluence croissante dans les églises et par un sursaut de piété correspondant à une sorte d'évasion ou de défi. Il s'exprime aussi dans le développement des associations de laïcs, en particulier parmi les étudiants mais également chez les jeunes en général, spécialement au Pays basque et en Catalogne où la Federaciò de Jovens Cristians de Catalunya (FJCC) finit par toucher 40 000 membres en 1936.

De plus, le changement affecte au premier chef la couche intellectuelle du catholicisme espagnol dont les éléments novateurs peuvent enfin émerger. On en voit le signe dans la reprise en 1933 et 1934 des « semaines sociales » interrompues depuis 1912, dans la création en 1935 des « conversations catholiques internationales de Saint-Sébastien », ou dans les efforts du secteur plus avancé du catholicisme représenté par José Bergamin et la revue *Cruz y Raya*. Beaucoup de jeunes militants laïcs, qui joueront un rôle décisif dans l'aggiornamento des années 1960, font alors leurs premières armes, avant de subir la longue parenthèse du national-catholicisme. Parallèlement, ce réveil d'une conscience religieuse sortant de la léthargie revêt des aspects aussi bien négatifs que positifs sur le plan politique. Beaucoup de catholiques continuent de se crisper dans leur rejet de la République, tandis qu'une infime minorité seulement s'ouvre vraiment à l'esprit démocratique. Mais une masse intermédiaire croissante en vient à admettre que l'arme électorale peut lui permettre d'imposer une modification de la Constitution et d'installer un gouvernement à sa convenance. Sans se convertir pour autant à la République, cette masse cesse de miser sur un coup de force de l'armée.

La promulgation de la loi du 17 mai 1933 sur les congrégations lui donne l'impulsion décisive tout en marquant le point de non-retour dans la détérioration des rapports entre l'Église et la gauche républicaine. Depuis un certain temps déjà, le secteur modéré de l'épiscopat se préoccupe de promouvoir une coalition électorale non confessionnelle mais d'orientation catholique et conservatrice. Diverses élections partielles puis les consultations municipales d'avril 1932 et la désignation d'un nombre appréciable de conservateurs au Tribunal des garanties constitutionnelles confortent ce projet. Il débouche, le 23 décembre 1932, sur la formation d'un rassemblement connu sous le nom compliqué de Confederación Española de Derechas Autonomas (CEDA). La CEDA apparaît largement « catholique » dans la personne de ses leaders et dans sa clientèle politique. Elle est assurément conservatrice sans être pour autant purement réactionnaire ni systématiquement anti-républicaine. En tout cas, elle se veut respectueuse des institutions. Reste, cependant, que la nouvelle organisation est dominée par la figure d'un chef un peu trop charismatique aux yeux des démocrates : José Maria Gil Robles, jeune juriste issu de l'Action catholique et réputé sympathisant du régime mussolinien.

Le président de la République, Alcala Zamora, perçoit ces événements comme une confirmation de ses inquiétudes de 1931. Considérant que le moment est venu de prendre acte du changement que l'on pressent dans l'électorat, il prépare la dissolution des Cortès en tenant compte des impératifs constitutionnels. Le 8 septembre 1933, il feint de tenter de substituer au gouvernement Azaña un cabinet franchement centriste présidé par Alejandro Lerroux. N'obtenant pas l'investiture du Parlement pour celui-ci, le président de la République dispose de la sorte des arguments légaux qui lui permettent de dissoudre les Cortès le 9 octobre, puis de fixer au 19 novembre 1933 la date des élections législatives.

La droite flouée de sa victoire (1933-1934)

Ce jour-là, la chute de la gauche et d'Azaña ne surprend que par son ampleur. Le parti de l'ancien président du Conseil, l'Acción Republicana, ne conserve que 8 sièges contre 27 en 1931. Dans leur ensemble, la gauche et le centre gauche, maîtres de la législature précédente, ne détiennent plus que 98 sièges au lieu de 233, les socialistes régressant à eux seuls de 116 à 58 élus. A l'inverse, la droite et le centre droit disposent de 386 députés, dont 80 pour le Parti radical de Lerroux, 113 pour la CEDA[5] et 39 pour les agrariens coalisés avec elle.

Tableau 2

Résultats des élections du 19 novembre 1933[6]

	% des suffrages exprimés	*% des sièges aux Cortès*	*quotient électoral (voix/sièges)*	*% des abstentions*
Total	100	100		33,9
gauche	37,4	20,7	32.562	
centre	26,2	34,3	13.783	
droite	36,2	44,9	14.555	

5. Confédération espagnole des droites autonomes.

6. F. Murillo Ferrol, *Estudios de sociologia politica*, Madrid, Editorial Tecnos, 1970, p. 75 et 77.

Ce raz de marée des modérés et des conservateurs apparaît au premier degré comme une sanction des erreurs du gouvernement Azaña et comme une conséquence indirecte des exactions anarchistes. Mais il reflète aussi l'élargissement du corps électoral effectué après 1931 avec l'extension du droit de vote aux femmes, qui fait passer le nombre des électeurs inscrits de 6 200 000 à 13 200 000 en 1933. Le vote féminin renforce le poids des masses catholiques et des petits ou moyens exploitants agricoles, contribuant de façon importante à la performance électorale remarquable de la CEDA et de son appendice agrarien. Comme son chef Gil Robles, la CEDA émane très largement de l'Action catholique en ce qui concerne ses cadres et ses militants largement féminins. En fait, elle se trouve même inspirée directement par le président de cette association de laïcs, Angel Herrera Oria, qui remplit aussi les fonctions de rédacteur en chef de l'influent quotidien modéré clérical *El Debate*. C'est toutefois Gil Robles qui exerce l'ascendant sur les foules bien-pensantes et mène le parti.

L'objectif d'Herrera Oria est de constituer en Espagne un parti démocrate-chrétien à la manière du Parti populaire italien de l'abbé Sturzo, dont le succès avait été considérable dans les années antérieures à l'avènement de Mussolini et dont l'essor sera spectaculaire dans l'Italie d'après 1945 sous le nom de démocratie chrétienne. Mais le propos est difficile à réaliser dans le contexte de l'entre-deux-guerres mondiales. A cette époque, les partis confessionnels les plus influents existant en Europe — en Allemagne et en Autriche — subissent ou ont déjà succombé à l'attrait du corporatisme et de formules autoritaires proches du fascisme. Le parlementarisme est passé de mode. Parmi les leaders politiques catholiques, les modèles du jour sont Salazar, Dollfuss ou Schuschnigg, non pas l'abbé Sturzo reclus dans un exil presque obscur à Londres. De plus, les électeurs, militants et dirigeants de la CEDA caressent des intentions disparates en raison même de ce contexte. Le parti capte des éléments venus de tous les horizons du conservatisme. Il comprend d'abord d'ex-carlistes teintés quelquefois de christianisme social comme Dimas de Madariaga, ainsi que beaucoup de monarchistes « alphonsins », tels le comte de

Mayalde, le marquis de Lozoya ou Jésus Pabon (nombre de ceux-ci déserteront la Confederación Española de Derechas Autonomas en 1934-1935, pour rejoindre leurs familles politiques d'origine). Mais la CEDA attire plus encore la masse des personnalités de droite sans préférences institutionnelles particulières, des démocrates-chrétiens avant le mot aux corporatistes catholiques et aux sympathisants d'un fascisme « civilisé ».

Cette stratification complexe se simplifie dans la réalité du jeu politique, pour aboutir à une division ternaire assez apparente dans le groupe parlementaire de la CEDA. Ce groupe englobe d'abord un élément majoritaire identifié à une droite modérée professant un attachement douteux à la République, mais cependant fidèle au principe de neutralité institutionnelle défendu par Gil Robles. Ces « gilroblistes » sont, pour Alfredo Mendizabal qui ne les aime guère, les « indifférents » de la CEDA : « indifférents non par position doctrinale consciente mais par commodité, pour éviter de nouvelles complications ». Leur devise pourrait être, toujours selon Mendizabal : « On a fait suffisamment d'essais (constitutionnels). Pourquoi changer encore une fois[7] ? »

L'aile gauche du parti, d'orientation démocrate-chrétienne entachée de corporatisme, incarne une seconde tendance moins importante que la première. S'affirmant généralement républicaine (« même républicains, disait-on, comme effrayé de son audace », écrit à leur propos Alfredo Mendizabal), les membres de ce courant se situent pour l'essentiel dans l'entourage du juriste sévillan Manuel Gimenez Fernandez, ainsi que dans la Derecha Regional Valenciana de Luis Lucia. Transfuge du carlisme et directeur du *Diario de Valencia*, ce dernier professe un républicanisme assez singulier, mariant l'idéal d'un suffrage universel « organique » (corporatiste) à une conception traditionaliste et « foraliste » des autonomies provinciales. Minoritaire comme le précédent, un troisième courant isole enfin l'aile droite latifundiaire de la CEDA, formée par les représentants des grands propriétaires fonciers du nord-ouest de

7. A. Mendizabal, *Aux origines d'une tragédie*, Paris, Desclée de Brouwer, 1937, p. 214.

la Castille. Cette tendance monarchiste menée par Guallart, Oriol, Montés, Silva, Ortiz de Solorzano et Montera va bloquer les initiatives de la « gauche » du parti, tout spécialement en matière agraire. Les estimations varient quant à l'importance respective de chacun de ces courants. La plus plausible est celle livrée par Javier Tusell, selon laquelle l'aile « gauche » de la CEDA aurait compté une vingtaine des 115 députés élus sous son étiquette en 1933, les modérés 70, et l'aile monarchiste de 25 à 30 députés[8].

Il faut rappeler également l'existence de deux autres courants situés progressivement en marge du parti. Très secondaire, le premier s'intègre dans un petit mouvement ouvriériste et corporatiste connu sous le nom d'Acción Obrerista. Beaucoup plus important, le second se structure dans l'organisation des jeunesses de la CEDA, la Juventud de Acción Popular (JAP), dont le poids devient de plus en plus considérable à partir de 1934. Fondée dès 1932, la JAP sous-tend l'élément fascisant, autoritaire et pseudo-révolutionnaire de la formation de José Maria Gil Robles. Son style traduit l'influence de la gesticulation fasciste, avec le port d'une chemise verte, le salut le bras tendu à demi, les congrès où les motions se trouvent adoptées par acclamation. Bien que son slogan soit « ni fascisme ni libéralisme », la JAP multiplie les allusions à la « race », à l'« esprit espagnol » ou à la « démocratie dégénérée ». Surtout, son activité revêt un caractère assez analogue à celle du *fascio* italien à la veille de la marche sur Rome. Ses membres se mobilisent pour faire fonctionner les services publics pendant les grèves. Ils prêtent même main-forte aux troupes chargées de la répression de la révolte des mineurs des Asturies en octobre 1934.

Gil Robles manœuvre de façon ambiguë face à ces clivages et à cette tendance autoritaire dominante. D'un côté, son éloquence pondérée et son intelligence tactique lui permettent de se révéler comme l'une des figures d'un Parlement dont il assimile remarquablement le jeu. Mais, dans le même temps, il résiste peu à l'enthousiasme peu démo-

8. J. Tusell Gomez, *Historia de la democracia cristiana en España*, Madrid, Ed. Cuadernos para del Diálogo, 1974, vol. I, p. 198-199.

cratique de la masse de ses partisans. Ceux-ci le transforment en homme providentiel. Pourvu du titre de *Jefe* à l'instar du *Duce* italien, Gil Robles commet en outre l'impair d'assister en 1933 au congrès du Parti national-socialiste à Nuremberg. Ville où il apparaît escorté et acclamé dans ses déplacements par des groupes compacts de membres de l'organisation des jeunesses de la CEDA. Tentant finalement de ne mécontenter personne en ne se déclarant ni pour ni contre la République, il évite certes de heurter de front ses partisans monarchistes. Mais il justifie dès lors les attaques des républicains. Faisant de sa reconnaissance du régime établi la pierre de touche de sa légitimité politique, ceux-ci sont en définitive enchantés de pouvoir jeter sur lui l'anathème fasciste. En insistant à l'inverse sur le caractère « accidentel » et somme toute accessoire des formes de l'État, le chef de la CEDA ne parvient qu'à renforcer leurs préventions à son endroit. Surtout, il refuse de la sorte de se prêter au test de son admissibilité au gouvernement.

Ceci ne gêne guère Gil Robles vis-à-vis des royalistes et des carlistes présents au Parlement. La récente victoire électorale de la CEDA souligne la préférence des électeurs modérés et des conservateurs pour une réorientation politique de nature légale et pacifique. Il importe peu, dans ces conditions, que l'extrême droite le harcèle aux Cortès pour lui reprocher son attitude trop conciliante, ni même que les cercles activistes regroupent leurs forces en vue d'un soulèvement armé. L'extrême droite déloyale vis-à-vis du régime républicain n'a pas alors le vent en poupe, même si les monarchistes comploteurs et autres carlistes courtisent les milieux militaires et concluent un accord secret avec Mussolini le 31 mars 1934. Et même si les courants proprement fascisants se structurent dès février, avec l'unification des Juntas de Ofensiva Nacional-Sindicalista (JONS), de Ramiro Ledesma Ramos et de la Falange Española de José Antonio Primo de Rivera, fils du dictateur des années 1923-1930. Plutôt qu'une menace réelle pour la République ou qu'une concurrence véritable pour la CEDA, les uns et les autres ne représentent qu'une alternative réactionnaire dépourvue d'actualité immédiate, au moins tant que la tentative de réforme légaliste incarnée par Gil Robles demeure plausible pour les masses modérées ou conservatrices.

Autrement plus dangereuses pour la consolidation de la démocratie espagnole sont les préventions que la gauche manifeste à l'égard de la droite catholique. Au lendemain des élections de novembre 1933, ces préventions s'inscrivent d'abord dans les menées ostensiblement subversives des anarchistes. Menées qui se traduisent par des grèves politiques d'une rare violence à Saragosse, Valence et Madrid, par des attaques contre des postes isolés de la garde civile et par le sabotage de l'express Barcelone-Séville, dont le déraillement cause la mort de dix-neuf personnes. Parallèlement, le Parti socialiste modifie fondamentalement sa position vis-à-vis de la République. Jusqu'alors fidèles à une attitude d'appui critique au gouvernement auquel ils avaient participé de 1931 à 1933, les socialistes choisissent après ce moment de se radicaliser dans une perspective d'opposition maximaliste. Menée en particulier par Luis Araquistain, une nouvelle gauche surgit au sein du PSOE. Elle entraîne à sa suite le vieux leader du parti Francisco Largo Caballero. De réformiste, celui-ci devient dans le laps de quelques mois un marxiste empreint du zèle du néophyte, bientôt qualifié par ses laudateurs de « Lénine espagnol ». Cette caution au sommet fait basculer le Parti socialiste dans la perspective d'une option franchement révolutionnaire, d'un antagonisme frontal vis-à-vis des gouvernements issus des élections de novembre 1933. En dépit des résistances de l'aile modérée du PSOE conduite par Indalecio Prieto, grand rival de Largo Caballero, cette évolution accélérée prépare le terrain d'un rapprochement avec les communistes qui fascinent les secteurs socialistes radicaux. Elle constitue aussi le prélude à la formation du Front populaire auquel les anarchistes donneront de leur côté un appui réservé. Mais il est vrai que, plus immédiatement, les socialistes caressent le dessein plus exaltant d'un soulèvement armé du prolétariat, sous l'égide d'une *Alianza obrera* dont ils se font les principaux inspirateurs.

Confronté à ce péril de première grandeur dont il n'ignore que les modalités précises, le président de la République, Alcala Zamora, s'efforce de sauver les institutions et de restaurer l'ordre public en évitant ce qui apparaîtrait comme une provocation aux yeux de la gauche en mal d'insurrection : soit d'associer la droite catholique victorieuse au plan électoral aux responsabilités du gouvernement. Frustrant la CEDA et les agrariens du bénéfice normal à tirer du verdict des urnes, Alcala Zamora juge plus prudent de confier au radical Alejandro Lerroux la tâche de former un cabinet centriste.

Vieux routier de la politique dans le sens péjoratif de l'expression, Lerroux devient l'homme clé de la législature 1933-1935. Souffrant comme la plupart de ses collègues radicaux d'une réputation douteuse d'affairisme et d'opportunisme corrompu, il est servi en revanche par son passé anticlérical datant des vieux affrontements du début du siècle. Passé composite qui, dans l'esprit du président de la République, devrait rassurer une partie des républicains de gauche point trop hostiles au conservatisme économique et social de Lerroux tout en n'inquiétant pas trop la CEDA et les agrariens. La manœuvre échoue en ce qui concerne la gauche qui ne se laisse pas séduire par le nouveau président du Conseil, y compris dans son propre parti dont une aile fait scission sous l'égide de Diego Martinez Barrio. Par contre, les agrariens proches de la CEDA appuient son action et se rallient alors à la République, dans l'attente de portefeuilles ministériels qui ne sauraient tarder. Bien qu'avec de multiples réserves et en maintenant intangible son principe de l'« accidentalité » des formes institutionnelles — dont la forme républicaine — la CEDA soutient aussi le cabinet radical.

Ce soutien n'est pas sans conditions. Mais Lerroux fait preuve d'emblée d'une grande compréhension vis-à-vis des revendications du parti catholique. Dès le début de 1934, son gouvernement satisfait celles qui touchent à la mise en sommeil des réformes initiées sous l'égide d'Azaña. La fermeture des écoles confessionnelles est reportée à une date indéterminée. Les jésuites reprennent leur enseignement en costume civil et au titre de professeurs sécularisés. L'extinction totale du budget des cultes est ajournée et les prêtres perçoivent à nouveau une aide publique. Enfin, l'application déjà très lente de la réforme agraire se trouve pratiquement suspendue. Quelques mois plus tard, en outre, Alejandro Lerroux se préoccupe de répondre au vœu de la CEDA de voir amnistier les conjurés anti-républicains retenus en prison. Mais bien qu'elle s'applique à tous les détenus politiques, de droite comme de gauche, la loi d'amnistie votée par les Cortès apparaît aux formations ouvrières comme une atteinte au régime républicain, dans la mesure où elle s'applique notamment au général Sanjurjo et à ses complices du putsch monarchiste de 1932. Redoutant des incidents graves, le président de la République refuse d'y apposer sa signature, provoquant de la sorte la démission d'Alejandro Lerroux. Celui-ci ne disparaît cependant que pour peu de temps.

Le nouveau cabinet dirigé par Ricardo Samper ne satisfait pas davantage la gauche. Sa composition et ses orientations ne diffèrent pas sensiblement de celles du gouvernement précédent. De plus, les secteurs socialistes et républicains reprochent au président Alcala Zamora d'avoir non point opposé son veto définitif à la loi d'amnistie, mais de l'avoir renvoyée en seconde lecture devant la Chambre en ayant simplement refusé de la parapher à l'issue d'un premier vote favorable. Adoptée à nouveau par les Cortès, l'amnistie entre en vigueur au printemps de 1934. Dans le même temps, le gouvernement Samper démontre surtout son impuissance face aux difficultés qui se multiplient devant lui jusqu'à l'été. L'agitation autonomiste reprend au Pays basque et un conflit aigu se produit entre les autorités de Madrid et la Généralité de Catalogne. En ratifiant une loi sur les fermages rejetée le 8 juin par le Tribunal des garanties constitutionnelles, la Généralité défie le gouvernement central. De façon plus large, son attitude reflète l'incompatibilité qui existe désormais entre les Cortès et le parlement catalan, où l'*Esquerra* — gauche catalane — domine depuis les élections de janvier 1934.

Le soulèvement des Asturies et le Bienio Negro (1934-1935)

Plus redoutables encore sont les affrontements qui se multiplient quelques mois plus tard entre les forces de gauche et la CEDA, à propos d'une participation éventuelle — attendue en fait — de cette dernière au gouvernement. Les socialistes s'y opposent formellement, voyant dans cette participation le premier pas vers l'instauration d'un État fasciste en Espagne. La crise éclate le 4 octobre 1934, lorsque José Maria Gil Robles retire le soutien de son parti au cabinet Samper et le contraint à la démission. Se pliant en partie seulement au veto socialiste, le président Alcala Zamora confie une fois encore à Lerroux le soin de présider un autre gouvernement. Pour obtenir son investiture par les Cortès, il doit cependant se résoudre à confier trois portefeuilles ministériels à la CEDA, dont l'appui parlementaire ne peut être obtenu qu'à ce prix. La réplique de la gauche est immédiate. A Madrid, l'UGT déclenche la grève générale et tente de s'emparer du pouvoir avec l'aide des communistes. En Catalogne, le président de la Généralité, Lluis Companys, proclame en 1931 l'autonomie totale de la province dans le cadre d'une hypothétique « République fédérale espagnole ». Toutefois, l'échec du mouvement insurrectionnel se révèle patent dès le 5 octobre. La CNT n'y participe pas en général. A Madrid comme à Barcelone, l'armée et la garde civile obéissent au gouvernement, lui permettant de conserver le contrôle de la situation et d'arrêter la plupart des dirigeants socialistes dont Largo Caballero. Dans ces villes, tout rentre dans le calme dès le 7 octobre, après quelques escarmouches seulement.

Toutefois, la passivité anarchiste ne se vérifie pas partout. Dans la zone charbonnière d'Oviedo, dans les Asturies, les mineurs libertaires participent avec leurs collègues socialistes, communistes ou para-trotskistes à l'union de tous les courants ouvriers. Disciplinés, dotés d'explosifs et d'armes saisies dans les arsenaux, ils vont constituer une force de 30 000 à 70 000 hommes selon les estimations[9]. Cette force occupe d'emblée le chef-lieu de la province ainsi que les villes de Gijon, Mieres et Sama de Langreo. L'échec du soulèvement partout ailleurs la place assurément dans une situation sans espoir. Mais ce désespoir même crispe

9. G. Jackson, *The Spanish Republic and the Civil War*, Princeton, Princeton University Press, 1965, p. 153.

la résistance des insurgés en même temps qu'il convainc le gouvernement d'user contre eux des méthodes les plus dures. Commandés par les généraux Franco et Goded, des régiments de la légion étrangère et des unités indigènes amenés du Maroc assurent la répression en raison du peu de confiance accordé aux troupes métropolitaines formées avant tout de conscrits. Des combats acharnés se poursuivent pendant deux semaines.

Exaspérés par la pugnacité de leurs adversaires, les contingents marocains se déchaînent, commettant des assassinats et des viols dont la presse n'a pas le droit de faire état. De leur côté, les mineurs trouvent naturel de piller les maisons et les boutiques des bourgeois. Ils perpètrent aussi une quarantaine de meurtres, dont ceux d'une demi-douzaine de religieux et d'un plus grand nombre de gardes civils ou de gardes d'assaut (police républicaine correspondant aux CRS français). Les communistes restent les derniers à résister, jusqu'à ce que la lutte prenne fin par une reddition assortie d'une seule condition de la part des mineurs : le départ des troupes coloniales de la zone des Asturies.

L'engagement ne sera pas respecté. Les sanctions imposées à la population ouvrière revêtent dans les mois qui suivent l'insurrection un caractère particulièrement atroce. Aux 1 300 tués — dont 300 représentants des forces de l'ordre — et aux 3 000 blessés du fait des opérations militaires s'ajoutent, en octobre et novembre 1934, près de 30 000 arrestations pour motif politique. Plus largement, l'affaire des Asturies dessine le tournant central de l'histoire de la Seconde République espagnole, en traçant déjà le clivage qui va séparer les deux camps antagonistes de la guerre civile.

A partir de ce moment, la classe ouvrière et la gauche ne basculent pas seulement dans une opposition vengeresse à la république conservatrice née des élections de 1933. Au-delà, elles cessent de concevoir la démocratie comme un régime de compromis et d'alternance au pouvoir de courants idéologiques distincts. Elles n'acceptent plus d'autre issue que celle d'un gouvernement révolutionnaire irréversible. Dans cette perspective, les organisations prolétariennes se résolvent à promouvoir une unité d'action déjà vécue par leurs militants emprisonnés. De son côté, la gauche bourgeoise personnifiée par Azaña ne peut elle-même que se rapprocher de l'extrême gauche ouvrière, dans la mesure où la droite se durcit et la rejette dans le camp révolutionnaire. En effet, non contente de réclamer l'aggravation des peines prononcées contre les responsables ouvriers, la CEDA attaque également l'ancien président du Conseil, l'accusant de s'être compromis dans les événements d'octobre 1934. Bien que la Cour suprême rejette le 6 avril 1935 les charges qui pèsent sur lui, Azaña se trouve par là pourvu de l'auréole du martyr et d'un brevet de solidarité avec le prolétariat. Avantage qui lui permet de se poser par avance en figure de proue de la coalition rédemptrice qui prend forme quelques mois plus tard avec la constitution du Front populaire.

Portés par ce mouvement, les socialistes frustrés par leur expérience gouvernementale des débuts de la République accélèrent leur mutation révolutionnaire. En particulier sur leur aile gauche, ils deviennent tout disposés à une collaboration suivie avec les communistes et même à l'établissement de certains liens organiques avec eux. En bref, ils songent à promouvoir une version espagnole de la révolution d'Octobre. De son côté, le PCE tire évidemment profit de ces dispositions en dépit des arrestations qui le touchent. Il cesse d'être frappé d'ostracisme par les autres organisations ouvrières comme par la masse des travailleurs. Ce fait se vérifie au niveau de la diffusion de la presse communiste. Le tirage du quotidien *Mundo obrero* passe de 35 000 exemplaires en octobre 1934 à 55 000 lors de sa reparution en janvier 1936, tandis que les autres organes clandestins du parti atteignent de nouvelles couches de lecteurs. Surtout, le Parti communiste cesse d'être minuscule. Le nombre de ses adhérents grossit de 20 000 en octobre 1934 à 35 000 en février 1936, puis à 133 000 en mai de la même année. Même si la CNT anarchiste et l'UGT socialiste comptent respectivement 1 200 000 et 1 042 000 membres dès le début de 1933, cette progression transforme les communistes en éléments enfin notables de l'extrême gauche.

A l'autre bout du spectre politique, la droite ne fait pas

que s'adonner à son penchant répressif et persécuteur. L'illégitimité démocratique du soulèvement des Asturies justifie ses propres préventions contre la démocratie et ses tentations putschistes. A terme, son glissement débouche sur le tout ou rien de la rébellion militaire du 18 juillet 1936. Dans l'immédiat, il convainc la CEDA de jouer une dernière carte légaliste en forçant la réalisation d'un programme de contre-réforme sociale et institutionnelle. Dans le domaine social, la bonne volonté du ministre « cédiste » de l'Agriculture, Manuel Gimenez Fernandez, se heurte à l'hostilité de l'aile droite de son parti et à celle des monarchistes. La réforme agraire qu'il entend simplement remodeler et adoucir se trouve dans ces conditions réduite à néant. Sur le plan institutionnel, la CEDA appuyée cette fois par les monarchistes exerce simultanément un véritable chantage sur le président du Conseil. Elle entend obtenir une révision profonde de la Constitution, qui aboutirait à la création d'un Sénat et réduirait fortement l'autonomie de la Catalogne. Elle veut, également, diminuer la portée des lois sur le divorce et le mariage civil.

Alejandro Lerroux et Niceto Alcala Zamora appréhendent les dangers de cette attitude intransigeante. Mais ils doivent capituler devant les exigences de Gil Robles lorsque celui-ci retire le soutien de son parti au gouvernement et réclame la dissolution des Cortès en vue d'élections anticipées. Pour éviter cette dissolution, le président de la République préfère former un nouveau gouvernement le 5 mai 1935. Toujours présidé par le vieux notable radical, il comprend toutefois cinq et non plus seulement trois ministres de la CEDA. Parmi ceux-ci, Gil Robles détient le portefeuille de la Guerre, dans le même temps que le « cédiste » libéral Gimenez Fernandez perd celui de l'Agriculture. Dans ce contexte, une loi de « réforme de la réforme agraire » est adoptée le 9 novembre 1935, tandis que les projets d'amélioration du statut des métayers et d'accès des journaliers à la propriété sont abandonnés dans les mois suivants. Plus largement, l'année 1935 constitue l'année la plus sombre du *bienio negro* (le biennat noir) marqué par la puissance de la CEDA.

Dans la pratique, la politique de la CEDA au cours du

bienio negro devient avant tout celle de la droite du parti. Politique de réorganisation et de reprise en main conservatrice de l'armée menée par José Maria Gil Robles à la tête du ministère de la Défense nationale, du 7 mai au début de décembre 1935, qui se traduit en particulier par l'expulsion des officiers républicains indésirables, et par la nomination du général Franco comme chef de l'état-major central. Également, politique d'économies financières et de maintien d'une fiscalité anachronique, qui se trouve concrétisée par le blocage du plan de constructions scolaires et par le refus d'augmenter les taxes sur les successions importantes. Enfin, politique répressive sur le plan judiciaire, empreinte d'hostilité face aux aspirations autonomistes basques et catalanes, qui ne fait que prolonger la campagne contre le Statut de Catalogne entreprise dès 1932 par *El Debate*, et qui provoque une rupture fort malencontreuse pour l'avenir entre le Parti nationaliste basque et la CEDA. Les intentions généreuses mais infructueuses des représentants du courant relativement démocratique et social du parti de José Maria Gil Robles ne peuvent rien contre cette évolution, pas plus que les réticences fort claires d'*El Debate* vis-à-vis des outrances carlistes ou du régime instauré en Allemagne par le chancelier Hitler.

Cependant, cette victoire douteuse du clan le plus réactionnaire du parti se trouve viciée par une série de scandales financiers auxquels la CEDA est étrangère mais qui rejaillissent sur elle. Averti de certains agissements douteux du trop indispensable Lerroux, le président Alcala Zamora le contraint à la démission le 29 octobre 1935, pour le remplacer à la tête du gouvernement par Joaquin Chapaprieta. Le scandale du *straperlo*[10] éclate au même moment, discréditant non seulement l'ancien président du Conseil et ses collaborateurs, mais aussi, par une contagion injustifiée, l'ensemble de l'expérience conservatrice des années 1933-1935. Bien que nullement impliqués dans l'affaire, Gil Robles et la CEDA se trouvent dans une position difficile. Leur alliance parlementaire bancale avec les radicaux

10. *Straperlo* : par allusion à un jeu de hasard qui symbolise une affaire de corruption en matière de concession de casino.

devient impossible après la mise au jour de la corruption de ces derniers, au moment même où le parti catholique défend une politique de rigueur budgétaire. Un second scandale financier surgissant en décembre, le président de la République n'a plus alors d'autre issue que celle qu'il refusait quelques mois auparavant : dissoudre les Cortès où nulle majorité de gouvernement n'existe plus, afin de procéder à des élections anticipées cette fois inévitables. Un cabinet centriste dirigé par Manuel Portela Valladares se voit chargé de la gestion des affaires courantes, tandis que la dissolution de la Chambre est prononcée le 7 janvier 1936, dans l'attente des élections dont le premier tour se trouve fixé au 16 février.

Février 1936 : la victoire du Front populaire

Ce scrutin est celui de la dernière chance aux yeux du président de la République. Niceto Alcala Zamora a toujours considéré depuis 1931 que la République ne pourrait s'enraciner en Espagne qu'en échappant aux extrêmes et en s'orientant dans une direction modérée mais a-confessionnelle. Totalement contrariée en 1931 et en 1933 par le triomphe du radicalisme jacobin d'Azaña, puis par celui de la réaction catholique incarnée par Gil Robles, cette vision garde, selon lui, une possibilité de se concrétiser en février 1936, au moins si les Espagnols votent massivement en faveur de la troisième force centriste menée par son ami Portela Valladares. Le choix des électeurs va contredire cette attente peu réaliste. Ignorant les partis centristes, ceux-ci se polarisent à l'inverse entre les deux coalitions ennemies de droite et de gauche. Visiblement, les Espagnols n'ont pas le souci primordial de la préservation des institutions républicaines. Ce qui importe davantage à leurs yeux est de solder les rancœurs accumulées depuis 1931, sans considération réaliste des nécessités de la paix civile ou de la stabilité politique.

Au cours de la campagne, la droite comme la gauche jouent leur va-tout avec une richesse de moyens de propagande inconnue jusqu'alors. La cohésion de la gauche l'emporte cependant sur celle de la droite surprise par la dissolution des Cortès. Constitué depuis le 20 octobre 1935, le Front populaire mené par Manuel Azaña rassemble les socialistes, les communistes, la Gauche républicaine, l'Union républicaine de Martinez Barrio, l'*Esquerra* catalane, le Parti régionaliste galicien (ORGA) ainsi que diverses formations secondaires. De plus, il bénéficie de la neutralité bienveillante des anarchistes qui lèvent de façon voilée la consigne d'abstention dont la droite avait tiré profit en 1933. Diffusé le 16 janvier 1936, le programme du Front populaire apparaît modéré dans les termes et les intentions, reflétant visiblement les préférences d'Azaña plutôt que celles de ses alliés socialistes et communistes.

La droite se structure plus lentement, car l'accord est difficile entre ses deux principaux courants représentés d'une part par les monarchistes et phalangistes, d'autre part par la CEDA. Les premiers récusent la stratégie légaliste et parlementaire de Gil Robles. De son côté, la CEDA est persuadée d'abord de pouvoir l'emporter seule, sans le renfort compromettant du secteur antidémocratique formé par l'extrême droite monarcho-phalangiste. Pourtant, il lui faut se résoudre à une coalition électorale comprenant non seulement ses alliés naturels du Parti agrarien et de la *Lliga* catalane, mais aussi les royalistes durs du Bloc national et la Phalange. Coalition imposée par les particularités de la loi électorale de 1931, très défavorable aux partis isolés dans la mesure où elle accorde dans chaque circonscription 80 % des sièges à la liste qui recueille la majorité absolue des suffrages exprimés (le reste étant réparti à la proportionnelle entre les formations politiques minoritaires). Soucieux de ne pas trop se compromettre, Gil Robles prend toutefois soin de déclarer le 23 janvier 1936 que son parti demeure fidèle aux institutions, et que l'alliance avec les monarchistes reste purement électorale. De plus, la CEDA conclut le 4 février un accord de dernière heure avec les centristes proches du président Alcala Zamora, pour aboutir à des listes communes dans cinq provinces.

La veillée d'armes électorale mobilise toutes les tendances et toutes les couches sociales. A droite, elle suscite même certaines mises au point de la part des secteurs les plus avancés de la démocratie chrétienne. Le 18 janvier 1936, les responsables de l'Uniò Democratica de Catalunya déclarent notamment : « Nous n'accepterons jamais que la lutte électorale qui approche soit le combat du catholicisme, et nous nous élevons contre le fait que certains veuillent la comprendre ainsi[11]. » Parallèlement, le Parti nationaliste basque adopte une position d'indépendance vis-à-vis du Front populaire aussi bien que de la CEDA, contre le gré d'ailleurs du Vatican qui ne lui pardonnera pas ce qu'il considère comme une trahison. Mais ces attitudes divergentes se révèlent accessoires au regard du ton général de la campagne, qui marie le thème de la lutte contre la menace révolutionnaire à celui de la défense de l'Église. Le clergé, notamment, appuie au moins autant qu'en 1933 les consignes de la droite, même si certains évêques restent relativement discrets. De même, la gauche ne fait rien pour diminuer le caractère manichéen de la confrontation. Les références directes au catholicisme existent aussi, il est vrai, dans la propagande du Front populaire... Ainsi sur les affiches que le comité des femmes antifascistes fait placarder à Séville et qui se terminent par le slogan : « A bas le fascisme vaticaniste et inquisitorial ! » En outre, les outrances verbales ne sont pas exceptionnelles dans la bouche des candidats, en privé comme en public, comme les violences physiques exercées par les militants de gauche sur ceux de la droite et réciproquement.

Pourtant, après une campagne somme toute moins violente qu'on ne l'appréhendait, la consultation du 16 février se déroule de manière assez régulière. Ayant joué au profit de la gauche en 1931, puis à celui de la droite en 1933, le mode de scrutin qui requiert la constitution de vastes rassemblements sert cette fois le Front populaire. Dès le premier tour, les pronostics qui donnaient un certain avantage à la droite se trouvent démentis. Le nombre des votants s'élève à 9 865 000, sur 13 554 000 inscrits. Le Front populaire l'emporte assez nettement sur la droite prise isolément,

11. E. Raguer Suñer, *Histoire de l'UDC*, Paris, 1962, f. 51 (manuscrit inédit).

tandis que le centre fait un score électoral particulièrement décevant. Bien qu'incertains et controversés en raison de l'absence de décompte officiel, les résultats du vote traduisent à la fois cette victoire de la gauche et la polarisation des Espagnols entre deux masses politiques approximativement égales. Au regard des chiffres publiés dans la presse de l'époque, Hugh Thomas attribue 4 176 000 voix au Front populaire, 3 784 000 à la coalition de droite, 681 000 au regroupement centriste et 130 000 aux nationalistes basques. Par ailleurs, il évalue les abstentions à 28 % de l'effectif des électeurs inscrits, contre 33,9 % en 1933. Autrefois abstentionnistes, les votants de sensibilité libertaire semblent avoir fait la différence en contribuant dans une mesure appréciable à la victoire du Front populaire. Cependant, Francisco Murillo Ferrol établit une statistique quelque peu différente. D'après lui, le niveau des abstentions se serait élevé à 33,5 %, soit à un chiffre à peine inférieur à celui de 1933. De son côté, la proportion des voix recueillis par chaque courant aurait été selon Murillo de 47,6 % pour le Front populaire (contre 48,3 % pour H. Thomas), 43,1 % pour la droite (contre 42,8 %), 7,8 % pour le centre (contre 7,5 %) et 1,5 % pour les nationalistes basques (contre 1,4 %).

Tableau 3

Résultats des élections du 16 février 1936

	% des suffrages exprimés		*% des sièges aux Cortès* (Murillo F.)	*quotient électoral* (voix/sièges)	*% des abstentions*
	Thomas	Murillo F.			
total	100	100	100		28 %
gauche	48,3	47,6	56,0	15.759	(Thomas)
centre	7,5	7,8	11,0		33,5 %
droite	42,8	43,1	30,4	26.276	(Murillo F.)
Basques	1,4	1,5	2,5		

De toute manière, le résultat général du scrutin et sa traduction en nombre de sièges aux Cortès engendrent une véritable panique dans les milieux modérés et conservateurs. Car si la gauche demeure en somme légèrement minoritaire par rapport à l'ensemble des votants, elle dispose en revanche d'une forte majorité parlementaire du fait de la prime qui lui est accordée par la loi électorale. La CEDA en particulier, qui annonçait 300 élus et n'en a plus que 88, apparaît comme la principale victime du scrutin, et José Maria Gil Robles comme le naufrageur des espoirs des catholiques de bonne volonté. A l'inverse, les phalangistes et autres extrémistes de droite se targuent du triomphe de leur thèse, selon laquelle aucun accommodement n'est possible avec la démocratie républicaine, antichambre du cataclysme communiste.

La consternation frappe les secteurs catholiques et modérés à l'annonce de ces résultats. L'ambassadeur américain Claude Bowers parle même de « peur panique ». « Le lendemain du scrutin — rappelle-t-il — les deux clubs des environs de Madrid, rendez-vous de l'aristocratie, étaient déserts, personne n'osait sortir et les voitures demeuraient dans les garages. Les réceptions projetées furent annulées. Le cardinal Tedeschini (le nonce) m'avertit par téléphone que son dîner était annulé[12]. » Il est vrai que ce dîner devait célébrer la victoire de la CEDA... De plus, la déception et la peur ne touchent pas que l'aristocratie et les dignitaires de l'Église. Comme l'écrit Alfredo Mendizabal, « la victoire écrasante des gauches leur donnant la majorité absolue à la Chambre remplit de stupeur les triomphateurs eux-mêmes et anéantit les vaincus », d'autant que le nombre total des voix recueillies par la droite et le centre réunis dépasse de 300 à 500 000 celui des suffrages réunis par le Front populaire. En fait, le mode de scrutin imposant l'« absurde système des alliances, plus scandaleux encore cette fois[13] », joue simplement en défaveur de la droite, alors qu'il l'avait servie en 1933. Les électeurs catholiques ne manquent pas d'interpréter ce retournement du sort comme un vice fondamental du régime républicain.

12. C. Bowers, *Ma mission en Espagne (1933-1939)*, Paris, Flammarion, 1956, p. 183.
13. A. Mendizabal, *op. cit.*, p. 239.

La CEDA et les monarchistes reconnaissent leur défaite après quelques jours d'hésitation. Par la suite, les invalidations d'élus de la droite prononcées le 31 mars par une commission parlementaire réunie après la constitution des Cortès n'arrange pourtant pas les choses. La fraude n'est guère douteuse dans certains cas, mais le fait que la plupart des gouverneurs civils en poste aient été nommés pendant le *bienio negro* ne suffit pas à justifier toutes les invalidations qui s'effectuent au détriment de la coalition conservatrice. Malgré ses protestations et le retrait temporaire de ses députés, celle-ci perd un nombre appréciable de sièges. Globalement, la représentation du Front populaire passe grâce à cette opération contestable de 266 à 295 députés, tandis que celle de la droite diminue de 207 à 177 sièges.

Les électeurs et les responsables politiques de droite aussi bien que du centre ont ainsi toutes les raisons de réagir négativement à la nouvelle donne politique. Le 17 février au matin, Gil Robles presse le président du Conseil, Portela Valladares, de proclamer l'état de siège en vue de garantir la régularité du second tour prévu le dimanche 23. Il convainc également le général Franco — chef de l'état-major — d'intervenir dans le même sens auprès du chef du gouvernement. Portela Valladares subit la contagion, sans parvenir à emporter l'assentiment du président de la République qui se refuse à l'éventualité de cette sorte de putsch légal. Terrifié par l'enthousiasme quelquefois menaçant des partisans du Front populaire, le président du Conseil implore alors Azaña de le remplacer, bien que ce dernier souhaite constituer son cabinet de façon normale, après l'ouverture des Cortès fixée au 16 mars. Le président de la République doit plier devant ce défaitisme. Il sollicite Azaña qui forme son gouvernement le 19 février. Ne comprenant que des ministres « bourgeois » de la coalition du Front populaire, le nouveau cabinet dépend cependant de l'appui des partis ouvriers qui réclament l'application immédiate du programme de la gauche unie : notamment l'amnistie des prisonniers politiques incarcérés depuis l'affaire des Asturies, également la reprise de la réforme agraire interrompue depuis plus de deux ans.

Le « printemps tragique » de 1936

En dépit de cette précipitation et de ces pressions, Azaña tente de se comporter en chef de gouvernement attentif au maintien de l'ordre public. Mais son appel au calme n'est guère entendu, et l'état d'alerte qu'il proclame reste peu efficace en dépit de l'établissement d'une censure de la presse. Le second tour des élections se déroule non sans désordres sous la menace des foules ouvrières, tandis que des groupes de paysans encouragés par l'UGT et la CNT procèdent dans certaines régions à des occupations de grands domaines agricoles. Plus généralement, la violence, l'irrespect des normes juridiques et les provocations réciproques de l'extrême gauche et de l'extrême droite se transforment en faits quotidiens, auxquels les gouverneurs civils intronisés depuis le renversement de majorité ne peuvent ou ne veulent pas mettre un terme. Dans les mois qui suivent les élections, un climat de terrorisme s'installe, bientôt caractéristique de ce qu'on appellera le « printemps tragique » de 1936.

Cette période revêt pour partie le visage d'un règlement de comptes de la part de la gauche victorieuse. L'aile socialiste et communiste du Front mène aussitôt campagne contre le président de la République. Déjà honni par la droite qu'il a frustrée de son triomphe électoral de 1933, le président va succomber pourtant aux coups de la gauche. L'argument invoqué contre lui est qu'il n'a pas respecté la Constitution, celle-ci ne lui permettant pas de dissoudre plus de deux fois les Cortès pendant son mandat. Chacun oublie que, lorsque Alcala Zamora avait dissous l'Assemblée constituante en 1931, il avait été entendu que cette première dissolution n'entrerait pas en ligne de compte. Cet accord un peu trop tacite est gommé en 1936, tant par la gauche que par la masse des députés de droite et du centre.

Destitué le 7 avril par 238 voix contre 5 seulement en sa faveur, le président de la République est remplacé le 10 mai par Manuel Azaña, qui charge le progressiste modéré Santiago Casares Quiroga de diriger le gouvernement. En apparence, le nouveau chef de l'État fait l'unanimité de la gauche dans la mesure où les socialistes acceptent de le soutenir et où son profil « bourgeois » semble devoir atténuer l'effroi des classes moyennes. Dans la pratique, cependant, le dessein implicite de la fraction maximaliste du PSOE consiste plutôt à le reléguer dans des fonctions honorifiques capables de le priver de son rôle de leader du Front populaire. Dans cette position, Azaña prétend pourtant gouverner pour tous les Espagnols. Mais il n'est même pas suivi par son président du Conseil. Casares Quiroga ne cèle pas alors qu'il considère le pays comme « en état de guerre [...] contre le fascisme ». Or, pendant le printemps de 1936, le terme de fascisme désigne la droite dans son ensemble, légale ou non.

Dès lors, l'affrontement entre les deux camps idéologiques adverses s'esquisse à visage ouvert. Le gouvernement dispose de 34 000 gardes civils, 17 000 gardes d'assaut et 14 000 carabiniers pour maintenir l'ordre, auxquels s'ajoute une armée de 130 000 hommes dont la fidélité apparaît, il est vrai, sujette à caution. Mais ces forces ne suffisent pas à la tâche. En outre, elles redoutent les désaveux du nouveau pouvoir et se divisent entre la garde civile plutôt conservatrice et la garde d'assaut réputée républicaine. La violence et la contre-violence se déchaînent, avec leur cortège d'assassinats, d'enlèvements, de grèves d'allure révolutionnaire, d'occupations de terres ou d'usines et, aussi, de mises à sac ou d'incendies d'édifices religieux, de centres de partis et de syndicats. Les décès de mort violente pour motif politique passent de 45 pour l'ensemble de l'année 1935 à 269 pour les seuls six premiers mois de 1936[14], dans un climat où ils ne représentent que le paroxysme d'un désordre érigé en règle de fait. Ce désordre nourrit chez les uns l'espoir d'une révolution proche, chez les autres la peur d'un bouleversement imminent devant lequel l'armée apparaît comme unique recours.

Impuissant et quelquefois complaisant vis-à-vis des excès de ses partisans trop exaltés, le gouvernement ne peut, de plus, compter sur les organisations ouvrières pour désamorcer l'explosion populaire. Les anarchistes jettent de l'huile

14. J.J. Linz, A. Stepan, *The Breakdown of Democratic Regimes. Europe*, Baltimore, The Johns Hopkins Press, 1978, p. 188.

sur le feu. De leur côté, les socialistes dont le concours serait essentiel, compte tenu de la faiblesse du Parti communiste, se laissent guider par l'enthousiasme révolutionnaire de leur fraction maximaliste. Le leader modéré Indalecio Prieto n'est pas écouté quand il prône l'entente avec les républicains « bourgeois » et le soutien à un cabinet d'union nationale susceptible de restaurer la confiance dans les institutions. A l'inverse, les maximalistes soutenus par l'immense masse syndicale de l'UGT entraînent à leur suite l'autre grande figure du parti, Francisco Largo Caballero. Rendu plus prestigieux encore par sa brève incarcération consécutive au mouvement insurrectionnel de 1934, celui qu'on présente de plus en plus comme le « Lénine espagnol » parcourt le pays en tous sens, en y soulevant les foules par des discours lyriques où il annonce l'avènement prochain de la révolution sociale.

Devenu majoritaire au sein du Parti socialiste, ce courant maximaliste s'attache à rivaliser de surenchère démagogique avec les anarchistes de la CNT, par crainte de se trouver débordé par eux. Il cultive également un sentiment d'infériorité et de déférence admirative vis-à-vis des communistes. Le PCE ne laisse pas perdre l'occasion. Déjà, les Jeunesses socialistes s'étaient déclarées officiellement marxistes en 1935. En avril 1936, les communistes pressent le mouvement en obtenant leur fusion avec leur propre organisation de jeunesse. La Juventud Socialista Unificada (JSU) naît alors, se muant vite en annexe du Parti communiste après la défection des jeunes socialistes hostiles à l'unification. Elle se fait par là l'accoucheuse de la seconde naissance du PCE, d'abord en lui apportant de nouveaux cadres ex-socialistes issus de la JSU comme Santiago Carrillo, Federico Melchor ou José Cazorla, plus largement en se transformant en vivier de son recrutement. Longtemps très limité, celui-ci devient massif.

La droite n'est pas moins emportée par le tourbillon. La CEDA se démembre. Avec une joie agressive, les activistes phalangistes et monarchistes interprètent le verdict des urnes comme un rejet de la tactique légaliste de Gil Robles. L'érigeant en bouc émissaire, ils poussent les militants de son organisation de jeunesse — la JAP — à la déserter pour rejoindre les rangs de la Phalange ou des groupes armés carlistes. Simultanément, beaucoup des anciens électeurs du Parti catholique renient leurs « illusions » antérieures. L'idée d'une contre-révolution violente se diffuse dans les classes moyennes conservatrices. Profitant de ce glissement de l'opinion autrefois modérée, les bandes armées phalangistes attisent avec succès le début d'incendie. Fortes d'environ 10 000 hommes au printemps de 1936, elles provoquent au besoin les affrontements mortels avec les milices de gauche pourtant plus nombreuses. La fermeture par les autorités du siège de la Phalange, puis l'arrestation de José Antonio Primo de Rivera ne font qu'exacerber ces actions terroristes qui s'amplifient jusqu'au 18 juillet. A la limite, ces mesures répressives fournissent des arguments aux phalangistes. En effet, ceux-ci se présentent avec une certaine raison comme des victimes de la mauvaise foi d'un gouvernement plus tolérant à l'endroit du terrorisme de gauche. Cependant, s'il est vrai que les autorités légales paraissent plus enclines à sanctionner les catholiques et autres « fascistes » que les organisations de gauche pour des méfaits assez semblables, il serait injuste d'oublier que l'attitude de la masse conservatrice favorise en quelque sorte cette partialité au cours du printemps 1936. Ses sympathies de plus en plus manifestes à l'endroit des milices de l'extrême droite la rendent apparemment complice de celles-ci, au moins aux yeux de la population ouvrière.

Au regard de cet engrenage, les actes de bonne volonté émanant aussi bien du côté gouvernemental que du côté catholique vont demeurer sans effet. La police protège autant qu'elle le peut les églises à partir du mois d'avril. Elle assure aussi la protection de la Semaine sainte à Séville, qui se déroule calmement. De même, la CEDA soutient dès le mois de mars le projet gouvernemental d'amnistie des condamnés de la révolte des Asturies, puis approuve le rétablissement du statut d'autonomie de la Catalogne et soutient la candidature du radical Diego Martinez Barrio comme président des Cortès. Elle franchit en outre un pas qui aurait pu être décisif quelques années plus tôt, en se ralliant de façon explicite au principe républicain au mois d'avril. Il est malheureusement trop tard, y compris quand certains évêques font de leur mieux pour entretenir de bonnes relations avec le pouvoir. Le chanoine Sirvent, représentant l'évêque de Palma, en fait l'amère expérience lorsqu'il doit quitter la tribune officielle lors d'un défilé militaire. Face aux grèves séditieuses, à l'autorité de fait des syndicats et aux exactions des *pistoleros* de toutes obédiences, l'État républicain apparaît chaque jour davantage comme une fiction. L'attente de l'événement décisif qui conduirait à mettre un terme à ce vide de pouvoir s'installe. Il survient le 13 juillet 1936 avec l'assassinat du leader monarchiste José Calvo Sotelo, tué par des membres des forces de sécurité républicaines en représailles du meurtre d'un lieutenant de police socialiste. Cet événement précède de peu l'heure H du soulèvement militaire, fixée au 17 juillet à 17 heures.

La République des chances gâchées

L'assassinat de Calvo Sotelo ne fournit que l'étincelle venue opportunément justifier un putsch qui prétend répondre à l'imminence d'un mouvement révolutionnaire socialo-communiste. Mais ce prétexte immédiat ne peut masquer le mécanisme plus profond de l'autodestruction de la République espagnole. Née dans la facilité et l'enthousiasme de 1931, la République est moribonde depuis octobre 1934. Elle n'offre plus, en 1936, qu'une façade lézardée dont les militaires pensent avoir raison en quelques semaines. Certes, le sursaut populaire va démentir cet optimisme, en montrant que l'écroulement de la démocratie espagnole n'aurait probablement pas été inéluctable dans un contexte différent de celui des années 1930, marquées par une dynamique autoritaire dans la plus grande partie de l'Europe. Pourtant, la conjoncture internationale de l'époque n'a joué que comme facteur aggravant des maladresses commises par les artisans de l'expérience républicaine de 1931 à 1936. Le terrain espagnol n'était pas propice à l'émergence d'un courant fasciste puissant. Demeurée neutre durant la Première Guerre mondiale, l'Espagne ne comptait pas — comme l'Italie et l'Allemagne — une immense couche d'anciens combattants déçus et susceptibles de fournir la masse critique d'un courant totalitaire. Longtemps, la Phalange ne demeura qu'une association criarde de mauvais sujets de bonne famille. Par la suite, elle n'a jamais mobilisé de façon profonde la population modérée, en général empreinte d'une sensibilité catholique rebelle aux outrances dictatoriales et hostile aux velléités totalitaires du fascisme et du nazisme.

En fait, au début des années trente, la société espagnole se répartit pour l'essentiel entre trois segments dont aucun n'est acquis à l'autoritarisme de style italien ou allemand : d'abord un segment traditionnel bourgeois ou paysan, attaché au conformisme catholique ; ensuite un segment moderne et normalement républicain, rassemblant une fraction importante des classes moyennes urbaines et de la classe ouvrière des grandes usines ; enfin un troisième segment libertaire, implanté avant tout parmi les journaliers agricoles et les travailleurs des petites entreprises industrielles. Statistiquement, ces trois masses s'équilibrent presque, les bourgeois ou paysans « socialement catholiques » se situant toutefois au premier rang et le prolétariat libertaire au troisième au regard de leurs effectifs.

Politiquement, le dilemme que les créateurs de la République devaient affronter était par conséquent le suivant. Ou bien ils choisissaient de privilégier par leur action et leur discours l'exaltation d'un concept de démocratie sans compromis, au risque de mettre sa recevabilité en péril dans les milieux traditionalistes assez étrangers aux principes républicains et sans avoir pour autant la garantie de séduire le prolétariat anarchisant rebelle à toute espèce de démarche « politicienne ». Ou bien ils se préoccupaient d'abord de consolider vaille que vaille une démocratie du possible, de la faire durer au prix d'une certaine impasse sur les principes, afin de lui permettre de doubler le cap dangereux de l'enfance et de la rendre graduellement convaincante aux yeux des timorés ou des indifférents aux valeurs de la République et du progrès social.

Les républicains, qui l'auraient été davantage encore s'ils avaient permis à la République de durer, ont retenu la première option sans peser le danger qu'elle comportait. Soit celui d'affaiblir d'emblée l'assise d'un régime nouveau qui, s'il avait peu d'ennemis déclarés au début, n'avait pas tellement plus d'amis résolus en dehors de l'aile socialiste du prolétariat, de la classe moyenne des fonctionnaires et d'une mince couche d'intellectuels. De la sorte, les tièdes ou les observateurs timorés se sont transformés rapidement en adversaires. Qui plus est, les dirigeants républicains sont tombés dans l'erreur tactique qui consistait à proclamer le changement sans le concrétiser, à faire passer le discours ou l'énoncé législatif avant l'action. Ce faisant, ils croyaient démontrer cette habileté qui revient à entretenir l'espoir des masses pauvres par l'annonce inscrite dans les lois d'un bouleversement à terme de leur situation, et à rassurer les moins pauvres ou les riches par le caractère somme toute assez platonique de cette annonce et de ces lois. En réalité, ils ne traduisaient de la sorte que l'ambiguïté de leurs propres intentions, un déchirement entre leur élan philanthropique et leur confiance plus terre à terre dans des institutions simplement libérales et parlementaires. C'est ainsi que, faute d'effectuer la réforme agraire ailleurs qu'au Parlement et dans les bureaux, les premiers gouvernements républicains se sont contentés — selon l'expression de Manuel Azaña — de « triturer » les deux secteurs les plus névralgiques de leur environnement politique. L'armée d'abord, que les républicains ont considérée comme une sorte d'ennemi. L'Église ensuite, que le pouvoir a offensée en croyant que l'anticléricalisme pouvait représenter un dérivatif efficace devant la lenteur des transformations économiques et sociales.

L'erreur des dirigeants républicains n'a pas échappé aux différents secteurs de la société espagnole. Sans même que leur démonstration de cécité politique ait été nécessaire, le peuple libertaire les a pris pour ce qu'ils étaient : des politiciens « bourgeois » que leurs sentiments poussaient à feindre de gouverner à gauche à l'instar des promoteurs de la IIIe République en France. Rien ne pouvait les séduire dans ce dessein. De son côté, le peuple catholique, qui se serait sans doute satisfait d'une république d'ordre, ne pouvait que refuser sa confiance à des hommes qui agressaient sans raison objective les symboles et les institutions auxquels il demeurait le plus attaché. En ce qui concerne ce dernier, tout s'est joué finalement quand les républicains ont contesté la légitimité des bulletins de vote catholiques lorsque le résultat des élections de 1933 est venu justifier démocratiquement le virage conservateur que les modérés attendaient pour se rallier au régime instauré en 1931.

Pour sa part, la fraction socialiste du peuple espagnol s'est trouvée dans une position encore plus délicate. Il était normal que le PSOE et l'UGT demandent des réformes, et l'on ne peut qu'admirer la sagesse politique qui les a conduits à soutenir les premiers gouvernements de Manuel Azaña en dépit de leur modérantisme en matière sociale (s'agissant des faits plutôt que des lois). Il était normal également que la population située dans la mouvance du socialisme espagnol s'impatiente devant la lenteur du changement et pousse à la radicalisation de ses leaders. Mais l'irréparable s'est produit en octobre 1934, lorsque Largo Caballero a rejeté le pacte démocratique et pris la tête d'un soulèvement qui s'opposait à la reconnaissance de la CEDA comme parti de gouvernement. Usant de l'anathème « fasciste » pour marquer l'indignité de Gil Robles, il n'a fait alors que se désigner lui-même sous ce vocable, si on l'affecte à tous ceux qui dénient le rang de citoyens à leurs adversaires politiques. Passe encore si les masses socialistes ne l'avaient pas approuvé. Mais elles l'ont fait en bonne partie, ruinant par là les chances d'une concitoyenneté ouverte à tous, y compris aux catholiques et autres conservateurs.

Cet enchaînement de présages et d'actes sinistres éclaire dans une large mesure le dénouement de 1936. La République espagnole a pâti très vite de la lésion que ses créateurs lui ont infligée en recourant à une politique de revanche vis-à-vis de l'élite traditionnelle et de vexation à l'endroit de millions de catholiques. En outre, le plus grave a tenu par la suite à ce que ni les républicains ni leurs opposants n'ont conçu la nécessité d'un arrangement capable de sauver le pays quand l'occasion s'en est présentée en 1933 et 1935. Isolé dans son intelligence de la situation, le président Alcala Zamora ne pouvait vaincre la pulsion suicidaire de la gauche. Il ne pouvait davantage communiquer l'intelligence politique à une droite mal convaincue de la valeur des compromis et toujours enfermée dans une vision dichotomique de l'avenir de l'Espagne. Le conservatisme espagnol n'a pas compris qu'il avait plus à gagner qu'à perdre en se faisant discret pendant quelques années, de la même façon que son homologue français l'a fait pendant un certain temps après la chute du régime de Vichy.

3

Du putsch manqué à la guerre civile

La conspiration permanente

Le complot qui débouche sur le soulèvement militaire des 17-18 juillet 1936 n'est que le dernier d'une longue série. En fait, la République a vécu au milieu d'une conspiration permanente, face à des conjurés qui se sont recrutés aussi bien à l'extrême gauche qu'à l'extrême droite.

Inspirée de manière directe par le leader socialiste Francisco Largo Caballero, la révolte des Asturies confirme ce constat. Qui plus est, cet événement survenu en octobre 1934 ne constitue pas la première tentative de subversion du pouvoir issu des urnes par ceux-là même qui se réclament du peuple et de la démocratie. Dès 1931, les communistes miment sans succès la révolution violente à Séville. En janvier 1932, les anarchistes prennent leur relais en massacrant les gardes civils de Castilblanco, en Estrémadure. Ils récidivent en janvier et en décembre 1933, avec l'insurrection armée de Casas Viejas puis le soulèvement du Haut Llobregat, aux confins de la Catalogne et de l'Aragon. Au regard de ces précédents, l'hypothèse d'un mouvement armé de l'extrême gauche n'apparaît nullement invraisemblable en 1936, en dépit de la victoire électorale du Front populaire. Rien n'exclut que les syndicats ne se laissent emporter par la masse de leurs adhérents et veuillent forcer les choses de façon irréversible. Qu'il s'agisse pour lui d'un motif ou d'un prétexte, c'est en vertu de cette crainte que le général Franco tente de convaincre le président du Conseil, Portela Valladares, de proclamer l'état de guerre le jour même des élections de février.

Mais, l'évidence s'impose aussi que l'événement décisif de juillet 1936 est bien le produit des conjurations de la droite. Les secteurs réactionnaires acquis à l'idée d'une action de force contre la République sont multiples et aussi divisés. Ils recouvrent d'abord des éléments civils. Ceux-ci sont représentés par les monarchistes légitimistes partisans d'Alphonse XIII, ainsi que par les carlistes menés par Fal Conde et identifiés au prétendant traditionaliste Alfonso Carlos de Bourbon-Parme. Ils comprennent aussi divers groupes et groupuscules d'idéologie fasciste, rassemblés depuis février 1934 au sein de la Phalange de José Antonio Primo de Rivera, fils du dictateur tombé en 1930. Reste que les monarchistes se trouvent desservis par l'impopularité persistante de l'ancien souverain. Ce facteur détermine l'échec de la première tentative de putsch militaire anti-républicain menée le 10 août 1932 par le général Sanjurjo, sous leur inspiration. Par la suite, il explique que les monarchistes se cantonnent avant tout dans l'opposition intellectuelle, au sein d'un courant dénommé Acción Española à l'imitation de l'Action française.

En revanche, les carlistes se révèlent infiniment plus combatifs. Réunifiés en janvier 1932 sous le nom de Partido Tradicional Carlista, ils sont conduits depuis le 3 mai de la même année par l'avocat sévillan Manuel Fal Conde. Intéressés d'abord par l'action légale, ils tentent en 1931 de se rapprocher des nationalistes basques, catholiques comme eux, puis concluent une alliance électorale avec les modérés de la *Lliga* catalane jusqu'à la consultation municipale de janvier 1934. Leur retournement radical vers une stratégie de subversion armée s'accélère à partir de ce moment et la désignation de Fal Conde comme secrétaire général du mouvement sanctionne ce changement. Laissant les carlistes modérés à leurs intrigues de salon, Fal Conde se préoccupe à partir de ce moment de forger l'instrument militaire de la future contre-révolution. Dans cette perspective, il donne le caractère d'une armée clandestine à l'organisation masculine de la Communion traditionaliste : les *requetés*. Commandés par le colonel Varela, ceux-ci s'entraînent sous la direction d'officiers de carrière licenciés par le gouvernement. De plus, ils s'équipent bientôt avec le concours de l'Italie. Un accord secret, conclu à Rome le 31 mars 1934, leur ouvre en effet les arsenaux fascistes ainsi que les terrains de manœuvre de Libye et de Sardaigne. A la veille de la guerre civile, cette force peut aligner huit mille hommes, dont deux cents ont séjourné dans les camps italiens. L'une de ses rares faiblesses tient à ce qu'elle se circonscrit pour l'essentiel à la seule province pyrénéenne de Navarre, où le mouvement carliste a trouvé une sorte de sanctuaire depuis le début du siècle. Un autre handicap relève de la division du carlisme. Celui-ci reste scindé par la querelle dynastique. Quelques carlistes s'accommoderaient d'une restauration d'Alphonse XIII, tandis que la plupart des autres la refusent sans parvenir à se mettre d'accord sur un prétendant unique. Dans ces conditions, le jeune prince Xavier de Bourbon-Parme, héritier du prétendant discuté Alfonso Carlos, n'apparaît que comme le symbole provisoire de leur ambition politique.

En 1936 et depuis deux ans, la Phalange se présente au contraire comme un mouvement unifié d'ampleur nationale. Cependant, son principal défaut réside dans son manque d'implantation réelle en dehors de quelques villes castillanes comme Valladolid et des beaux quartiers de Madrid. Elle se caractérise en somme comme un groupe de *señoritos*, à l'image de son chef José Antonio Primo de Rivera. Né en 1903 dans une famille andalouse aisée de tradition militaire, ce dernier a hérité de son père — le dictateur des années 1920 — le titre de marquis d'Estella. Cultivé et séduisant, il a lu Spengler et Keyserling aussi bien que Marx et Lénine. Candidat monarchiste battu aux élections législatives d'octobre 1931, il se détache au début de 1933 de la droite classique, influencé sans doute par la venue au pouvoir de Hitler. S'efforçant ensuite sans beaucoup de résultat d'obtenir l'appui des financiers basques qui préfèrent miser sur le leader socialiste réformiste Indalecio Prieto, il parvient toutefois à se poser en fédérateur possible de quelques groupuscules fascisants moribonds vers la fin de la même année. Aidé par sa stature familiale, telle est spécialement l'intention qu'il manifeste lors d'un meeting organisé le 29 octobre 1933 à Madrid, dans les locaux du Théâtre de la Comédie.

En fait, ce qu'il s'agit de fédérer ne représente pas grand-chose. Un premier groupuscule fasciste se réclamant tout uniment de Mussolini, Hitler et de l'Union soviétique est apparu dans la capitale en mars 1931, dès avant l'instauration de la République, à l'initiative d'un employé des postes quelque peu lettré du nom de Ramiro Ledesma Ramos. Puis est venu s'ajouter à ce courant d'idéologie radicale et favorable à une réforme agraire un deuxième groupe, d'orientation intégriste et réactionnaire exactement inverse, créé en août 1931 à Valladolid par le syndicaliste catholique Onesimo Redondo Ortega, sous le titre de Juntas Castellanas de Actuación Hispánica. Unis en octobre suivant dans le cadre des Juntas de Ofensiva Nacional-Sindicalista (JONS), les deux mouvements adoptent alors l'emblème commun du joug et des flèches, qui deviendra celui de la Phalange puis du régime franquiste. Toutefois, la cohésion de l'organisation demeure nulle. La fusion n'est rien qu'un jeu d'écritures entre partenaires fantomatiques. Telle est la base dont hérite José Antonio Primo de Rivera en 1933. Ses velléités terroristes n'arrangeant pas les choses. Cette extrême droite paraît trop teintée de « républicanisme fasciste » aux yeux des conservateurs.

La Phalange espagnole naît dans ces conditions le 2 novembre 1933. Elle rallie à ce moment quelques milliers de jeunes monarchistes musclés, tandis que les JONS ne rassemblent de leur côté que quelques centaines de membres. Les deux courants fusionnent en février 1934, en adoptant l'appellation compliquée de Falange Española y de la JONS. Sous la houlette du charismatique, bien que discuté, José Antonio, celle-ci oscille d'abord entre la poésie célinienne des salles de cafés littéraires et la tentation de la violence inassouvie. Elle adopte aussi en 1935 la théorie para-léniniste des minorités actives, tout en l'assortissant de considérations assez vagues sur la réforme agraire. Pourtant, de l'aveu du correspondant de l'agence Reuter en Espagne, son chef « paraissait un personnage irréel dans son rôle de leader fasciste », et « il était l'une des personnes les plus agréables de Madrid[1] »...

1. H. Buckley, *Life and Death of the Spanish Republic*, London, Hamish Hamilton, 1940, p. 128.

Finalement, la Phalange ne sort de l'ornière qu'en raison de l'échec de la CEDA aux élections de février 1936. Par avance, José Antonio Primo de Rivera avait qualifié cette consultation de « mascarade », en entraînant son parti dans une contestation tous azimuts qui se révélera assez payante : contestation du Front populaire mais aussi de la stratégie légaliste de Gil Robles, en même temps que réaffirmation de la nécessité de la réforme agraire et que critique à peine voilée de la pusillanimité des militaires, incapables selon les phalangistes de porter remède aux maux du pays et d'agir avec courage. Dans ce contexte, ils se trouvent grossis au cours du printemps de 1936 par l'afflux de milliers de transfuges de l'organisation de jeunesses de la CEDA, au point que l'effectif de la Phalange passe de 5 000 membres au début de 1936 à 60 000 à la veille du soulèvement militaire. Dans le même temps, les milices phalangistes se transforment en bandes armées comme le font les milices prolétariennes adverses. Bien que Primo de Rivera s'efforce pendant quelques jours de réfréner leur désir de vengeance après l'assassinat de quatre militants du parti, il ne peut empêcher la section de Séville d'entamer des actes de représailles après la mort d'un cinquième phalangiste. Dès lors, le cycle infernal se déclenche, pour aboutir le 14 mars 1936 à l'interdiction de la Phalange et à l'arrestation de son chef. Si les phalangistes constituent alors une force non négligeable bien que désordonnée, la décapitation de leur appareil dirigeant les place presque hors circuit dans les mois qui précèdent le soulèvement militaire. Par surcroît, le fait que Primo de Rivera ait incité les officiers à la rébellion le 4 mai, depuis sa prison d'Alicante, n'arrange guère ses affaires vis-à-vis des généraux qui préparent le soulèvement pour leur propre compte et dans la discipline.

Le complot militaire

Ces derniers disposent seuls des moyens nécessaires à cette fin et entendent en conserver le monopole. Dans cette perspective, ils n'apprécient pas davantage les menées subversives des jeunes officiers rassemblés depuis la fin de 1933 au sein de l'Union militaire espagnole (UME). Essaimant en 1934 ses cellules dans un nombre important de garnisons, l'UME ne fait à leurs yeux qu'encourager le développement adverse d'une Union des militaires républicains antifascistes par les officiers fidèles au gouvernement. Elle blesse aussi l'esprit hiérarchique, en permettant à des responsables de rang subalterne de constituer un réseau de commandement et de renseignement parallèle.

Cette situation représente un grand risque aux yeux des officiers supérieurs. La modernisation des forces armées menée de 1931 à 1933 par Manuel Azaña a tendu à les rendre plus efficaces en augmentant les dépenses de fonctionnement et d'équipement au détriment des dépenses de personnel. Mais les économies opérées de ce côté se sont traduites par une réduction des effectifs. L'armée métropolitaine est passée de 207 000 hommes en 1930 à 130 000 en 1933, tandis que le nombre des seuls officiers régressait de 20 000 à 15 000. Dans la pratique, ce sont surtout les médiocres qui ont accepté les pensions de retraite anticipée offertes par la République. A l'inverse, les meilleurs officiers dont le sentiment républicain se révélait aussi le plus tiède dans la plupart des cas sont demeurés dans l'armée. Ils y ont meublé leurs loisirs en complotant et en murmurant contre les généraux trop passifs à leur sens.

Nommé chef de l'état-major général au moment où José Maria Gil Robles exerçait les fonctions de ministre de la Guerre, le général Francisco Franco s'était efforcé de remettre les choses en ordre en 1935, à la fois en écartant les officiers républicains des postes de responsabilité et en rappelant leurs jeunes collègues potentiellement factieux à l'obéissance. Il lègue cette armée remaniée au gouvernement du Front populaire, quand bien même celui-ci se préoccupe de renverser la barre en procédant à son tour à des mutations. Symboliquement, Franco lui-même se voit relégué au commandement de la région militaire des lointaines Canaries. Pourtant, ces mesures pressées ne modifient guère le fond. En grande partie, le haut commandement penche de plus en plus vers l'idée d'un putsch dirigé depuis le sommet de l'appareil militaire, convaincu que la masse des régiments suivra docilement son impulsion.

Dans cette perspective, une première réunion exploratoire se tient à Madrid le 8 mars 1936, en présence notamment des généraux Mola et Orgaz et du colonel Varela, instructeur en chef des *requétés* carlistes. La petite assemblée entérine le principe d'un coup d'État dont elle fixe même la date au 19 ou 20 avril. Ne pouvant trouver de responsable suprême en son sein, elle reconnaît implicitement l'autorité du général Sanjurjo, en exil au Portugal depuis sa tentative manquée de 1932. Nommé récemment gouverneur militaire de la Navarre, avec siège à Pampelune, le général Emilio Mola se trouve chargé de la coordination pratique des préparatifs.

Conservateur intelligent et réaliste, souffrant d'une fort mauvaise presse parmi les républicains, ce dernier se consacre avec décision à ce travail. Son « Instruction réservée n° 1 », en date du 25 avril, remet le moment du soulèvement à plus tard, probablement au mois de juin. Elle préfigure aussi le dispositif politique qui doit faire suite au putsch : une dictature militaire provisoire assortie d'un appendice civil. Le 30 mai, Sanjurjo se voit clairement désigné comme chef de ce gouvernement transitoire, étant entendu qu'il ne s'agit pour lui que d'occuper cette fonction une fois le triomphe acquis. Le 5 juin, un nouveau document élaboré par Mola détermine en outre l'objectif ultime de l'opération. Le projet ne consiste pas à installer de façon permanente un gouvernement autoritaire et encore moins un régime fasciste. Il est de permettre à terme la formation d'un « Parlement constituant », sur la base d'une « dictature républicaine » initiale. Si « les sectes et organisations politiques qui reçoivent leur inspiration de l'étranger » s'y trouvent condamnées, il n'est en effet pas question dans ce document intitulé *El directorio y su obra inicial*[2] de changer le « régime républicain », ni de revenir sur les conquêtes ouvrières « légalement obtenues ». Dans ce cadre, le dessein défendu par Mola vise seulement à instaurer un « État fort et discipliné », conforme au « principe d'autorité ».

Tous les conjurés ne partagent pas ce point de vue, il est

2. J. Arostegui Sanchez, « Conspiración contra la República », *Historia 16* (3), 1986, p. 30-31.

vrai. Surtout, les éléments civils de l'opposition radicale à la République espèrent autre chose qu'un diktat de la part de l'armée. Les légitimistes fidèles à Alphonse XIII attendent sa restauration presque immédiate, tandis que les phalangistes sont ulcérés de se trouver ignorés par les comploteurs galonnés. De son côté, José Maria Gil Robles est parfaitement au courant des préparatifs bien qu'il affecte plus tard de ne pas les avoir connus dans le détail. Or, il ne contemple pas d'un bon œil une opération qui ne lui attribue aucun rôle précis. De même, les carlistes de Fal Conde renâclent de plus en plus vivement, au point de songer d'une manière des plus irréalistes à un soulèvement pour leur propre compte. Le général Mola, dont le commandement se situe dans leur fief de Pampelune, rencontre de ce fait de fortes difficultés, d'autant plus que le général Sanjurjo prête une oreille attentive aux prétentions traditionalistes pour reprendre quelque initiative.

Dès le 23 janvier 1936, le vieux prétendant Alfonso Carlos délègue ses pouvoirs à son neveu le prince Xavier de Bourbon-Parme, promu à partir de ce moment au titre de « régent ». Mais Fal Conde règne en fait sur la Communion traditionaliste, comme aussi sur la Junta Carlista de Guerra installée à Saint-Jean-de-Luz comme une sorte de gouvernement en exil. Par la suite, les pourparlers entrepris avec Mola à partir du mois de juin débouchent sur une mésentente croissante, puis sur la rupture totale des discussions survenue le 9 juillet, à quelques jours du soulèvement fixé un temps au 14 ou au 15 juillet. C'est dans ces conditions que celui qu'on appelle le « directeur » de la conjuration diffuse ses instructions techniques des 20 et 24 juin aux forces terrestres, navales et aériennes, sans savoir s'il bénéficiera dans son propre secteur du soutien des *requétés* carlistes. Or, ceux-ci devraient à l'évidence fournir le fer de lance de la prise du pouvoir dans les provinces pyrénéennes et basques, où les garnisons se révèlent anémiques et formées en grande partie de conscrits peu fiables. Face à cette incertitude, le ralliement de dernière heure des phalangistes n'offre qu'une maigre consolation, dans la mesure où ils ne sont relativement nombreux qu'à Madrid ou dans quelques chefs-lieux de province de Vieille-Castille et d'Andalousie, et où leurs qualités de combattants paraissent des plus aléatoires. Par précaution, le soulèvement est à nouveau remis, au 21 juillet semble-t-il[3].

L'assassinat du leader monarchiste José Calvo Sotelo, survenu le 14 juillet, le rend désormais irréversible, dans la mesure où ce crime perpétré par des gardes d'assaut au service de la République suscite l'indignation de l'ensemble de la population conservatrice et paraît sonner le glas de la légalité en vigueur. Le dispositif est en place depuis le 10 juillet. Mola assume depuis Pampelune la responsabilité du secteur nord. Le général Goded doit s'envoler de Majorque pour prendre le commandement des insurgés à Barcelone et non plus à Valence comme il était prévu au début. De son côté, le général en retraite Villegas doit occuper le ministère de la Guerre à Madrid, tandis que le général Queipo de Llano a pour tâche de se rendre maître de Séville et que d'autres encore reçoivent des missions du même type. Au Portugal, le général Sanjurjo attend de son côté l'avion qui le conduira vers le commandement suprême.

De plus, Franco que les conjurés s'étaient un peu lassés de solliciter est lui aussi de la partie. Pendant le printemps 1936, il a évité de trop se commettre avec eux. Feignant la correction vis-à-vis du gouvernement, il a même pris soin au mois de mars de mettre Manuel Azaña, alors président du Conseil, en garde contre le malaise de l'armée. Il réitère cette démarche le 23 juin, dans une longue lettre au nouveau chef du gouvernement Casares Quiroga. Franco y souligne les dangers que les mesures de réorganisation de l'institution militaire font courir à son unité. Il y voit « les signes avant-coureurs de futurs troubles civils », et convie son correspondant à y « remédier par des mesures de justice et d'équité[4] ». Toutefois, il va finalement détenir le rôle clé dans la conjuration : celui de chef des troupes coloniales du Maroc. Bien qu'il leur faille franchir le détroit de Gibraltar pour intervenir en Espagne, celles-ci sont les plus

3. Selon S.G. Payne, *Los militares y la política en la España contemporánea*, Paris, Ruedo Ibérico, 1968, p. 297.

4. Cité dans B. Crozier, *Franco*, Paris, Mercure de France, 1969, p. 533.

aguerries, les plus disciplinées et les mieux équipées. Elles peuvent décider de l'issue de l'opération et c'est bien ce qui se produira. Dans l'île de Tenerife, le futur généralissime attend lui aussi l'avion anglais de location — le « Dragon rapide » — qui doit le mener à Tétouan.

Les difficultés ne cessent pas pour autant de se multiplier. En définitive, le putsch tant de fois ajourné va devoir être avancé sous la pression d'événements de dernière minute. Au Maroc précisément, les préparatifs du soulèvement deviennent un secret de Polichinelle, tandis que Mola tire une impression identique de la visite qu'il rend à Burgos au général loyaliste Batet. Il convient d'opérer au plus tôt. Ce sera les 17 et 18 juillet par la force des circonstances, au moment où les carlistes se rallient enfin à Mola dans cette situation dramatique.

Le putsch manqué du 18 juillet 1936

« Madrid, Madrid ! Ici Tétouan... On me dit que le haut commissaire a été arrêté. Ils sont là, ils approchent de la gare... Madrid, Madrid ! Que faut-il faire[5] ? » Interrompu brutalement, ce message transmis par un sergent radiotéléphoniste est le dernier que le général Pozas, commandant de la garde civile, reçoit du Maroc espagnol pendant la nuit du vendredi 17 au samedi 18 juillet 1936. De crainte que le complot ne soit découvert, les légionnaires et les tabors indigènes de l'armée d'Afrique ont avancé leur mouvement d'une journée, sans attendre Franco attendu des Canaries pour les diriger.

Les liaisons normales entre Tétouan et Madrid se trouvent coupées depuis 16 heures. Au début de la nuit, le colonel factieux Yagüe contrôle déjà Ceuta, et les officiers de Larache se révoltent à leur tour à 2 heures du matin. A Melilla, le gouverneur militaire Romerales vient d'être abattu dans son bureau par ses collègues qu'il refusait de suivre dans leur rébellion. Seuls, les marins de la base

5. L. Romero, *L'Aube de la guerre d'Espagne*, Paris, R. Laffont, 1969, p. 15-16.

d'hydravions et les aviateurs de Tétouan ne se prononcent pas encore en faveur de l'insurrection, ces derniers se trouvant placés sous l'autorité d'un cousin germain de Franco, le commandant Lapuente Bahamonde… L'artillerie vient à bout de leurs réticences le lendemain. Le protectorat marocain tout entier passe alors aux mains des insurgés.

Les relations téléphoniques se trouvent également coupées avec Pampelune, où le général Mola tisse depuis plusieurs mois le réseau de la conjuration militaire contre le pouvoir républicain. Le président du Conseil, Casares Quiroga, affecte pourtant le calme face aux nouvelles inquiétantes qui l'assaillent tôt dans la matinée du 18 juillet. Selon lui, la sédition se circonscrit aux unités coloniales du Maroc. Elle ne touche pas les régiments métropolitains. Tout au plus ordonne-t-il des mesures de portée limitée : d'une part le bombardement aérien des villes africaines de Tétouan, Ceuta et Melilla, d'autre part le blocus du détroit de Gibraltar par la flotte. En réalité, cet optimisme de façade est dicté par un autre péril non moins réel. Encadré par l'UGT et la CNT, le peuple de Madrid réclame des armes pour « barrer la route au fascisme ». Plutôt que de lutter contre l'insurrection de l'armée en risquant la subversion sociale, le gouvernement préfère oublier que Séville et une grande partie de l'Andalousie basculent déjà du côté des insurgés.

Dans la capitale andalouse en particulier, le général Queipo de Llano, âgé de soixante ans, est en passe de réussir un exploit. A l'aube du 18 juillet, vêtu en civil et appuyé seulement par quelques officiers et une poignée de phalangistes, il vient d'arrêter le gouverneur militaire de la région et d'incarcérer les officiers de la garnison qui hésitaient à le suivre. Renforcé ensuite par quelques centaines de transfuges des forces de police, il se heurte à la résistance des milices anarchistes et communistes des quartiers ouvriers. Mais il peut remporter la partie si quelques renforts lui parviennent du Maroc, ne serait-ce que dans les petits avions de l'aéronautique militaire. Pendant ce temps, Cadix, Xeres, Cordoue et Algésiras tombent aussi aux mains des insurgés, tandis que les marins demeurent seuls ostensiblement fidèles à la République, au besoin en se mutinant contre leurs officiers factieux.

En Castille, la situation évolue non moins vite. A Burgos et à Valladolid, les chefs de garnison fidèles sont arrêtés et les deux villes se trouvent contrôlées rapidement par les insurgés. Mais la situation paraît plus incertaine à Salamanque, Zamora, Avila, Ségovie et Caceres, où le ralliement au soulèvement ne se produira que le 19 juillet. Elle l'est aussi dans les Asturies, à Oviedo, où le colonel Aranda feint pendant vingt-quatre heures la fidélité au pouvoir légal afin de mieux préparer la contre-attaque contre les mineurs qui déterrent les armes cachées depuis octobre 1934. Toujours confiants dans leur succès rapide, les généraux insurgés pensent pourtant réaliser un putsch facile et classique, inspiré des précédents du XIXe siècle ou de celui du général Primo de Rivera, devant lequel le gouvernement légal devait s'incliner après une brève résistance de pure forme. Dans cette perspective, leurs proclamations les posent souvent en défenseurs d'un ordre républicain menacé par les extrémistes du Front populaire dans le but, précisément, de favoriser le ralliement de la plus grande fraction possible de la classe politique. Tel est le cas notamment de Franco qui, avant de s'envoler pour le Maroc, clôt son manifeste du 18 juillet au matin à Santa Cruz de Tenerife par la devise « Fraternité, Liberté, Égalité ». Tel est aussi celui de Queipo de Llano à Séville, qui termine son premier discours radiophonique au cri de « Vive la République ».

En dépit des victoires initiales, le putsch est, en réalité, en train d'échouer sous sa forme expéditive. Certes, la Galice qui ne bouge pas encore va se rallier aux insurgés le 19 juillet également. Mais la résistance s'organise dans les grandes métropoles urbaines, en dehors même du gouvernement débordé. Figure de proue du Parti socialiste, Francisco Largo Caballero ne se leurre pas sur la gravité de la situation. Rentré de Londres à l'issue d'une réunion du Bureau international du travail, il lance immédiatement un appel à la mobilisation des travailleurs. Les défections qui viennent de se produire dans la Péninsule soulignent la défiance dans laquelle il faut tenir l'armée. En fait, les rebelles contrôlent déjà la moitié des effectifs réellement disponibles en Espagne même, soit 30 000 hommes sur 60 000, et l'on peut supposer, à juste titre, que la majorité du corps des officiers leur est acquise. Par surcroît, ils disposent au Maroc d'une force de 32 000 hommes, dont 4 000 légionnaires et 17 000 soldats indigènes aptes à toutes les besognes[6]. Par conséquent, la République doit compter sur les milices ouvrières pour se défendre. Celles-ci se mobilisent déjà.

Enfin convaincu de son impuissance, le Premier ministre Casares Quiroga démissionne dans l'après-midi du 18 juillet. Le président de la République, Manuel Azaña, charge alors Diego Martinez Barrio de former un nouveau cabinet de gauche modérée, excluant toujours les socialistes, les communistes et les anarchistes. Sachant que Mola tient les fils du soulèvement, Martinez Barrio lui téléphone à Pampelune afin de chercher un compromis. Le « directeur » de la conjuration lui oppose une fin de non-recevoir absolue. « Le Front populaire ne peut maintenir l'ordre », explique-t-il. « Vous avez vos partisans et j'ai les miens. Si nous concluons un arrangement, nous trahissons nos idéaux et nos hommes. Nous mériterions tous deux d'être lynchés »...

Au cours de la fiévreuse nuit du 18 au 19 juillet, Martinez Barrio tente une démarche conciliatoire identique auprès du chef de la région militaire de Saragosse, le vieux général Cabanellas. Tout franc-maçon qu'il est, celui-ci l'éconduit comme Mola. Doyen d'âge des généraux conspirateurs, Cabanellas sera bientôt porté par eux à la tête de la Junte de gouvernement qu'ils constituent à Burgos le 23 juillet. Le président du Conseil pressenti ne conserve plus alors d'autre ressource que de consulter les dirigeants socialistes Largo Caballero et Prieto. Tous deux insistent toujours pour que des armes soient fournies aux centrales syndicales, la même demande pressante s'adressant aussi à Companys, président de la Généralité de Catalogne. Plutôt que d'endosser cette responsabilité, Martinez Barrio renonce dans ces conditions à former le gouvernement, cédant la place à José Giral dont la nomination est annoncée à l'aube du dimanche 19 juillet.

Comme le cabinet Casares Quiroga, celui que préside

6. S.G. Payne, *op. cit.*, p. 303.

Giral ne comprend que des ministres de la gauche modérée dans le but similaire de ne pas effaroucher l'opinion et les gouvernements des pays voisins. Mais si l'heure d'un pouvoir associant les socialistes, les communistes et les anarchistes ne doit venir qu'en septembre, le nouveau président du Conseil accepte d'emblée de livrer des armes aux organisations populaires. Près de cinquante-cinq mille fusils sortent du ministère de la Guerre. Seul problème : cinquante mille de ces armes se trouvent privées de leurs culasses entreposées dans la caserne madrilène de la Montaña... Or, ce bâtiment est occupé depuis la veille par des militaires rebelles et des militants phalangistes. A Madrid, le général Villegas n'est pas parvenu à s'emparer du ministère de la Guerre où s'est installé le général légaliste Miaja. Le général Fanjul a dû le remplacer à l'improviste à la tête de la conjuration dans la capitale. Mais Fanjul doit se terrer à la Montaña. Encerclé sans issue possible par les foules populaires, il y fait obstacle dans l'immédiat à l'armement des milices prolétariennes.

C'est seulement à partir de ce moment que les *corridas* dominicales sont annulées à Madrid et Barcelone. Il en est plus que temps dans la métropole catalane. Sorties de leurs casernes avant le lever du jour, après que leurs officiers leur eurent fait croire qu'elles allaient participer à un défilé, les troupes « insurgées » convergent vers le centre. Elles se heurtent aussitôt à la résistance des gardes d'assaut et des miliciens anarchistes à peine armés. Surtout, un coup de théâtre joue au détriment des putschistes. La garde civile déclare en fin de matinée sa fidélité à la République. Après avoir défilé au pas cadencé dans les rues, elle se range devant le palais de la Généralité. Son chef — le colonel Escobar — se met au garde-à-vous et clame : « A vos ordres, monsieur le président ! » Arrivé de Majorque en hydravion pour conduire l'insurrection catalane, le général Goded ne peut plus alors que s'enfermer dans la capitainerie générale, où il sera capturé en fin de soirée.

La rébellion a déjà fait cinq cents morts et trois mille blessés. Mais elle aboutit à Barcelone à la première défaite de ceux qu'on appellera bientôt les « nationaux », par opposition aux « républicains ». Et elle donne naissance dans la métropole catalane à un pouvoir nouveau : celui du Comité des milices antifascistes formé par la CNT et la FAI anarchistes, l'UGT socialiste, les communistes et les communistes dissidents du POUM. La chance tourne le dos aux insurgés, au prix il est vrai de l'effacement des autorités légales auxquelles se substituent en quelques heures les organisations prolétariennes et leurs troupes. Le même virage s'opère à Madrid. L'UGT y devient le gouvernement de fait, sans s'opposer d'ailleurs à ce que cent soixante églises soient incendiées dans la nuit du 19 au 20 juillet et à ce que commence l'horrible tuerie des prêtres, religieux, officiers et bourgeois soupçonnés de sentiments réactionnaires.

Pour les putschistes qui croyaient réussir en un tournemain, la débâcle se scelle d'ailleurs à Madrid. Au matin du 20 juillet, la foule afflue vers la caserne de la Montaña, où sont rassemblés les insurgés et leur chef, le général Fanjul. Celui-ci est blessé à 10 h 30, et ce réduit de la sédition dans la capitale tombe au début de l'après-midi. La plupart des officiers qui s'y trouvent sont massacrés séance tenante, tandis que les rescapés sont traduits au cours de la nuit suivante devant les premiers tribunaux sommaires. Les fusillades commencent à la Casa de Campo, le bois de Boulogne madrilène, tandis que d'autres leur répondent déjà à Séville, où les insurgés exterminent les ouvriers et les journaliers agricoles dénoncés par les bien-pensants. Toutefois, la réciprocité du massacre n'empêche pas le putsch militaire d'avoir avorté en raison de son échec à Madrid, à Barcelone, à Valence et aussi au Pays basque, où les démocrates-chrétiens du Parti nationaliste demeurent fidèles à la République. Malheureusement, l'insuccès même des insurgés fait que la guerre d'Espagne vient de commencer. Certes, quelques-uns de leurs principaux dirigeants ont disparu. Goded et Fanjul sont prisonniers. Leur chef suprême, le général Sanjurjo, s'est tué le 20 juillet au décollage du petit avion de tourisme qui devait le mener d'Estoril à Burgos, en raison du poids excessif de ses malles bourrées d'uniformes de gala. Dans le même temps, pourtant, la République n'a pas triomphé du soulèvement et perd à jamais les moyens de le faire. La guerre s'installe pour près de trois ans. A tout prendre, les rebelles en uniforme pressentent

Carte 1

Les deux Espagne à la fin de juillet 1936

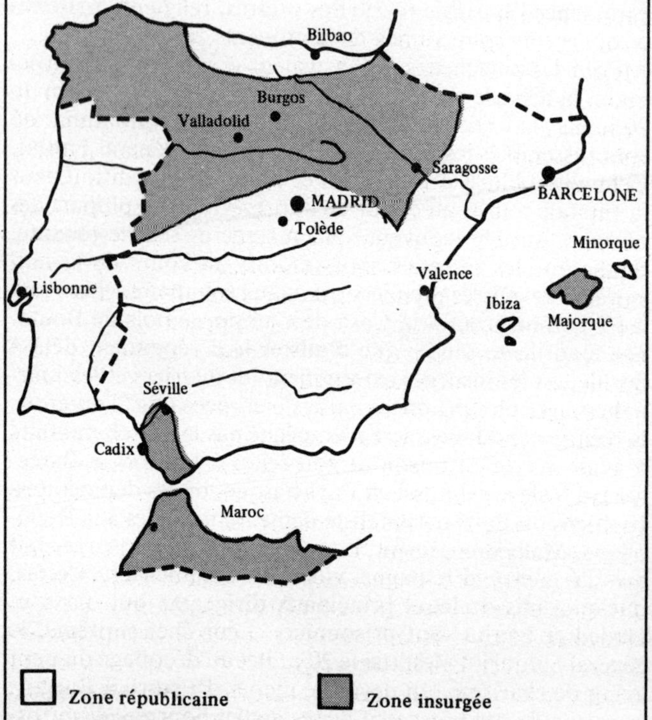

désormais qu'ils peuvent trouver en Franco un guide doté d'une carrure suffisante pour incarner leur mouvement et le mener à la victoire après ce premier épisode manqué.

L'état des forces

Reste que cette victoire prévisible demeure très éloignée. A la fin de juillet 1936, les forces des deux camps s'équilibrent en une sorte de jeu bloqué. Les insurgés dominent la plus grande partie de la Vieille Castille et une fraction de l'Andalousie, ainsi que la Galice, une fraction de l'Aragon, Majorque et les Canaries. Mais ils n'ont pas évincé le pouvoir républicain, maintenu dans son état déliquescent sur près des deux tiers du territoire. De plus, l'espace républicain apparaît de loin comme le plus riche, le plus urbanisé et le plus industrialisé.

En bref, en dehors du Maroc espagnol, l'armée rebelle ne contrôle que l'Espagne rurale et traditionnellement catholique du Nord ainsi que l'île de Majorque et une tête de pont exiguë aux abords du détroit de Gibraltar. Sur le plan militaire, en outre, les ressources dont disposent les deux parties antagonistes apparaissent de nature différente sans qu'aucune l'emporte nettement sur l'autre pour cela.

Les insurgés devenus « nationaux » manquent de troupes, de moyens de transport et de munitions pour entreprendre l'action décisive sur Madrid. Ils peuvent encore moins assurer la jonction avec les noyaux insurrectionnels andalous, en particulier avec ceux de Grenade et de Séville qui se trouvent en mauvaise posture. Il importerait à cette fin d'opérer le transbordement des unités coloniales stationnées au Maroc, qui représentent la seule réserve capable de modifier les données de la lutte. Mais la flotte et l'aviation pourtant squelettique demeurées dans le camp républicain rendent ce transfert inconcevable. Tout au plus les nationaux parviennent-ils à emporter six ou sept hommes à la fois dans les vieux avions ou hydravions stationnés à Séville ou au Maroc. Cette ressource suffit pour sauver Queipo de Llano à Séville mais, en raison du blocus opéré par la flotte républicaine, un transbordement maritime plus décisif demeure impossible.

Dans les autres régions, de même, les forces nationales sont très réduites en dehors de la Navarre, où Mola bénéficie *in extremis* de l'appui des huit mille *requetés* carlistes et de leurs réserves au moins équivalentes. Ailleurs, les unités de l'armée régulière existent surtout sur le papier, avec des états d'effectif fictifs et un armement très incomplet. De plus, elles se trouvent désorganisées par les désertions des soldats et des sous-officiers légalistes ou par l'absence de beaucoup de leurs officiers, pris au piège dans la zone républicaine où ils se trouvent en permission ou en mission. De leur côté, les 23 000 miliciens de la Phalange et des autres groupes d'extrême droite ne peuvent être utilisés que comme forces de répression sur les arrières, ou comme appoint des unités régulières. L'armement qui permettrait de les équiper demeure stocké dans les arsenaux des grandes villes fidèles à la République, ou bien encore dans la fabrique nationale d'Oviedo encerclée par les mineurs loyalistes. De toute manière, le potentiel humain fourni aux nationaux par les civils apparaît beaucoup moins important que celui dont bénéficient les républicains. Toutes ensemble, les organisations politiques et syndicales de droite ne comptaient que 549 000 adhérents en mai 1936, selon le ministère de l'Intérieur. Face à elles, l'UGT rassemblait alors 1 447 000 membres, la CNT 1 577 000 et le Parti communiste 133 000[7].

Le camp républicain bénéficie au contraire du soutien de cette force populaire immense. Mais, comme pour équilibrer les choses, il ne s'agit là que d'un atout de principe. les armes requises pour l'équipement sommaire de plusieurs centaines de milliers de volontaires existent. Il conviendrait toutefois qu'ils sachent s'en servir, qu'ils soient encadrés et qu'ils acceptent de monter vers le front difficilement localisable au lieu de cultiver l'illusion lyrique de la révolution sur les ramblas de Barcelone ou les avenues de Madrid. Or, cette occupation exaltante retient surtout l'attention des miliciens et des miliciennes de gauche. Ceux-ci se plaisent à sillonner les rues des grandes villes à bord des voitures réquisitionnées aux bourgeois. Par surcroît, si les commu-

7. S.G. Payne, *op. cit*, p. 289.

nistes possèdent le sens de la discipline et si les socialistes les imitent tant bien que mal, les anarchistes en font souvent fi. Ils se défient en particulier des officiers d'active ou de réserve qui accepteraient de les seconder et préfèrent les déclarer suspects d'emblée. De ce fait, leurs milices se trouvent plus encore que les autres livrées à la fantaisie et au feu d'artifice, ou bien encore aux directives approximatives de sous-officiers de gauche nombreux avant tout dans la bureaucratie militaire, le génie, le train des équipages, ou encore chez les mécaniciens de l'aviation ou de la marine...

De façon plus large, l'autorité que le gouvernement légal est censé exercer sur les deux tiers du territoire national dont les rebelles n'ont pu s'emparer d'emblée n'est plus que nominale. Le pouvoir réel revient à qui se révèle capable de l'assumer. C'est-à-dire aux partis et syndicats de gauche, plus exactement aux milices qu'ils contrôlent et renforcent grâce aux transfuges de la police et de l'armée. En dépit de son émiettement et des rivalités qui le caractérisent, ce pouvoir de fait ne mène pas seulement le combat contre les derniers îlots insurgés enclavés dans la zone républicaine. Il veille aussi à l'« épuration » des arrières du front et au rétablissement de conditions d'existence minimales pour la population. Tout au plus les apparences demeurent-elles relativement sauves à Madrid, où l'autorité régulière feint de s'exercer de façon modeste par le truchement des organisations ouvrières, en premier lieu du syndicat socialiste UGT. Ailleurs, ces apparences légalistes ne sont même pas préservées. L'ordre qui règne par comparaison au Pays basque se fonde uniquement sur l'ascendant de ses dirigeants autonomistes qui œuvrent à une indépendance officieuse. En Catalogne, le pouvoir se trouve partagé entre son gouvernement déjà officiellement autonome, les groupements de gauche et le syndicat dominant qu'est la CNT. Enfin, les campagnes et les villes des autres provinces sont régies sans intermédiaire par les responsables des partis et des syndicats auxquels les gouverneurs civils se trouvent subordonnés dans la pratique.

L'État républicain a perdu le monopole de la force. Il s'en trouve même complètement dépourvu, tant face aux insurgés que vis-à-vis de ses partisans souvent douteux de la zone dite « loyaliste ». Une grande partie de l'armée est passée à la rébellion, tandis que le reste s'est évaporé pour se fondre dans les milices ouvrières. Cette déréliction de l'autorité légale comporte deux inconvénients au moins. D'abord celui de sa faiblesse honteuse devant les exactions sanglantes de la populace et l'application d'une « justice » expéditive qui débouche sur le massacre d'un cinquième des membres du clergé et la mort de milliers de « facistes » avérés ou imaginaires. Ensuite celui d'une inefficacité militaire qui tranche avec la compétence professionnelle des chefs de l'autre camp. Les milices ouvrières valent pour la défensive ou les opérations de police intérieure. Elles sont inaptes à la contre-offensive victorieuse. La plupart répugnent d'ailleurs à ce type d'action, qui les éloigne de leurs attaches locales et leur font regretter la tâche qui leur sied le mieux : la lutte à domicile contre les « cinquièmes colonnes »...

Cependant, le bilan n'apparaît pas entièrement négatif du côté républicain, faute de quoi la résistance populaire aurait été brisée en quelques jours. La quasi-totalité des bâtiments opérationnels de la marine demeure fidèle au gouvernement de Madrid. Interceptant les messages des officiers factieux le jour du soulèvement, des cadres subalternes préviennent à temps leurs homologues embarqués et leur permettent de s'assurer des unités avant qu'elles ne passent à la rébellion. En dehors du destroyer *Dato* et de huit torpilleurs ou canonnières en état de marche, les insurgés ne s'emparent que de cuirassés ou de croiseurs hors d'usage, en chantier ou en cale sèche. Le croiseur *Almirante Cervera* se trouve dans cette dernière situation et sera le seul à prêter main-forte aux nationaux à partir de la fin du mois de juillet. En revanche, la fidélité du gros de la flotte autorise le gouvernement à maintenir un blocus effectif du détroit de Gibraltar jusqu'au 5 août 1936.

Les événements se révèlent encore plus favorables au pouvoir légal dans l'aviation. Arme récente et d'idées politiques plus avancées que les autres, elle voit son haut commandement maintenir sa loyauté vis-à-vis du général Castello, nommé ministre de la Guerre dans le cabinet Giral.

Tel est spécialement le cas de son chef, le colonel Pastor, et de l'ensemble des commandants d'escadrilles. Le seul problème qui leur est posé consiste à transférer le siège de la base de Séville à Murcie, après que son responsable se fut rendu à Queipo de Llano. Quant au reste, les deux tiers des appareils en condition de vol demeurent aux mains des forces gouvernementales. En outre, les pilotes de la compagnie commerciale LAPE leur livrent aussi leurs avions à l'exception d'un seul DC 2. Infiniment supérieurs à ceux de l'aéronautique militaire, ils vont effectuer les premiers bombardements sur Séville après enlèvement de leurs sièges. Les défections ne se multiplient que dans les semaines suivantes, tout autant pour des motifs politiques qu'en raison des menaces que leurs subordonnés font peser sur nombre d'officiers-pilotes, jugés « fascistes » par nature et n'ayant d'autre loisir que de le devenir pour de bon...

Le panorama apparaît différent dans l'armée de terre, sans qu'il faille parler pourtant de trahison quasiment unanime du commandement. Les états de l'armée métropolitaine recensent exactement 117 000 hommes dont 15 000 officiers à la veille de la guerre civile, auxquels s'ajoutent 8 000 officiers en retraite susceptibles d'être rappelés en service actif et 6 000 officiers de réserve formés pendant leur service militaire. En augmentant ces chiffres de l'effectif des officiers de marine de toutes espèces, le total s'établit à 31 000 pour l'ensemble du corps des officiers, dont plus de 90 % d'officiers des forces terrestres. Or, 14 000 d'entre eux seulement se joignent au soulèvement ou rejoignent le camp national au cours de la guerre. En revanche, 8 000 se rangent du côté du gouvernement, tandis que 9 000 autres se cachent, peuplent les prisons ou sont fusillés ou exécutés sommairement. En dernière instance, les forces loyalistes composées de bric et de broc comptent 160 000 hommes dont 70 000 miliciens à la fin du mois de juillet 1936. Pour leur part, les forces nationales en rassemblent 150 000 dont 36 000 miliciens, étant entendu que le tiers de cet effectif se trouve immobilisé au Maroc[8].

8. R. Salas Larrazabal, *Los datos exactos de la guerra civil*, Madrid, Edica, 1980.

Dans ces conditions, l'avantage semble pencher au début en faveur des républicains. Toutefois, le ministre de la Guerre Castello ne parvient pas à imposer la réorganisation de divisions régulières afin d'y encadrer les réservistes de 1934 et 1935 immédiatement rappelés sous les drapeaux. Lui-même et son successeur, le lieutenant-colonel Hernandez Saravia, ne réussissent pas davantage à imposer l'encadrement des milices par des officiers et sous-officiers professionnels, vus trop souvent par les syndicats et partis de gauche comme des ennemis de la classe ouvrière. La guerre civile à peine commencée se trouve perdue pour cette raison dès ses premières semaines, le lent effondrement ultérieur des loyalistes ne constituant que la conséquence de ce répit initial laissé aux nationaux.

Pendant celui-ci, les premières batailles rangées qui débutent le 22 juillet au Alto del Léon prennent figure d'escarmouches dans lesquelles de maigres colonnes s'affrontent. Leur résultat est d'éviter que les nationaux approchent à moins de cinquante kilomètres de Madrid, sans qu'ils soient empêchés pour autant de progresser dans le Sud où ils occupent Huelva le 28 juillet. Mais le fait reste aussi que les nationaux ne reculent nulle part de façon décisive, en dépit de la reddition de leurs casernes encerclées d'Albacete, Valence et Saint-Sébastien. Y compris à Tolède ou à Oviedo où les rebelles se trouvent dans une position très critique, ils ne cèdent pas et attendent l'arrivée de Franco et de son armée d'Afrique. De l'autre côté, les républicains se préoccupent beaucoup de préparer un mirifique débarquement sur l'île de Majorque. Celui-ci a lieu le 16 août, pour se solder par un désastre définitivement consommé le 3 septembre.

Le passage de l'armée d'Afrique et les premières interventions étrangères

Bien que les nationaux aient à l'évidence besoin d'un soutien extérieur pour opérer le transbordement des régiments du Maroc, le gouvernement républicain légitime est le premier à solliciter une aide étrangère. Le 19 juillet au soir, le nouveau président du Conseil Giral, envoie un télégramme en clair à son homologue français Léon Blum : « Sommes surpris par coup militaire dangereux. Vous demandons de nous aider immédiatement par armes et avions[9]. » Il faut attendre le lendemain, si l'on peut dire, pour que les insurgés entreprennent le même type de démarche. Le 20 juillet, un émissaire de Franco, Luis Bolin, utilise l'avion de location qui a transporté le général des Canaries à Tétouan pour se rendre à Rome via Biarritz. Toutefois, alors que les nationaux n'en sont qu'aux contacts préliminaires, une forte majorité en faveur de l'aide à la République espagnole se dégage dès le 21 juillet lors d'une réunion des instances dirigeantes du Komintern et du Profintern[10] tenue à Moscou. Une seconde réunion est prévue à Prague pour le 26 juillet, afin de déterminer les modalités possibles de cette aide.

Parallèlement, la bonne volonté française tarde à se traduire en actes : d'abord en raison d'obstacles administratifs dressés par le personnel de l'ambassade d'Espagne à Paris, puis surtout du fait des inquiétudes manifestées par le ministre des Affaires étrangères britannique, Anthony Eden. Pourtant, un premier chargement de bombes aériennes part de Marseille dans la nuit du 24 au 25 juillet, à bord d'un torpilleur espagnol. Sur les instances du ministre de l'Air, Pierre Cot, qui souligne que les livraisons sont légales au regard d'un accord franco-espagnol signé au début de l'année, les premiers avions quittent la France à la fin du mois, non armés et pilotés par des volontaires civils. Payés en lingots d'or, ce sont en fait des « fonds de tiroir » à l'exception d'une vingtaine de bombardiers Potez 54. Par la suite, le Conseil des ministres du 3 août décide d'accélérer les envois avant la mise en place du Comité de non-intervention réclamé par la Grande-Bretagne. Alors arrivent vingt-quatre chasseurs Dewoitine 371 ou 372 destinés à l'origine à la Lithuanie ou à l'Armée de l'air française, ainsi que huit avions Latécoère 28 déclassés par Air France. Arrivé à Madrid le 31 juillet, André Malraux joue un rôle important dans ces transactions. Il recrute également les pre-

9. *Les Événements survenus en France*, Paris, Imprimerie nationale, 1951, vol. III, p. 215.

10. L'Internationale syndicale communiste.

miers pilotes mercenaires étrangers, payés trente fois plus qu'un sous-lieutenant aviateur espagnol. Avec eux, il met sur pied l'escadrille internationale *España*. A partir du terrain de Barajas, celle-ci bombarde la sierra de Madrid dès le milieu du mois d'août.

De leur côté, les partis communistes de l'Europe de l'Ouest apportent leurs concours aux républicains. Avec leur aide, la plupart des avions légers disponibles sur le marché sont achetés et convoyés en Espagne par des pilotes sympathisants. Toutefois, le soutien le plus décisif se révèle être alors celui que l'Italie et l'Allemagne accordent aux nationaux. Le 30 juillet, neuf trimoteurs italiens atterrissent au Maroc espagnol. Deux autres se posent en catastrophe à la frontière algéro-marocaine, tandis qu'un troisième se perd en mer... Les équipages rescapés se mettent à la disposition des rebelles pour la durée de la guerre. Presque simultanément, des Junkers 52 de la Lufthansa se placent également à leurs ordres. Les appareils allemands assurent le transfert des premières unités africaines vers le terrain de la Tablada, à Séville, cependant que les avions italiens surveillent le détroit de Gibraltar afin de permettre un passage plus massif par la voie maritime. Le 5 août, un premier convoi composé de trois petits paquebots, d'un cargo, d'un remorqueur et deux bâtiments d'escorte le franchit sans difficulté majeure. D'un seul coup, huit mille hommes des unités d'élite de la Légion débarquent à Algésiras. Deux jours plus tard, Franco n'hésite plus à transférer son quartier général de Ceuta à Séville, où il active les préparatifs de la marche sur Madrid.

Le même jour, les Allemands déchargent à Cadix leur première livraison d'appareils de chasse : six Heinkel 51 dont les performances sont assez récentes. Suivi par l'arrivée de vingt Junkers 52 achetés cette fois de façon ferme, cet arrivage est dû au talent de négociateur du capitaine Arranz Monasterio. Franco l'a dépêché à Berlin le 22 juillet et il a conclu le marché dès le 26. De plus, pour faire bonne mesure, les Allemands envoient aussi le personnel d'entretien au sol. Commerçants avisés et neutres dans les premiers jours, ils avaient fait la même offre au gouvernement républicain[11].

11. R. Salas Larrazabal, *La Guerra de España vista desde el aire*, Barcelona, Ariel, 1969, p. 86.

L'avance vers Madrid peut commencer, avec diverses excursions. En Estrémadoure, la ville de Badajoz tombe le 14 août et devient le théâtre du premier grand massacre de prisonniers par les nationaux. Le 3 septembre, ceux-ci atteignent Talavera, au contact des troupes de Mola et à quelques dizaines de kilomètres de Tolède où les cadets de l'école militaire de l'Alcazar se trouvent assiégés depuis le 19 juillet. Parallèlement, cette pression exercée sur le front méridional améliore la situation délicate du général Mola sur le front nord, d'autant que Franco lui envoie un renfort de sept cents légionnaires. Incendiée par les miliciens anarchistes en débandade, la ville-frontière d'Irun est conquise le 5 septembre, en attendant que Saint-Sébastien le soit six jours plus tard. Toutefois, le futur Caudillo hésite après Talavera et la jonction opérée à ce point avec les troupes de la zone nord. L'unification du territoire insurgé lui fournit le temps de la réflexion. Certes, la raison militaire lui conseillerait de forcer la marche sur Madrid sans désemparer, en profitant du désarroi des colonnes républicaines. Mais, inversement, la raison politique lui suggère plutôt de délivrer les héros assiégés de Tolède et d'apparaître de la sorte comme leur libérateur. Pour l'opinion conservatrice, les jeunes cadets et leur vieux chef — le colonel Moscardo — sont les chevaliers magnifiques du combat qui commence à prendre figure de nouvelle croisade. Les sauver revient à se sanctifier soi-même en participant à leur geste. Le général Franco va prendre ce dernier parti. Après avoir mis l'armée d'Afrique au repos pendant deux semaines, il infléchit son dispositif vers le sud-est, laissant la colonne Maqueda s'arrêter à quatre-vingts kilomètres de Madrid le 21 septembre. En revanche, il entre en triomphateur à Tolède le dimanche 27 au soir, après quelques combats de rue. Aucun des autres chefs de l'armée nationale ne peut en dire autant, Mola en particulier...

Cette erreur tactique sauve Madrid et l'Espagne républicaine dans son ensemble. Au moment même où le président de la République Azaña prépare déjà ses malles pour se réfugier à Barcelone, la capitale bénéficie du délai de grâce indispensable aux préparatifs de sa défense. De même, la région de Malaga négligée par l'offensive déviée de Franco va pouvoir tenir un an encore. Surtout, l'aide soviétique va avoir le temps d'arriver, peu avant que les premières unités des Brigades internationales prennent position dans les faubourgs madrilènes.

Madrid sauvé

En France notamment, l'annonce du soulèvement du 18 juillet avait suscité une émotion et un désir d'engagement particulièrement vifs parmi les militants ouvriers et les intellectuels de gauche. A Billancourt, les métallos veulent offrir aussitôt un « tank Renault » à l'Espagne républicaine. Des volontaires se proposent aussi. Les deux premiers d'entre eux, communistes, franchissent la frontière le 26 juillet, pour se retrouver d'ailleurs embrigadés dans les milices anarchistes de la CNT. Ils arrivent plus nombreux au mois d'août, au point de pouvoir former le 7 septembre une première « centurie » dénommée Commune de Paris et regroupent quelques dizaines de Français ainsi que quelques Belges et Italiens. Un deuxième groupe français appelé « Berthomieu », du nom de l'ex-capitaine d'artillerie qui en prend le commandement, naît également dans les jours suivants. D'orientation idéologique distincte, il comprend une cinquantaine d'anarchistes contre seulement deux communistes et un socialiste.

Il faut pourtant attendre le 22 octobre 1936 pour que le gouvernement républicain autorise officiellement la constitution des Brigades internationales, bien que celles-ci s'organisent déjà dans la pratique et que l'Internationale communiste en ait prévu la formation dès le 22 août. Dès les jours suivants, cinq bataillons se trouvent en mesure de monter en ligne : le premier allemand, le deuxième français, le troisième italien, le quatrième polonais et slave, le dernier recruté parmi des volontaires de onze pays[12]. Composés de militants disciplinés, souvent anciens combattants aguerris, ils fournissent à la République une troupe d'élite comparable à la Légion de l'armée d'Afrique.

12. Ils portent le nom de bataillon « Edgar André », « Commune de Paris », « Garibaldi », « Dabrowski » et « Thaelman ».

La première brigade engagée à Madrid ne dépassant pas l'effectif de 1 900 hommes, ce renfort reste surtout moral, cependant. Plus décisive est l'arrivée des armements et du personnel soviétiques. Le premier déchargement a lieu probablement le 15 octobre, et douze cargos traversent le Bosphore à destination de l'Espagne jusqu'au 24 octobre. A la fin du mois, une cinquantaine d'avions, une centaine de chars et un nombre équivalent de canons ont été acheminés, de même que 400 camions et 400 pilotes, conducteurs, instructeurs ou mécaniciens[13]. Les deux premiers chasseurs russes surgissent dans le ciel de Madrid le 2 novembre, six semaines après les Heinkels allemands. Le 5, d'autres chasseurs soviétiques forcent des bombardiers nationaux à rebrousser chemin. Ils vont peser lourd dans la bataille de Madrid.

Celle-ci débute le 7 novembre. Deux jours plus tôt, le général Franco avait déjà annoncé la libération prochaine de la ville, alors que ses troupes atteignaient en certains points les dernières stations de tramway. De son côté, le gouvernement présidé depuis le 5 septembre par Francisco Largo Caballero évacue le capitale abandonnée depuis deux semaines par le président de la République Manuel Azaña. Réputé défaitiste et peureux, ce dernier a des raisons de craindre, il est vrai. Nettement supérieure dès l'origine aux milices républicaines, l'armée nationale s'est aguerrie et a augmenté ses effectifs. Les 35 000 miliciens *requetés*, phalangistes ou nationalistes du mois de juillet sont devenus 65 000 en octobre. Le matériel germano-italien parvient en quantités croissantes. Au début du mois, les rebelles ont déjà reçu 134 avions de l'extérieur quand les gouvernementaux n'en ont importé que 96. D'autres ont suivi, de même que des chars légers italiens, dont la première livraison remonte au 16 août, et trente véhicules blindés allemands. En outre, des « volontaires » allemands et italiens se trouvent déjà sur place. Dès le 6 novembre, la Légion Condor se tient rassemblée à Séville. L'amiral Canaris, chef des services secrets allemands, l'a quelque peu imposée à Franco dans le but de tester la nouvelle aviation allemande. Échappant à son

13. G. Jackson, *The Spanish Republic and the Civil War*, *op. cit.*, p. 316.

Carte 2

Les deux zones en octobre 1936

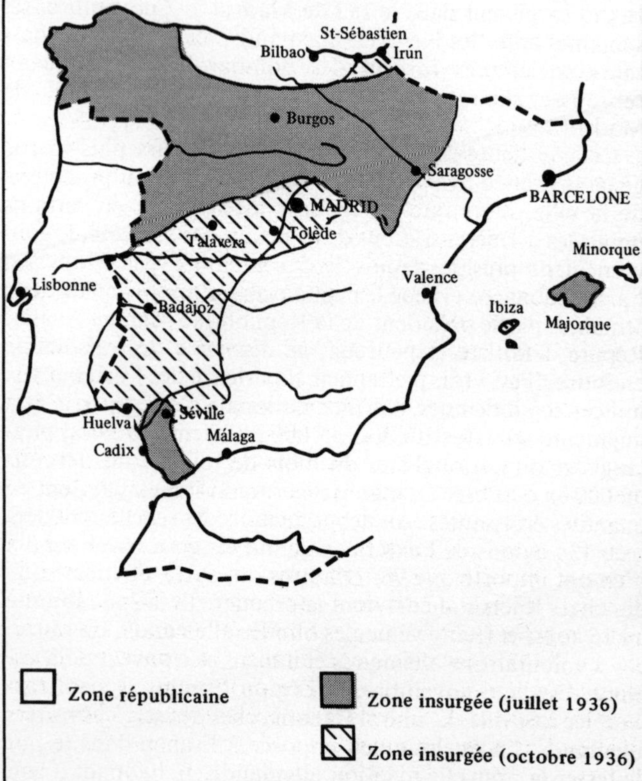

autorité directe et dirigée par le général von Speerle, elle comprend quatre escadrilles de bombardement de douze avions, un groupe de chasse, des hydravions et des appareils de reconnaissance. Forte de 6 500 hommes, elle dispose aussi de batteries antiaériennes et antichars ainsi que de deux unités blindées[14].

Ce dispositif imposant est dirigé par Mola, responsable de l'assaut final sur Madrid. Face à lui, le général José Miaja se trouve chargé par les dirigeants républicains de défendre la capitale. Il vient même de l'apprendre à l'instant, dans la nuit du 6 novembre, de la bouche du président du Conseil, Largo Caballero, en partance pour Valence. Un pli cacheté l'informe en outre qu'il doit constituer et présider une Junte de défense dotée de tous les pouvoirs dans la capitale. Toutefois, comme la plupart des responsables politiques et syndicaux accompagnent le gouvernement dans sa fuite à l'exception des communistes, il ne peut guère miser que sur ces derniers et leurs conseillers soviétiques pour remplir sa mission. Le sauvetage de la ville devient leur œuvre commune. Il marque aussi le début de l'irrésistible pénétration du PCE dans les rouages centraux de l'État républicain pendant la guerre civile.

Miaja est un ancien de l'UME anti-républicaine mais il ne faillit pas. Assisté d'un autre ex-membre de cette organisation, le commandant Vicente Rojo, il ne dispose en fait de troupes que de 15 000 à 20 000 soldats, gardes d'assaut, carabiniers et miliciens. Cependant, le PCE compte 23 000 membres à Madrid, dont 21 000 en état de combattre. Il s'appuie aussi sur la base logistique de son « 5e régiment », issu de ses milices mais fortement discipliné et encadré à l'inverse de celles des autres partis et syndicats. Forte de plusieurs milliers d'hommes, cette unité préfigure les brigades régulières de la future armée républicaine réorganisée en 1937. Avec les contingents internationaux qui montent en ligne à ses côtés, elle va jouer un rôle central dans le secteur de la Cité universitaire qui subit le choc principal de l'attaque nationale.

14. H. Thomas, *Histoire de la guerre d'Espagne*, Paris, R. Laffont, 1961, vol. II, p. 9.

Galvanisée par le *no pasaran* — ils ne passeront pas — des communistes, la population collabore à la défense en creusant des tranchées. Furieux, les combats durent jusqu'au 17 novembre, avec un renversement de situation qui se dessine le 13, quand de nouveaux bataillons internationaux montent au feu. Le 14, trois mille anarchistes catalans conduits par leur leader Durruti arrivent également à la rescousse, bien qu'avec des résultats peu probants. Leur recul n'empêche pas la victoire finale, la seule que les républicains aient vraiment remportée et qui nourrit par la suite l'essentiel de la geste héroïque de la guerre civile. L'assaut national a échoué. Le 24 novembre, les loyalistes contre-attaquent localement sans que leurs adversaires épuisés répliquent. Le front de Madrid se stabilise jusqu'à la fin du conflit qui change dès lors de sens. La guerre sera forcément longue. Miaja, Rojo, les communistes et les madrilènes ont sauvé la République pour deux ans et demi.

Les catholiques basques fidèles à la République

Cette guerre civile n'est pourtant pas que madrilène. Plus ou moins actif, le front zigzague sur plus de 1 500 kilomètres, en Aragon, en Castille, en Andalousie et aussi dans le Nord atlantique de l'Espagne. De plus, il se fractionne en deux parties coupées l'une de l'autre depuis que les troupes de Franco et de Mola ont opéré leur jonction à Talavera, le 3 septembre. A ce moment, la position stratégique des deux camps s'est renversée. Au cœur de l'été 1936 les républicains jouissaient, face aux nationaux enclavés dans deux poches situées à chaque extrémité du pays, de l'avantage que leur procurait le contrôle d'un espace continu recouvrant les deux tiers du territoire. Quelques semaines plus tard, ils n'occupent plus que la moitié de celui-ci. Surtout, c'est désormais le domaine républicain qui se trouve scindé en deux, avec l'inconvénient supplémentaire que l'enclave loyaliste encerclée au Pays basque et dans les provinces de Santander et les Asturies est petite et placée dans une situation purement défensive. La zone républicaine du Nord ne dispose pas des ressources qui pourraient en faire la base d'une contre-offensive. Elle se voit menacée d'extinction tout en paralysant à son profit une portion notable du potentiel gouvernemental jusqu'à son effondrement final survenu moins d'un an plus tard.

Sur un plan différent, la poche républicaine du Nord représente un autre monde par rapport à celui de Madrid, Barcelone, Valence ou de l'Andalousie orientale. Sa caractéristique essentielle procède de la place que les Basques catholiques y détiennent. Sans eux, les milices socialistes, communistes et anarchistes des zones castillanes extrêmes d'Oviedo et de Santander auraient sans doute été écrasées plus rapidement par les forces insurgées. Avec eux, le camp républicain s'élargit de manière paradoxale à l'un des éléments majeurs du catholicisme espagnol, alors qu'il entre en lutte ouverte avec lui à l'échelle nationale. Culturellement et socialement, les Basques auraient dû se rallier à l'insurrection militaire conservatrice. En vertu d'un calcul politique, ils optent pourtant pour la fidélité à une République dans laquelle ils se reconnaissent peu. Leur objectif consiste à arracher au pouvoir régulier aux abois le statut d'autonomie dont la Catalogne bénéficie depuis 1931, mais qu'ils ne sont pas parvenus à obtenir pour eux-mêmes jusqu'en juillet 1936.

L'anomalie s'explique dans cette lumière. Pour la même raison, elle recèle aussi des difficultés sans nombre dans les relations établies entre le gouvernement central de Madrid, Valence puis Barcelone et celui qui va naître à Bilbao pour quelques mois. Les origines du particularisme basque remontent à la fois à la fin des guerres carlistes du XIXe siècle et aux débuts de la démocratie chrétienne espagnole. Au Pays basque, le courant autonomiste procède directement du carlisme. En même temps, il cristallise le seul mouvement démocrate-chrétien vraiment important qui ait existé en Espagne. Son fondateur est Sabino de Arana y Goiri (1865-1903). Né à Bilbao dans une famille traditionaliste et intégriste, Arana apprend le basque qui n'est pas sa langue maternelle pendant son adolescence. Carliste lui-même jusqu'en 1882, il cesse de l'être en vertu de cette découverte culturelle. Dès lors, à ses yeux, le salut ne passe plus par la rédemption collective de l'Espagne, mais par l'indépendance totale du Pays basque. A cette fin, il fonde en 1893 le Parti nationaliste basque (PNV).

Le programme du parti reflète l'illuminisme raciste et dévot de son inspirateur. Il traduit parallèlement une certaine prescience de la doctrine démocrate-chrétienne. En 1911, la création d'un syndicat confessionnel, la Solidarité des travailleurs basques — STV ou ELA en basque — va, en outre, l'engager davantage sur la voie du réformisme social, étant entendu que celui-ci s'inscrit dans les seules limites du « peuple basque ». D'un côté, le PNV se maintient dans l'esprit de l'article 2 de son programme, qui prévoit que la nation basque « sera catholique, apostolique, romaine dans toutes les manifestations de sa vie et dans ses relations avec les autres peuples ». De l'autre, il s'inspire de la pensée de Sabino Arana, défenseur de « la pauvre classe ouvrière, séparée du Christ pauvre et ouvrier pour suivre ceux qui la paient à coups de fusil »[15].

Après l'avènement de la République, le PNV hésite un temps entre son orientation religieuse et somme toute modérée, qui le rapproche des agrariens et même de la CEDA, et sa préoccupation autonomiste qui ne suscite de sympathie que dans la gauche. Lors des élections de février 1936, il fait bande à part entre le Front populaire et la coalition conservatrice. Mais réunis dans la nuit du 18 au 19 juillet, ses responsables optent sans équivoque pour le camp républicain et contre le soulèvement militaire. Les autonomistes basques n'ont rien à voir avec les dirigeants du Front populaire qui gouverne à Madrid. A presque tous les égards, ils restent plus proches des bien-pensants qui vont appeler Franco de leurs vœux. Toutefois, ils savent aussi qu'ils n'ont rien à attendre des militaires insurgés, intransigeants sur le principe de l'unité de l'État et hostiles aux séparatismes catalan aussi bien que basque. D'ailleurs, ce choix cruel ne les conduit en aucune manière à renier leur fidélité aux principes chrétiens, en dépit de la contradiction apparente de cette attitude avec le maintien d'une loyauté non moins réelle vis-à-vis d'un régime républicain entraîné sur la pente de la persécution religieuse.

15. Cité par J. de Iturralde, *El catolicismo y la cruzada de Franco*, Vienne, Éditions Egi-Indarra, 1955, p. 307.

Quoi qu'il en soit sur ce plan, ce dernier va bien acquitter sa dette envers les Basques. Coupés de la Castille quatre jours plus tôt, les dirigeants basques anticipent d'ailleurs en septembre 1936 sur la législation à venir en formant le gouvernement autonome d'Euzkadi. Présidé par José Antonio Aguirre, celui-ci doit se comporter en fait en autorité suprême en raison de la rupture de ses relations terrestres avec le gros du territoire républicain. Dans ce contexte, le statut d'autonomie adopté le 1er octobre par les Cortès prend figure de formalité. Six jours plus tard, le président Aguirre dont le bureau s'orne d'un crucifix prête serment, après avoir communié afin de « s'humilier devant Dieu ». Sa tâche n'est pas facile. Il lui faut à la fois organiser la résistance à partir de presque rien, construire un pouvoir et maintenir la paix intérieure dans les provinces basques épargnées par les tueries qui ensanglantent le reste de la zone républicaine.

La réussite se révèle complète sur ce dernier point. Des massacres de « fascistes » en soutane ou en complet-veston avaient eu lieu à Fontarabie et à Irun du fait des miliciens anarchistes. La reprise en main est efficace. Le gouvernement basque se pose en protecteur des catholiques, y compris en dehors de l'espace soumis à sa juridiction. Il octroie un statut privilégié aux membres du clergé, protège les églises en cas de besoin et tolère de bonne grâce l'afflux des prêtres réfugiés des Asturies ou de Santander. Il crée également un corps d'aumôniers militaires dans les forces basques, et favorise l'installation à Bilbao du seul séminaire qui existe un moment sur le territoire républicain. De même, il parvient à s'acquitter avec honneur de ses tâches administratives et s'abstient de procéder aux collectivisations d'entreprises qui paralysent la production en Catalogne et dans le Levant. En revanche, le rôle militaire qui lui échoit dépasse ses moyens limités. Les insurgés se sont emparés dès le début du soulèvement de l'une des trois provinces basques : celle d'Alava, avec son chef-lieu Vitoria et à l'exception des environs d'Amurrio. En outre, ils viennent de prendre le contrôle de Saint-Sébastien et de la quasi-totalité de la province de Giupuzcoa, où le soulèvement initial avait échoué du fait de la réaction des milices anarchistes et communistes. Par conséquent, l'autorité du gouvernement de Bilbao ne s'exerce plus que sur un espace de 2 500 kilomètres carrés, peuplé de 600 à 700 000 habitants.

Dans ces conditions, le cabinet Aguirre réussit en un mois et demi à organiser une petite armée de 25 000 hommes formée de conscrits mobilisés et d'ex-miliciens. Mais ces *gudaris* — combattants basques — auxquels s'ajoutent 15 000 soldats de l'armée républicaine sont à peine encadrés et armés. Dirigée par le commandant Montaud et le capitaine Arambarri, l'armée basque ne dispose que d'une douzaine d'officiers d'active ralliés. Elle s'appuie sur une aviation républicaine squelettique en dépit du renfort de quelques appareils de fabrication soviétique, tandis que ses propres forces aériennes improvisées avec des avionnettes civiles se trompent de cible ou font de la figuration dans le ciel de Bilbao. Quant à la marine, elle se compose de chalutiers réquisitionnés et armés à la hâte. Compte tenu de ce que les bataillons issus des milices et des partis de gauche conservent leur indépendance dans la pratique, la seule offensive basque lancée le 30 novembre 1936 échoue piteusement en dépit de l'héroïsme des *gudaris*. Par la suite, la construction autour de Bilbao, d'une sorte de ligne Maginot — le *Cinturón de hierro*[16] — ne va nourrir qu'un faux espoir de résistance. En avril 1937, le bombardement de Guernica démontre aux Basques la détermination et, aussi, la haine de leurs adversaires qui les considèrent comme des traîtres à la cause nationale et catholique. Leur résistance s'effondre complètement pendant l'été 1937. Les Basques capitulent devant les Italiens à Santona, le 23 août 1937. Cette reddition à des forces étrangères apparaît doublement significative. Les *gudaris* ne veulent pas se livrer aux Espagnols franquistes. Ils n'entendent pas davantage apporter plus longtemps leur concours aux Espagnols républicains, qui leur demandent de se replier sur les Asturies pour y poursuivre la lutte...

16. La « ceinture de fer ».

4

Révolution et retour à l'ordre dans l'Espagne républicaine

L'utopie faite loi

Dans *L'Espoir*, André Malraux évoque l'« illusion lyrique » des foules espagnoles dans les lendemains du soulèvement du 18 juillet 1936. Si les insurgés inquiètent, la victoire immédiate remportée sur le putsch militaire semble fournir la preuve que rien ne résiste à la détermination d'un peuple en armes. Devant sa réaction jugée irrésistible, la défaite totale des officiers factieux ne paraît être qu'une question de jours. Surtout, la Révolution si longtemps promise par les anarchistes prend d'un coup les couleurs radieuses du possible. Le pouvoir légal des bourgeois républicains à col en celluloïd se terre dans les ministères, effaré et impuissant. Dans la rue, l'autorité réelle appartient aux organisations prolétariennes agissant au nom de leur légitimité révolutionnaire, dans les seules limites de l'utopie érigée en loi et de la concurrence des autres mouvements d'extrême gauche.

Ce cataclysme à l'allure rédemptrice fascine l'étranger. Dans une Europe où Hitler affermit son charisme sur les masses allemandes et où la poussée des fascismes ébranle l'idéal démocratique, la résistance populaire vient de triompher. En France, le Front populaire gouverne sous l'égide de Léon Blum. L'Internationale communiste a abandonné sa stratégie sous suicidaire de la lutte « classe contre classe » et de l'assimilation des socialistes au « social-fascisme ». En Espagne, l'autre succès du *frente popular* et, plus encore, le grand sursaut de l'été 1936 sont reçus comme de nouveaux signes d'un refoulement de la marée totalitaire. Les vieux militants européens en quête de Grand Jour affluent vers Barcelone ou Madrid pour participer à la geste héroïque du prolétariat espagnol. Il en va de même des jeunes intellectuels à qui la guerre civile naissante offre l'occasion d'un engagement joyeusement sacrificiel.

Mais c'est avant tout chez les Espagnols eux-mêmes que l'utopie devenue active revêt toute sa force. Refoulées jusqu'alors dans les faubourgs, les masses laborieuses viennent occuper l'espace central des grandes villes, en l'explorant au début à la manière des conquérants. Elles participent à la réduction des dernières enclaves insurgées encerclées dans les casernes, les grands hôtels ou certains bâtiments administratifs. Puis, après avoir compté leurs morts à l'issue de ces combats pourtant faciles, elles s'adonnent au frémissement du grand chambardement ou aux préparatifs presque festifs des milices. Les foules s'arment, qu'il s'agisse de monter au front ou de pourchasser les tenants de l'ordre ancien qu'elles subodorent partout.

Dans cette effervescence exaltante, la vie quotidienne suspend ses servitudes. Décrétée à la nouvelle du soulèvement, la grève générale se poursuit sous une autre forme. La sujétion du travail paraît abolie. Les manifestations emplissent les avenues pour proclamer le règne nouveau des travailleurs. Symboles du bonheur immérité des bourgeois, les voitures particulières sont réquisitionnées. Abreuvées d'une essence gratuite distribuée par les employés des stations-service, elles sillonnent les rues en tous sens le jour comme la nuit, transformées en pancartes fulgurantes de la nouvelle esthétique ouvrière. Les inscriptions à la peinture blanche tracées sur leurs carrosseries indiquent l'identité collective de leurs nouveaux usagers. Ils appartiennent à la CNT, à la FAI, à l'UGT, la JSU[1] ou à quelque autre courant révolutionnaire soudain pourvu de la respectabilité et de la toute-puissance automobiles... De même, les casinos, clubs, hôtels, palais et résidences des ex-nantis convertis en « fascistes » sont saisis par les centrales syndicales, les partis de gauche ou leurs organisations de jeunesse. Des cali-

1. La *Confederación Nacional del Trabajo* et la *Federación Anarquista Ibérica* libertaires, l'*Unión General de Trabajadores* socialiste, la *Juventud Socialista Unificada* passée depuis le printemps de 1936 sous contrôle communiste.

cots gigantesques signalent leur nouvelle affectation. Ils indiquent sans nulle équivoque où réside désormais un pouvoir bon enfant et inexorable à la fois. En effet, si les miliciens et les miliciennes aiment à se détendre sur les bancs publics où ils offrent leur sourire aux photographes des agences de presse étrangères, ce sont aussi bien les milices prolétariennes qui règnent sans partage. La démocratie se confond avec la tyrannie.

Les campagnes connaissent à leur manière le même phénomène. Les grandes exploitations agricoles sont occupées par les journaliers (on dit *braceros*, ou « brassiers », comme dans la France de l'Ancien Régime). Elles s'emplissent de banderoles belliqueuses ou attendrissantes selon les cas. Mais ce sont les cadres locaux du syndicat dominant dans le village ou la région qui deviennent les nouveaux maîtres. Bienveillants par principe, ils assouvissent leur rêve de pouvoir de toujours et se font souvent despotes dans la pratique.

Anarchistes, socialistes, communistes, plus rarement « poumistes[2] », les milices armées se multiplient partout par génération spontanée. Désordonnées mais inflexibles, elles s'érigent en gardiennes du nouvel ordre révolutionnaire. Apeurés, les agents de l'ancienne police préfèrent se joindre à elles ou disparaître quand ils n'ont pas été massacrés. Fractionnée en bandes indépendantes et rivales, l'immense armée milicienne monte la garde, surveille, enquête, fouille, interpelle, perquisitionne et arrête sans recours. Comme il lui faut vivre, elle bat également monnaie. Elle émet des *vales* — des bons — imposés en règlement des victuailles et autres articles pris chez les commerçants. Le gouvernement Giral les remboursera plus tard. Les milices imposent de même leur justice, d'abord pour libérer les détenus politiques aussi bien que ceux de droit commun, comme pour faire place nette en vue des incarcérations massives de « fascistes ». Beaucoup de délinquants en profitent pour régler leurs comptes en se faisant passer pour de vaillants combattants prolétariens. Qui plus est, les miliciens diffusent une mode nouvelle avec la conviction intolérante des

2. Du nom du POUM, le *Partido Obrero de Unificación Marxista*, d'orientation communiste dissidente ou trotskiste.

néophytes. Sauf au Pays basque, le port du complet-veston et de la cravate devient objet de suspicion et motif d'interpellation. Pour qui souhaite échapper à la vindicte populaire, la tenue de mise est désormais le bleu de travail — *le mono azul* — et il importe aussi, bien entendu, de se chausser d'espadrilles. Il convient tout autant de remplacer le « bonjour » par le *salud*, et de substituer au « monsieur » le *camarada* des communistes ou le *compañero* des autres courants révolutionnaires. Quant à la liberté d'expression, elle consiste à partager les vues des vainqueurs. Les journaux et les stations de radio se trouvent entre leurs mains. Ils ne répandent que leur bonne parole. Spécialement à Barcelone soumise à l'hégémonie des anarchistes, un monde radicalement différent surgit en quelques jours. Le pourboire est proscrit, les biens « factieux » sont confisqués et les ouvriers habitent leurs entreprises où la rumeur des discussions remplace le bruit des machines. Des milices pourvues de titres ronflants — *Los peripatéticos, Los de la dinámita cerebral, Les fils de pute* — veillent sur la sécurité de ce nouveau peuple des honnêtes gens.

L'économie se collectivise aussi de façon spontanée, plus ou moins contre le gré des responsables de haut niveau des organisations ouvrières. En Catalogne notamment, le comité régional de la CNT avait diffusé des consignes modératrices le 21 juillet 1936. Rien n'y fait dans la pratique. Les métallurgistes s'emparent de leurs usines dès le 22. Les personnels des transports se saisissent pareillement de leurs outils de travail, imités aussitôt par les employés des grands magasins, des hôtels ou des industries alimentaires et textiles. A la mi-août, la vague des collectivisations touche finalement tous les secteurs, jusqu'aux salons de coiffure... En outre, la situation se révèle identique dans les campagnes catalanes où la grande propriété est pourtant presque inconnue. Les coopératives sont « socialisées » le 29 juillet, les fermes et les fermiers le sont le 10 août, et les exploitants indépendants se voient imposer la syndicalisation forcée le 27 du même mois. Cette dernière mesure a été prise par la Généralité de Catalogne dans le but précisément de s'opposer à la domination anarchiste de l'économie. Mais, en fait, syndicalisation obligatoire va signifier collectivisation sous l'égide des libertaires ou des militants du POUM. Ceux-ci veulent faire le bonheur des paysans catalans y compris contre leur gré.

La situation apparaît à peu près semblable en Aragon. Elle se révèle plus fantasmagorique encore dans la fraction de l'Andalousie demeurée sous contrôle républicain. L'hégémonie des courants les plus illuminés de l'anarchisme y fait que la propriété et la monnaie s'y trouvent purement et simplement abolies en maints endroits. Un puritanisme moral assez hallucinant règne parfois dans les villages, comme pour attester que l'ère des *señoritos* aux mœurs dissolues et des ouvriers portés sur le petit verre de vin blanc a pris fin. A Castro del Rio, dans le voisinage de Cordoue, la population médusée subit un régime de vertueuse abstinence comme inspiré de celui des communautés anabaptistes du XVIe siècle. La buvette du village est fermée, les échanges de marchandises sont prohibés, et les familles paysannes doivent se restaurer dans des réfectoires collectifs. De manière générale, les journaliers andalous qui ont cru se rendre maîtres des grands domaines continuent de travailler les mêmes terres. Mais ils constatent qu'ils ne recoivent plus leur salaire. La nourriture leur est allouée selon leurs besoins...

En définitive, la région de Valence et certaines zones de la Castille échappent seules en partie à cette mise en pratique de la furie utopiste. Dans ces régions, et spécialement à Madrid, l'influence de l'UGT socialiste et parfois des communistes l'emporte souvent sur celle des anarchistes. Les salariés du secteur tertiaire — en particulier des banques — y restent aussi peu syndicalisés et rebelles aux collectivisations. Pour cette raison, celles-ci y restent plus limitées et soumises aux procédures légales. Dans la capitale, par exemple, 30 % seulement des activités industrielles se trouvent collectivisés pendant l'été 1936. Elles sont toutefois plus étendues dans les campagnes, où les ouvriers agricoles découvrent en maintes circonstances que les cadres syndicaux les traitent moins bien que les anciens propriétaires.

Cette mutation sociale un peu trop forcée en beaucoup de lieux va de pair avec la rivalité quelquefois violente des divers courants d'extrême gauche. L'UGT socialiste exerce le pouvoir exécutif véritable à Madrid et se trouve en mesure d'imposer une modération relative aux libertaires. Toutefois, les communistes y font d'emblée une sorte de surenchère à rebours, prêchant la tolérance et défendant le primat de la guerre à gagner face aux mesures de socialisation trop précipitées. En Catalogne, au contraire, le pouvoir appartient au Comité des milices anti-fascistes dominé par la CNT et la FAI. Certains leaders de ces organisations témoignent d'un sens des responsabilités qui étonne les bourgeois encore présents. Mais leurs subordonnés multiplient les exactions et attaquent les autres mouvements de gauche. Ils assassinent le président des dockers socialistes, fusillent des membres de l'*Esquerra* qui représente la gauche modérée. Plus largement, la CNT travaille pour son propre compte, réduit le rôle de la Généralité à néant et refuse que ses milices apportent leur concours au gouvernement central. Or, elle dispose en Catalogne de 350 000 adhérents mobilisables, tandis que l'UGT passée sous contrôle communiste n'en compte que 35 000 à la fin de juillet 1936. En dépit de la disproportion, un conflit entre les communistes et les anarchistes se dessine dans les provinces catalanes, les premiers se parant de la qualité de leur loyauté aux autorités légales tandis que les seconds n'ont pour eux que la puissance du nombre. De plus, l'existence du courant semi-trotskiste du POUM complique encore le panorama politique catalan.

Des développements du même type se produisent en Aragon. En Andalousie, ils se trouvent aggravés par l'antagonisme des dirigeants anarchistes des villes et des villages. Les premiers veulent imposer leur tutelle aux seconds, tandis que ces derniers se comportent en seigneurs locaux en dépit de la proximité du front. Une situation inextricable se crée, où les nouveaux bandits de grand chemin deviennent les gardes civils qui ont pris le maquis et survivent en volant alentour. Dans ces conditions, pour les non-militants qui forment le gros de la population, l'unique moyen de subsister sans trop d'aléas consiste à s'affilier à une organisation ouvrière.

De la sorte, toutes les formations de gauche voient leur effectif s'enfler démesurément en peu de mois. Toutes s'embourgeoisent également dans leur recrutement. La CNT passe de 1 500 000 membres répartis entre cinquante provinces au printemps 1936 à 2 200 000, implantés dans vingt-deux provinces seulement, en avril 1937. La FAI en rassemble 150 000 au même moment, contre 30 000 un an plus tôt sur un espace deux fois plus vaste[3]. L'UGT enregistre une progression de même ampleur. Surtout, le Parti communiste cesse d'être un courant marginal dans le mouvement ouvrier. Les effectifs du PCE passent à 249 000 adhérents en avril 1937 et à 301 000 en juin de la même année. Parallèlement, sa filiale catalane du PSUC — Parti socialiste unifié de Catalogne — grossit de 5 000 membres en août 1936 à 42 000 en 1937. En incluant aussi sa branche basque, le PC regroupe 380 000 adhérents à ce moment, contre 110 000 avant la guerre civile[4].

Ce mécanisme régulateur ne fait cependant pas encore sentir ses effets pendant l'été et l'automne 1936. A ce moment, le pouvoir légal en désarroi se trouve confronté en réalité à deux adversaires. Le premier s'incarne à l'évidence dans les forces insurgées. Le second présente le visage plus ambigu du pouvoir effectif capté par les organisations de gauche au travers de leurs milices. D'un côté, ces dernières sauvent incontestablement la République et, avec elle, son gouvernement. En dépit de leur indiscipline, les anarchistes assument même le rôle majeur à cet égard. Mais, de l'autre côté, la puissance des formations prolétariennes disqualifie l'État républicain. L'anarchie au sens banal du terme qu'elle recouvre s'oppose aux nécessités de la défense face aux nationaux et aux impératifs de la reconstitution d'une armée digne de ce titre. De manière plus immédiate, le règne des milices ouvrières ne fait pas obstacle ou participe même à la furie meurtrière qui frappe l'Espagne dite loyaliste pendant les premiers mois de la guerre civile. Celle-ci prive le pouvoir légal, impuissant ou complice, de sa légitimité, tant aux yeux de la majorité des Espagnols qu'à ceux des étrangers même hostiles au soulèvement militaire. Elle

3. C.M. Lorenzo, *Les Anarchistes espagnols et le Pouvoir*, Paris, Éditions du Seuil, 1969, p. 275-283.

4. G. Hermet, *Les Communistes en Espagne*, Paris, Armand Colin, 1971, p. 46.

constitue le revers sinistre de l'utopie généreuse des premières semaines, s'agissant aussi bien de la persécution religieuse proprement sauvage qui caractérise cette période que de l'injustice sommaire qui frappe toutes les catégories de population suspectes de « fascisme ».

La fureur meurtrière

Quand bien même l'horreur des fusillades organisées par les nationaux au nom de la « Croisade » égale celle de la grande tuerie de prêtres, religieux et religieuses de l'été et du début de l'automne 1936, il demeure que ce massacre a bien eu lieu. Il a représenté la plus grande hécatombe anticléricale avec celles de la France révolutionnaire puis du Mexique d'après 1911. On accablait une catégorie particulière de personnes d'une responsabilité collective fondée sur la haine et on la rendait justiciable seulement de la mort. Sans aucun doute cet holocauste des origines de la guerre civile n'a pu que forcer le ralliement complet de l'Église au soulèvement militaire, en aggravant de manière dramatique l'élément religieux des affrontements de la guerre civile. Les meutes anticléricales ont définitivement fermé la possibilité de choix des catholiques.

Les centaines d'études consacrées à ce drame s'accordent pour estimer qu'au moins 6 000 prêtres, religieux et religieuses furent assassinés en zone républicaine de 1936 à 1939. Le ministère espagnol de la Justice avance le chiffre de 13 évêques, 5 225 prêtres et 2 669 religieux des deux sexes massacrés[5]. L'Église elle-même dénombre 4 317 prêtres, 2 489 religieux, 283 religieuses et 249 séminaristes parmi les victimes[6]. Enfin, l'étude la plus récente sur la question les évalue à 4 184 prêtres séculiers et séminaristes, 2 365 religieux et 283 religieuses, soit à un total de 6 832 membres du clergé[7]. Rapportées à l'effectif global du clergé espagnol,

5. *La Dominación roja en España*, Madrid, Publicaciones españolas, 1953, p. 197.
6. *Guia de la Iglesia en España 1954*, Madrid, 1954, p. 207-237.
7. A. Montero Moreno, *Historia de la persecución religiosa en España*, Madrid, Editorial Católica, 1961, p. 762-764.

ces données font apparaître que 13 % des prêtres diocésains, 23 % des religieux et 3 à 4 % des religieuses recensés en 1936 ont disparu. En outre, ces proportions d'ensemble se trouvent largement dépassées dans les régions loyalistes seules affectées par l'hécatombe. S'agissant des prêtres séculiers, les assassinats frappent 87,8 % de ceux du diocèse de Barbastro, 65,8 % des desservants du diocèse de Lérida, 61,9 % à Tortosa, 55,4 % à Segorbe. Neuf autres diocèses perdent de 30 à 50 % de leurs prêtres, et sept de 20 à 30 % de ceux-ci.

Pendant plusieurs mois, en zone républicaine et en dehors du Pays basque, le simple fait d'être reconnu comme membre du clergé constitue dans nombre de cas un motif suffisant pour l'exécution sommaire en ce qui concerne les ecclésiastiques masculins. Il n'est, pour s'en convaincre, que de rappeler que treize de la trentaine d'évêques résidant en zone républicaine sont massacrés, pour la plupart à la fin de juillet ou au mois d'août 1936. Dans la pratique, les seuls prélats à avoir échappé alors au massacre sont ceux qui résidaient en zone nationale, ceux qui avaient pu fuir ou se cacher à temps, ou encore les quelques privilégiés qui ont bénéficié de la protection de la Généralité de Catalogne. En revanche, la mort des autres évêques de la zone républicaine apparaît comme le sort ordinaire, y compris lorsqu'ils parviennent à se cacher pendant plusieurs mois comme Mgr Iriruta, évêque de Barcelone. Arrêté seulement à la fin de l'automne 1936, celui-ci trouve la mort le 3 décembre de la même année.

Encore faut-il considérer que les évêques disposent de moyens de fuite plus nombreux que le clergé ordinaire. Dans le diocèse de Tolède, 42 des 67 prêtres de la cathédrale trouvent la mort, ainsi que 40 des 58 autres desservants du chef-lieu du diocèse, 33 des 41 prêtres des paroisses de la Manche, 4 des 6 prêtres d'Huescar, 11 des 17 prêtres de Puente del Arzobispo... Les religieuses exceptées, il faut ajouter que toutes les catégories d'ecclésiastiques sont exposées de façon identique au massacre, y compris dans le cas de prêtres et religieux connus pour leurs activités ou leurs préoccupations sociales. Les religieux-enseignants qui se consacrent à l'éducation des enfants de milieux populaires ne sont pas épargnés, pas plus que les prêtres de l'Action catholique ouvrière qui meurent en proclamant leur foi dans l'instauration du « Règne social de Jésus-Christ ouvrier », comme à Barbastro.

La statistique de la persécution dans le diocèse de Barcelone apporte des indications sur la chronologie de la persécution, et permet d'entrer dans le détail de ses circonstances et de sa réalité quotidienne. Le massacre dans la région de Barcelone commence le 19 juillet 1936, faisant neuf victimes le jour même de la tentative de soulèvement militaire dans la capitale catalane. Il s'amplifie pendant le reste du mois de juillet et les trois premières semaines d'août. Sur 922 victimes recensées dans le diocèse, 207 périssent en juillet et 223 en août, avec des maxima de 26 assassinats le 25 juillet, 30 le 26, et 30 également le 27 juillet 1936. Si la tuerie cesse pratiquement à partir du mois de septembre dans les zones rurales, faute de victimes disponibles, elle continue dans la ville de Barcelone et sa banlieue où se sont réfugiés la plupart des ecclésiastiques qui n'ont pu fuir la zone républicaine. On dénombre encore 91 tués en novembre, le massacre ne se ralentissant vraiment qu'à la fin de l'automne grâce à la protection relative offerte par les prisons aux prêtres incarcérés. Ce ralentissement se confirme au cours des mois suivants, sans que l'instauration d'un simulacre de procédure judiciaire y mette véritablement fin.

Des groupes entiers d'ecclésiastiques capturés dans leurs cachettes ou interceptés à la frontière sont fusillés jusqu'en mars 1937, et quelques « incidents mortels » se produisent aussi en avril et mai. La tuerie ne s'achève qu'en juin 1937, onze mois après le début de la guerre civile. Après ce moment, deux prêtres seulement sont fusillés en 1937, en vertu de jugements réguliers et bien qu'une galerie de la prison modèle de Barcelone reste peuplée d'ecclésiastiques jusqu'au début de 1938. Mais il est vrai qu'il s'agit alors de les protéger et qu'une libération quasi générale intervient au cours de la même année. Par la suite, on ne mentionne plus guère que le cas d'un religieux décédé sous l'effet de tortures par électrochocs, ou celui de six prêtres de Barcelone abattus au début de 1939, dans la fièvre meurtrière de la déroute finale.

Les visages du massacre diffèrent selon les lieux et les circonstances. Sauf exceptions initiales, le clergé échappe à la persécution dans les provinces basques. Il connaît aussi un destin moins tragique dans les Asturies et les autres provinces du Nord-Ouest qu'en Catalogne, dans le Levant, en Aragon, à Madrid et en Castille. De même y a-t-il des degrés dans l'horreur dans ces dernières régions. Le paroxysme se trouve atteint lorsque les victimes sont torturées avant la mort, ou quand elles sont brûlées vives comme l'évêque auxiliaire de Tarragone ou la soixantaine de prêtres liés ensemble à Gérone. Pendant les premières semaines de la guerre, plus habituelles sont les exécutions individuelles ou les fusillades collectives au bord des routes, dans les terrains vagues des banlieues ou, par un souci de rationalisation commun à tous les bourreaux, dans les cimetières mêmes. A Madrid, la « Pradera de San Isidro » et le « Pozo del tio Raimundo » fournissent les principaux sites d'exécution. A Lérida, les prêtres et leur évêque sont invités à creuser leur tombe dans le cimetière avant de tomber sous les balles. Partout, les charniers se multiplient, même si des centaines d'ecclésiastiques succombent de façon indistincte dans le feu du « combat révolutionnaire », comme les douze prêtres disparus le 12 décembre 1936 au cours de l'assaut d'une prison par la foule.

Passé les premières semaines de la guerre, les exécutions sont toutefois précédées de plus en plus souvent de simulacres judiciaires. Parodies au cours desquelles « on prononçait la sentence sans interrogation préalable », et où « les heures qui s'écoulaient entre la détention et l'exécution correspondaient exactement au temps nécessaire à la venue de la nuit, élément du secret de l'opération »[8]. Les exécutions plus régulières se situent à partir d'octobre-novembre 1936. Il faut ajouter qu'avant ce moment le massacre se développe surtout dans les campagnes, mais sans résulter dans la majorité des cas d'initiatives spontanées des populations locales. Des patrouilles venues des grandes villes se chargent généralement de cette tâche, au besoin contre le gré des villageois, pratiquant une chasse à l'homme méthodique dont

8. A. Sanabré Sanroma, *Martirologio de la Iglesia en la diocesis de Barcelona...*, Barcelona, Libreria religiosa, 1943, p. 31.

la presse rend parfois compte. Des primes sont fréquemment offertes aux dénonciateurs à partir du moment où les victimes deviennent rares, dans le même temps que certains journaux se préoccupent de stimuler l'action des assassins en publiant des listes de prêtres et de catholiques offerts à la vindicte publique.

Il est vrai que tous les ecclésiastiques arrêtés au cours de l'été et de l'automne 1936 ne sont pas assassinés. La protection de la Généralité de Catalogne, du gouvernement basque ou de quelques personnes influentes ne suffit pas toujours à arrêter les bras meurtriers. Elle reste pourtant efficace dans nombre de circonstances, spécialement grâce au courage de Ventura Gassols et d'autres responsables de l'*Esquerra* catalane, ou encore à celui du ministre basque Manuel de Irujo et du futur président du Conseil socialiste Juan Negrin, qui visitent les prisons de Madrid la nuit afin d'empêcher les exécutions sommaires. Ceci sans oublier la protection qui est offerte aussi par des responsables socialistes, anarchistes ou communistes. Ce sont par exemple des communistes du 5e régiment qui protègent les frères salésiens du collège où ils ont établi leur quartier général de Madrid jusqu'à la fin de la guerre civile, et c'est un ministre communiste du gouvernement basque, Juan Astigarrabia, qui accompagne son collègue basque et démocrate-chrétien Telesforo Monzón pour sauver les prêtres prisonniers menacés par la « populace » après le bombardement de Bilbao par l'aviation franquiste, en janvier 1937. Par ailleurs, certains prêtres et religieux sont acquittés et libérés dès l'automne 1936, en particulier à Barcelone. D'autres, enfin, se trouvent pourvus d'un sauf-conduit pour la France en vertu du procédé contestable de la rançon pas toujours suivi d'effet.

Il est exact que la responsabilité trop commodément invoquée de la « populace » n'apparaît pas toujours évidente. En réalité, si les exécutions débutent dès le 19 juillet à Barcelone, et dans la nuit du 20 au 21 juillet à Madrid, elles n'interviennent que plus tard dans d'autres grandes villes où elles sont le fait de bandes organisées surgies après achèvement de leur tâche dans les campagnes. Dans certains cas, comme à Santander, le culte public se poursuit jusqu'à la fin du mois d'août 1936 sans que les célébrants soient dangereusement inquiétés. Il arrive même que des religieux ou religieuses jouissant de l'estime populaire se trouvent protégés par celle-ci et puissent continuer à résider pendant quelques mois dans leurs maisons. De plus, les milices anarchistes ne sont pas seules responsables de la tuerie. Celle-ci dépend plus de l'humeur des comités anti-fascistes locaux que de leur orientation idéologique. La CNT et la FAI servent souvent de boucs émissaires.

Ces nuances ne changent rien sur le fond. Elles aggravent même la responsabilité des dirigeants républicains. La nonciature à Madrid reste ouverte et transmet les protestations du Saint-Siège au gouvernement Giral. Celui-ci y répond de manière indigne puis cesse d'en accuser réception. Plus affligeantes encore apparaissent les justifications que des personnalités réputées saines d'esprit donnent des atrocités perpétrées non seulement contre les personnes mais aussi contre les symboles religieux, quelle que soit leur valeur culturelle. Les violations de sépultures deviennent monnaie courante, de même que les mascarades en habits sacerdotaux. De leur côté, les incendies d'églises et d'édifices religieux se multiplient au point de modifier pour des années le paysage espagnol et de porter une atteinte grave au patrimoine artistique du pays. A Barcelone, seule la cathédrale échappe au feu ou à la dépradation de tous les lieux de culte. La *Sagrada Familia* de Gaudi est même touchée par les « révolutionnaires », qui dispersent aussi les dix mille volumes précieux de la bibliothèque des capucins de Sarria. A Vich et Lérida, les cathédrales ne sont pas épargnées. Le monastère de Ripoll est dévasté. A Madrid, la plupart des églises flambent et la synagogue n'échappe pas à la fureur incendiaire. Le feu sacrificiel revêt la même intensité dans la région de Malaga, dans le Levant et en Aragon.

Face à ce désastre, la presse ouvrière et les stations de radio diffusent des commentaires d'approbation. Partant d'une interprétation commode de l'Évangile et faisant l'impasse sur les tueries, leurs diatribes soutiennent en substance que le « feu purificateur » correspond très précisément aux intentions du Christ. Telle est, à titre d'exemple, l'idée propagée sur les antennes de Radio-Barcelone le 29 juillet 1936 :

« Le peuple, avec cet instinct qui lui fait voir à chaque moment de l'histoire le chemin du salut — déclare le commentateur — a su rapidement où résidait un des grands périls pour la marche de la révolution. C'est pour cela qu'il s'est emparé des temples, de ces temples que le Christ avait condamnés [...] Le peuple a su interpréter le Christ, avec le fouet et le feu purificateur, il a transformé les églises en ce qu'elles doivent être véritablement[9]. »

Plus singuliers, cependant, sont les propos tenus par l'intellectuel marxiste qu'est André Nin le 8 août 1936. « La République — explique le leader du POUM — ne savait comment résoudre le problème religieux ; tous les gouvernements ont traîné avec eux ce problème. Nous, enfin, l'avons résolu totalement en le prenant à la racine : nous avons supprimé les prêtres, les églises et le culte[10]. » Il est non moins surprenant de lire, sous la plume du membre de l'intelligentsia d'extrême gauche britannique et milicien du même POUM qu'est George Orwell, l'expression de regrets quant au fait que la cathédrale de Barcelone ait échappé à l'incendie, pour la bonne raison que l'estimable écrivain n'en aimait pas l'architecture. Mais plus étonnante encore est la compréhension que le ministre basque et catholique Manuel de Irujo — au demeurant protecteur attribué et parfois efficace des catholiques dans le gouvernement républicain — témoigne aux incendiaires d'églises, oubliant qu'ils sont aussi le plus souvent les tortionnaires du clergé. Pour le ministre basque, ceux qui brûlent les églises ne manifestent pas ainsi des sentiments antireligieux ; « il ne s'agit que d'une démonstration contre l'État — déclare Irujo — et, si j'ose dire, cette fumée qui monte au ciel n'est qu'une sorte d'appel à Dieu devant l'injustice humaine[11] ».

De plus, ce type de justification évangélique n'est même

9. Cité par *Razón y Fé* 38 (480), janv. 1938, p. 91.
10. *La Vanguardia de Barcelona*, 8 août 1936.
11. Cité par H.F. Loewenstein, *A Catholic in Republican Spain*, London, V. Gollancz, 1937, p. 98.

plus nécessaire dans le cas des victimes qui ne portent pas l'habit religieux. Or, celles-ci sont les plus nombreuses, même si l'extermination ne revêt pas dans leur cas le caractère d'une élimination systématique. En ce qui concerne les bourgeois et les personnes aisées, leur simple appartenance sociale les désigne comme des suppôts de la réaction et des sympathisants des militaires insurgés. Ceci en fait des « fascistes » par essence, en attendant qu'ils se trouvent catalogués comme membres de la 5e colonne après que le général Mola aura eu l'imprudence d'utiliser cette expression à propos des agents favorables à sa cause camouflés à Madrid.

Les adhérents de la Phalange sont les plus visés. Les noms de dix mille d'entre eux, résidant en zone républicaine, sont connus des milices. Deux mille vont périr en dehors de tout combat. Toutefois, le simple fait d'être repéré comme catholique notoire constitue également une preuve de culpabilité susceptible de la mort. Les responsables ou militants d'Action catholique deviennent particulièrement suspects, à l'égal des journalistes de la presse confessionnelle. Les membres de la CEDA le sont non moins, à l'instar de ceux de tous les partis de droite. Surtout, les syndicalistes et coopérateurs chrétiens sont l'objet d'une haine spéciale de la part des miliciens. Près de trois mille adhérents de la CONCA — le syndicat agricole confessionnel fortement implanté en Castille — disparaissent dans ces conditions. De leur côté, les activistes des syndicats ouvriers catholiques prennent plus encore figure de traîtres à la cause prolétarienne et subissent la vindicte sans merci réservée aux « jaunes ».

D'autres catégories se voient frappées encore. Tel est le cas des monarchistes patentés. Ce l'est aussi des intellectuels de droite, comme Ramiro de Maeztu, souvent emprisonnés au lieu d'être exécutés froidement dans les jours qui suivent le soulèvement mais finalement assassinés. De même, les gardes civils sont promis à un sort fatal dans les campagnes où ils n'ont d'autre choix que se rallier aux insurgés ou de prendre le maquis. Selon les estimations qui tendent à réduire l'ampleur des atrocités républicaines, un millier d'entre eux au moins sont exécutés sans combat. Les officiers demeurés par malchance ou confiance excessive en territoire loyaliste se trouvent tout aussi exposés. Près de 8 000 y demeurent après le soulèvement du 18 juillet. Parmi eux, 3 500 se rallient aux milices ou à la nouvelle armée populaire sans que cette fidélité soit toujours récompensée. Soupçonnés par principe, la plupart des aviateurs se voient refuser l'autorisation de voler par leurs subordonnés, tandis que les cadres de l'armée de terre à demi prisonniers sont jugés responsables des revers subis par les milices. Dans ces conditions, beaucoup trahissent pour de bon à la première occasion, y compris quand ils n'en caressaient pas le dessein au début. Quant aux autres, qui se terrent au nombre de 4 500 environ, la capture entraîne pour eux un très haut risque d'exécution, puisque 1 500 vont être tués sur les arrières du front[12].

L'importance globale des atrocités perpétrées en dehors des combats en zone républicaine n'a jamais été chiffrée avec exactitude. La propagande nationale a parlé de façon très exagérée de 300 000 morts. En réalité, les décomptes plus objectifs oscillent entre 86 000[13] — 75 000 paraît assez exact — et 20 000 victimes[14], étant entendu que ce dernier chiffre semble tendre surtout à démontrer que les assassinats ont été moins nombreux sur le territoire loyaliste que dans l'Espagne nationale. Mais même en ajoutant foi à cette dernière estimation, il apparaît que 6 000 personnes au moins ont été tuées de sang-froid à Madrid pendant les trois premiers mois de la guerre, autant à Barcelone et Valence, 5 000 dans les villes moyennes et les campagnes, auxquelles s'ajoutent au moins 3 000 victimes exécutées plus tard par la police politique de l'armée populaire, le SIM, ou tombées lors des troubles survenus à Barcelone et Madrid en mai 1937 et en mars 1939.

De toute manière, les statistiques ne peuvent exprimer l'horreur de la persécution, non moins insoutenable dans le cas des non-religieux que des membres du clergé. Elle atteint le paroxysme dans les villages et les petites villes.

12. R. Salas Larrazabal, *Historia del Ejército popular de la República*, Madrid, Editoria Nacional, 1973, vol. I, p. 186-188.

13. H. Thomas, *Histoire de la guerre d'Espagne, op. cit.*, vol. II, p. 443.

14. G. Jackson, *The Spanish Republic and the Civil War, op. cit.*, p. 530-534.

Dans *Pour qui sonne le glas*, Ernest Hemingway relate l'histoire des habitants d'un bourg qui commencent par rosser les bourgeois avec des fléaux, avant de les précipiter du haut d'une falaise. Cet épisode romancé correspond à ce qui s'est passé réellement dans la ville andalouse de Ronda. Dans les métropoles urbaines, la procédure se fait plus raffinée sans se révéler plus édifiante. Tous les partis et syndicats créent leurs officines d'enquête. Comble d'ironie macabre, ils les appellent avec fierté *Tchékas*, du nom de la police politique soviétique devenue plus tard GPU ou NKVD. On en compte vingt-six rien qu'à Madrid. Leurs membres emmènent leurs victimes pour une « promenade » — le *paseo* — dont beaucoup ne reviennent jamais. L'interrogatoire s'accompagne d'insultes, de menaces, d'humiliations et souvent de coups. Après celui-ci, les justiciers symbolisent leur sentence de mort par la lettre L — Liberté — suivie d'un point... La majuscule signifie l'exécution immédiate par des brigades spécialisées formées dans nombre de cas d'anciens prisonniers de droit commun.

Cette phase de terreur massive se poursuit jusqu'en novembre 1936. Pendant une quinzaine de semaines interminables, ses victimes potentielles vivent dans l'angoisse d'une liberté précaire. De plus, ceux qui se trouvent déjà emprisonnés ne sont pas à l'abri de la fureur des milices ou des foules à l'intérieur de leurs cellules. Des exécutions expéditives se produisent à la prison modèle de Madrid à la fin du mois d'août. Les wagons ou les camions qui transfèrent les détenus dans des lieux plus sûrs sont attaqués et les détenus qu'ils transportent fusillés. Finalement, l'hécatombe finale a lieu du 6 au 8 novembre, toujours dans les prisons de la capitale menacée alors par les forces franquistes. De l'avis des conseillers soviétiques présents depuis quelques jours aux côtés de la Junte de défense madrilène, les détenus politiques qu'elles contiennent sont à l'évidence des espions. La plupart — de 2 400 à 2 750 — sont fusillés et enterrés dans des fosses communes dans les environs de la ville. Santiago Carrillo détient alors le poste de conseiller à l'ordre public dans la Junte. Il porte au moins formellement la responsabilité de cette tuerie qui marque toutefois un tournant. Après elle, il faudra plutôt parler de répression systématique et organisée, appuyée sur une justice d'exception et complétée dans le style stalinien par les tortures et les assassinats secrets effectués par le service d'investigation militaire — le SIM — contrôlé largement par les communistes et les experts russes attachés à la cause républicaine. Les fusillades intempestives n'interviennent plus que par accident ; par exemple à Jaén, où 260 détenus sont exécutés en avril 1937, en représailles d'un bombardement subi par la ville. De plus, les suppliciés ne sont plus toujours des hommes de droite. L'épuration intestine qui accompagne le retour à l'ordre fait qu'ils appartiennent de plus en plus souvent aux fractions minoritaires de l'extrême gauche, qualifiées de « fascistes » pour la commodité.

Le nouvel État républicain

Le constat de l'impuissance de toute autorité face à ces atrocités internes aussi bien qu'à la menace externe exercée par l'armée des insurgés force la redécouverte des avantages à tirer de la restauration d'une autorité minimale de l'État républicain. Aussi déliquescent qu'il soit, le gouvernement de Madrid compte, dans la mesure où il est seul susceptible de porter remède au fractionnement du pouvoir et à l'enlisement militaire qui en résulte. Lui seul peut, également, affronter avec quelque chance de succès les difficultés matérielles et économiques infiniment plus angoissantes chez les loyalistes que dans le camp adverse. A l'inverse de celui contrôlé par les nationaux, le territoire soumis au gouvernement légal se rétrécit peu à peu, au point d'imposer un transfert précipité des ministères de Madrid à Valence, puis à Barcelone, enfin et de nouveau à Valence. Les républicains conservent trente-cinq provinces sur cinquante en août 1936. Ils n'en contrôlent plus que trente au printemps de 1937, après la conquête de la plus grande partie de l'Andalousie et de l'ouest de la Castille par leurs adversaires qui ont opéré leur jonction nord-sud. Le grignotage se poursuit au milieu de 1937 avec la chute des provinces basques, pour s'achever en 1938 avec la nouvelle coupure en deux parties de ce qui reste de la zone républicaine. Coupure qui isole Barcelone de Madrid et réduit le domaine républicain à douze provinces seulement.

Ce simple fait d'une défaite lente mais régulière explique que la guerre soit ressentie davantage dans le camp loyaliste acculé presque constamment à la défensive. Il faut considérer également que si les provinces demeurées républicaines restent longtemps les plus peuplées et les plus industrielles, cet avantage apparent a pour contrepartie la disette alimentaire. Les républicains disposent des industries mais doivent nourrir les villes, tandis que les nationaux jouissent d'un potentiel agricole supérieur sans devoir supporter la charge des grandes concentrations urbaines. Plus encore, le gouvernement loyaliste accepte de désorganiser la production agricole sur son territoire, en donnant son aval au mouvement spontané de collectivisation des terres réalisé dès les premières semaines de la guerre civile. Alors que l'abondance règne de l'autre côté, la nécessité d'un rationnement rigoureux s'impose très vite dans les provinces républicaines, en particulier à Madrid et en Catalogne. Martiale mais facile sur les arrières de la zone franquiste, la vie quotidienne devient par là héroïque mais éprouvante dans cette peau de chagrin qu'est la zone républicaine.

Cette détérioration découle pour beaucoup d'un jeu politique interne extrêmement conflictuel, dont les difficultés issues de la collectivisation agraire ne sont qu'un élément. Hors celles de la droite, toutes les organisations politiques et syndicales restent en présence, quand bien même les partis de la gauche bourgeoise auxquels appartiennent le président de la République Manuel Azaña et les membres du gouvernement Giral ne connaissent plus qu'une existence léthargique. En revanche, les partis et syndicats ouvriers acquièrent une omnipotence presque absolue dans les limites de leurs fiefs géographiques. Là gît précisément la pomme de discorde. Le courant socialiste représenté par l'Unión General de Trabajadores (UGT) et par le Partido Socialista Obrero Español (PSOE) règne sur Madrid et une partie de la Castille. Les anarchistes de la Confederación National del Trabajo (CNT) et de la Federación Anarquista Iberica (FAI) dominent en Aragon, à Valence[15] et surtout à Barcelone, où ils créent un climat qui rappelle celui de la Commune de Paris en 1871. De leur côté, les communistes extrêmement minoritaires au début profitent de la situation pour accroître leur influence dans toutes les régions.

États dans l'État décomposé, ces factions exercent chacune leur souveraineté sur des portions de territoire ou de population, abusant d'une autorité exclusive de celle du gouvernement aussi bien que des autres organisations ouvrières. De plus, leur influence dépasse largement le cadre de leurs adhérents, sympathisants ou même électeurs d'avant la guerre civile. La non-appartenance à un parti ou syndicat de gauche devient après le 18 juillet une sorte de péché et un gage d'insécurité personnelle en zone républicaine. A l'inverse, l'adhésion à une organisation de gauche constitue comme on sait la meilleure garantie individuelle contre l'arbitraire des clans rivaux, quelles que soient par ailleurs les idées politiques réelles de l'affilié de fraîche date. Dans cet esprit, les membres des classes moyennes, voire de la haute bourgeoisie, rejoignent en grand nombre les rangs de l'UGT et de la CNT, plus encore peut-être ceux du Parti communiste en quête de soutiens et peu regardant sur l'origine de ses nouveaux membres. Plus fondamentalement, le PC applique les consignes de modération vis-à-vis de la « démocratie bourgeoise » diffusées depuis 1935 par le Komintern[16], pour apparaître bientôt comme une sorte de parti de l'ordre dont la discipline et le réalisme tranchent avec l'exubérance révolutionnaire assez terrifiante des anarchistes et avec la faiblesse démagogique de certains socialistes.

Un clivage primordial sépare dans ce contexte les forces politiques de la zone républicaine, y compris à l'extrême gauche. Il existe, d'un côté, un courant favorable au bouleversement immédiat des structures économiques, sociales et institutionnelles, qui postule aventurément que la victoire sur les insurgés doit résulter d'un élan prolétarien et révo-

15. Où la CNT prétend exporter les oranges du Levant à son seul profit...
16. Consignes d'alliance « antifasciste » adoptées par le septième congrès de la IIIe Internationale, au mois d'août 1935.

lutionnaire face à la réaction des possédants et de leurs mandants militaires ou religieux. Ce courant rassemble la presque totalité des anarchistes, une fraction importante des socialistes acquis à un marxisme d'autant plus radical qu'il a été rapidement assimilé, et les groupes communistes dissidents du POUM, marqués ou non par le trotskisme.

La gauche « bourgeoise », les socialistes modérés et les communistes orthodoxes animent le courant opposé. Courant pour lequel tous les efforts doivent converger au contraire vers le raffermissement de l'État et la reconstruction d'une armée efficace. Dans ce milieu, les présupposés de fond peuvent varier selon les partis ou les individus. Mais ils vont de pair avec une crainte partagée de voir la révolution immédiate provoquer une défaite militaire rapide, en désorganisant les bases matérielles de la résistance et en effarouchant les démocraties occidentales dont l'appui déjà réticent est indispensable. Ainsi se réalise l'union sacrée des républicains, des socialistes proches d'Indalecio Prieto ou de Juan Negrin — qui demeurent attachés au modèle d'une démocratie classique plus libérale que sociale — aux communistes qui n'abandonnent aucunement leurs objectifs ultimes. Sur le court terme, cette alliance au visage de pis-aller répond aux intérêts des uns et des autres. Elle correspond aussi aux vœux de Staline, qui privilégie à l'époque la réconciliation de tous les « démocrates » face à la menace fasciste, dans le cadre d'une formule qui anticipe curieusement sur certaines des propositions de l'eurocommunisme des années 1970.

Les deux tendances se déchirent dans le cadre d'une lutte dont le paroxysme se manifeste au cours des deux guerres civiles internes qui éclatent au sein même du camp républicain en 1937 et 1939. Chez les loyalistes, personne ne se trouve en mesure de remplir le rôle d'arbitre conquis par Franco chez les nationaux. Ce rôle, normalement exercé par le président de la République Azaña, ne peut l'être en raison du prestige déclinant et du défaitisme de ce dernier. Seul, le vieux leader de l'aile gauche du PSOE qu'est Francisco Largo Caballero jouit d'une popularité et d'une autorité incontestables dans les premiers mois de la guerre. En réalité, il se range plutôt du côté de l'aile révolutionnaire maximaliste, mais il est irremplaçable et son radicalisme paraît surtout rhétorique. Au fond, son langage même le rend acceptable aux extrémistes sans inquiéter trop les réformistes de son propre parti. De la sorte, Largo Caballero va pouvoir former le 4 septembre 1936 le premier gouvernement de Front populaire au sens plein du terme. Les cabinets constitués depuis les élections de février n'avaient compris que des représentants de la gauche républicaine. En revanche, celui de Largo Caballero associe des ministres de la gauche modérée à six socialistes et comprend même deux communistes. Détenteurs des portefeuilles de l'Éducation et de l'Agriculture, ceux-ci partagent la responsabilité du pouvoir en vertu d'une recommandation expresse du Komintern. Le 4 novembre, en outre, à la veille de la grande bataille pour Madrid, quatre ministres anarchistes viennent les rejoindre, en tant que titulaires des ministères de la Justice, de l'Industrie, de l'Éducation et de la Santé. En dehors du président du Conseil, l'homme clé est toutefois le leader socialiste Indalecio Prieto, qui cumule les portefeuilles de la Marine et de l'Air.

Ce gouvernement s'use pourtant rapidement dans son effort infructueux de conciliation. Vicié dès le départ par les hésitations de son chef, il se trouve réduit plus encore à l'impuissance par les divergences absolues de ses membres ancrés dans leurs positions antagonistes. Le heurt armé entre les deux courants devient une hypothèse à redouter, puisque chacun dispose d'un embryon d'armée et que l'État n'a toujours pas recouvré le monopole de la force.

Au sein du gouvernement, les deux ministres communistes et leur collègue socialiste Negrin font cause commune pour pousser Largo Caballero à accélérer l'intégration des milices ouvrières dans la nouvelle armée populaire, plus largement pour restaurer l'autorité de l'État partout où elle se trouve battue en brêche. Particulièrement en Catalogne, cette politique se heurte à l'hostilité active de la CNT et d'un petit parti communiste dissident, le Partido Obrero de Unificación Marxista (POUM), qui jouit de la sympathie des intellectuels progressistes mais en qui le PCE s'empresse de voir une fraction trotskiste accusée bientôt d'être à la solde des franquistes. Des heurts meurtriers se produisent le 17 avril 1937, lorsque les forces régulières évincent les miliciens anarchistes des postes frontaliers qu'ils occupent sur les Pyrénées. Ils précèdent de peu la guerre civile intestine déclenchée pendant quatre jours à Barcelone, à partir du 3 mai.

Pour sortir de l'impasse, Largo Caballero projette depuis quelques semaines, contre le gré des communistes et des socialistes modérés, de constituer un cabinet syndical à dominante UGT et CNT dont l'orientation serait ouvertement révolutionnaire. La petite guerre civile de Barcelone brise ce dessein en contraignant le chef du gouvernement à user de la manière forte contre les anarchistes et leurs alliés. De plus, cette rigueur non voulue ne l'empêche pas de tomber le 17 mai 1937, par suite de la démission des deux ministres communistes qui n'ont pu obtenir de Largo Caballero l'interdiction totale du POUM et le renforcement de la répression anti-anarchiste. Le nouveau gouvernement formé le même jour sous la présidence de Juan Negrin marque le triomphe définitif des minimalistes de toutes obédiences sur le courant maximaliste soutenu par les syndicats et l'aile gauche du Parti socialiste. A ce moment, la création de l'armée populaire décrétée en octobre 1936 se heurte toujours à la mauvaise volonté des partis et des syndicats qui conservent le contrôle de leurs milices et enflent leurs effectifs. Au printemps 1937, les six classes 1931 à 1936 ont été rappelées sous les drapeaux afin de porter le potentiel militaire à 500 000 hommes. Toutefois, les 200 brigades mixtes dont la constitution est prévue sur le papier ne font guère sentir leur poids sur le terrain et échappent largement à l'autorité de l'état-major central. De plus, la légalisation du rôle joué par les commissaires politiques dans les unités brise leur commandement, diminue leur efficacité et concède d'une main aux partis ce que l'on prétend leur enlever de l'autre. Grâce à la détermination de Prieto, la marine et l'aviation échappent seules à cette stagnation. Les comités antifascistes y disparaissent et les officiers professionnels y retrouvent leur place.

Parallèlement, l'action du gouvernement réfugié à Valence depuis le 7 novembre[17] se traduit par un bilan aussi

17. Le président de la République, Manuel Azaña, réside pour sa part à Barcelone depuis le mois d'octobre.

discutable dans le domaine non militaire. Certes, les comités exécutifs populaires et autres juntes de défense antifascistes qui gouvernaient les villages et les villes ont été dissous. De même, un corps unique de police a été créé pour remplacer les anciennes forces de sécurité, tandis que l'exercice de la justice a repris un cours plus formel sous l'impulsion du ministre anarchiste Garcia Oliver. De même encore, la production a en général augmenté dans les usines travaillant directement pour la défense. Cependant, les autorités parallèles subsistent dans la pratique. Les résultats obtenus ne constituent que le fruit des compromis difficiles et révocables que le pouvoir légal négocie constamment avec elles. Continuant imperturbablement à tenir leurs sessions régulières à Valence, les Cortès ne servent que de couverture à cette fiction. Le pouvoir reste émietté. Chaque région ne cesse de vivre de manière autonome, en particulier en Catalogne où l'existence quotidienne retrouve presque l'aspect détendu du temps de paix.

La guerre civile dans la guerre civile

Les chocs sanglants survenus dans cette province en avril et mai 1937 constituent pourtant le prélude de la reconstitution véritable de l'État républicain. Ils découlent de l'ambition hégémonique des anarchistes, décidés à préserver la suprématie dont ils disposent dans la région catalane. Ils procèdent aussi de l'agressivité des communistes. Ceux-ci n'entendent pas seulement disputer le terrain à la CNT, avec le concours des socialistes avec qui ils ont constitué en juillet 1936 un Parti socialiste unifié de Catalogne — le PSUC — dominé en fait par le PC. Marqués par la passion stalinienne, les communistes s'emploient à mettre cette occasion à profit pour éliminer leurs frères ennemis du POUM, ainsi que le film de Ken Loach, « Terre et Liberté », l'a rappelé en 1995 de façon toutefois idéalisée à la manière d'une image d'Épinal. A cette fin, ils les dénoncent comme des trotskistes devenus alliés objectifs des franquistes. Leur souci parallèle d'œuvrer à la victoire par la remise sur pied de l'autorité républicaine leur fournit la bonne raison requise pour cette opération répressive.

Le chassé-croisé des interdits réciproques commence au début du mois d'août 1936, quand la CNT oppose son veto à la participation du PSUC dans le gouvernement autonome de la Catalogne. Après que les socialo-communistes furent tout de même entrés dans un cabinet unitaire formé le 26 septembre, il se poursuit en décembre avec l'exclusion des ministres du POUM, sous la pression des communistes. Puis la situation s'envenime au début de 1937. Faisant grief aux anarchistes de leur particularisme catalan et de leur indifférence aux problèmes généraux de la défense de la République, le PSUC s'assure le contrôle des services de ravitaillement dans cette région particulièrement affectée par la pénurie. Soucieux d'améliorer la situation alimentaire tout en luttant contre les excès de la collectivisation, les communistes se font dans cette optique les défenseurs du commerce privé et de la petite entreprise. Ils se transforment en rempart des classes moyennes et en restaurateurs du capitalisme modeste, en même temps qu'ils apparaissent partout dans l'Espagne loyaliste comme des légalistes et des partisans d'une certaine continuité républicaine. Cette tactique insupporte les anarchistes. Ceux-ci obtiennent en mars 1937 que le PSUC abandonne la direction des services de ravitaillement et les événements s'accélèrent ensuite. Le 17 avril a lieu l'attaque des forces régulières — contrôlées par les communistes — contre les postes douaniers occupés par la CNT. Le 25, un dirigeant syndical communiste tombe sous les balles anarchistes. Le 27, trois responsables anarchosyndicalistes succombent en représailles. Le mécanisme de la guerre civile dans la guerre civile se trouve enclenché.

Le 2 mai 1937, les anarchistes s'emparent du central téléphonique de Barcelone, conformément aux recettes des coups d'État modernes et sans cacher qu'ils entendent se substituer aux autorités légales. Le lendemain, le représentant de la Généralité envoyé sur place essuie le feu des miliciens libertaires. Les armes rassemblées depuis longtemps sortent alors des citadelles des deux camps antagonistes : la Chambre de commerce pour la CNT et la caserne Marx pour leurs alliés du POUM, les casernes Atarazanas et Pedrera pour les communistes. Barcelone entre en guerre contre elle-même. Les anarchistes occupent les faubourgs et la partie gauche des *ramblas*, tandis que les gouvernementaux et le PSUC contrôlent l'autre côté de ces avenues. Les mitrailleuses crépitent pendant quatre jours. Le 6 mai, la trêve décrétée par la CNT ne dure qu'une matinée. Dans la soirée, deux croiseurs amènent des troupes gouvernementales depuis Valence, cependant que quatre mille gardes d'assaut arrivent par voie terrestre après avoir maté des troubles à Tarragone et Reus. Au matin du 7 mai, la CNT capitule enfin en implorant le retour au calme. Toutefois, les dernières poches de résistance subsistent jusqu'au lendemain. Le bilan officiel des pertes s'élève à quatre cents tués et mille blessés. Il est très probablement sous-évalué[18].

Les anarchistes ne se remettront pas de cette défaite issue d'un combat qu'ils n'avaient pas vraiment souhaité. Le POUM en souffre plus encore. Constitué en 1935 par fusion de deux mouvements communistes indépendants, il rassemble en 1937 une trentaine de milliers de militants et préconise la formation d'un gouvernement ouvrier-paysan excluant les partis de la gauche « bourgeoise ». Sa participation au soulèvement de Barcelone lui vaut d'être dissous. Ses membres sont désarmés et arrêtés en grand nombre. Son leader, Andrés Nin, disparaît dans les geôles du SIM, tué des mains d'une équipe dirigée par le Soviétique Orlov et composée d'hommes des Brigades internationales[19].

Francisco Largo Caballero apparaît aussi comme l'un des grands vaincus de cet affrontement. Les communistes n'obtenant pas une interdiction officielle du POUM de son gouvernement, les deux ministres qu'ils y comptent provoquent sa chute en démissionnant. Pour sa part, en revanche, le PCE se range à l'évidence dans le camp des vainqueurs où il s'agrège aux courants minimalistes du Parti socialiste et de la gauche républicaine. Le 17 mai 1937, la formation du gouvernement Negrin sanctionne leur triomphe commun.

18. H. Thomas, *op. cit.*, vol. II, p. 168.

19. L. Fischer, *Men and Politics*, London, Jonathan Cape, 1941, p. 343 et 406. Cette thèse longtemps discutée se trouve désormais démontrée sur la foi des archives soviétiques.

Né en 1892 aux Canaries, dans une famille de la haute bourgeoisie, Juan Negrin a été professeur de médecine à l'université de Madrid avant d'entamer sa carrière politique. Entré dans le Parti socialiste en 1929, il devient député en 1931. Son engagement se comprend comme reflet d'une attitude humaniste qui le conduit à s'aligner longtemps sur les positions réformistes d'Indalecio Prieto. Bien qu'il devienne ministre des Finances dans le cabinet Largo Caballero, tout l'éloigne à l'inverse du vieux leader converti au marxisme. Il ne sera pas moins accusé de s'être « vendu à Moscou » pendant les deux dernières années de la guerre civile.

D'emblée, Negrin exige d'être appelé « Monsieur le Premier ministre », alors que son prédécesseur admettait le « camarade ». Outre lui-même, son gouvernement comprend deux socialistes : Prieto à la Guerre et un fidèle de ce dernier, Zugazagoitia, à l'Intérieur. Les communistes Hernández et Uribe détiennent toujours les portefeuilles de l'Éducation et de l'Agriculture. Les autonomistes basque et catalan Manuel de Irujo et Jaime Ayguadé deviennent ministres de la Justice et du Travail, tandis que les autres départements sont attribués à des républicains modérés. Les amis de Largo Caballero se trouvent totalement exclus. De leur côté, les anarchistes refusent d'abord leur concours.

Ce gouvernement des plus rassurants pratique d'entrée de jeu une politique de rétablissement de l'ordre intérieur et de restauration du crédit extérieur de l'État républicain. Qualifiée de contre-révolutionnaire par l'extrême gauche évincée du pouvoir, cette politique se traduit sur le plan économique par la restitution à leurs propriétaires de certaines entreprises collectivisées sans base légale, plus largement par l'exercice d'une tutelle stricte sur celles qui demeurent collectivisées. De leur côté, les collectifs agricoles d'Aragon et de Catalogne sont démantelés, quelquefois par la force appliquée en particulier par des unités sous commandement communiste. En fait, le cabinet Negrin revient sur le décret de collectivisation des terres confisquées promulgué le 7 octobre 1936. Et, par une ironie du destin, c'est le même ministre de l'Agriculture, Vicente Uribe, qui défait ce qu'il avait fait auparavant. Il est vrai que, dès le 5 mars 1937, le secrétaire général du PCE, José

Diaz, avait déclaré que « se lancer dans un tel essai est absurde et équivaut à se faire complice de l'ennemi[20] ». La constitution du nouveau gouvernement permet de revenir sur cette décision prématurée ou malencontreuse selon les points de vue.

La contre-attaque anticollectiviste se développe au cours de l'été 1937, spécialement en Aragon où la résistance se révèle plus forte. Dans cette région, dominée jusque-là par un conseil de défense de tendance anarcho-syndicaliste qui a instauré le « communisme libertaire » dans la plupart des villages, des unités de l'armée régulière commandées par des officiers communistes démantèlent les fermes collectives. Elles rendent les terres, les instruments de culture, les chevaux et le bétail à leurs anciens propriétaires, détruisent les bâtiments à usage collectif récemment construits, arrêtent six cents responsables anarchistes et encouragent les exploitants rentrés dans leurs biens à attaquer les fermes collectives qui subsistent. De façon plus générale, les petits commerçants et les industriels modestes reviennent en odeur de sainteté, dans le cadre d'une politique où l'État républicain restauré se flatte moins d'être populaire que de reconnaître qu'il ne peut faire fonctionner l'économie à lui seul.

Parallèlement, des avances sont faites aux catholiques. Bien que l'exercice du culte demeure interdit, la persécution religieuse directe cesse et les prêtres qui n'ont pas été exécutés sortent des prisons. Le relâchement de la surveillance permet à l'activité religieuse clandestine de se développer de façon considérable à Barcelone à partir de l'été 1937. En 1937-1938, deux mille messes y sont célébrées chaque mois, surtout au sein de petites communautés de type familial. De plus, la tolérance croissante des autorités aidant, des services réguliers ont lieu également dans les petites villes et les villages des environs de la métropole catalane. En 1938, une quarantaine de cercles de la Federaciò de Jovens Cristians de Catalunya se remettent même à fonctionner. Des « cours privés » mixtes réapparaissent aussi, tandis que les élèves du séminaire diocésain repren-

20. J. Diaz, *Tres años de lucha*, Paris, Éditions Euro-América, 1939, p. 298.

nent leurs études dès novembre 1938. La reprise se révèle moins facile ailleurs mais elle se manifeste partout, grâce notamment aux délégations basques.

Qui plus est, le ministre basque et démocrate-chrétien de la Justice, Manuel de Irujo, tente d'aboutir à l'établissement avec le Vatican d'un *modus vivendi* qui permettrait la réouverture officielle de certaines églises. Le 31 juillet 1937, il expose sans succès au Conseil des ministres un projet de décret de rétablissement du culte. En revanche, en avril 1938, il parvient à faire inclure parmi les treize points des propositions de paix du président Negrin un article sur la liberté de croyance et de pratique religieuse. Toutefois, le Saint-Siège se dérobe, peu soucieux de fournir une arme morale aux adversaires du général Franco en les autorisant à se targuer d'une normalisation dans ce domaine, si minime qu'elle soit. Les premiers sondages effectués auprès de Rome par le gouvernement républicain remontent en fait à l'été et à l'automne 1937. Ils se poursuivent sans issue claire jusqu'au début de 1939. Faute de mieux, la seule mesure prise sera la création en décembre 1938 d'un commissariat aux cultes, décidée au moment même où les forces nationales entament leur assaut final contre la Catalogne. Ce geste ne fait de la sorte que combler les attentes de la petite minorité catholique restée favorable à la République.

Le cabinet Negrin s'attache également à démontrer la renaissance de l'État de droit. Il met fin aux arrestations arbitraires, libère les prisonniers abusivement détenus, défère les autres à des tribunaux auxquels il s'efforce de rendre leur respectabilité évanouie. Bientôt, les villes de la côte méditerranéenne encore éloignées du front reprennent un peu de leur physionomie normale. La réapparition des complets-vestons évincés depuis l'été 1936 en fournit le symbole. Dans le même temps, l'armée populaire arbore toujours l'étoile rouge mais se trouve sévèrement reprise en main par le ministre de la Défense, Indalecio Prieto. Ainsi menée, elle se transforme en un ensemble cohérent, pourvu d'un matériel russe moderne et relativement abondant, qui soutient honorablement la comparaison avec les forces nationales sur le plan de son poids apparent sinon de l'efficacité opérationnelle.

De nouvelles tensions viennent toutefois menacer l'équilibre du gouvernement Negrin. Anticommuniste déclaré et partisan d'une dépolitisation totale de l'armée, Indelacio Prieto se heurte au PCE, qui escomptait que la défaite politique de Largo Caballero lui permettrait d'accroître son droit de regard sur les unités militaires. Les communistes ne pardonnent pas au ministre de la Défense la suppression du commissariat politique aux armées. Ils craignent aussi de voir leur échapper les services de renseignement, devenus leur instrument dans la lutte contre les « trotskistes ». Enfin, le moins qu'on puisse dire est qu'ils s'attristent de voir le matériel de guerre d'origine russe distribué en fonction d'une logique qui n'avantage plus les divisions qu'ils contrôlent. Pour résister aux attaques communistes, Prieto aurait besoin d'une victoire. C'est le contraire qui se produit. Les forces républicaines n'obtiennent guère de résultats sur le terrain. Leurs offensives se brisent sur les contre-offensives plus décisives des nationaux, et le ministre se voit taxé — non sans raison peut-être — de défaitisme. Abandonné par son collègue socialiste Negrin, il lui présente sa démission acceptée le 5 avril 1938.

Le départ de Prieto fait du président Negrin le héraut de la résistance à outrance, à la veille du moment où les troupes franquistes atteignent Vinaroz — près de Tarragone — en séparant la Catalogne du reste de la zone républicaine le 15 avril 1938. Cependant, cette sorte de triomphe personnel du chef de gouvernement s'assortit d'un regain de l'influence communiste. Bien qu'il partage au fond les préventions de Prieto contre les communistes, Negrin ne peut éviter de s'appuyer sur eux à défaut d'autres soutiens solides. En vertu d'un calcul de rentabilité immédiate, il leur permet d'occuper en quelques mois la plupart des postes de responsabilité dans l'armée, d'autant que nombre des militaires professionnels demeurés fidèles à la République choisissent d'eux-mêmes de se rallier aux communistes. Une espèce de dictature s'instaure sous l'égide du président du Conseil, avec le concours du PCE et au moment où le découragement frappe le camp républicain.

Une stabilisation passagère de la situation militaire conduit pourtant Negrin à préciser les conditions d'une paix de compromis, dans une déclaration en treize points publiée le 1er mai 1938 et inspirée des quatorze points du président Wilson. Ce programme prévoit l'indépendance totale de l'Espagne et l'évacuation des contingents étrangers, la remise en vigueur du suffrage universel sur l'ensemble du territoire, la renonciation à toutes représailles, l'amnistie ainsi que le respect de l'autonomie des régions. Il recommande également l'encouragement des investissements étrangers à l'exclusion de ceux des « trusts », la réforme agraire, le « développement physique, culturel et moral de la race », le retour de l'armée dans les casernes, la neutralité du pays, une coopération accrue avec la Société des Nations et, bien entendu, la liberté religieuse. Cette ouverture ne rencontre aucun écho chez l'adversaire. Les nationaux exigent une capitulation sans conditions. Se rendant à Paris, Negrin a plusieurs entretiens avec l'ambassadeur d'Allemagne, sans parvenir à prendre contact avec Franco. De son côté, le président de la République tente sans plus de succès d'obtenir une paix négociée. L'échec de ces tentatives persuade dès lors le président du Conseil qu'il ne reste plus d'autre issue pour l'Espagne républicaine qu'une conflagration mondiale qui lui vaudrait de se ranger aux côtés de la France et de la Grande-Bretagne.

Dans ces conditions, la guerre se poursuit avec un temps d'accalmie. Le pouvoir républicain s'adapte à la division de son territoire. Il multiplie les liaisons aériennes qui survolent la zone nationale et confie au général Miaja, le vainqueur de Madrid, le commandement civil et militaire de la zone centrale. L'offensive franquiste de l'hiver 1938-1939 rappelle que la défaite reste inévitable et se rapproche.

Le président Negrin se trouve alors aux abois depuis plusieurs mois. S'efforçant de résoudre le conflit espagnol par un pacte de non-intervention signé par les grandes puissances, la Grande-Bretagne se préoccupe dans cette perspective d'obtenir le retrait simultané du corps expéditionnaire italien et des Brigades internationales. Finalement, le gouvernement républicain va devoir se plier à cette demande, mal compensée par l'évacuation seulement partielle des Italiens et l'arrêt peu appliqué de l'aide allemande aux franquistes. Certes, les Brigades ont déjà joué leur rôle décisif. Cependant, leur présence constitue un symbole. Le 15 novembre 1938 à Barcelone, leur défilé d'adieu prend figure d'effondrement de la solidarité internationale. De plus, une crise plus grave s'était déjà produite au moins d'août.

Devenu hostile à Negrin et de plus en plus ouvertement défaitiste, le président de la République, Manuel Azaña, avait fait alliance à ce moment avec les autonomistes catalans hostiles à la prise de contrôle des industries de guerre de leur région par le gouvernement central. L'opposition de ces derniers fit que le chef du gouvernement se trouva dans l'obligation de provoquer une crise ministérielle en sollicitant la confiance de l'ensemble des membres du cabinet. Le ministère tomba, Azaña tentant de confier au socialiste modéré Julián Besteiro le soin de former un gouvernement de médiation, voire de capitulation. L'opération échoue en définitive. Negrin menace de quitter le pays tandis que les communistes orchestrent une campagne en sa faveur de la part des responsables des unités militaires. Le président du Conseil démissionnaire constitue dans ces conditions un nouveau cabinet, où les autonomistes « bourgeois » se trouvent remplacés par un communiste du PSUC et un socialiste basque.

Il s'agit là du dernier sauvetage avant l'effondrement définitif du camp républicain. Soutenu toujours par les communistes mais par une minorité seulement des membres de son propre parti, Negrin maintient la consigne de résistance dans la zone centrale et à Madrid, après que les franquistes eurent achevé la conquête de la Catalogne et atteint la frontière française le 9 février 1939. Mais il n'est plus obéi par les officiers supérieurs non communistes. En outre, le président du Conseil se heurte à une conjuration des anarchistes et des socialistes, ces derniers devenus majoritairement anticommunistes. Les uns et les autres procèdent au règlement de comptes final avec Negrin et ses alliés dans les semaines qui précèdent l'écroulement final, devant l'armée nationale qui attend l'arme au pied l'issue honteuse de cet ultime combat dérisoire. Une deuxième guerre civile interne au camp républicain se déclenche à Madrid du 5 au 10 mars 1939. Elle oppose quelques unités communistes fidèles au gouvernement à une division anarchiste ralliée à une Junte antigouvernementale présidée par le colonel Segismundo

Casado. Negrin et ses ministres quittent l'Espagne le même 5 mars, laissant leurs défenseurs désemparés et abandonnant le pouvoir de fait à la Junte de Casado.

Les violents combats du 8 mars donnent d'abord l'avantage aux communistes, qui se sont assurés du commandement de la 22e armée exercé désormais par Jésus Hernández. Mais le sort se retourne le lendemain en faveur de la Junte. Une médiation du colonel Ortega aboutit à un cessez-le-feu le 10 mars. Approuvé discrètement par le général Miaja, le colonel Casado s'efforce dès ce moment de négocier avec Franco afin d'obtenir une garantie de sauvegarde pour les forces combattantes et leurs officiers, ainsi que des sauf-conduits et un délai de vingt-cinq jours pour ceux qui souhaiteraient quitter l'Espagne. Un conseil national présidé par Besteiro, et auquel participe le général Miaja, appuie sa demande. Cependant, l'émissaire franquiste Centaños rappelle le 13 mars que les nationaux maintiennent leur exigence de capitulation sans conditions. Le propos se réduit par conséquent à convenir des modalités pratiques d'une reddition. Casado accélère alors le repli des forces républicaines vers les ports méditerranéens, tout en se prêtant aux pourparlers techniques que Franco accepte d'entamer le 19 mars.

Le 23, deux émissaires républicains s'envolent pour Burgos, siège du gouvernement national. Ils reviennent le même jour à Madrid sans avoir été écoutés, porteurs seulement d'un document stipulant que les forces aériennes républicaines doivent rallier les aérodromes nationaux le 25 mars. En ce qui concerne les forces terrestres, le cessez-le-feu est prévu sur tous les fronts pour le 27. Les commandants d'unités, munis de drapeaux blancs, auront ce jour-là à se présenter devant les lignes pour convenir de l'évacuation de leurs positions et de la concentration de leurs hommes. Franco désigne en outre deux ports de la côte méditerranéenne pour l'évacuation de ceux qui veulent quitter le pays. Finalement, l'aviation républicaine ne se rend que le 26 mars, tandis que les divisions nationales reprennent leur progression sur la capitale. De leur côté, les troupes terrestres capitulent dans la matinée du 28. Le même jour, à midi, les avant-gardes nationales pénètrent dans la capitale afin d'occuper les ministères.

L'Économie de guerre et la vie quotidienne

Cette défaite sans gloire est le produit de facteurs multiples : militaires, politiques, internationaux mais aussi économiques et sociaux. Pendant la guerre civile, le pouvoir républicain ne parvient pas à faire face aux impératifs matériels de la lutte. En partie pour cette raison, il perd graduellement le soutien d'une fraction importante de ses partisans.

Il faut attendre le 28 juin 1937 pour que le gouvernement Negrin se trouve en mesure de promulguer un décret créant un sous-secrétariat à l'armement et plaçant les industries de guerre sous son contrôle au moins nominal. De plus, c'est seulement le 11 août 1938 que le pouvoir central ose étendre ces mesures à la Catalogne, où se concentre l'essentiel des fabrications militaires régies jusqu'à ce moment par la Généralité autonome. Dans ces conditions, la production d'armement demeure constamment insuffisante et incertaine. Certes, des progrès sensibles sont enregistrés pour les fournitures de munitions et d'armes légères. Par contre, les projets ambitieux des républicains débouchent sur de faibles résultats en ce qui concerne les armes lourdes. En particulier, le nombre des avions d'origine soviétique assemblés en Espagne ne dépasse pas quelques dizaines d'unités, beaucoup demeurant inachevés lorsque les troupes franquistes s'emparent de la Catalogne. De manière générale, le niveau de la production industrielle dans ce bastion économique de la zone loyaliste n'atteint, en 1937, que 60 à 65 % de ce qu'il était avant la guerre civile. Il chute à 55 % pendant le premier trimestre 1938, pour s'effondrer davantage encore par la suite.

Le fractionnement de l'autorité, les collectivisations initiales puis les bombardements aériens expliquent en bonne partie la pauvreté de cette performance, même si les industries métallurgiques finissent par dépasser pendant quelques mois leur niveau de production du début de 1936. Mais il est vrai que le camp républicain souffre aussi de handicaps qui affectent moins ses adversaires. Il en va ainsi des arrivages de pétrole qui se raréfient dangereusement. De façon plus large, la détérioration économique qui frappe l'Espagne loyaliste tire son origine première de son manque de ressources propres. Le charbon des Asturies fait défaut aux centrales électriques, au point que les coupures de courant ne cessent de troubler la vie de tous les jours et de paralyser l'activité industrielle. Produit pour l'essentiel au Pays basque, l'acier n'arrive plus. De leur côté, la plupart des arsenaux tombent rapidement aux mains des nationaux, de même que les usines de pneumatiques ou les entreprises de mécanique fine du Pays basque. Les anarchistes et les communistes ont beau exalter les mérites des « brigades de choc » inspirées de l'exemple du stakhanovisme soviétique, celles-ci ne peuvent rien contre ces goulets d'étranglement.

Les difficultés sont égales dans le domaine alimentaire et elles influencent de plus en plus négativement le moral des troupes et des civils. Une pénurie générale s'installe dès l'automne 1936 et ne cesse de s'aggraver par la suite. Le rationnement et le marché noir l'accompagnent. Annuellement, pour des populations à peu près équivalentes, les républicains disposent de huit millions de quintaux de blé contre vingt et un chez les nationaux. La disproportion est de 230 000 à 770 000 quintaux en ce qui concerne les pois chiches, aliment essentiel pour les Espagnols. Elle est de 770 000 à 3 400 000 quintaux pour la viande bovine, de 1 800 000 à 14 600 000 quintaux pour les ovins et de 800 000 à 4 200 000 quintaux pour la viande porcine[21]. Le rationnement devient drastique et comporte l'inconvénient supplémentaire de s'appliquer, pour l'essentiel, à des produits de base comme le pain ou les féculents. A Madrid, par exemple, en 1937 la ration de pain moyenne ne s'élève qu'à cent cinquante grammes par jour et tombe parfois à cinquante grammes. Celle de pois chiches ne dépasse pas cent grammes. Pour le reste, la viande spécialement, le marché noir pourvoit aux besoins de ceux qui conservent quelques moyens. Les autres n'ont d'autres ressources que les réfectoires du Secours rouge ou quelque autre institution d'assistance, devant lesquels les queues s'allongent. D'ailleurs, les prix officiellement bloqués au mois d'août

21. A. Viñas, ed., *Política comercial exterior de España (1931-1975)*, Madrid, 1979, vol. I, p. 199.

1936 renchérissent même pour les denrées de base, au point de doubler au moins pendant les trois années de guerre.

La malnutrition manifeste sinon la famine pure et simple deviennent de la sorte le lot quotidien des habitants d'une fraction importante du territoire républicain. Elles touchent d'abord la capitale et la zone centrale, plus tardivement Barcelone et la Catalogne, enfin et dans une moindre mesure la région de Valence et le Levant. Les privations pèsent spécialement sur les centaines de milliers de réfugiés. Ceux-ci constituent une lourde charge pour les autorités et les régions d'accueil éloignées du front, dont les habitants prennent figure de privilégiés. Des comparaisons déplaisantes pour les défavorisés prennent corps, au point de nuire à la cohésion du camp républicain. Elles interviennent de même vis-à-vis du camp adverse où la situation alimentaire demeure bien meilleure. La propagande du général Franco s'axe sur le thème : « pas de foyer sans lumière et pas de famille sans pain ». Elle trouve un écho, d'autant que les camions de ravitaillement de l'Aide sociale de la Phalange suivent effectivement les troupes nationales dans leur progression.

Des compensations existent. Le gouvernement et les autorités locales républicaines développent les services médicaux gratuits et multiplient les structures d'assistance. Leur action culturelle se révèle spectaculaire, notamment en matière d'alphabétisation. Les enfants sont choyés dans la mesure du possible. L'existence reprend un moment un cours supportable dans les régions méditerranéennes et la grande fête des Fallas est même célébrée à Valence. Par ailleurs, l'esprit rétrograde qui prévaut dans l'Espagne nationale effraie. Par contraste, la zone républicaine incarne la modernité. Elle inaugure la liberté de mœurs, les défilés de jeunes sportives en short, et aussi l'accès des femmes à une égalité plus grande. Celles-ci travaillent dans les usines. Elles découvrent l'indépendance hors du foyer, comme leurs homologues françaises de la guerre de 1914-1918. Petit côté des choses nullement négligeable, la province se sent aussi devenir capitale. L'Espagne républicaine cesse d'être castillane en transférant son épicentre à la périphérie. Promue siège du gouvernement en novembre 1936, Valence s'anime en devenant le foyer de la vie politique. Puis Barcelone lui succède dans ce rôle à partir de juin 1937, alors qu'elle abrite déjà le président de la République depuis neuf mois, en son palais de Pedralbes. Grande rivale de Madrid, la métropole catalane la supplante enfin, au moins jusqu'à ce que le gouvernement en soit chassé par l'avance franquiste et retourne à Valence...

Bien que travaillée par l'inquiétude, la communauté intellectuelle ressent également l'impression exacte de vivre une expérience exceptionnelle. Le graphisme musclé, stalinien et prétendument prolétarien des affiches de propagande relève d'une esthétique discutable. Mais ce mauvais goût n'empêche pas les intellectuels de se ranger au début dans leur majeure partie du côté républicain. Tel est bien entendu le cas du poète Antonio Machado, devenu la figure de proue de l'intelligentsia loyaliste, mais aussi celui de l'écrivain catholique progressiste José Bergamin et de beaucoup d'autres. La remarquable revue *Hora de España* devient leur organe d'expression, tandis que le Congrès international des écrivains, organisé à Valence en juillet 1937, leur donne une heure de gloire. Toutefois, des difficultés surgissent rapidement, liées notamment à l'exploitation de cette manifestation par les communistes. Devenu protestataire, le poète León Felipe doit quitter l'Espagne, donnant le signal de l'exil plus vaste de tous ceux qui deviennent incapables de s'identifier à aucun des deux camps.

De toute manière, ce que ces éléments contiennent de positif ne suffit pas à enrayer la dégradation de l'assise populaire du pouvoir républicain. Dès le début de la guerre, la loyauté de la masse des ressortissants de chaque zone se définit plus selon un critère géographique qu'en fonction d'affinités idéologiques ou sociales. Sauf les enthousiastes de l'une ou l'autre Espagne, assez nombreux mais toujours minoritaires, les Espagnols n'ont d'autre choix que de s'adapter. Il leur faut accepter la légitimité de la violence établie dans chaque zone. L'habitude aidant, l'obéissance en vient à revêtir un temps une apparence normale, jusqu'à ce que divers facteurs modifient l'attitude de la masse des conformistes par nécessité.

La pénurie contribue à ce changement sans en être la source unique. Les revers militaires presque constants de la nouvelle armée populaire entachent la réputation du pouvoir républicain. En 1937, le rappel des réservistes des classes 1929 à 1931 bouleverse les familles, d'autant qu'il s'accompagne de l'appel anticipé des classes 1937 à 1940, s'agissant dans ce dernier cas de jeunes gens de dix-sept à vingt ans. En 1938, les classes 1927, 1928 et 1941 se trouvent mobilisées à leur tour. Elles ont pour perspective de participer aux derniers combats d'une armée potentiellement battue, politisée et soumise à des chefs improvisés dont beaucoup de recrues repoussent les options idéologiques. Ceux-là peuvent craindre d'attirer l'attention du Service d'investigation militaire que le gouvernement s'est efforcé de libérer de la tutelle communiste sans y parvenir de manière définitive. Transformé en 1938 en une sorte d'annexe du NKVD soviétique, le SIM dispose de six mille agents, de prisons et de camps de concentration. Il torture et fait disparaître les hommes de peu de foi.

Il est vrai que sa menace pèse peu sur les sans-grade ou les civils ordinaires. Ces derniers redoutent davantage les bombardements aériens. Ceux-ci frappent d'abord Madrid, avant de devenir presque quotidiens à Barcelone. De leur fait, la population vit dans la hantise des alertes, comme les Français des grandes villes en 1943-1944. Toutefois, la « libération » à laquelle beaucoup aspirent de plus en plus ne peut venir, comme plus tard en France, de la « victoire des démocraties sur le fascisme ». L'inverse se révèle seul plausible : c'est-à-dire cette forme particulière de libération apportée par le triomphe de l'armée franquiste et de ses alliés italiens ou allemands... Les bien-pensants et les modérés qui n'ont fait que subir le maintien du pouvoir républicain l'attendent avec une impatience croissante bien que muette. Parmi les autres, nombreux sont ceux qui commencent à s'accommoder de cette perspective certaine. A la limite, les républicains et les révolutionnaires les plus convaincus en viennent à partager ce doute fondamental. Beaucoup ont subi de plein fouet la répression du SIM. D'autres ont assisté à la déréliction de la République et en ont accusé les communistes ou leurs alliés d'obligation socialistes. En fait, la défaite républicaine de 1939 n'est pas seulement celle d'un État. Elle traduit la débandade et le déchirement violent de la gauche espagnole tout entière.

Les communistes et l'implosion du mouvement ouvrier

Les deux guerres civiles intestines qui frappent l'Espagne républicaine en mai 1937 et en mars 1939 reflètent ce processus d'autodestruction dont les autres courants de gauche font peser la responsabilité sur les communistes. Obéissant à la tactique préconisée par le Komintern, le PCE est le seul parti ouvrier à soutenir vraiment le gouvernement Giral pendant les premières semaines de la guerre. Pour lui, il importe de conserver au pouvoir républicain une apparence largement libérale et bourgeoise, en évitant une rupture révolutionnaire susceptible de le priver de l'appui des démocraties occidentales. Pour les communistes, la République doit marquer sa continuité légale, non se transformer en camp « rouge » opposé à celui du conservatisme.

Cette modération des communistes transparaît dans les objectifs qu'ils assignent aux gouvernements auxquels ils participent à partir de septembre 1936. Leur propos immédiat est de gagner la guerre en alliance avec les classes moyennes et les paysans. Ce n'est qu'en second lieu qu'ils se proposent de lutter pour une « république démocratique avec un contenu social étendu ». De toute manière, il n'est plus question de dictature du prolétariat ni même de socialisme. On le sait, cette position modérantiste les conduit à s'opposer parfois violemment aux anarchistes et aux socialistes radicaux, en particulier à l'époque du gouvernement Negrin. Les communistes cessent alors de voir en Largo Caballero le « Lénine espagnol », pour le ravaler au rang de « bureaucrate », de « cacique » ou de « saboteur de l'unité ». A l'inverse, ils protègent les ecclésiastiques menacés et font des avances de plus en plus significatives et précises aux catholiques à partir de 1937, demandant dès le mois de juin de cette année la réouverture des lieux de culte.

Devenu parti de l'ordre par souci d'efficacité militaire et par respect des consignes du Komintern, le PCE n'a, de plus, guère d'alternative pour se situer sur l'éventail politique. Sa modération apparaît comme une conséquence de l'extrémisme de ses concurrents anarchistes, socialistes et poumistes. Elle est dictée aussi par la nécessité de son alliance avec les courants politiques républicains les moins favorables à des transformations révolutionnaires.

En effet, les communistes n'auraient rien à gagner d'une surenchère maximaliste avec les anarcho-syndicalistes et les socialistes de la tendance de Largo Caballero. Il leur serait impossible d'aller plus loin qu'eux dans l'outrance verbale et la socialisation précipitée, plus encore de débaucher leur clientèle acquise depuis longtemps. En revanche, l'attitude conciliante du PCE lui permet d'attirer l'immense masse des « inorganisés », effrayés par une révolution immédiate et peu confiants dans la protection offerte par les partis de la gauche « bourgeoise ». Parallèlement, le Parti communiste devient de la sorte l'unique partenaire relativement sûr de ces derniers. Leur action dépend presque totalement de sa bonne volonté, également des moyens matériels dont les communistes détiennent la clé à partir du moment où l'Union soviétique reste seule à aider substantiellement la République. En juin 1937, le président de la République lui-même confie au journaliste Louis Fischer qu'il ne serait pas loin d'adhérer au Parti communiste si ce geste ne risquait d'être mal interprété à l'étranger[22]...

De leur côté, les socialistes de la tendance réformiste d'Indalecio Prieto maintiennent pendant un certain temps de bonnes relations avec les communistes, leurs principaux alliés au sein du cabinet Negrin. Prieto se déclare même favorable un moment à la fusion du PSOE et du PCE, avec l'espoir que le premier absorbera le second. Les difficultés ne surgissent qu'en novembre 1937, lorsque le ministre de la Défense révoque 250 commissaires politiques communistes et met un frein à la pénétration du PCE dans l'armée. Certes, les relations que les communistes entretiennent avec le président Negrin ne demeurent pas moins solidaires, pour des raisons politiques, jusqu'à la fin de la guerre. Toutefois, cet épisode de 1937 marque bien le début du déchirement irréparable de la gauche espagnole. Les communistes perdent à partir de ce moment la confiance des éléments de la gauche modérée en dehors de l'entourage immédiat

22. L. Fischer, *op. cit.*, p. 397-398.

du président du Conseil. Rejetés déjà par la gauche révolutionnaire, ils n'ont plus d'alliés.

Leurs nouveaux adversaires modérés rejoignent en effet les anarchistes, les socialistes radicaux et les survivants du POUM dans leur hostilité au PC. Ceci n'empêche pas ce dernier de mettre les bouchées doubles. 5 000 des 7 000 officiers promus de mai à septembre 1938 lui auraient été acquis selon les anarchistes, de même que 163 commandants de brigades mixtes, 61 chefs de division, 15 responsables de corps d'armée et 3 sur 6 des commandants d'armée[23]. Dans ce contexte, les communistes se voient accusés d'être non pas des alliés de bonne foi, mais les instruments d'un complot destiné à transformer l'Espagne républicaine en prototype des futurs satellites de l'Union soviétique et en domaine réservé des règlements de compte de l'Internationale. Selon cette vision, l'ordre restauré avec l'appui du PCE aurait été détourné par lui de sa fin légitime, la victoire sur les franquistes, pour servir de couverture à ses propres desseins hégémoniques reposant sur l'élimination sanglante par le SIM de ses concurrents « gauchistes ». De plus, le Parti se voit reprocher aussi d'avoir été l'inspirateur du transfert en URSS de l'or de la Banque d'Espagne.

Sans conteste, les communistes ne se contentent pas d'assumer des tâches en rapport avec leur compétence. Ils abusent de leur puissance. Ils profitent notamment de leur position dominante dans le commissariat politique — perdue seulement entre novembre 1937 et avril 1938 du fait de la réaction d'Indalecio Prieto — pour multiplier les adhésions forcées. Cinquante mille nouveaux membres du PCE auraient été recrutés de la sorte au cours des trois derniers mois de 1937, en vertu d'une « consigne transmise de Moscou à Togliatti, de Togliatti au Bureau politique et du bureau politique à l'ensemble de notre gigantesque appareil d'agitation et de propagande » selon l'ex-dirigeant communiste Jésus Hernandez. « Sur le front, dans les casernes, les hôpitaux, les états-majors — ajoute Hernandez — nos délégués offraient la montée en grade en échange de

23. J. Peirats, *La CNT en la revolución española*, Paris, Ruedo Ibérico, 1971, vol. III, p. 230-233.

la carte du Parti ou de celle des Jeunesses unifiées. Quiconque marquait quelque réticence devant les bulletins d'adhésion... savait qu'il était candidat aux premières lignes dans les unités de choc et que ses galons étaient en péril. Les résultats étaient formidables ! Des dizaines de milliers d'adhérents accouraient dans nos rangs[24]. »

Les responsables communistes usent de procédés aussi discutables sur le plan opérationnel et dans leurs rapports avec le gouvernement. Ils refusent parfois d'exécuter les directives du haut commandement, pèsent sur les nominations ou les limogeages d'officiers, privent de l'appui de leurs unités ou de leur matériel d'autres unités dont ils désapprouvent la coloration politique, captent les armes soviétiques à leur profit. Ils exercent surtout un chantage permanent sur Largo Caballero et Negrin, jusqu'à ce que ce dernier leur reconnaisse une sorte de tutelle sur l'armée après le départ d'Indalecio Prieto du ministère de la Défense. A la fin de la guerre, l'armée du centre, la seule qui reste aux républicains après la défaite des troupes de Catalogne, est devenue pratiquement la chose des communistes qui contrôlent trois de ses quatre corps d'armée et les trois quarts de l'ensemble des unités[25]. Cette situation est directement à l'origine du coup d'État anticommuniste et antigouvernemental de la junte formée autour du colonel Casado.

On sait que la pénétration communiste est non moins forte dans le service de contre-espionnage de l'armée, le SIM. En outre, les communistes ont la faculté de recourir à une forme de pression plus globale, en laissant entendre que ce sont eux qui permettent au camp républicain de bénéficier du soutien de l'URSS. Pour ses détracteurs, le PCE se transforme de la sorte en cheval de Troie de la politique stalinienne. L'autorité qu'y exercent ses conseillers étrangers corrobore largement ce point de vue. Les délégués de l'Internationale arrivent dès la fin de juillet 1936. Le plus influent est Palmiro Togliatti, connu en Espagne sous le nom de guerre d'Ercoli. Togliatti impose à ses camarades espagnols une véritable tutelle, participant aux réunions de

24. J. Hernandez, *La Grande Trahison*, Paris, Fasquelle, 1953, p. 122.
25. S. Casado, *The Last Days of Madrid*, London, Peter Davies, 1939, p. 53.

leur bureau politique jusqu'en 1939 et intervenant de façon décisive en diverses occasions. De leur côté, les Brigades internationales se trouvent dirigées en grande partie par des communistes français et italiens. Les Français, en particulier Vital Gaymann, y détiennent d'importantes responsabilités sur le plan militaire, en collaboration avec des communistes allemands ou balkaniques tels que Ludwig Renn, Gustav Regler ou Mate Zalka. Sur le plan politique, les Brigades sont contrôlées par Luigi Longo et surtout André Marty, qui y laisse un souvenir assez sinistre.

Reste que si l'évidence des liens de dépendance étroits entre les communistes espagnols et l'Union soviétique est difficilement contestable, ceux-ci ont modéré leur puissance plutôt qu'ils ne l'ont déchaînée. En 1970, Santiago Carrillo convenait que « pendant la guerre civile, le Parti communiste aurait pu prendre le pouvoir[26] ». Au lieu de le faire, il s'est transformé en noyau humain et matériel de la résistance républicaine en même temps qu'il se préoccupait, en vertu des consignes du Komintern, de transformer l'Espagne en vitrine de la cohabitation entre les communistes et la gauche « bourgeoise ». En bref, l'expérience espagnole de 1936-1939 a préfiguré tout à la fois les démocraties populaires de 1945-1948 et l'eurocommunisme qui n'a jamais été pratiqué que dans ce cas unique.

De toute manière, cet épisode s'est transformé en légende noire du communisme espagnol. Il a causé dans le même temps une blessure indélébile au mouvement ouvrier en Espagne. De façon inévitable, la dictature franquiste a puisé sa justification primordiale dans la dénonciation de la « bolchévisation » de la « zone rouge ». Mais au sein même de l'espace républicain, un clivage profond et assez inexpiable s'est établi entre les communistes ou leurs alliés et ceux qui, à gauche, les ont accusés d'avoir trahi la République et éliminé certains de ses soutiens. De plus, le courant anarcho-syndicaliste qui dominait jusqu'alors le prolétariat espagnol ne s'est jamais remis de son affrontement de 1937 avec le gouvernement soutenu par le PCE, au point de disparaître pratiquement du panorama politique au terme de

26. Interview au journal *Le Monde*, 4 novembre 1970, p. 4.

la guerre. Enfin, le Parti socialiste lui-même va continuer pendant trente ans de souffrir de cette déchirure du mouvement ouvrier. Longtemps, ses dirigeants en exil ne feront plus que ressasser leur amertume en vilipendant ceux d'entre eux qui, comme Negrin, s'étaient appuyés sur le PCE faute d'alliance moins compromettante.

5

L'État national

Le camp des nationaux

Les républicains désignent leurs adversaires sous les noms d'insurgés ou de fascistes. Ces derniers revendiquent pour eux-mêmes le titre de nationaux, par opposition aux « rouges » du camp opposé. Mais ce terme unificateur n'empêche pas les artisans du soulèvement du 18 juillet 1936 puis ceux qui les rejoignent de former en réalité un conglomérat de courants aux intentions peu conciliables. Déjà, les militaires à qui reviennent l'initiative et la direction de l'insurrection sont divisés. La composition de la Junte de défense nationale constituée à Burgos le 23 juillet reflète ce fait. Le président en est le général Miguel Cabanellas, dont le républicanisme et l'appartenance de longue date à la franc-maçonnerie déplaisent à l'extrême droite. La Junte comprend également quatre officiers opportunistes ou mal définis politiquement, dans les personnes des généraux Emilio Mola et Fidel Davila et des colonels Federico Montaner et Fernando Moreno. Elle compte enfin deux monarchistes dans sa composition initiale, avec les généraux Andres Saliquet et Miguel Ponte. De plus, cet équilibre dans la division se complique par la suite. Il l'est d'abord avec l'inclusion de l'énigmatique Franco opérée le 3 août, puis avec celle des généraux Queipo de Llano et Orgaz réalisée le 17 septembre (le premier républicain et le second monarchiste).

Plus marquant, cependant, est le clivage existant entre les généraux ou officiers supérieurs et les civils auxquels ils n'ont pu éviter de ménager une place effacée dans le complot. La méfiance est réciproque. Les militaires voient dans les phalangistes et les monarchistes de toutes espèces

— anciennes ou très récentes — qui s'agrègent à eux une variété à peine plus acceptable que les autres de l'engeance honnie des professionnels de la politique. Leur mépris n'est guère moindre envers les milices armées des partis d'extrême droite, qu'ils jugent comme une piétaille supplétive privée d'élan offensif. Tout au plus les unités carlistes formées par les paysans de Navarre sous l'égide d'un clergé intégriste échappent-elles à ce jugement sévère, étant entendu qu'elles présentent néanmoins l'inconvénient de représenter une tendance aussi anachronique qu'exigeante.

De leur côté, les civils reprochent aux militaires leur manque de sens politique. Mieux vaut comprendre qu'ils expriment de cette façon leur déconvenue de ne point les voir prendre parti en faveur de la faction qu'ils représentent face aux factions rivales. Les clivages qui affectent l'élément civil du soulèvement dessinent les divisions proprement politiques du camp national et sous-tendent les enjeux du futur régime de l'Espagne. Dans ce vivier allant de l'extrême droite légitimiste et intégriste au centre chrétien social, la Phalange représente un courant fasciste au début minoritaire, plutôt laïcisant et antimonarchiste, dont l'idéologie pseudo-révolutionnaire et anti-capitaliste rencontre un écho chez les jeunes gens de bonne famille et dans la petite et moyenne bourgeoisie des villes castillanes. Bientôt auréolés par le sacrifice de leur chef, José Antonio Primo de Rivera, les phalangistes sont perçus un peu comme les Rouges de la zone nationale.

Partisans du rétablissement du roi en exil depuis 1931, les monarchistes « alphonsins » constituent un deuxième courant très différent quant à sa base sociale et ses conceptions politiques. S'ils ne s'appuient sur aucune masse militante, ces monarchistes sont particulièrement influents en ce sens qu'ils représentent l'oligarchie foncière, industrielle et bancaire qui a financé la conjuration et qui aurait le plus à souffrir de sa défaite. Mais ils sont dans le même temps modérés à leur manière. Prônant le rétablissement d'un régime d'ordre dont la République constitue à leurs yeux l'antithèse, ils professent en même temps peu de sympathie pour les mouvements fascistes qui pourraient s'opposer à leur dessein hégémonique. Soucieux de respectabilité institutionnelle, ils aspirent à l'édification d'une monarchie forte mais raisonnablement libérale dont les militaires n'auraient été que les fourriers déférents.

Leurs frères ennemis sont les carlistes, fidèles obstinés de leur conception légitimiste d'Ancien Régime, qui luttent pour le retour à un régime absolutiste tempéré par la remise en vigueur des franchises municipales et provinciales abolies au XIXe siècle. Le carlisme ne subsiste guère que dans quelques régions rurales du Nord, en particulier en Navarre. Il est de surcroît scindé par une querelle dynastique, dans la mesure où tout en s'opposant en général à la restauration d'Alphonse XIII ou d'un de ses fils, les carlistes ne parviennent pas à se mettre d'accord sur un autre prétendant. Mais si leurs idées paraissent bizarres en plein XXe siècle, ils disposent d'un atout de valeur avec leurs unités de *requetés*, dont les soldats professionnels eux-mêmes louent la discipline et le courage presque fanatique. Avec la légion et les *regulares* marocains, les *requetés* au béret rouge forment l'élite de l'armée nationale.

De leur côté, les courants politiques de sensibilité catholique représentent un ensemble composite mais socialement et idéologiquement important. Les groupuscules d'extrême droite qui se réclament d'une sorte de fascisme clérical comptent peu. En revanche, les vestiges de l'ex-CEDA discréditée par l'échec électoral de Gil Robles se retrouvent partout et recouvrent un spectre doctrinal qui va de la démocratie chrétienne à l'autoritarisme corporatiste. A défaut de disposer encore d'un parti, les ex-cédistes rassemblent les compétences dont le nouveau pouvoir doit avoir besoin. Ils sont d'ailleurs persuadés de leur valeur et s'estiment en droit de suppléer aux carences des autres éléments de l'univers politique de l'État national en gestation.

Ces rivalités et ces oppositions aggravent inévitablement les divisions propres à l'appareil militaire. Favorable à un retour immédiat d'Alphonse XIII, le général Sanjurjo meurt dans un accident d'avion au Portugal deux jours après le soulèvement. Mais la disparition de ce chef nominal et aussitôt défunt de la conjuration ne lève pas l'hypothèque monarchiste. Beaucoup de militaires ne voient pas d'autre issue que la restauration du souverain qui n'a d'ailleurs pas abdiqué. L'armée compte aussi ses carlistes, également ses phalangistes nombreux surtout parmi les officiers de grade moyen. Elle réunit encore nombre d'opportunistes, hostiles au tournant pris par la République du Front populaire mais nullement convaincus par la viabilité d'une solution monarchique ou fasciste.

Le héraut de cette tendance est le général Mola, instigateur et coordinateur du complot. Dans sa première circulaire datée d'avril 1936, Mola ne fait aucune mention d'un retour éventuel du roi, assignant comme seul objectif au mouvement le rétablissement de « l'ordre, la paix et la justice », et invitant tous les courants modérés — y compris républicains — à participer à cette tâche. De plus, des généraux républicains pourtant liés au soulèvement demeurent plus opposés encore à la solution monarchiste, en particulier le général Queipo de Llano qui agit un peu comme chef d'un gouvernement de fait dans son fief de Séville. Ses conceptions démocratiques transparaissent nettement dans la déclaration qu'il laisse reproduire dans l'édition sévillane d'*ABC* en date du 22 juillet 1936. Dans celle-ci, le beau-frère de l'ex-président de la République Alcala Zamora et ancien commandant de sa garde présidentielle insiste sur la tonalité « républicaine » du soulèvement. « Avant tout — précise-t-il au journaliste qui l'interroge — dîtes que ce mouvement est nettement républicain, d'une loyauté absolue et définitive au régime qu'un courant d'opinion légalement exprimé par des élections générales qui furent sincères a donné au pays en 1931 »...

Dans ce contexte de discorde, il apparaît vite que la Junte de défense nationale installée à Burgos est incapable de donner sa cohérence à une coalition aussi disparate, moins encore de créer de toutes pièces un État nouveau face à l'appareil républicain que les insurgés n'ont pu confisquer d'entrée de jeu. De plus, la mort brutale du général Sanjurjo laisse les militaires sans chef susceptible d'arbitrer leurs différends. La formule de la Junte rassemblant sur un pied d'égalité les dirigeants militaires de la rébellion, à l'exclusion de tout civil, ne peut être que provisoire. Cet organisme ne détient pas l'autorité suffisante pour mettre un terme à l'indépendance de fait dont jouissent ses membres, géographiquement dispersés et se comportant chacun, à l'instar de Queipo de Llano, comme le maître absolu d'un territoire conquis par les armes. Dans ces conditions, c'est à peine si les officiers de la Junte parviennent à désigner parmi eux un coordinateur. Le 26 juillet 1936, faute d'accord véritable, ils se résolvent à confier la présidence à leur doyen d'âge, le général Miguel Cabanellas.

Usé après quelques semaines de fonction présidentielle, le vieux Cabanellas ne peut jouer le rôle du chef prestigieux et point trop marqué politiquement requis par les circonstances. Très populaire dans la bourgeoisie conservatrice, Goded ne le peut pas davantage, puisqu'il se trouve incarcéré à Barcelone après l'échec de l'insurrection qu'il dirigeait dans la capitale catalane. De son côté, Mola feint de ne pas manifester d'ambition politique et doit se consacrer de toute manière à la conduite des opérations sur le front nord, front essentiel dont il assume la responsabilité suprême. Reste Franco. Celui-ci demeure également discret ; mais il bénéficie comme Goded d'une popularité supérieure à celle de ses collègues et jouit pour sa part de sa liberté. Bien que sa candidature soit défendue par ses camarades monarchistes qui se trompent sur ses intentions, Franco n'est lié à aucun clan et se pose comme l'homme de la sagesse et du juste milieu. Toutefois, lui aussi a fort à faire avec son armée d'Afrique, et il ne compte pas vraiment parmi les membres fondateurs de la conjuration. Tout au plus faut-il noter que, dans un discours diffusé depuis Tétouan le 23 juillet 1936, le futur généralissime a déjà lancé la formule de « croisade pour la défense de l'Espagne » et, dès le lendemain, celle de « croisade patriotique[1] », dans un style visiblement destiné à combler les bien-pensants. Mais si son heure approche, elle n'est pas venue encore.

En attendant, la Junte pare au plus pressé sans concentrer vraiment l'autorité. De toute façon, une extase bien entendu différente de celle qui affecte l'Espagne républicaine saisit aussi la zone nationale. La majorité des catholiques considère les insurgés comme des sauveurs. Particulièrement spectaculaire dans les régions profondé-

1. R. de la Cierva, « Quién inventó la Cruzada ? », *ABC*, 14 mars 1972, p. 3.

ment religieuses de Navarre et de Vieille-Castille, l'enthousiasme suscité par l'insurrection ne touche pourtant pas ces seules provinces. Partout et dans la plupart des cas, les catholiques accueillent le soulèvement avec ferveur, ou le ressentent à tout le moins comme un tournant positif. Même dans la libérale Catalogne, les bourgeois catholiques comme les jeunes prêtres acquis jusqu'alors aux idées nouvelles se hâtent de rejoindre la zone nationale et sont gagnés par un processus « fascistoïde » qui touche jusqu'aux moines longtemps modernistes de l'abbaye de Montserrat. Le ralliement aux insurgés est de même presque total dans les syndicats confessionnels aussi bien que dans l'Action catholique. Lorsqu'ils ont la possibilité de le faire, les dirigeants des syndicats catholiques recommandent à leurs adhérents de ne pas s'associer à la grève générale décrétée le 18 juillet par les centrales socialiste et anarchiste. De leur côté, les membres des Jeunesses d'Action catholique se considèrent d'emblée comme mobilisés dans les rangs insurgés, qu'il s'agisse des jeunes qui résident dans la zone nationale ou de tous ceux qui s'évadent des territoires encore aux mains des républicains.

De façon plus générale, la plupart des membres des classes moyennes ont l'impression de sortir d'un cauchemar prérévolutionnaire lié à la grande peur du Front populaire, y compris dans le cas de ceux dont la piété ne constitue pas le trait majeur. Les jeunes filles en fleur embrassent les fringants officiers qui viennent de chasser les miliciens anarchistes, tandis que les vieux messieurs se redressent d'un air martial comme ils ne l'avaient pas fait depuis février 1936. Dans leur divine surprise, ils ne pressentent pas plus que les ouvriers de Barcelone ou de Madrid que la lutte sera longue et terriblement sanglante. Ils ne savent pas davantage qu'un dictateur se prépare pour la mener à son terme. Ils offrent des gerbes aux légionnaires ou aux soldats marocains et célèbrent des *Te Deum* dans la chaleur de l'été.

Franco prend le pouvoir

Même si le nom du général Franco se confond avec le souvenir de la guerre civile dont il sort vainqueur, plus de deux mois s'écoulent entre le début de cette guerre et le moment où il prend le pouvoir pour trente-neuf années. Le futur Caudillo ne compte pas parmi les instigateurs principaux de cette lutte fratricide. Il sauve ses collègues insurgés d'un enlisement qui aurait pu leur être fatal, pour mieux s'imposer ensuite comme leur arbitre providentiel. Soulevés contre les autorités républicaines depuis le 18 juillet, les militaires espagnols restent toujours sans chef véritable quand s'achève l'été de 1936. Et c'est seulement le 1er octobre que l'Espagne nationale s'en découvre un, en apprenant que « Don Francisco Franco a été nommé chef du gouvernement de l'État espagnol ». Au vrai, la nouvelle ne surprend guère. Mais bien peu savent alors qu'elle est le fruit d'une sorte de coup d'État au sein même de l'armée factieuse.

Franco a quarante-quatre ans. Né le 3 décembre 1892 au Ferrol, grande base militaire de la côte atlantique, sa vocation de marin s'est trouvée contrariée par la suspension provisoire des concours de l'École navale. C'est par pis-aller qu'il entre à seize ans à l'Académie militaire de Tolède, pour en sortir comme sous-lieutenant en 1910. Il fuit presque aussitôt la grisaille des garnisons péninsulaires pour rejoindre les troupes du Maroc. En dépit de sa petite taille et de son allure peu martiale, le baroud lui convient et il ne ménage guère la vie de ses hommes. Capitaine en 1915, commandant l'année suivante à l'âge de vingt-quatre ans, il se fait vite un nom en Afrique, où les forces espagnoles s'efforcent, non sans peine, de contrôler la zone du protectorat marocain qui leur a été allouée par le traité d'Algésiras. Chargé en 1920 de former les nouvelles unités de Légion étrangère que le gouvernement vient de créer, il en fait en quelques mois le fer de lance des troupes qui combattent dans le Rif. Promu colonel en 1925 et général de brigade l'année suivante, à l'âge de trente-quatre ans, il est dès lors considéré dans son pays comme une sorte de Bonaparte pour campagnes coloniales. Par surcroît, Franco dénote un goût pour la réflexion et l'écriture qui le singularise comme une sorte d'intellectuel au sein de l'armée. « Il reste seul, dans sa tente ou à la caserne, comme un employé de bureau qui devrait aller à son travail même le dimanche. » « Personne ne le comprend », commente l'écrivain républicain Arturo Barea[2]. En 1923, il a tout juste trouvé le temps d'épouser Carmen Polo, fille d'une famille riche et distinguée des Asturies.

Cette réussite apparente comporte pourtant un revers. Le jeune général est un parvenu même si le roi le nomme à la tête de l'Académie de Tolède à son retour du Maroc. Issu d'une famille d'officiers de marine sans mérite particulier, Franco n'appartient pas à l'aristocratie militaire. Il doit son avancement rapide et jalousé à ses seules qualités sur le terrain et aux risques qu'il a pris pendant l'interminable campagne du Maroc à la tête de ses soldats indigènes puis de ses légionnaires. Officier de l'arme vulgaire qu'est l'infanterie, il s'impose à ses pairs de spécialités plus savantes plutôt qu'il n'est accepté par eux. C'est à peine s'il est accepté par une belle-famille, qui a hésité six ans avant de l'admettre en son sein. Dur pour lui-même comme il l'est pour ses hommes, Franco assouvit son ambition personnelle à la force du poignet. Il n'est pas un personnage sympathique dans l'armée, si ce n'est auprès de certains jeunes officiers avides de galons à qui il sert de modèle. Jusqu'à la guerre civile, il se trouve desservi en outre par la popularité politique de son frère Ramón. Officier d'aviation aux idées avancées, héros de la première traversée aérienne transatlantique à partir de l'Espagne, Ramón Franco est l'un des rares républicains de la caste militaire. Il n'hésite pas à s'engager dès 1930 dans une conjuration antimonarchiste dont l'issue malheureuse renforce en fait sa popularité. Lorsqu'on parle avant 1933-1934 des projets politiques de Franco, l'on pense à ceux de Ramón plutôt qu'aux desseins de son frère le général d'infanterie.

Mais l'inconsistance du profil politique du général Franco va précisément le servir avant comme après le soulèvement du 18 juillet 1936. Il est demeuré un peu à l'écart du complot permanent de certains de ses collègues jusque dans les dernières semaines précédant la rébellion. Réputé monarchiste,

2. A. Barea, *La forza de un rebelde*, Mexico, Ed. Montzuich, 1959, p. 408. Franco publie son premier article dans une revue militaire en 1920. Il poursuit après 1924 avec d'autres articles et un journal personnel, puis avec un roman — Raza — rédigé en 1940 et dont un film sera tiré.

il a su aussi se tenir éloigné des clans de l'extrême droite civile entre 1931 et 1936. Cette prudence lui a permis de poursuivre son ascension hiérarchique à un rythme à peine moins météorique jusqu'au poste de chef de l'état-major général. Elle l'autorise, également, à se poser en sage parmi ses collègues généraux qui font appel à lui pour arbitrer leurs divisions. D'ailleurs, son éloignement du commandement militaire des Canaries par le gouvernement du Front populaire le protège dans une sorte de tour d'ivoire tout en le posant en victime. N'était sa modération opposée à tout aventurisme, il pourrait prendre figure de légaliste contraint à la révolte par l'impuissance du gouvernement républicain. A la veille des élections de février 1936, il pousse ce légalisme jusqu'à songer à se présenter comme candidat à la députation sous l'étiquette de la CEDA. Plus tard, s'il se rallie finalement au complot, c'est pour assumer le commandement des forces insurgées du Maroc, non comme membre du directoire militaire central dont ses collègues l'excluent d'abord. Il faut que surviennent la mort accidentelle du général Sanjurjo, puis l'arrestation à Barcelone de son second, le général Goded, pour que les visées de Franco se manifestent plus clairement et qu'il apparaisse dans le même temps comme l'arbitre des querelles de la Junte de défense nationale.

La dureté caractéristique du général se transpose alors de la pratique militaire à celle de la conquête puis de l'exercice du pouvoir. Espagnol taciturne, distant et atypique, combinant le style spartiate avec le goût de la pompe royale, considérant que la fin justifie les moyens et que son patriotisme se confond avec l'accomplissement de son destin personnel, le futur Caudillo va droit vers son but : la domination définitive des rouages d'un régime dont il fera sa chose. Bernant les monarchistes qui découvrent un peu tard son refus d'assurer le retour du roi, domestiquant la Phalange dont il arrêtera les leaders, obtenant finalement par d'habiles pressions l'appui de l'Église un temps réticente, Franco divise pour régner en opposant les factions conservatrices rivales.

En septembre 1936, Mola ne peut de son côté devenir la cheville ouvrière du nouvel État à construire. Il passe pour un agnostique aux yeux des catholiques. De même, ses collègues monarchistes le honnissent depuis des années. Directeur général de la sûreté lors de la chute d'Alphonse XIII, il a en somme trahi le roi en 1931. En outre, il a eu l'impudence de parler de « dictature républicaine » dans les instructions qu'il a envoyées aux conjurés. Mais il est vrai que Franco effraie aussi pour de multiples raisons. Aussi nombreux que les royalistes, les généraux fascisants ou partisans d'une République conservatrice le soupçonnent d'œuvrer au retour du souverain exilé en Italie. Tous, monarchistes aussi bien qu'antimonarchistes, le redoutent en vertu de l'étendue même de son prestige professionnel et social. Jeune quadragénaire souriant arrivé déjà au grade de général de division, Franco apparaît comme l'unique « gagneur » d'une armée espagnole qu'il a guérie du défaitisme pendant la campagne du Maroc. Face à ses homologues bien souvent chenus et courtelinesques, il a trop visiblement l'air d'un ambitieux prêt à délaisser l'aventure coloniale au profit de la politique nationale.

Le commandement de l'armée d'Afrique lui fournit toutefois une carte maîtresse. Les membres de la Junte de Burgos en conviennent en l'invitant à se joindre à eux au milieu du mois d'août. Mais afin d'équilibrer cet élargissement, ils s'adjoignent les généraux Orgaz et Queipo de Llano au cours des semaines suivantes. La Junte devenue Comité de défense nationale compte dès lors dix officiers : trois royalistes avérés, deux antimonarchistes et cinq personnalités militaires aux préférences politiques incertaines. Franco se range dans cette dernière catégorie. Il ne s'est rallié à la conjuration qu'au dernier moment. Après avoir franchi le Rubicon, il a conclu son manifeste du 18 juillet 1936 par la devise « Liberté, Fraternité, Égalité ». De plus, il a récidivé dans le même sens le 22, en déclarant que le mouvement auquel il participait était « national, espagnol, républicain ». Mais le 15 août, il a fait hisser à Séville le vieux drapeau de la monarchie proscrit par la République, sous les vivats de la foule conservatrice déjà subjuguée par son charisme personnel...

Appréciant le geste, les monarchistes misent désormais sur lui. Le général Kindelan, qui les représente dans l'armée, s'emploie, à partir de ce moment, à convaincre ses collègues de ce qu'il est urgent de désigner un commandant en chef. Dans le même temps, il fait apparaître à Franco qu'il est le plus qualifié pour exercer cette fonction. Mais ce dernier joue les modestes, invoquant ses responsabilités immédiates dans la direction du front méridional. Sur le fond, le président de la Junte — le général Cabanellas — escompte sans doute que la désignation d'un généralissime permettrait précisément d'écarter Franco de façon ostensible. C'est dans ce but qu'il convoque pour le 12 septembre une réunion des principaux responsables militaires.

Les dix généraux et les deux colonels convoqués se retrouvent à l'aérodrome improvisé de San Fernando, près de Salamanque. L'ordre du jour établi par Cabanellas ne concerne que le principe d'un commandement en chef, non le choix de celui qui pourrait l'assumer. Franco présent, la discussion s'enlise pendant la matinée. Mais le déjeuner porte conseil et le coup de théâtre se produit à la reprise de l'après-midi. Mola déclare : « Si, d'ici à huit jours, un généralissime n'a pas été désigné, j'abandonne. » Cabanellas tente de résister jusqu'à l'instant où Kindelan lui rétorque : « Vous avez raison, une guerre peut être menée de deux façons : par un généralissime ou par un directoire. Par la première, on gagne ; par la seconde, on perd. »

L'idée d'un commandement suprême est alors approuvée à l'unanimité à la seule exception du président de la Junte, le général Cabanellas. De plus, on passe aussitôt du principe à son application : c'est-à-dire au choix du généralissime. Kindelan presse le mouvement et propose Franco. Celui-ci affecte toujours d'hésiter, avant d'esquisser l'assentiment quand Mola et Orgaz approuvent le choix de sa personne avec chaleur. Cabanellas s'étant abstenu, on convient toutefois que la nomination demeurera secrète jusqu'à la prochaine réunion formelle de la Junte. C'est à celle-ci qu'il appartient de prendre la décision officielle et de définir les attributions du généralissime. En fait, le sentiment est de n'offrir à Franco qu'une victoire à la Pyrrhus qui le cantonnerait dans des responsabilités strictement militaires. Telle est, sans doute, la raison cachée du ralliement de Mola à cette formule.

Chacun fourbit ses atouts au cours des semaines suivantes. Mola s'empare de Saint-Sébastien mais le clan franquiste fait mieux. Franco lui-même réussit le coup d'éclat le plus spectaculaire de la guerre civile. Choisissant de retarder l'issue des opérations militaires pour longtemps, il stoppe l'avance sur Madrid et dévie son armée sur Tolède. Dans ce lieu historique, les élèves de l'école militaire se trouvent assiégés par les miliciens républicains depuis près de dix semaines. Manquant de tout, bombardés chaque jour, les « cadets de l'Alcazar » commandés par le vieux colonel Moscardo témoignent d'un héroïsme qui fascine l'Europe conservatrice tout entière. Mais ils risquent de lâcher prise. Franco les libère au soir du 27 septembre. « Désormais — déclare-t-il — la guerre est gagnée. » Pendant ce temps, Kindelan et l'un des frères du général victorieux, Nicolas Franco, travaillent à un brouillon de décret définissant les compétences du commandant suprême. Dans leur texte, celles-ci sont à la fois civiles et militaires, et telle est la proposition que l'un et l'autre entendent soumettre dès le début de la réunion du Comité de défense nationale.

Celle-ci se tient le 29 septembre, à nouveau dans les baraques de bois du terrain d'aviation de San Fernando. Les choses ont été bien préparées. Quelques centaines de phalangistes attendent Franco et clament son nom. Mais, affectant d'éviter ce qui pourrait apparaître comme une pression sur ses collègues, le généralissime ne vient pas. Il visite l'Alcazar de Tolède en compagnie de Moscardo, mitraillé par les photographes de la presse internationale sous le délire d'applaudissements de la foule. Hors de sa présence, Kindelan lit le projet de décret devant les généraux. L'article trois suscite leur désapprobation la plus vive. En effet, il stipule que « à la fonction du généralissime sera adjointe, pour la durée de la guerre, celle de chef de l'État, et à ce dernier titre, son autorité s'étendra sur toutes les activités nationales : politiques, économiques, sociales, culturelles ». Se voyant peut-être lui-même chef de l'État après que Franco aura été confiné dans un rôle militaire, Mola mène cette fois l'opposition. Mais le déjeuner modifie à nouveau les attitudes, pour des raisons inexpliquées. Dans l'après-midi, un compromis débouche sur un texte nouveau. « Suivant la résolution adoptée par le Comité de défense nationale — précise son premier article — Son Excellence Don Francisco Franco a été nommée chef du gouvernement de l'État espagnol et assumera tous les pouvoirs du nouvel État pour la durée de la guerre. » Afin de permettre à Cabanellas de sauver la face, deux jours lui sont laissés pour signer le décret.

De toute manière, le futur Caudillo n'est, au regard de ce texte, que le Premier ministre d'un régime sans magistrat suprême. Chacun imagine que cette place éminente reste vacante au bénéfice du roi Alphonse XIII, qui n'a pas renoncé au trône et dont le retour ne saurait tarder. Franco s'accommode de cette ambiguïté mais reprend l'avantage dès le 1er octobre. La cérémonie de son intronisation a lieu ce jour-là dans la salle du trône de la capitainerie générale de Burgos. C'est là qu'il effectue son coup d'État dans le coup d'État. Lu solennellement devant les dignitaires militaires, civils et religieux, le texte du décret fondateur de la dictature ne fait pas allusion au « pour la durée de la guerre ». Grâce à cette omission, le généralissime s'arroge un pouvoir illimité dans sa portée aussi bien que dans sa durée. Au même instant, Franco manifeste en outre que la page des arrangements provisoires et révocables est définitivement tournée. Le discours qu'il prononce au cours de la cérémonie ne dit mot d'une restauration de la monarchie. A l'inverse, il annonce que le nouveau régime « s'organise dans le cadre d'une large conception totalitaire ». Et, comme pour enfoncer le clou, Franco publie quelques heures plus tard sa première disposition en la paraphant non pas en tant que chef du gouvernement mais comme chef de l'État.

Habileté supplémentaire, ce décret démilitarise le pouvoir. En effet, il crée une Junte technique dont les membres sont pour la plupart des civils de second plan appelés à jouer le rôle de ministres. Stupéfaits, les généraux n'ont plus qu'à rentrer dans le rang. Cabanellas doit accepter le poste honorifique d'inspecteur général de l'armée, tandis que Mola et Orgaz se trouvent réduits à commander respectivement le front nord et le front sud. Franco s'installe d'un trait de plume en s'arrogeant une légitimité qui dépasse la simple cooptation entre militaires factieux. A juste titre, la date du 1er octobre 1936 sera retenue dans les annales du régime franquiste comme celle de sa naissance. L'État qui prend forme à partir de ce moment est bien le produit de la duplicité de l'homme « providentiel » qui le taille graduellement à sa mesure. Si Franco s'attache à organiser la victoire, il va le faire sans hâte excessive. Il lui faut laisser mûrir son prestige et asseoir son pouvoir.

Dans cette perspective, le chef de l'État national persiste dans les mois suivants dans sa pratique d'autoconfirmation de sa suprématie politique. Surtout, il ne cesse de perfectionner sa tactique du diviser pour régner, opposant et bernant les militaires et les civils aussi bien que les fascistes et leurs adversaires monarchistes ou catholiques. Servie avant terme par la mort du général Sanjurjo, la consolidation de son pouvoir se voit facilitée aussi par la disparition rapide de José Antonio Primo de Rivera. Leader des phalangistes, celui-ci est fusillé le 20 novembre par les républicains dans sa prison d'Alicante. Débarrassé de la sorte de l'unique grande figure civile capable de rivaliser avec lui, le Caudillo bénéficie enfin d'une dernière chance accidentelle. Son seul challenger militaire, le général Mola, s'efface à son tour le 3 juin 1937, lorsque son avion s'écrase près de Burgos. Nul rival ne peut désormais le menacer sérieusement. Il ne reste plus au Caudillo qu'à rendre son autorité officiellement irrévocable et permanente, au-delà de la durée de la guerre, par des lois qu'il promulgue de sa propre initiative le 30 janvier 1938 et le 8 août 1939.

Le massacre contre-révolutionnaire

La joie des foules conservatrices et les intrigues au sommet dessinent le visage normal de tout soulèvement militaire voué au rétablissement de l'ordre. Toutefois, si les officiers insurgés insistent sur ce dernier objectif somme toute légaliste, ils sont en même temps les agents volontaires ou non d'une contre-révolution qui vise non pas à maintenir ou à restaurer la légalité républicaine, mais à la détruire. Dans son *Instruction réservée n° 1* en date du 25 mai 1936, le général Mola, « directeur » du complot, le prévoit sans détour. S'adressant aux futurs responsables du putsch, il précise qu'il « faudra tenir compte de ce que l'action doit revêtir une violence extrême pour réduire le plus vite possible un ennemi qui est fort et bien organisé. Sans aucun doute, tous les dirigeants des partis politiques, sociétés et syndicats non acquis au Mouvement devront être emprisonnés et soumis à des châtiments exemplaires afin d'étrangler les mouvements de rébellion ou les grèves ». Dans les jours qui suivent le soulèvement, Mola réitère ces consignes depuis Pampelune. Selon ses propres termes, « il est nécessaire de propager un climat de terreur... Toute personne œuvrant ouvertement ou secrètement à la défense du Front populaire doit être fusillée[3] ». Le massacre promis de façon délibérée va se réaliser. De plus, il ne frappera pas seulement les soutiens actifs et avérés de la gauche. Les tueurs en uniforme se trouvent vite débordés par la vindicte assassine de tous ceux qui rêvent depuis longtemps d'épouvanter les prolétaires de manière définitive et de régler leur compte aux intellectuels ou aux petits-bourgeois traîtres au milieu des honnêtes gens...

Pour des raisons relevant à la fois de la propagande et de l'autosuggestion, les militaires factieux présentent leur action comme une mesure préventive, justifiée par la menace prochaine d'une révolution communiste inspirée par les marxistes et les anarchistes. De ce fait, l'extermination massive prétend revêtir la « légitimité » supplémentaire d'un combat manichéen du Bien contre le Mal. Elle apparaît même comme une sorte de pieuse tâche aux exécuteurs des milices de la Phalange et des autres organisations de droite. La mort de Federico Garcia Lorca symbolise l'expression de ce fanatisme mêlé d'esprit de vengeance, même si le poète n'est que l'une des milliers de victimes qui tombent à Grenade durant l'été de 1936. Sans activité politique, il n'entretient pas de relation directe avec les hommes du Front populaire. Mais il apparaît comme un intellectuel progressiste tellement notoire qu'il ne peut échapper à la haine des bien-pensants transformés en justiciers. Des phalangistes

3. A. Reig Tapia, *Ideologia e historia : sobre la represión franquista y la guerra civil*, Madrid, 1984, p. 146.

tentent de le protéger, mais son bourreau sera l'ancien député de la CEDA Ramón Ruiz Alonso. A la tête de la milice des « Espagnols patriotes », ce dernier vient l'arrêter le 16 août 1936, pour l'exécuter sommairement dans le ravin de Viznar. Les autres cibles des massacreurs sont moins illustres, sans se situer toujours pour autant du côté des ouvriers ou des républicains militants.

Beaucoup d'officiers fidèles à la République ou simplement hésitants ou suspects sont exécutés par leurs subordonnés ou leurs collègues au moment du soulèvement. Sur 17 généraux exerçant les commandements les plus élevés en juillet 1936, 4 seulement se rallient immédiatement au putsch tandis que 5 demeurent au service du gouvernement. En revanche, 6 d'entre eux sont punis ou arrêtés par les insurgés. De 1936 à 1939, les généraux Aranguren, Batet, Campins, Caridad, Nuñez de Prado, Romerales, Salcedo, ainsi que l'amiral Escobar, sont fusillés par les nationaux, de même qu'un nombre important d'officiers subalternes[4]. Parallèlement, la répression touche aussi des catholiques de la zone nationale.

La persécution exercée contre les clercs et les laïcs basques est la plus spectaculaire et la plus sanglante. Elle commence en fait dès avant la guerre, avec l'établissement de listes de prêtres accusés de sympathies séparatistes. Les exécutions de membres du clergé n'ont toutefois pas lieu dans les semaines qui suivent immédiatement le 18 juillet, bien que plusieurs douzaines d'ecclésiastiques soient arrêtés ou soumis à des vexations graves pendant l'été 1936. En revanche, les fusillades de militants laïcs et de syndicalistes chrétiens de la Solidaridad de Trabajadores Vascos débutent dès ce moment, sans qu'on en connaisse exactement l'ampleur. C'est également au cours de cette période que les nationaux abattent à Saint-Sébastien une cinquantaine de jeunes soldats basques, restés en arrière-garde pour préserver les églises des exactions anarchistes. Les exécutions de prêtres commencent le 8 octobre, faisant une dizaine de victimes jusqu'au début du mois de novembre. De plus,

4. R. Salas, *Historia del Ejército popular de la República*, *op. cit.*, vol. I, p. 188.

elles ne frappent pas uniquement des Basques et font quelques victimes en Castille. Par ailleurs, les rares figures de l'intelligentsia catholique progressiste ou simplement libérale sont traitées en ennemies. Tel est spécialement le cas de l'avocat barcelonais Manuel Carrasco Formiguera, l'un des leaders de la démocratie chrétienne Unió Democrática de Catalunya. Traité de fasciste embusqué par les anarchistes, il doit s'éloigner de la métropole catalane pour leur échapper. Son navire ayant été arraisonné par la marine nationale, Carrasco Formiguera est arrêté, transféré dans une prison de Burgos, puis fusillé par les franquistes le 29 avril 1938.

Il est vrai que ces cas entaché du paroxysme de la haine ne sont pas les plus représentatifs. Les journaliers agricoles mal notés par les propriétaires et les ouvriers marqués par leur réputation de meneurs de grèves fournissent la masse des victimes ordinaires, avec les miliciens prisonniers qu'on ne prend pas la peine de conduire dans un camp et les instituteurs ou petits fonctionnaires taxés d'idées avancées. La volonté d'intimidation et l'esprit de vengeance constituent les motifs immédiats de la tuerie dont l'objectif à long terme transparaît en filigrane. Il consiste à opérer la purge définitive des fortes têtes, à éradiquer à jamais le péril révolutionnaire en éliminant de façon systématique les cadres aussi bien que les militants, même épisodiques, du mouvement ouvrier ou de la cause démocratique. Les meurtriers veulent guérir leur propre angoisse de la manière la plus radicale...

Les circonstances et l'ampleur du massacre varient au début d'une région à l'autre, selon le bon plaisir des responsables locaux et au regard de leur autorité réelle sur les tueurs improvisés. Dans les villages et les petites villes, les hommes qui ont tenté de prolonger la grève générale de juillet 1936 sont liés les uns aux autres et abattus au fusil ou à la mitrailleuse, tandis que leurs sœurs ou leurs compagnes ont la tête rasée. Dans les grandes villes, comme à Séville, les cadavres restent exposés afin d'inspirer aux vivants une terreur « salutaire ». Même si les chiffres publiés à l'époque par les républicains paraissent exagérés, il ne fait pas de doute que des dizaines de milliers d'ouvriers ou de petits-bourgeois réputés républicains disparaissent de la sorte, dans la métropole andalouse, à Grenade, à Algésiras, Saragosse, Valladolid, en Navarre, à Majorque... Plus tard, le massacre se poursuit en se déplaçant au fur et à mesure de l'avance des forces nationales. Les personnes emprisonnées ne se trouvent pas à l'abri des exécutions arbitraires. Des miliciens d'une quelconque phalange mal contrôlée par l'armée viennent les chercher de nuit pour les abattre. Enfin, lorsqu'une parodie de justice se rétablit à partir de 1937, les détenus attendent parfois jusqu'en 1943 l'appel sinistre du petit matin, qui les conduit devant le peloton d'exécution. Comble de l'horreur, des aumôniers font pression sur eux pour qu'ils confessent leurs fautes afin de recevoir les derniers sacrements...

Les exécuteurs feignent la respectabilité des bourreaux patentés dans la mesure où l'état de siège puis les tribunaux militaires couvrent leurs crimes. Mais leur détermination froide et systématique n'a rien à envier à la fureur débridée des assassins du camp adverse. Sur le plan des chiffres, les estimations comparées des homicides perpétrés en dehors du champ de bataille par les nationaux et les républicains se contredisent. Hugh Thomas avance le nombre de 40 000 victimes au maximum en zone nationale, contre 86 000 en zone républicaine[5]. A l'inverse, Gabriel Jackson charge davantage les nationaux, avec un total de 200 000 exécutions opérées par les nationaux contre 20 000 par les républicains[6]. Sans qu'on puisse les départager, les massacres opérés des deux côtés ont été immenses. Toutefois, ils se sont prolongés plus longtemps dans l'État national pourtant moins menacé que son homologue républicain. Des centaines de milliers de prisonniers sont demeurés jusqu'en 1944 dans ses camps. Parmi eux, cent quatre-vingt-douze mille auraient été fusillés parfois plusieurs années après la fin de la guerre civile[7], à raison de plusieurs centaines par jour durant certaines périodes de 1939 et 1940[8]. De plus, la dictature franquiste déjà solidement ins-

5. H. Thomas, *Histoire de la guerre d'Espagne*, op. cit., vol. II, p. 444.
6. G. Jackson, *The Spanish Republic and the Civil War*, op. cit., p. 539.
7. B. Crozier, *Franco*, p. 296.
8. Selon une confidence livrée par le général Franco au comte Ciano au milieu de 1939, le nombre des fusillés se serait élevé alors à 200-250 par jour à Madrid, 150 à Barcelone et 80 à Séville (*Les Archives secrètes du comte Ciano*, Paris, Plon, 1948, p. 254).

tallée va poursuivre ses ennemis jusqu'à l'étranger. Ainsi obtient-elle du gouvernement de Vichy, en 1941, qu'il lui livre l'ancien président de la Généralité de Catalogne, Lluis Companys, fusillé peu après au fort de Montjuich.

La construction de l'État nouveau

La répression constitue la toile de fond sinistre du nouvel État que le général Franco a pour tâche de construire à partir du néant. Mais le contraste est surprenant entre la persécution menée contre les « mal-pensants » de la zone rebelle et les conditions de vie presque confortables et détendues de la masse de ses habitants. Ceux-ci baignent dans une atmosphère euphorique ponctuée de défilés et de processions, en écoutant chaque jour le communiqué victorieux précédé d'une sonnerie de clairon que diffuse la radio de Burgos. Dans la pratique, les civils subissent assez peu le poids de la guerre. Beaucoup s'engagent dans l'armée ou les milices phalangistes, mais la mobilisation obligatoire ne débute que le 10 janvier 1937 avec le rappel des classes de 1931 à 1936. En fait, l'existence quotidienne ne se trouve guère affectée que par l'afflux des réfugiés de la zone républicaine et l'inquiétude ressentie pour les proches qui y demeurent encore. Quant au reste, dans le domaine alimentaire en particulier, l'abondance règne. Le problème serait plutôt d'écouler les poissons et les crustacés de Galice privés du marché madrilène, ou les céréales de Castille et d'Andalousie consommées jusqu'alors par les grandes villes loyalistes.

Pendant l'automne 1936, la quiétude de l'ordre retrouvé suscite une sorte de bonheur bourgeois dans la zone nationale. Les uniformes abondent dans les rues, mais ce sont souvent les costumes d'opérette des adeptes des organisations de droite. Comme dans l'Espagne républicaine mais en vertu d'une esthétique inverse, une nouvelle mode vestimentaire s'instaure. Les hommes portent la chemise bleue de la Phalange. Les jeunes filles adoptent la jupe plissée, le chemisier pratique mais pudique, renoncent aux bas et aux chaussures à talon au profit des socquettes et des souliers plats, dans un style intermédiaire entre celui des « girlsscouts » et des excursionnistes en montagne. Quant à leurs mères, elles hésitent entre le retour à la tradition castillane de la sévère robe noire et de la mantille, et le plaisir de ressortir les chapeaux printaniers. De son côté, le décor urbain devient celui d'une fête nationale permanente. Soudain, les léthargiques villes provinciales qu'étaient Burgos, Salamanque et Valladolid se voient promues au rôle partagé de capitales. Les drapeaux pendent aux balcons et les voitures américaines des nouveaux dirigeants y sillonnent les rues de façon feutrée et élégante. La propagande elle-même ne heurte pas le bon goût des nantis. Au lieu de s'orner comme chez l'adversaire de l'image de prolétaires musclés au profil sombre et vengeur, elle emprunte le style plus souriant ou paisible de la revue *Blanco y Negro*, elle-même inspirée à la fois de *L'Illustration* et de *Plaisir de France* à l'époque de l'heureuse avant-guerre. Ou bien elle s'apparente aux vitraux des églises modernes de la même période, au dessin viennois et néo-médiéval dans le même temps.

Dans l'ensemble, l'état de guerre ne s'installe vraiment sur les arrières de la zone nationale qu'à partir de 1937. Encore y reste-t-il moins pesant que dans l'Espagne républicaine. Une sorte de normalité persiste, reflétée par la reprise des courses de taureaux quasiment disparues de l'autre côté. En zone nationale, cinquante-six courses ont lieu pendant la saison de 1937, notamment huit à Saragosse et six à Salamanque, contre quatre seulement chez les républicains, dont trois à Barcelone et une à Valence[9]. Par ailleurs, le ralliement au général Franco de certaines grandes figures nationales au début hésitantes contribue aussi à cette normalisation. Tels est le cas d'artistes ou d'écrivains comme Andrés Segovia, Manuel de Falla, Eugenio d'Ors qui accepte de diriger l'Institut d'Espagne créé par le nouveau régime, Pio Baroja, Wenceslao Fernandez Flores, ou encore d'hommes politiques de la période républicaine comme Diego Hidalgo Durán, Alejandro Lerroux ou Miguel Maura. En outre, la répression massive des premières semaines cède la place à des exécutions plus discrètes. Sauf au Pays basque, les camps de concentration et

9. *Los domingos de ABC*, 28 septembre 1975, p. 21.

les prisons sont moins peuplées en 1937-1938 qu'ils ne le seront après la « victoire » de 1939 et la capture des centaines de milliers de prisonniers de Catalogne, de Madrid et du Levant. N'était la présence des permissionnaires et des blessés ou l'absence des hommes mobilisés, on oublierait le front de plus en plus distant, de même que l'Espagne rouge dont la propagande patriotique se charge il est vrai de rappeler l'existence. En bref, dans ce contexte de sérénité recouvrée au lendemain d'un péril exorcisé, beaucoup seraient tentés à la limite de nier la permanence de l'« autre Espagne », afin de mieux se replier sur un sanctuaire castillan libéré des tares et des menaces du monde moderne. Avec une apparence de sérieux, il est question de transférer la capitale du pays à Valladolid, à Séville ou même à... Lisbonne, plutôt que de voir Madrid reprendre ce rôle[10]...

Cette allégresse ignorante de la souffrance des vaincus ne change cependant rien aux priorités qui s'imposent au général Franco. En dehors de la conduite immédiate de la guerre, la plus inéluctable de celles-ci est d'ordre international. Le gouvernement de Burgos n'est qu'un État de fait. Sa respectabilité à édifier suppose qu'il acquière une personnalité internationale en obtenant la reconnaissance diplomatique de quelques puissances étrangères au moins. De plus, cette reconnaissance juridique conditionne largement leur aide matérielle, indispensable mais difficile à accorder à de simples militaires soulevés contre un pouvoir régulier.

Des contacts se maintiennent depuis juillet 1936 avec l'Allemagne, l'Italie et le Portugal. Toutefois, même si des armes leur parviennent déjà de ces pays amis, les nationaux souffrent d'un handicap considérable par rapport aux républicains. Soutenus mollement par la France et plus fermement par l'Union soviétique, ces derniers exercent une autorité légale et continuent d'entretenir des relations régulières avec toutes les nations, y compris, au début, le Saint-Siège. Pouvoir strictement local et fondé seulement sur la force, l'État national constitue seulement l'expression d'un clan insurgé. Il ne sort de l'ornière que le 18 novembre 1936, avec la recon-

10. *Testimonio de Manuel Hedilla*, Barcelona, Editorial Acervo, 1972, p. 352.

naissance de l'Italie, de l'Allemagne et de deux petits pays de l'Amérique centrale : le Salvador et le Guatemala. Franco devient chef d'État pour de bon à partir de ce moment. Un mois plus tard, en outre, un second pas est marqué avec l'officialisation de la présence des contingents italiens et allemands qui entrent massivement en action au début de 1937. Troisième pas : un gentlemen's agreement est conclu avec les compagnies pétrolières américaines. Celles-ci acceptent de fournir aux nationaux le carburant dont ils ont besoin mais qu'ils ne peuvent régler dans l'immédiat, puisque les moyens de paiement sont demeurés aux mains des républicains. La General Motors se montre également compréhensive, en commençant à livrer aux nationaux des milliers de camions.

Bien entendu, ces soutiens comportent une contrepartie. L'Allemagne, en particulier, entend soutenir l'Espagne nationale sur une base strictement commerciale. Dans cette perspective, une société mixte — la HISMA-ROWAK — se voit attribuer le monopole de tous les échanges hispano-allemands. Pour garantir ses crédits, elle exige des concessions minières que Franco s'efforce de limiter le plus possible mais qui ne sont pas moins réelles. Enlevées à leurs propriétaires français ou anglais, les mines du Rif passent notamment sous son contrôle. De même, les 6/10e de la production de pyrites de cuivre des mines de Rio Tinto, dans la province de Huelva, vont bientôt partir pour l'Allemagne quand bien même la société exploitante demeure britannique.

Le général Franco doit simultanément asseoir son autorité à l'intérieur et reconstruire un appareil administratif dans la zone nationale. Lui-même réside dans son quartier général du palais épiscopal de Salamanque. Son frère Nicolas l'assiste comme secrétaire-général du gouvernement établi en partie dans cette ville en ce qui concerne les services essentiels à la conduite de la guerre. L'équivalent du ministère de la Défense s'y trouve, ainsi qu'un cabinet diplomatique dirigé par Sangroniz et un bureau de presse et de propagande confié à l'obscurantiste général Millan Astray et à l'écrivain Agustin de Foxá. De même, les ambassadeurs d'Allemagne et d'Italie s'établissent à Salamanque. Valladolid abrite le département de l'Intérieur régi par le général Martinez Anido, vétéran de la dictature du général Primo de Rivera.

Le reste du gouvernement s'installe à Burgos, avec la Junte technique de l'État présidée par le général Fidel Davila. Celle-ci gère en particulier les départements des Finances, de la Justice, des Travaux publics, du Travail et de l'Éducation.

Le plus urgent pour la Junte est de rétablir un système monétaire. La monnaie d'argent ayant encore largement cours en Espagne à cette époque, elle interdit dès le 12 octobre 1936 son exportation et la détention par des particuliers de plus de cent cinquante pesetas sous cette forme. Le 29 novembre, les contrevenants sont rendus passibles de la cour martiale. Dans l'intervalle, la Junte prescrit le 10 novembre l'estampillage des billets de banque républicains, en leur donnant cours forcé sous peine de jugement sommaire le 19 novembre. En outre, les autorités de Burgos doivent se préoccuper de la hausse des prix, qui montent du fait de la spéculation plutôt que de la rareté. Le 4 novembre, elles décrètent également le moratoire des dettes fiscales et commerciales. Enfin, la Junte prend une mesure symbolique afin de rappeler l'existence de la guerre aux classes moyennes. Une semaine sur deux est instauré le « jour du plat unique », présenté à la population civile comme une sorte de mortification sanctificatrice et d'expression de sa solidarité avec les combattants...

Le rétablissement de l'ordre moral est mené moins rondement. Certes, les comités d'épuration souvent spontanés se multiplient, spécialement dans l'administration où la chasse aux sorcières communistes, anarchistes, libérales, athées ou franc-maçonnes se déchaîne. La plupart des instituteurs qui n'ont pas fui sont licenciés et souvent détenus ou fusillés, au point que les écoles publiques doivent fréquemment avoir recours au curé de la paroisse pour reprendre l'enseignement. De leur côté, les trois quarts des professeurs d'université sont rayés des contrôles pour une raison ou une autre. De façon générale, les administrations se trouvent brutalement vidées de leurs fonctionnaires, remplacés par des personnes de confiance ou réembauchés un à un après avoir montré patte blanche. Partout, toute prise ou reprise de fonction requiert bientôt la production de deux avals, émanant, l'un du poste local de la garde civile, et l'autre de la Phalange ou encore de l'autorité ecclésiastique. Toutefois, la censure demeure assez désorganisée et la reconfessionnalisation de l'enseignement et de l'État en général tarde à prendre une forme officielle. Tout au plus un arrêté de la Junte vient-il réglementer la censure cinématographique en mars 1937, tandis qu'il faut attendre un autre arrêté du 8 octobre de la même année pour que l'enseignement religieux soit rétabli comme matière du baccalauréat.

En bref, l'année 1937 reste celle du provisoire et de l'hésitation en matière d'administration civile. En fait, pendant celle-ci, le général Franco s'emploie surtout à annihiler le pouvoir quasiment autonome que certains de ses collègues militaires exercent toujours en diverses régions, spécialement à Séville et en Andalousie soumises depuis des mois au bon plaisir du général Queipo de Llano. Il lui faut aussi discipliner et intégrer dans l'armée les milices des organisations d'extrême droite, au premier chef celles de la Phalange et des carlistes. Parallèlement, il doit constituer la base politique du régime qu'il entend incarner. A ce niveau, le Caudillo se heurte de même aux ambitions rivales des phalangistes, des traditionalistes et, moins fortement, des monarchistes. De plus, le chef de l'État nouveau sait que l'Église ne le soutient pas sans arrière-pensées et qu'elle a le souci primordial de conserver le contrôle de ses propres organisations, parmi lesquelles les importants réseaux de l'Action catholique et les syndicats confessionnels ouvriers, paysans ou étudiants.

C'est seulement après avoir mené à bien ces différentes opérations internes que le général Franco peut accélérer l'action de son gouvernement. Ce tournant prend forme le 31 janvier 1938, avec la promulgation d'une loi organique qui met fin aux fonctions de la Junte technique de l'État et la réorganise en gouvernement composé de départements ministériels classiques. La liste des membres de ce premier gouvernement de l'ère franquiste est publiée le lendemain. Il comprend trois généraux : Davila, Martinez Anido et le comte Jordana, ce dernier pourvu du portefeuille des Affaires étrangères. Il compte également deux monarchistes : Andrés Amado et le catholique Pedro Sainz Rodriguez, nommé ministre de l'Éducation. Les phalangistes y sont représentés par Raimundo Fernández Cuesta et surtout par Ramón Serrano Suñer, qui est aussi le beau-frère du

Caudillo et qui se trouve porté à la responsabilité de ministre de l'Intérieur. De leur côté, les carlistes obtiennent un portefeuille de consolation attribué au comte de Rodezno. Enfin, trois « techniciens » acquis à Franco — Juan Antonio Suanzes, Alfonso Peña Bœuf et Gonzáles Bueno — complètent le cabinet.

Comme par un signal convenu, les causeries quotidiennes et passablement incontrôlées que le général Queipo de Llano diffusait depuis juillet 1936 à la radio de Séville prennent fin à ce moment. A leur place, les Espagnols se voient bientôt abreuvés par une série de mesures législatives et réglementaires qui tendent à stabiliser l'ordre franquiste. Le 2 mars 1938, un arrêté suspend la loi de 1932 instaurant le divorce. Le 8 mars, un autre arrêté rétablit le crucifix dans les écoles publiques. Le lendemain est publiée la première loi fondamentale du régime nouveau : la Charte du travail — *Fuero del Trabajo* — inspirée de la *Carta del Lavoro* de l'Italie fasciste, qui instaure un syndicalisme d'État corporatiste associant patrons et salariés, et qui comporte aussi des mesures plus positives comme l'interdiction du travail de nuit pour les femmes. Ensuite viennent le décret du 12 mars restaurant la valeur légale du mariage religieux, l'ordonnance du 22 du même mois, abrogeant la faculté de renoncer à celui-ci en faveur du mariage civil, la loi de presse du 22 avril qui soumet l'information au contrôle de l'État, l'arrêté du 3 mai autorisant le retour de jésuites expulsés par la République ; puis, encore la loi du 18 juillet 1938 créant les allocations familiales, la loi du 28 septembre 1938 réorganisant l'enseignement secondaire, enfin la loi du 5 janvier 1939 octroyant à nouveau un traitement de fonctionnaire aux prêtres desservant une paroisse, il est vrai dans les seules zones libérées. La structure du régime est en place. Il ne s'agit plus que de la parfaire.

L'imposition du parti unique

L'essentiel ne découle pourtant pas de cette législation. Il est le fruit du second coup d'État dans le coup d'État opéré par Franco, par lequel celui-ci neutralise les courants conservateurs ou fascisants en les unifiant par la force sous son égide. Le Caudillo a déjà orné son pouvoir d'une certaine légitimité internationale et l'a doté d'une efficacité administrative convenable. Il lui reste à parer le régime qu'il personnifie d'une légitimité historique bâtie sur une assise idéologique taillée à sa propre mesure. Dans ce but, il lui faut contenir l'influence grandissante du courant profasciste représenté avant tout par la Phalange. Il convient, de même, qu'il vienne à bout de l'état de semi-indépendance des carlistes heureusement désunis. Il importe, aussi, qu'il trouve un style capable de circonvenir les monarchistes et les masses conservatrices désorientées. Qui plus est, tout ceci doit se faire sans heurter trop l'Église, effrayée par ses démêlés avec les nazis en Allemagne. La solution, probablement non préméditée au début, est offerte par la création d'un parti unique sans doctrine claire, ramassis de tendances contradictoires s'annulant les unes les autres, assez impuissant pour rassurer les catholiques mais suffisamment enrobé de verbiage totalitaire pour plaire aux jeunes extrémistes de droite aussi bien qu'aux protecteurs allemands et italiens de l'État national.

Dans ce contexte, les noyaux les plus coriaces se situent du côté de la Phalange et de la communion traditionaliste. La Phalange ne rassemblait guère qu'une dizaine de milliers de membres au début de 1936, et 36 000 au moment du déclenchement de la guerre civile. Elle en compte 100 000 environ à l'automne suivant, et près de 240 000 en 1937[11]. A elles seules, ses milices s'appuient sur 37 000 hommes en octobre 1936, et sur 126 000 à la fin de l'année[12]. Dans la pratique, les nouveaux adhérents affluent vers les groupes phalangistes de la même manière qu'ils rejoignent les partis ouvriers dans l'Espagne républicaine. Il s'agit pour beaucoup de se protéger ou de se refaire une nouvelle vertu. Compte tenu de ces motifs de ralliement fragile, la Phalange se transforme bien en parti dominant officieux du régime nouveau en attendant d'en devenir le parti unique. Face au

11. J. Bardavio, *La estructura del poder en España*, Madrid, Ibérica-Europea de Publicaciones, 1969, p. 117-118.

12. C. Rudel, *La Phalange*, Paris, Publications premières, 1972, p. 146.

conformisme étouffant de l'autre parti beaucoup plus composite qui subsiste dans l'Espagne nationale, celui des bien-pensants catholiques, monarchistes et ultra-réactionnaires, elle apparaît comme le refuge forcé des esprits quelque peu ouverts, novateurs, favorables au progrès social et teintés de laïcité, voire d'athéisme. Par contraste, la Phalange paraîtrait presque « républicaine », prolétarienne, voire féministe, aux yeux des partisans les plus rétrogrades de l'État national. Les phalangistes veulent une révolution nationale. Les autres détestent toute révolution, quelle qu'elle soit.

Seul handicap, mais de taille, la disparition de José Antonio Primo de Rivera laisse la Phalange sans chef et sans grande figure vivante. « José Antonio » n'a jamais été aussi populaire et vénéré que depuis sa mort. Celle-ci l'a grandi de la dimension du martyr. Lors de son procès dans la prison républicaine d'Alicante, sa dignité, son éloquence et son attitude chevaleresque ont impressionné ses adversaires eux-mêmes. Assurant sa propre défense lors du jugement, il avait demandé à l'un des témoins à charge : « Haïssez-vous l'accusé ? » Celui-ci avait répondu : « De tout mon cœur... » Ce propos se grave dans les esprits pour nourrir la bonne conscience de la zone nationale. Cette bonne conscience acquiert un visage phalangiste. Fusillé le 19 novembre 1936, l'ancien leader de la Phalange devient l'enfant chéri mais défunt de l'Espagne insurgée. Il en est le saint moderne, comblé d'honneurs posthumes, dont le nom s'inscrit à l'entrée de chaque village et sur les murs des cathédrales. Mais plus adulé encore que Franco, il ne peut plus rien face à lui. Sa sœur Pilar le représente dans les cérémonies sans le remplacer à la tête du parti. Manuel Hedilla le dirige désormais. Agé de trente-huit ans, mécanicien naval et ancien responsable phalangiste de la province de Santander, Hedilla assume cette responsabilité à titre provisoire depuis le 2 septembre 1936. Doué pour les tâches administratives et porté par l'aile ouvriériste et radicale du parti, il manque malheureusement de sens politique. Au siège central de Salamanque, il est comme dépassé par la croissance de son organisation. Qui plus est, ses contacts assidus avec l'ambassade d'Allemagne fournissent à Franco une arme contre lui.

La Communion traditionaliste des carlistes constitue un ensemble moins important mais dont le potentiel militaire dépasse celui de la Phalange sur le plan de la qualité. Les 8 000 *requetés* de juillet 1936 sont devenus 22 000 en avril 1937, et peuvent compter sur des réserves de plus de 40 000 hommes. Surtout, leurs unités l'emportent de très loin sur celles de la Phalange en ce qui concerne l'encadrement, l'entraînement, l'armement, la combativité et l'efficacité sur le front. Elles occupent les premières lignes tandis que les miliciens phalangistes suscitent plutôt la défiance du commandement. En outre, la Junte nationale de guerre carliste règne sur son fief de Navarre, comme s'il était le domaine réservé d'un embryon d'État conçu selon son idéal légitimiste et intégriste. Depuis peu, l'appareil politique du traditionalisme s'étend même sur diverses autres provinces, en particulier autour de Séville d'où provient son chef Manuel Fal Conde. Celui-ci s'oppose à l'intégration des *requetés* dans l'armée nationale. Il pousse même l'audace jusqu'à ordonner la création d'une « académie militaire royale » destinée à former leurs officiers. Fal Conde mesure mal les divisions de son propre cercle politique. Certains carlistes se rapprochent des monarchistes classiques, tandis que d'autres, en particulier le comte de Rodezno chargé des relations avec le quartier général de Salamanque, préparent leur ralliement à Franco. L'incident de l'académie militaire scelle la perte de Fal Conde. Expulsé de la zone nationale le 20 décembre 1936, le chef carliste assiste depuis Lisbonne à l'effondrement de la communion traditionaliste. Il s'agit là de la première étape d'un processus achevé avec le Décret d'unification du 19 avril 1937, par lequel Franco donne le baiser de la mort à l'ensemble des courants politiques de droite et d'extrême droite.

Ces courants ne reposent guère que sur des réseaux de personnalités en ce qui concerne les monarchistes attachés au retour du roi Alphonse XIII. Auréolés du prestige intellectuel de leur revue *Acción Española*, ceux-ci se présentent comme des conseillers pondérés mais ne disposent d'aucune masse d'adhérents et encore moins de milices. La famille royale réfugiée à Rome se trouve soigneusement mise en marge du mouvement national par les militaires. Le fils du souverain en exil, Don Juan, comte de Barcelone, s'est vu reconduire à la frontière sur l'ordre du général Mola, alors qu'il avait pénétré sur le territoire espagnol pour s'engager dans l'armée.

De son côté, la CEDA s'est pratiquement évanouie. Les milices de son organisation de jeunesse — la Juventud de Acción Popular — ne rassemblent que cinq mille hommes au cours des premiers mois de la guerre civile et se réduisent bientôt à quelques noyaux en voie d'absorption par la Phalange. En réalité, il ne fait pas bon avoir été membre actif du parti de José Maria Gil Robles. Soumis à une persécution sanglante dans la zone républicaine où l'emprisonnement leur offre seul une sécurité relative, les anciens « cédistes » ne sont pas tellement mieux lotis dans le camp national. Un moment secrétaire de Gil Robles et député de la CEDA dans la législature de 1933, Manuel Saco Rivera est par exemple fusillé par les nationaux à la suite de propos trop vifs de sa part. En Andalousie, l'ex-ministre de l'Agriculture et leader de l'aile sociale du parti, Manuel Giménez Fernandez, doit se cacher pour échapper aux phalangistes. Partout en zone nationale, les anciens membres du parti qui ne parviennent pas à se faire oublier ou qui ne se rallient pas ostensiblement à la Phalange, au carlisme ou plus généralement à l'idéologie autoritaire font l'objet d'un véritable ostracisme.

Cet ostracisme n'épargne même pas José Maria Gil Robles. En villégiature au Pays basque français lors du soulèvement, il se voit enjoindre le 20 juillet de ne pas revenir dans la zone nationale. Expulsé de France trois jours plus tard, le chef de la CEDA doit partir le 24 juillet pour Lisbonne, en empruntant la voie maritime à partir de Boulogne. Une fois dans la capitale portugaise, José Maria Gil Robles laisse publier dans *Paris-Soir* une interview dans laquelle il déclare se rallier au mouvement national tout en se défendant d'avoir participé à sa préparation[13]. Ce ralliement équivoque ne lui évite pas d'être fort mal accueilli

13. Interview reproduite dans J.M. Gil Robles, *No fué posible la paz*, Barcelona, Ariel, 1968, p. 794.

quand il pénètre en dépit de tout en Espagne, à la fin du mois d'août 1936. Reçu fraîchement par Mola à Valladolid, le 30 du même mois, il déclenche par sa présence des manifestations phalangistes hostiles à la CEDA qui le contraignent à quitter la ville. En outre, des manifestations semblables sont sur le point de se produire à Pampelune, où il a un entretien avec le cardinal primat d'Espagne le 3 septembre (celui-ci lui demande d'intervenir auprès du commandement militaire de Navarre pour que cessent les violences de la répression...). Pratiquement expulsé du territoire contrôlé par les nationaux, Gil Robles ne peut que constater l'opprobre qui frappe son parti, déjà pratiquement disparu mais dont il n'entérine formellement la dissolution que le 24 avril 1937.

Le seul obstacle réel à la formation d'un parti unique à la dévotion du général Franco reste par conséquent la Phalange. Celle-ci est puissante mais vulnérable, pour des raisons qui ne tiennent pas seulement du manque de charisme de son nouveau leader, Manuel Hedilla. De façon générale, la Phalange se démarque sensiblement de la pensée réactionnaire qui domine l'Espagne nationale, spécialement en matière religieuse. A quelques exceptions près, les phalangistes des origines ne sont guère cléricaux, ni même croyants dans beaucoup de cas. Certains, comme Onesimo Redondo et le marquis d'Eliseda, proviennent certes de l'extrême droite intégriste. Mais d'autres, probablement plus nombreux parmi les dirigeants, professent une véritable hostilité à l'encontre du catholicisme établi comme aussi des militaires de style classique.

Un seul des vingt-sept points du programme de la Phalange — le vingt-cinquième — se réfère au catholicisme. Encore son libellé est-il ambigu, puisqu'il stipule : « Notre mouvement incorpore le sentiment catholique — de glorieuse et prédominante tradition en Espagne — à la reconstruction nationale. L'Église et l'État se mettront d'accord sur leurs attributions respectives sans que soient admises d'intrusion ou d'activité quelconque attentant à la dignité de l'État ou à l'intégrité nationale. » De plus, cette formule ne fut pas acquise sans peine. La réunion tenue à ce sujet en novembre 1934 rendit patente l'hostilité ouverte à toute référence religieuse du secteur laïcisant et proprement fascisant de la Phalange, animé par Ramiro Ledesma Ramos, Ernesto Giménez Caballero et Rafael Sánchez Mazas. Le marquis d'Eliseda, haut responsable de l'Action catholique et porte-parole de la fraction cléricale de l'organisation, préconisait une allusion moins tardive au catholicisme — dans l'ordre de succession des vingt-sept points de la Phalange —, et surtout une formule moins accessoire et réticente que celle adoptée en vingt-cinquième lieu. N'ayant pu imposer son dessein, il démissionna quelques semaines plus tard, pour rejoindre le parti monarchiste proche des conceptions néo-traditionalistes d'Acción Española.

Bien qu'il ait joué en cette occasion un rôle de médiateur entre monarchistes cléricaux et fascistes anticléricaux, José Antonio Primo de Rivera avait lui-même plus d'affinités dans le courant laïcisant de la Phalange qu'avec ses éléments venus de l'extrême droite intégriste. Le compromis qu'il impose en 1934 relève de la tactique plutôt que de la conviction. Les textes rédigés de sa main dans la prison d'Alicante à l'automne 1936, à la veille de son exécution par les républicains, révèlent le fond de sa pensée. Dans ses notes publiées trente ans plus tard, dans les Mémoires du leader socialiste Indalecio Prieto, Primo de Rivera manifeste dans un brouillon de lettre tout le mépris dans lequel il tient les intentions « canailles » et la « risible compagnie » des monarchistes se réclamant du catholicisme traditionaliste[14]. A ses yeux, et plus encore à ceux des membres de l'aile gauche de son mouvement, le catholicisme vaut par le lien étroit qu'il entretient dans certaines couches sociales avec le sentiment national, non par lui-même en temps que doctrine. Selon cette conception demeurée largement implicite parce que dangereuse à confesser, la religion ne constitue pas le moteur de la régénération de l'Espagne. Plus modestement, elle représente un élément dont il convient de tenir compte, bon gré mal gré, pour la réalisation de celle-ci.

Inquiétante aux yeux de beaucoup des partisans de

14. I. Prieto, *Convulsiones de España*, Mexico, Editorial Oasis, 1967, vol. I, p. 138.

Franco, la Phalange prête donc le flanc à une attaque de sa part. Les difficultés créées par les relations entre les milices phalangistes et l'armée demeurent néanmoins plus feutrées que dans le cas des carlistes. Un incident se produit pourtant à la fin de l'hiver 1936-1937, lorsque le chef de l'État interdit au général Yagüe de prendre le commandement des forces de la Phalange comme ses dirigeants le souhaitent. Pendant le même temps, le responsable phalangiste Sancho Davila pratique le double jeu, en poussant à la mise en œuvre immédiate de la « révolution nationale syndicaliste » et en tramant parallèlement la fusion de son organisation dans le futur parti unique franquiste. C'est, toutefois, la rediffusion d'un discours prononcé par José Antonio Primo de Rivera au début de 1936 qui met le feu aux poudres le 2 février 1937. Ce texte, dans lequel le fondateur du parti déclarait « nous ne voulons pas la révolution marxiste mais nous savons que l'Espagne a besoin de sa révolution », est saisi par la garde civile et entraîne l'arrestation du chef des services de propagande de la Phalange. Quelques jours plus tard, le 20 février, Ramón Serrano Suñer libéré des prisons républicaines arrive à Salamanque. Lié par son épouse au général Franco, il va préparer l'hallali.

Le 11 avril 1937, les monarchistes profranquistes tentent une ultime démarche infructueuse auprès de Manuel Hedilla afin d'obtenir que l'unification des courants politiques conservateurs revête une apparence spontanée. Le lendemain, ils apprennent du général Franco que le décret créant le parti unique est déjà prêt. Le 16 avril, des groupes armés phalangistes hostiles à Hedilla s'installent à Salamanque. Le même jour, une junte phalangiste convoquée à l'improviste tente de le destituer de façon irrégulière. La nuit suivante, des chocs armés se produisent entre phalangistes et la rumeur se répand que certains éléments du parti ont tenté de s'emparer du quartier général de Franco. Le 18, Hedilla se fait confirmer de justesse comme chef national et s'efforce de resserrer les rangs de ses partisans. Le Décret d'unification paraît dans ces conditions le 19 avril 1937. Il fusionne d'autorité la Phalange, la Communion traditionaliste et les courants monarchistes dans un parti unique dénommé Falange Española Tradicionalista y de las JONS dont Franco devient le chef suprême. Il réunit aussi dans une Milice nationale unifiée les anciennes unités phalangistes et carlistes.

Des dizaines de fidèles de Manuel Hedilla sont arrêtés dans les jours suivants. Lui-même l'est le 25 avril, sous l'inculpation de rébellion armée. Condamnée à mort le 9 juin 1937 en compagnie de trois autres responsables phalangistes, il bénéficie d'une grâce le 19 juillet mais demeure en prison jusqu'en 1941, pour se voir alors assigner à résidence à Majorque jusqu'en 1946. A ce moment, la Phalange s'est transformée depuis neuf ans déjà en structure imposante mais factice, forte de 362 000 membres en 1938 et de 650 000 en 1939. Elle est toutefois dépourvue d'idéologie claire et d'autonomie politique. A l'inverse de ce qui se produit dans l'Italie fasciste ou l'Allemagne nazie, le parti unique espagnol devient l'appendice subalterne de l'État dictatorial au lieu de le régir en maître. Cette différence explique que, en dépit de son caractère éminemment autoritaire, le régime franquiste n'ait jamais été véritablement totalitaire dans la pratique.

L'Église devant la « Croisade »

Ce fait tient aussi à la puissance de l'Église d'Espagne. L'institution catholique redoute une dérive à l'allemande et monnaie son soutien au général Franco quelle que soit par ailleurs son hostilité à ses adversaires. D'un côté, l'intervention du catholicisme dans la guerre d'Espagne revêt un aspect idéologique essentiel. D'emblée, la masse du clergé apporte sa caution morale aux militaires insurgés, mobilisant les fidèles qui ne demandent qu'à l'être ou confortant le choix des rares indécis. Parallèlement, les évêques ne tardent pas à franchir un pas de plus, en donnant leur aval à l'entreprise spontanée de sacralisation de la lutte et en faisant de celle-ci une « croisade » non seulement politique mais aussi religieuse. Mais, de l'autre côté, l'épiscopat et le Saint-Siège se préoccupent de défendre leurs positions. En outre, le pape Pie XI craint le péril totalitaire et se préoccupe également de la situation particulière des catholiques basques.

Il faut ajouter que le futur Caudillo d'Espagne « par la grâce de Dieu » ne s'est pas caractérisé par une piété remarquable avant son accession au pouvoir suprême. Pendant ses longs séjours au Maroc, Franco a joué les laïcistes et affectionné la devise « ni messe ni femmes ». Apprenant qu'Alphonse XIII s'était prosterné aux pieds du pape, il avait déclaré : « Je ne comprends pas comment un roi d'Espagne a pu s'humilier au point de baiser la main sale d'un vieillard[15]. » Mais peut-être ne s'agissait-il là que de boutades dictées par l'ambiance profane des mess de la Légion étrangère. Plus exacte, probablement, est l'image d'indifférence religieuse que Juan Antonio Ansaldo donne de Franco. Pour Ansaldo, « ceux qui fréquentèrent le généralissime tout au long de sa jeunesse et de son âge mûr ne se rappellent pas qu'il eût été jamais remarquable par son esprit chrétien, sa dévotion ou sa piété. Comme il ne s'est pas davantage signalé par le contraire, sa vie fut à cet égard anodine et commune[16] ». En définitive, si Franco était « religieux », il l'était plus en vertu de son aversion à l'endroit des francs-maçons qu'en raison d'une piété réelle. Cependant, trois facteurs vont contribuer à la sacralisation de la guerre civile et à la quasi-divinisation du dictateur du nouvel État national. Le plus décisif, dans l'immédiat, est le massacre des prêtres, religieux et militants catholiques en zone républicaine. Ce massacre provoque de façon irrépressible l'alignement du clergé et des fidèles sur ceux qui les protègent de l'assassinat et qui mènent à leurs yeux ce qui n'est pas loin de ressembler à une guerre sainte. Deux autres facteurs entrent par ailleurs en ligne de compte. Le premier procède de l'enracinement déjà ancien du concept de « Croisade » politico-religieuse dans l'intelligentsia intégriste de l'Espagne, ainsi que de sa réactivation sous la Seconde République. Le deuxième découle d'une attitude d'esprit ancienne et répandue chez les Espagnols se réclamant ou non du catholicisme, qui les conduit à ne pas dissocier le

15. J. de Iturralde, *El catolicismo y la cruzada de Franco*, Vienne, Editorial Egi-Indarra, 1960, vol. I, p. 100.

16. J. A. Ansaldo, *Mémoires d'un monarchiste espagnol*, Monaco, Éditions du Rocher, 1953, p. 245.

combat politique de la lutte religieuse aussi bien qu'antireligieuse.

Dès le premier jour du soulèvement de 1936, les troupes carlistes retrouvent ce vieil esprit manichéen, et circulent en mêlant les cris de « A bas la République » à ceux de « Vive la Religion » ou « Vive le Christ-Roi ». Dans les villes qu'ils occupent, les *requetés* et jusqu'à certains éléments phalangistes obligent l'ensemble de la population à aller à la messe, forcent les militants de gauche à louer publiquement Dieu avant de les fusiller. De manière plus générale, la zone nationale se trouve entraînée, dès les premières semaines de la guerre, dans un processus d'inflation religieuse qui touche le front comme les arrières, et qui banalise en quelque sorte l'idée de Croisade. Au front, la piété réelle ou feinte devient la norme, les « messes de campagne » se multiplient, où « l'immense majorité des participants reçoit la sainte communion pendant qu'une fanfare interprète des compositions choisies [17] ». A l'arrière, le rigorisme moral s'impose au moins en apparence, de même que la pratique religieuse assidue.

Ces prédispositions font que les militaires auraient mauvaise grâce à refuser le renfort psychologique d'une idéologie qui s'impose presque à eux. Et, dans ce contexte, les évêques ne peuvent que suivre leur clergé et leurs ouailles. Ils ne sont toutefois pas les premiers à utiliser le terme précis de « Croisade », puisqu'ils se trouvent devancés sur ce point par les chefs carlistes qui en inaugurent l'usage. De leur côté, les chefs militaires ne tardent pas à l'utiliser également. Franco l'adopte lui-même à partir d'octobre 1937 et, de toute façon, il y a bien des manières de suggérer la même idée... Jusqu'alors apparemment indifférent au plan religieux, le général affecte les dehors d'une piété édifiante à partir du moment où il accède à la tête de l'État. Il va dès lors à la messe plusieurs fois par semaine, s'entoure de religieux parmi lesquels dominent de décoratifs dominicains, et laisse bientôt se répandre de béatifiques rumeurs sur lui-même. Ainsi celle qui se rapporte à la prière, exaucée, qu'il aurait adressée le 5 août 1936 à la Vierge brune de Ceuta,

17. *El Ideal (Granada)*, 17 août 1936, p. 2.

pour lui demander de faciliter le passage des troupes du Maroc au travers du détroit de Gibraltar. Ainsi, également, la rumeur exacte selon laquelle le Caudillo conserve dans ses bagages le bras gauche momifié de sainte Thérèse d'Avila.

Pour faire bonne mesure, le général ne manque plus d'émailler ses discours de références à Dieu et de participer autant que son emploi du temps le lui permet à de grandioses cérémonies politico-religieuses. Dans le discours qu'il prononce le 1er janvier 1937 sur les antennes de Radio-Salamanque, il annonce que l'État nouveau obéira aux « principes catholiques ». Le 21 juillet, il préside en pleine bataille de Brunete les fêtes de Saint-Jacques-de-Compostelle, pour reconnaître solennellement l'Apôtre comme Patron de l'Espagne. Le 1er octobre 1937, Franco célèbre le premier anniversaire de son accession au pouvoir au sanctuaire de Covadonga, en promettant au pays des « lendemains impériaux et catholiques ». Le 2 décembre, il choisit la salle capitulaire du monastère historique de Las Huelgas, à Burgos, comme théâtre de sa propre prestation de serment et de celle des conseillers nationaux de la Phalange. Serment qu'il prête « sous l'invocation de l'Esprit saint », en présence de dix-huit généraux et de dix-huit prélats, après une messe célébrée par le cardinal Gomá, archevêque de Tolède et primat d'Espagne.

A l'inverse, l'épiscopat en tant que tel marque au début quelque hésitation à apporter sa caution officielle et collective au soulèvement et à l'État national. Dans les lendemains du 18 juillet, le cardinal primat juge prudent de trouver des évêques prête-noms pour leur faire endosser, sans trop s'engager personnellement, la pastorale favorable aux insurgés qu'il fait radiodiffuser le 6 août 1936. De plus, quatre prélats ne partagent pas l'enthousiasme pro-national de la masse des catholiques et de la plupart des autres évêques. Les cardinaux Vidal i Barraquer et Ilundain, archevêques de Tarragone et de Séville, ont une réputation méritée de libéralisme et même de républicanisme. De son côté, l'archevêque de Pampelune, Mgr Olaechea, professe des idées avancées, tandis que l'évêque de Vitoria, Mgr Múgica, est considéré tout à la fois comme un monarchiste intransigeant et comme un ennemi de la centralisation ecclésiastique et politique castillane. Ce dernier cause bien des tourments au cardinal primat. En 1933, Mgr Mateo Múgica avait déjà déclaré que le vote pour le Parti nationaliste basque n'était nullement contraire aux obligations de la foi. Cet antécédent suffit à le faire ranger parmi les adversaires du soulèvement militaire. Le 25 juillet 1936, l'évêque est malmené et contraint d'embrasser un drapeau phalangiste. Il devient ensuite l'objet d'avanies constantes, jusqu'à ce que la Junte de défense nationale de Burgos exige son départ d'Espagne au début de septembre. Le cardinal primat Gomá appuie finalement l'injonction avec l'accord du Vatican. Mgr Múgica quitte Vitoria le 14 octobre, avant d'accepter en septembre 1937 la démission qui lui est imposée.

Cet écueil écarté, le processus délicat de la préparation d'une déclaration collective de l'épiscopat favorable à la cause nationale peut s'ébaucher. Cependant, les relations entre le Saint-Siège et l'État national se trouvent compliquées aussi par la fidélité des catholiques basques à l'idéal démocratique et, plus précisément, par l'existence au Pays basque d'un gouvernement autonome se réclamant de la démocratie chrétienne mais fidèle à la République. Ce problème pose des questions de principe dotées de vastes répercussions chez les catholiques progressistes, très minoritaires à l'époque mais impossibles à négliger par le Vatican. Il soulève également des écueils pratiques graves et immédiats pour les rapports avec le gouvernement de Burgos. En un sens, les difficultés créées par Mgr Múgica relevaient déjà de l'imbroglio basque. Une autre question, sans doute la plus délicate, se rapporte à l'affaire des prêtres, sympathisants de la cause autonomiste, fusillés pendant les mois d'octobre et novembre 1936 par les forces nationales. Rapportée à la secrétairerie d'État par les soins de Mgr Múgica, exilé à Frascati, cette affaire oblige le Vatican à dépêcher le cardinal Gomá auprès du général Franco, le 26 octobre, afin de lui transmettre une protestation officielle. Ces frictions expliquent que le même cardinal primat soit seulement mandaté le 29 décembre 1936 comme représentant confidentiel et purement officieux du Saint-Siège près le gouvernement de Burgos, ce qui constitue au mieux une demireconnaissance *de facto*. Les instances suprêmes de l'Église hésitent visiblement à faire davantage dans l'immédiat. Tout au plus le secrétaire d'État de Pie XI suggère-t-il, dans une note adressée le 10 février 1937 au cardinal Gomá, l'idée d'un nouveau document épiscopal sur le problème basque, qui prendrait la forme d'une pastorale véritablement collective.

Après consultation d'un certain nombre d'évêques qui le confortent dans sa position face à la sollicitation du Vatican, le cardinal Gomá répond par la négative le 23 février 1937. En fait, le primat caresse le dessein d'un document collectif d'une tout autre portée. A défaut d'une déclaration explicite du Saint-Siège en faveur de l'État national, celui qu'il projette impliquerait au moins que le Vatican donne son aval à une pastorale par laquelle les évêques espagnols unanimes reconnaîtraient le caractère légitime et sacré de la « Croisade ». Consulté à ce sujet dans la lettre que le primat lui adresse le 23 février, le secrétaire d'État du Saint-Siège — le cardinal Pacelli, devenu en 1939 le pape Pie XII — répond le 10 mars de façon dilatoire. Toutefois, beaucoup d'évêques espagnols soutiennent la démarche du cardinal Gomá. En plus, le général Franco lui formule très précisément son désir d'engagement explicite de l'épiscopat lors d'une entrevue célébrée le 10 mai 1937. Le Caudillo manifeste à cette occasion qu'il n'apprécie pas les tergiversations qui font obstacle à la reconnaissance officielle de son gouvernement par le Vatican. Il ajoute qu'il n'est pas disposé à répondre aux demandes de l'Église concernant les problèmes scolaires ou l'abrogation de la législation laïque de la République avant que celle-ci ne fasse un geste tangible de son côté.

Le cardinal Gomá passe alors à l'acte. Le 7 juin 1937, il diffuse les épreuves de la pastorale collective auprès des évêques et les envoie également au cardinal Pacelli. Le 25, il avertit le secrétaire d'État de l'accord presque unanime des évêques et de la publication prochaine de la déclaration. Celle-ci est rendue publique le 1er juillet 1937. Certes, son contenu n'ajoute rien aux documents épiscopaux publiés auparavant, si ce n'est peut-être en ce qui concerne le caractère prémédité que la pastorale prête au massacre des prêtres et catholiques en zone républicaine. Le ton en apparaît même modéré par comparaison avec les outrances de diverses pastorales antérieures, comme celle où le cardinal primat lui-même présentait la guerre comme le « châtiment des péchés d'un peuple ». Mais si l'option en faveur du Mouvement national se révèle assez sereinement argumentée dans le contexte de l'époque, elle devient aussi parfaitement claire et surtout solennelle.

« L'Église — précise le passage bien connu qui expose les raisons du ralliement à celui-ci — en dépit de son esprit de paix et de ce qu'elle n'a ni voulu la guerre ni participé à celle-ci, ne pouvait être indifférente dans la lutte : elle s'en trouvait empêchée par sa doctrine, son esprit, le souci de sa propre conservation et l'expérience de la Russie. D'un côté, l'on supprimait Dieu, dont l'Église doit réaliser l'œuvre dans le monde, et on lui causait des torts immenses au plan des personnes, des choses et des droits, comme peut-être aucune institution n'en avait subi dans l'histoire ; de l'autre côté, quels que fussent les défauts humains, se trouvait l'effort pour la consolidation du vieil esprit espagnol et chrétien[18]... »

Ce document compromet désormais l'Église d'Espagne pour des décennies. Mais il sert aussi de révélateur des clivages que la sacralisation de la guerre civile commence à susciter parmi les catholiques. En Espagne même, l'archevêque de Tarragone, le cardinal Vidal i Barraquer, et l'évêque de Vitoria, Mgr Múgica, s'abstiennent de le signer. Au Vatican, *L'Osservatore Romano* n'en publie qu'un résumé. En outre, le fait qu'il ne soit pas mentionné du tout dans les *Acta Apostolicae Sedis* suggère que Pie XI ne l'apprécie guère. Sur le fond, le pape répugne toujours à reconnaître le gouvernement de Burgos ne serait-ce que *de facto*, notamment dans l'attente de l'issue des opérations militaires sur le front nord où se situe le territoire basque.

Dans cette perspective, le Vatican éconduit plusieurs émis-

18. « Carta colectiva del Episcopado español », p. 573, *in* I. Gomá y Tomás, *Por Dios y por España*, Barcelona, R. Casulleras, 1940.

saires du général Franco et se contente de mandater le cardinal Gomá comme son observateur en zone nationale. Agissant en avocat circonspect mais efficace du général, le primat obtient son accréditation officieuse par le Saint-Siège, ainsi qu'il le manifeste au Caudillo le 29 décembre 1936. Mais, dans les mois suivants, la Curie romaine continue de procéder de façon parfaitement unilatérale à la nomination d'administrateurs apostoliques dans les diocèses privés d'évêque. Peu après la publication de la déclaration collective, elle se limite à envoyer un diplomate, Mgr Antoniutti, pour « préparer » la reconnaissance de l'État national. Reçu par Franco le 31 juillet 1937, celui-ci a visiblement pour consigne de gagner du temps, et les autorités de Burgos le traitent avec une certaine mauvaise humeur. En définitive, le secrétaire d'État Pacelli ne propose la désignation de Mgr Antoniutti comme chargé d'affaires que le 7 septembre. Celui-ci remet ses lettres de créance le 7 octobre, au cours d'une cérémonie si discrète qu'aucune trace n'en a été conservée… Pourtant, le Pays basque vient de tomber aux mains des nationaux.

La lenteur du rétablissement de l'Église dans ses prérogatives et ses privilèges doit s'interpréter dans cette lumière vacillante. Le dégel ne se produit qu'au printemps 1938, au regard des premières mesures prises dans ce sens par le gouvernement de Burgos et de l'isolement militaire de la Catalogne par les forces nationales. Rendu disponible par l'annexion de l'Autriche à l'Allemagne, l'ancien représentant du Vatican à Vienne, Mgr Cicognani, est nommé nonce de plein droit le 16 mai 1938 et présente ses lettres de créance au général Franco le 24 juin. Non sans de longues hésitations, l'Église et le régime franquiste ont désormais partie liée.

Les heurts entre le pouvoir religieux et le pouvoir civil ne persistent pas moins. Sur un plan général, l'Église accueille sans plaisir le Décret d'unification du 19 avril 1937 créant le parti unique, de même que la loi de 1939 étendant le monopole politique de la Phalange unifiée. A juste titre, elle redoute que ces mesures totalitaires n'entraînent la disparition des organisations catholiques, parmi lesquelles les syndicats confessionnels sont les plus exposés mais non les seuls menacés. Déjà, le premier gouvernement régulier formé le 31 janvier 1938 a préparé la Charte du travail sans consulter l'épiscopat. De façon identique, un décret du 21 avril de la même année prescrit l'unification syndicale qui touche aussi les syndicats catholiques. Regroupés au sein de la Confederación Española de Sindicatos Obreros (CESO), ceux-ci n'ont plus qu'à entériner leur propre dissolution au cours d'un congrès extraordinaire tenu le 15 mai 1938 à Burgos. Grâce aux protestations du cardinal Gomá, la Confederación de Estudiantes Católicos et la Confederación Nacional Católico-Agraria (CONCA) subsisteront un peu plus longtemps mais devront se saborder aussi en 1939. Autre pomme de discorde, les journaux confessionnels se trouvent astreints à enlever la mention « catholique » de leurs sous-titres, au nom de la catholicité de l'ensemble des organes de presse de la zone nationale...

En bref, une alliance antagoniste s'esquisse. Dès la fin de 1937, le nouvel archevêque de Séville, le cardinal Pedro Segura, entame la petite guerre avec le régime. Il manifeste son intransigeance monarchiste en ne pardonnant pas au général Franco de n'avoir pas restauré le roi Alphonse XIII. Ouvertement hostile au franquisme en vertu de ses sentiments ultra-conservateurs, le cardinal Segura n'est pas loin de se considérer comme l'unique rempart de l'Église face à un État national qui lui apparaît tout à la fois comme totalitaire, moderniste et presque... laïcisant. D'autres évêques font le salut fasciste aux côtés des phalangistes. Lui, au contraire, ne cessera pas de multiplier intentionnellement les frictions avec la Phalange et le Caudillo pendant près de vingt ans. D'autres prendront sa relève, mais beaucoup plus tard et en vertu de principes différents.

6

La dimension internationale

Bien qu'elle oppose deux belligérants au sein d'un même pays, la guerre d'Espagne ne se circonscrit pas à ce seul aspect interne. A l'évidence aussi, elle ne fait pas que susciter à l'étranger les passions et les gestes solidaires des partisans de l'un ou de l'autre camp. A la veille de la conflagration mondiale 1939-1945, le drame espagnol se transforme pour un temps en problème international majeur d'une Europe divisée entre les puissances totalitaires montantes et les démocraties acculées à la défensive.

En France, le gouvernement du Front populaire installé en juin 1936 se trouve déchiré entre son affinité naturelle avec la République espagnole et sa crainte d'un engagement auquel répondraient ceux de l'Italie, de l'Allemagne ou encore de l'Union soviétique. A Londres, le cabinet conservateur de Baldwin n'apprécie aucun des deux adversaires en présence en Espagne, même s'il redoute également les interventions germano-italiennes aussi bien que russes. A Rome et à Berlin, le soulèvement militaire apparaît bien entendu comme une occasion à saisir. A Moscou, Staline hésite d'abord à se compromettre. Mais il peut difficilement demeurer absent d'un théâtre de conflit où les Italiens et les Allemands prendraient pied. A Lisbonne, enfin, le président Salazar redoute depuis des années l'effet de contagion des soubresauts de l'Espagne républicaine. Par ce simple fait, il éprouve nécessairement une sympathie discrète pour les militaires insurgés.

Le Comité de non-intervention

Le 23 juillet 1936, l'ambassade d'Italie à Moscou met Benito Mussolini en garde contre le risque d'une intromission soviétique en Espagne. Il ne faut voir là qu'un indice de l'hypocrisie des pouvoirs totalitaires prêts à s'accuser les uns les autres d'avoir jeté la première pierre dans le jardin espagnol dévasté. La Grande-Bretagne et la France perçoivent ce danger. C'est toutefois le gouvernement français qui, le 1er août, prend l'initiative de proposer aux Britanniques et aux Italiens l'établissement de règles concertées de non-intervention dans la guerre civile. La même proposition parvient à Berlin le 3 août. La réaction anglaise est immédiatement positive. En revanche, l'Italie et surtout l'Allemagne adoptent dès ce premier instant l'attitude dilatoire qu'elles conservent par la suite.

La France revient pourtant à la charge le 25 août 1936, pour préconiser de façon formelle la création d'un Comité de non-intervention. Elle le fait après avoir consulté la plupart des gouvernements européens dont celui de l'URSS. A l'exception de l'Allemagne et du Portugal, ceux-ci appuient sa démarche. Le projet consiste à définir une liste de produits interdits à l'exportation vers l'Espagne, en chargeant un organe permanent de veiller au respect de l'embargo par les pays signataires. La Grande-Bretagne prend dès lors le relais de la France en tant que maître d'œuvre de l'opération. Le Comité, dont la première séance s'ouvre le 9 septembre dans les salons du Foreign Office, s'installe à Londres pour la durée de la guerre. Il rassemble à ce moment vingt-six délégations européennes dont celle de l'Allemagne. Absent, le Portugal s'y incorpore à contrecœur dans les derniers jours du mois, sous la pression du ministre britannique des Affaires étrangères, Anthony Eden.

L'ampleur même du Comité oblige à créer un sous-comité doté d'un rôle exécutif permanent. Celui-ci comprend les représentants des grandes puissances et ceux d'un nombre restreint de petits pays. Ses travaux se limitent dans un premier temps à l'élaboration de la liste des matériels militaires prohibés à l'exportation ainsi qu'au contrôle de cette interdiction. Le 24 octobre 1936, la discussion s'engage sur la création d'un réseau d'observateurs. Le 12 novembre, un premier plan de contrôle est entériné par le Comité. Toutefois, diverses difficultés font qu'il n'est soumis pour accord aux deux camps en lutte en Espagne qu'au mois de janvier 1937. A ce même moment, Anthony Eden pose en outre le problème de la circulation des « volontaires » étrangers qui apportent leur concours à l'un ou l'autre de ces camps. Finalement, le dispositif de vérification s'étend le 20 janvier 1937 au matériel aussi bien qu'aux personnels militaires et il entre en vigueur le 20 février 1937. Le contrôle repose sur la perspicacité d'observateurs postés aux frontières de l'Espagne et dans les ports. Seul ennui : mis en place en France, il ne l'est guère au Portugal dont les frontières jouxtent tout autant le territoire occupé par les nationaux...

L'inefficacité de ces mesures appliquées avec une extrême mauvaise grâce par l'Italie, l'Allemagne, le Portugal et l'Union soviétique conduit la Grande-Bretagne et la France à proposer un deuxième plan de contrôle le 8 mars 1937. Celui-ci prévoit une surveillance navale assurée au large des côtes espagnoles par les marines anglaise, française, italienne et allemande. Il resserre aussi les vérifications sur les frontières terrestres mais se heurte toujours aux réticences portugaises. En revanche, ce plan n'instaure pas de contrôle aérien. Il exclut aussi les îles Canaries de son champ d'application, alors que cet archipel constitue la base arrière la plus sûre des nationaux. De plus, le fait que les flottes allemande et italienne se voient attribuer la mission de veiller au blocus maritime dans la plus grande partie de la zone méditerranéenne introduit une forte dose de partialité dans l'opération. Les républicains reçoivent l'essentiel de leurs approvisionnements dans les ports de Barcelone, Valence, Carthagène et Alicante. Ils peuvent s'attendre que les patrouilles germano-italiennes manifestent une vigilance toute spéciale à leur endroit. A l'inverse, les nationaux n'ont pas à s'inquiéter outre mesure en ce qui concerne les livraisons qui leur parviennent depuis Lisbonne. Par ailleurs, les navires britanniques assurent avec conscience la surveillance du golfe de Gascogne. Or, dans ce secteur, ils portent surtout préjudice aux Basques et aux républicains encerclés sur le front nord...

Le système se met en place le 20 avril 1937. Les incidents suscités par la rancœur des loyalistes et la mauvaise foi des marins italiens et allemands se multiplient aussitôt. Le 26 mai, une bombe républicaine atteint le cuirassé italien *Barletta*. Le 29, une affaire plus grave se produit dans la baie d'Ibiza. Des avions républicains y attaquent le *Deutschland*, semble-t-il en riposte aux tirs effectués par le cuirassé allemand sur le port d'Alméria. Jouant les victimes, l'Allemagne et l'Italie annoncent leur retrait du contrôle naval le 30 mai. Celui-ci devient définitif le 22 juin, après un nouvel incident suscité par le croiseur *Leipzig*. Mais ce retrait ne constitue qu'une clause de style. Des sous-marins « inconnus » — italiens en réalité — restent présents en Méditerranée. Du 11 au 30 août, ils poursuivent le contrôle maritime à leur manière, en torpillant des cargos porteurs des pavillons de l'Espagne républicaine ou de l'Union soviétique. Le 1er et le 3 septembre, les submersibles italiens s'attaquent même à un destroyer et à un navire marchand anglais.

En dépit du fiasco de ses entreprises pacificatrices, ces actes de piraterie provoquent le sursaut du Comité de non-intervention, où plus exactement de la Grande-Bretagne et de la France. Une conférence maritime se réunit à Nyon du 10 au 14 septembe 1937, à l'initiative du gouvernement anglais. En l'absence de l'Allemagne et de l'Italie, ses travaux aboutissent à un accord qui interdit les opérations sous-marines contre les navires non espagnols. La discrimination suscite l'indignation du président Negrin. Lors de l'assemblée générale de la Société des Nations tenue à Genève au cours du même mois de septembre, le président du Conseil convainc la majorité des délégations et obtient gain de cause. La prohibition s'étend aux attaques contre tous les bâtiments de commerce, espagnols compris.

Ce retournement du sort en faveur des républicains reste toutefois de courte durée. Le 16 octobre 1937, le représentant de la France au Comité de non-intervention dépose une proposition insidieuse, significative des doutes que les démocraties elles-mêmes entretiennent désormais sur la survie de l'Espagne républicaine. D'un côté, il y est question d'un renforcement du contrôle exercé sur l'arrivée des volontaires étrangers en même temps que de leur retrait progressif. Mais, de l'autre côté, la France recommande de reconnaître de façon égale la belligérance de l'État républicain et de l'État national. Jusqu'alors, sur le plan international, les nationaux ne jouissaient que d'un statut de fait face au statut de droit des républicains. La démarche française introduit le processus de la reconnaissance diplomatique pleine et entière du gouvernement de Burgos. A partir de ce moment, celui-ci se trouve perçu comme le vainqueur certain et comme le partenaire obligé qu'il s'agit de se concilier pour préserver l'avenir.

Les débats du Comité de non-intervention deviennent plus factices encore dans ces conditions. Formulé le 26 octobre, le projet franco-britannique de retrait des volontaires étrangers est approuvé le 4 novembre 1937. Mais nul ne se fait d'illusions sur son application. Au sein du Comité, les diplomates allemands parlent de « bolcheviks » pour désigner les républicains, tandis que leurs homologues français et anglais ne doutent plus un instant de leur mauvaise foi. Simultanément, l'Union soviétique poursuit ses livraisons d'armes facilitées par l'effondrement de la surveillance maritime. Pour débloquer le problème des volontaires, le gouvernement de Londres mise alors sur ses négociations bilatérales avec celui de Rome. Le 16 avril 1938, ces discussions débouchent sur un accord dont l'une des clauses prévoit l'évacuation du corps expéditionnaire italien en Espagne. Dans cette perspective, un troisième plan de non-intervention est adopté le 5 juillet suivant. Il représente une affaire de dupes pour les républicains. En vertu d'un principe non appliqué de réciprocité, ceux-ci doivent accepter le rapatriement des volontaires étrangers des Brigades internationales dont la plupart quittent le pays à l'automne. En revanche, les nationaux font la sourde oreille. Finalement, les Italiens esquissent un geste en octobre 1938, lorsqu'ils évacuent dix mille hommes depuis Cadix dans un grand déploiement de propagande. Mais ce sera tout. L'essentiel du Corps des troupes volontaires italiennes — le CTV — demeure en Espagne, de même que la légion Condor des Allemands. D'ailleurs, ces unités vont défiler lors du défilé de la victoire organisé à Madrid au printemps 1939, comme pour souligner la dérision des efforts du Comité de non-intervention.

Au bout du compte, celui-ci n'aura obtenu que deux

résultats tangibles. D'une part, il aura contribué de façon décisive, en 1937, à l'isolement et à la défaite des forces républicaines et basques coupées de tout approvisionnement dans les provinces de la zone atlantique. D'autre part, il aura servi le gouvernement de Burgos, en renforçant sa position diplomatique par la reconnaissance internationale de son statut d'État belligérant.

L'intervention germano-italienne

Au regard de l'engagement de l'Italie et de l'Allemagne en faveur des nationaux, ou de celui des Soviétiques en faveur des républicains, la non-intervention représente une fiction. Dans un cas aussi bien que dans l'autre, cependant, l'intromission des puissances totalitaires dans la guerre civile se révèle pleine d'aléas. S'agissant en particulier de l'indispensable appui germano-italien aux militaires insurgés, il apparaît que cette aide ne se trouve nullement garantie au début du soulèvement, puis qu'elle tend à dépasser quelque peu les attentes du général Franco par la suite...

Les contacts entre les responsables italiens et les diverses conjurations anti-républicaines sont pourtant anciens. Ils se trouvent facilités notamment par les relations permanentes que l'ex-roi Alphonse XIII entretient avec les cercles monarchiques espagnols depuis son exil romain. Les premières conversations exploratoires menées à l'occasion du putsch royaliste manqué du général Sanjurjo remontent à 1932. Elles se renouent au printemps 1934 avec les mêmes courants. Elles aboutissent le 31 mars à un accord secret en vertu duquel le gouvernement fasciste met à la disposition des monarchistes espagnols des moyens financiers ainsi que dix mille fusils, dix mille grenades et deux cents mitrailleuses. Les carlistes vont profiter de cet arsenal. En 1935, l'affaire d'Abyssinie détourne l'attention de Mussolini de l'Espagne. Mais les contacts reprennent de mars à juillet 1936. Surtout, ils ne se limitent plus aux monarchistes puisqu'ils impliquent aussi les phalangistes. Ces derniers se trouvent en symbiose idéologique avec les fascistes italiens. Depuis sa prison d'Alicante, José Antonio Primo de Rivera se targue de cette affinité pour ménager une entrevue entre son frère Miguel et Mussolini dès le mois de mars 1936.

Le Duce n'ignore pas la probabilité du soulèvement militaire et ne peut se surprendre de la venue des premiers émissaires des insurgés dans les lendemains du 18 juillet. Celui de Franco, le journaliste Luis Bolin, arrive à Rome le 21 juillet. Le même jour, le général s'entretient à Tétouan avec l'attaché militaire italien. Il lui demande des avions de transport destinés à assurer le transbordement des troupes du Maroc. Ministre des Affaires étrangères de Mussolini, le comte Ciano est informé de l'échec immédiat du putsch militaire et hésite à s'engager. Le ministre se convainc pourtant de ce qu'un appui « léger et rapide » de la part de l'Italie a des chances de redresser la situation. La décision favorable est prise le 28 juillet. Douze bombardiers Savoia-Marchetti sont mis à la disposition de Franco avec leurs équipages, qui doivent s'engager aux côtés des nationaux en tant qu'officiers de la Légion étrangère. Un cargo, le *Morandi*, va transporter les bombes. Partis de Sardaigne, neuf des douze avions atterrissent à Mellila le 30 juillet, les autres s'égarant et ébruitant l'affaire. Moins malchanceux, le bateau arrive à bon port le 2 août.

Ce secours d'urgence répond aux besoins de Franco, de même que l'arrivée des appareils de chasse et des quinze petits blindés livrés avec leurs servants au cours des semaines suivantes. Il n'en va pas de même de l'installation du comte Rossi à Majorque le 26 août. Celui-ci prétend agir en proconsul fasciste aux Baléares, où s'implantent des escadrilles et une base navale italiennes. Le Duce n'est pas philanthrope. Il caresse des ambitions politiques en Espagne. Il veut l'annexion ou, au moins, l'établissement d'un protectorat italien sur les Baléares. Plus tard, il manifeste même des visées sur le Pays basque et songe à établir de 150 000 à 200 000 colons en Espagne... A partir de ce moment, la présence de ses troupes sur le sol espagnol devient plus imposée que souhaitée par les nationaux, quand bien même les livraisons d'armements italiens restent les bienvenus. Mais l'un n'allant pas sans l'autre aux yeux du gouvernement de

Rome, Franco doit se plier aux clauses d'un traité secret conclu le 26 novembre 1936.

Ce traité prévoit le renforcement de l'aide matérielle mais aussi du dispositif militaire italien. A ce moment, 1 500 soldats italiens stationnent déjà en Espagne, dans l'aviation et dans les trois compagnies du Raggrupamento Italo-Spagnolo di Carri-Artigleria. Toutefois, l'état-major de Rome considère que les nationaux s'enlisent en pratiquant une sorte de guerre coloniale au style archaïque. Après l'échec de l'offensive nationale contre Madrid, il entend imposer une nouvelle tactique visant à briser cet enlisement par des actions offensives soutenues par de grandes unités italiennes constituées. Quatre mille volontaires se trouvent déjà rassemblés dans cette perspective en Italie. Mussolini exprime ce point de vue à l'amiral Canaris — chef des services secrets allemands — lors d'une entrevue qu'ils ont à Rome le 6 décembre. En fait, les Allemands sont déjà convaincus. Eux aussi ont des forces dispersées en Espagne et souhaitent les concentrer pour les rendre plus efficaces. Au mois d'octobre, l'amiral s'est déjà rendu sur place, avec la consigne de proposer leur unification sous commandement strictement allemand. Le Caudillo n'a pu qu'accéder à cette suggestion. Les Italiens ne font que la reprendre à leur compte.

C'est dans cette perspective que se constitue une force expéditionnaire, en novembre, sous le nom de Corps des troupes volontaires. Le général Roatta en prend le commandement le 7 décembre 1936 et l'embarquement des 3 000 premières Chemises noires débute à Gaète le 18 décembre. Les départs s'accélèrent ensuite dans l'hypothèse d'un contrôle imposé par le Comité de non-intervention. Le CTV compte 7 700 hommes à la fin de l'année 1936, et 15 000 le 10 janvier 1937. 3 000 hommes débarquent encore dans les cinq jours qui suivent, au moment où Mussolini et Göring conviennent d'une intensification et d'une concertation de leurs efforts respectifs en faveur de l'État national. En mars 1937, le CTV atteint le plein de ses effectifs. Fort de 48 000 hommes, il rassemble quatre divisions légères : trois de la milice fasciste et une de l'armée régulière. De plus, il se targue déjà d'une victoire avec la prise sans combat de la ville de Malaga, où les Italiens sont entrés le 8 février.

Les choses se gâtent malheureusement assez vite. Pour partie à cause d'un manque de coordination avec les troupes nationales, les forces italiennes essuient une défaite humiliante à Guadalajara. Le 18 mars 1937, elles y battent en retraite après avoir perdu trois mille hommes et beaucoup de matériel. Le CTV — qui aura six mille tués au total au cours de la guerre — demeure pourtant sur le terrain après ce revers. Conservant un potentiel inchangé, il opère seulement un redéploiement qui réduit à trois le nombre de ses divisions, et qui s'assortit de la formation de deux brigades mixtes hispano-italiennes. Durant l'été 1937, les Italiens participent dans le cadre de ce nouveau dispositif à la réduction de la résistance républicaine dans les provinces atlantiques. Plus tard, à la fin de 1938, le rapatriement de dix mille soldats du CTV ne constitue qu'une relève compensée par les renforts reçus jusqu'au mois de mars 1939.

Équipés d'appareils longtemps supérieurs aux avions russes ou français dont disposent les républicains, et même aux chasseurs allemands des débuts de la guerre, les pilotes italiens fournissent en réalité le concours le plus décisif aux nationaux. Ils tiennent pendant dix-huit mois au moins la dragée haute à leurs adversaires aussi bien qu'à leurs alliés, tout en conservant également la triste réputation d'avoir opéré sur Barcelone les bombardements massifs de mars-avril 1938. Dans l'ensemble, néanmoins, le soutien italien a moins été une question d'unités constituées que de matériel. Le général Franco ne manque pas de le manifester dès le mois de décembre 1936, en s'insurgeant contre le débarquement inopiné des trois mille premières « Chemises noires ». « Lorsqu'on envoie des troupes à un pays ami — aurait-il commenté — le moins qu'on puisse faire est de lui en demander la permission[1] »... En revanche, le Caudillo apprécie sans nul doute la livraison des 763 avions, des 7 600 véhicules ou des 10 000 mitrailleuses venus d'Italie au cours de la guerre

1. I. Saz Campos, « El apoyo italiano », *Historia 16 (Guerra civil)* 18, 1987, p. 58.

selon Hugh Thomas[2]. S'élevant à sept milliards et demi de lires, la facture qu'il recevra à ce propos en 1941 ne sera jamais honorée...

Bien qu'elle la rejoigne vite, la position de l'Allemagne diffère à l'origine de celle de l'Italie. Les Allemands méconnaissent l'Espagne et le soulèvement du 18 juillet 1936 les prend de court. Pour aggraver les choses, leur sensibilité protestante et, dans le cas des nazis, leur anticléricalisme les éloignent du catholicisme affiché des insurgés. De ce fait, s'ils regardent souvent les phalangistes avec sympathie, le général Franco et les dignitaires de l'État national ne séduisent guère les Allemands. Leurs relations avec les rebelles naissent sous de mauvais auspices. Le 19 juillet, les insurgés réquisitionnent un appareil de la Lufthansa lors de son escale à Villa-Cisneros, dans le Sahara espagnol. Contraint d'effectuer diverses liaisons en dépit de ses protestations, le pilote est mis en état d'arrestation dans sa cabine le 21. Il lui faut poursuivre ses missions en dépit de nouvelles remontrances émanant cette fois du consul d'Allemagne aux Canaries. Dans ces conditions, la demande de dix avions de transport que Franco adresse le lendemain à l'attaché militaire allemand réfugié à Paris se heurte à l'opposition du ministère des Affaires étrangères lorsqu'elle parvient à Berlin.

L'incident ne s'apaise que quelques jours plus tard, le général Franco a dépêché vers la capitale allemande Johannes Bernhardt, responsable du Parti nazi au Maroc espagnol, avec la mission de négocier l'achat des Junkers 52 convoités. Arrivé le 24 juillet, Bernhardt a une entrevue avec Hitler dès le jour suivant. Averti, Göring se montre réticent. L'insurrection lui paraît mal engagée. Sans tenir le ministre des Affaires étrangères au courant, Hitler s'informe de son côté de la situation des rebelles pendant vingt-quatre heures. Surtout, il ne doute pas que la France va aider les républicains, même s'il accorde peu de foi aux télégram-

2. H. Thomas, *Histoire de la guerre d'Espagne*, op. cit., vol. II, p. 448. Par ailleurs, les nationaux auraient reçu des Italiens 542 canons, 656 mortiers, 100 000 fusils et 81 blindés au cours de la seule période écoulée du mois d'août 1936 au mois de mars 1937. D'autres sources évaluent le nombre des canons fournis aux nationaux à 1 064, ou encore à 1 930.

mes de ses diplomates qui font état de cargos soviétiques chargés d'armes. Plus tard, il explique également qu'il n'était pas déraisonnable de songer à « détourner l'attention des puissances occidentales sur l'Espagne, pour permettre au réarmement allemand de se poursuivre[3] ». Au terme de cette instruction expéditive, la décision favorable est prise le 26 juillet. Göring devient enthousiaste et l'opération « Feu magique » est mise sur pied en une semaine. Franco doit recevoir trente Junkers 52 camouflés et dépourvus d'identification nationale. Une « association de tourisme » se crée pour le recrutement et l'acheminement des pilotes ou des mécaniciens. Au nombre de 85, ceux-ci embarquent à Hambourg le 31 juillet et atteignent Cadix le 5 août 1936.

D'autres livraisons d'appareils de chasse ont lieu au mois d'août et de septembre. Deux compagnies de chars constituées arrivent aussi en septembre. Depuis le 25 août, l'ensemble des personnels allemands en Espagne se trouve placé sous l'autorité du colonel von Warlimont établi à Caceres. Par la suite, l'approvisionnement s'intensifie et prend un cours régulier. Des avions de transport assurent quatre vols par semaine vers la zone nationale, tandis qu'un cargo allemand s'y rend tous les cinq jours en moyenne. Parallèlement, la présence physique des forces allemandes se renforce. Après l'entrevue que l'amiral Canaris a avec le général Franco au début d'octobre, elle débouche sur la formation de la légion Condor, rendue officielle le 6 novembre à Séville. Commandée par le général von Sperrle, cette force expéditionnaire rassemble 6 500 hommes, recrutés parmi de jeunes nazis enthousiastes et avides d'en découdre avec les « bolcheviks de l'Espagne rouge ». Elle revêt avant tout le caractère d'un corps aérien accompagné de ses unités de soutien ou de protection, et complété par quelques compagnies de blindés qu'il s'agit de tester (l'essai ne sera guère concluant au début).

A l'inverse du corps expéditionnaire italien, progressivement intégré dans le dispositif militaire espagnol, la légion Condor va demeurer constamment sous l'autorité allemande

3. B. Liddell Hart, *The Other Side of the Hill*, London, 1948, p. 34.

et opérera pour son propre compte. Seize mille hommes s'y succèdent jusqu'en 1939, au gré des relèves assez fréquentes. Un grand nombre des officiers les plus brillants de la Seconde Guerre mondiale y effectuent une sorte de stage d'entraînement, notamment le grand as de l'aviation germanique, le colonel Adolf Galland. Sur le plan tactique, ses performances se révèlent d'abord médiocres, dans la mesure où les premiers matériels allemands envoyés en Espagne ne sont pas les meilleurs. En revanche, l'efficacité de la légion Condor s'améliore de façon spectaculaire avec l'arrivée des chasseurs Messerschmitt 109. Elle devient également remarquable en matière de défense antichar et d'artillerie antiaérienne où les Italiens n'excellent guère. Toutefois, son fait d'armes le plus notable apparaît tristement négatif. Il intervient le dimanche 26 avril 1937, vers cinq heures de l'après-midi, avec le bombardement massif de la ville basque de Guernica.

Agissant de façon indépendante vis-à-vis de l'état-major de Franco, les Allemands sélectionnent cette cible totalement dépourvue de protection afin d'éprouver pour la première fois leur capacité de démoralisation d'une population civile par la terreur des bombardements aériens. Une première vague d'avions largue des bombes explosives sur la petite ville. Une deuxième vague mitraille les civils qui la fuient. La troisième achève le carnage avec des projectiles incendiaires. L'opération dure deux heures quarante-cinq minutes. Favorisés par des conditions météorologiques excellentes, elle se solde par la mort de 1 654 des 7 000 habitants de Guernica, sans compter les 889 blessés[4]. La légion Condor a pu vérifier l'efficacité de sa tactique terroriste aussi bien que celle de ses bombes de 500 kilos, une nouveauté pour l'époque. Guernica dont le centre est rasé tombe sans combat deux jours plus tard. Toutefois, le bâtiment du Parlement basque et l'arbre symbolique et fameux demeurent intacts. Surtout, cette action sape de manière irréversible l'honneur de l'armée allemande en même temps que la cause du général Franco. Le quartier général franquiste a beau nier la réalité du bombardement en portant

4. H. Thomas, *op. cit.*, vol. II, p. 154.

les destructions au compte des forces républicaines en retraite, Guernica jette l'opprobre sur l'État national bien au-delà du terme de la guerre civile. Cet épisode s'inscrit désormais dans l'horreur peinte par Pablo Picasso, de la même façon que l'invasion française de 1808 reste inscrite depuis près de deux siècles dans l'œuvre de Goya.

L'ampleur de l'aide matérielle allemande aux nationaux reste mal connue. Cependant, au début du printemps 1937, elle semble s'être élevée déjà à 237 avions. Au début, ces appareils comptent parmi les plus obsolètes sur le théâtre des opérations. En revanche, les chasseurs et les bombardiers livrés à partir de 1937 renversent la balance et renforcent de façon décisive la supériorité technique des forces franquistes. Il en va de même pour les 274 canons antiaériens fournis par l'Allemagne, qui l'emportent nettement sur l'artillerie républicaine aussi bien que sur les armes italiennes.

Toutefois, la volonté d'indépendance tactique sur la légion Condor ne constitue pas le seul motif de friction entre l'Allemagne et le général Franco. Des raisons économiques et politiques y contribuent également. A l'inverse du gouvernement de Rome, celui de Berlin ne recherche guère d'avantages stratégiques ou de prestige en Espagne. Par contre, il entend tirer un profit économique de son aide, ou s'efforce à tout le moins d'obliger les nationaux à se comporter en partenaires commerciaux solvables. La création de la société mixte Hisma-Rowak répond à ce dessein, et sa dureté en affaires indispose les nationaux. De plus, ces relations déjà défiantes sur le plan militaire et économique se compliquent sur le plan politique dès la reconnaissance de l'État de Burgos par l'Allemagne.

Rendu public le 18 novembre 1936, l'établissement de ce lien diplomatique se traduit par l'arrivée à Salamanque du général Wilhelm von Faupel comme chargé d'affaires. Le représentant de l'Allemagne n'a rien d'un militaire aristocrate ni d'un diplomate chevronné. Chef de corps d'armée pendant la guerre de 1914-1918 puis inspecteur général des troupes péruviennes, Faupel possède un tempérament plébéien qui ne le rapproche guère des notables de l'Espagne nationale. Il manifeste aussi un anticléricalisme notoire. Peu de semaines avant la remise de ses lettres de créance, un incident avait opposé le recteur de l'université de Salamanque, Miguel de Unamuno, au général Millan Astray, responsable des services de propagande du gouvernement national. Dans son discours d'ouverture de l'année académique, le philosophe avait déclaré, s'adressant aux rebelles dans leur ensemble : « Vous vaincrez mais vous ne convaincrez pas ». Avec un à-propos discutable, le général borgne et manchot s'était écrié alors : « A bas l'intelligence ! Vive la mort ! » C'est dans ce contexte que l'ambassadeur d'Adolf Hitler choisit d'endosser la toge et la toque du professeur d'université pour paraître à la cérémonie de son intronisation en présence du général Franco. Dans les mois qui suivent, il ne cesse en outre de multiplier les encouragements au courant radical de la Phalange et à son leader, Manuel Hedilla.

En avril 1937, la formation d'un parti unique à la dévotion du Caudillo représente pour lui une sorte d'échec personnel. Dans le même temps, les rapports que von Faupel entretient avec le chef de la légion Condor — le général von Sperrle — se détériorent de la façon la plus manifeste. Von Sperrle prend le parti des Espagnols contre son propre ambassadeur qu'il refuse de rencontrer... Finalement, Franco recourt à lui pour obtenir le rappel de Faupel, remplacé en mai 1937 par le diplomate de carrière von Stohrer. Dès lors, les relations entre l'Espagne nationale et l'Allemagne redeviennent correctes sans cesser d'être critiques. Il en va au fond de même de celles qu'elle entretient avec l'Italie. Les Allemands déplorent l'immobilisme social des nationaux et leur refus des réformes d'envergure qu'ils estiment indispensables. De leur côté, les Italiens ne se contentent pas d'accabler Franco de leurs sarcasmes dans le domaine militaire. En privé, ils dénoncent aussi l'intensité à leurs yeux inhumaine et injustifiée de la répression en zone nationale.

La connivence portugaise

Signataires du pacte anti-Komintern, les puissances de l'axe Rome-Berlin ne représentent pas moins les alliés majeurs de l'État national. Autre signataire de ce pacte, le Japon se situe trop loin pour lui apporter un concours appréciable, même s'il dépêche un ambassadeur auprès du gouvernement de Burgos en novembre 1938. En revanche, le soutien du Portugal est loin d'être négligeable pour les nationaux.

Sans se ranger du côté de l'Italie et de l'Allemagne sur le plan international, le vieil allié de la Grande-Bretagne qu'est le Portugal se trouve soumis à un régime politique teinté d'un fascisme attiédi par le catholicisme et le conformisme conservateur du docteur Oliveira Salazar. Au moins sur le terrain limité à la Péninsule ibérique, les sympathies et les intérêts de la dictature portugaise rejoignent ceux des pays de l'Axe. De plus, la convergence se révèle évidente entre le gouvernement de Lisbonne et celui qui se partage entre Burgos et Salamanque. Tous deux entendent faire échec à une révolution ibérique qui, par contagion, ne peut toucher l'un des deux pays sans frapper l'autre. Dans ces conditions, les pressions de la Grande-Bretagne expliquent seules le ralliement tardif et contraint du Portugal au Comité de non-intervention.

Il ne s'agit pour les autorités portugaises que d'une fiction diplomatique. Jusqu'à un certain point, la guerre d'Espagne prend le visage d'une guerre civile portugaise menée par procuration. Depuis le putsch du 28 mai 1926 et l'installation de la dictature à Lisbonne, des milliers de réfugiés politiques portugais vivent en Espagne. Proches des républicains espagnols, ils s'identifient à eux en juillet 1936. De son côté, le Portugal abrite depuis 1931 la plupart des exilés espagnols anti-républicains avec leur chef de file le général Sanjurjo, se transformant de la sorte en base arrière du complot qui débouche sur le soulèvement militaire. A la nouvelle de celui-ci, la presse et la radio portugaises se rangent sans ambages au côté des insurgés. Le lendemain, le contrôle établi aux frontières tend plus à refouler l'invasion redoutée des exilés hostiles à Salazar qu'à gêner les rebelles.

Le 22 juillet 1936, par l'intermédiaire du consul d'Italie à Tanger, le général Franco fait transmettre un message quasiment fraternel aux autorités de Lisbonne. Le 24, le général Ponte arrive dans la capitale portugaise avec une demande urgente de médicaments. Le 26, trois hydravions rebelles se ravitaillent au Portugal avant de repartir vers le Maroc. Le même jour, un premier pilote portugais se met au service des nationaux avec son avion personnel. Le 11 août, les insurgés ouvrent un compte à la Banque du Portugal. Le 27, cependant, les autorités portugaises publient un décret prohibant toute exportation d'armes et munitions en Espagne. Mais cette mesure ne représente qu'un geste factice visant à complaire le Comité de non-intervention naissant.

Dès le lendemain, une manifestation de masse orchestrée à Lisbonne revendique la formation d'une Légion portugaise destinée à combattre le communisme en Espagne, aux côtés des nationaux. A partir de ce moment, aussi, les avions rebelles se posent et redécollent sans entraves au Portugal, tandis que les cargos allemands y déchargent des matériels en transit vers la zone nationale et que des bâtiments de commerce portugais se rendent dans les ports de Galice ou à Cadix. Enfin, l'aide militaire directe se concrétise le 7 septembre 1936, lorsque des avions venus de Lisbonne livrent du matériel à Séville. La légion de Viriate intervient pour sa part à l'automne. Vingt mille hommes s'y succèdent au cours de la guerre, dont huit mille tombent aux côtés des troupes nationales[5]. En outre, à l'instar de l'Allemagne et de l'Italie, le gouvernement portugais accorde sa reconnaissance *de facto* à l'État de Burgos dès le 18 novembre 1936.

L'aide soviétique aux républicains

Notamment du fait de la défection de la France, l'Union soviétique va devenir de son côté l'allié primordial de l'Espagne républicaine. En effet, se trouvant en minorité dans son propre gouvernement de Front populaire, Léon Blum ne parvient pas à imposer le principe d'une aide ouverte aux loyalistes. Il lui faut par conséquent s'aligner sur la majorité favorable à la création d'un Comité de non-intervention,

5. R. Hodgson, *Spain Resurgent*, London, 1953, p. 70.

après avoir peut-être songé à démissionner de son poste de président du Conseil.

Comme l'Allemagne, l'URSS se trouve pourtant prise à l'improviste par la nouvelle du soulèvement du 18 juillet 1936. La période est celle des grandes purges et Joseph Staline a d'autres chats à fouetter. D'ailleurs, l'Espagne républicaine et son pays n'ont même pas échangé d'ambassadeurs. Il en a été question en 1933, avant que le raz de marée conservateur des élections de novembre ne remette l'hypothèse en cause. Le projet est relancé après la consultation de février 1936, sans qu'il ait encore donné lieu à un échange de diplomates au moment du déclenchement de la guerre civile. En fait, Staline ne paraît sensible qu'au risque de critiques venues de sa gauche, en particulier des trotskistes. Ceux-ci l'accusent déjà de trahir la Révolution. Ils ne pourraient manquer de stigmatiser une position de retrait vis-à-vis de la République espagnole menacée.

Dans un premier temps, le pouvoir soviétique demeure de toute manière attentiste. Il laisse agir les organisations internationales que sont le Komintern et le Profintern, l'Internationale syndicale rouge. Celles-ci manifestent leur solidarité avec les républicains, organisent des collectes et des manifestations, commencent aussi à caresser le dessein d'envoyer des volontaires combattre au coude à coude avec leurs camarades espagnols sans recevoir encore l'assentiment de Moscou. Les partis communistes des démocraties occidentales font de même, spécialement dans le cas du Parti communiste français dont le leader, Maurice Thorez, souhaite un engagement soviétique plus net. Celui-ci laisse incontestablement à désirer. A la fin de juillet 1936, les diplomates russes en poste à l'étranger se voient recommander de s'abstenir de toute déclaration ostensible de sympathie à l'endroit de l'Espagne républicaine[6]. En Union soviétique même, la presse exalte certes le « combat des républicains contre le fascisme », mais les actes concrets se limitent jusqu'au 6 août à des quêtes dans les usines.

Le dégel s'esquisse à la fin du même mois. Le 25 août, arrive à Barcelone le consul-général soviétique Vladimir

6. C. Serrano, *L'Enjeu espagnol*, Paris, Éditions sociales, 1987, p. 51.

Antonov-Ovseienko. Le 27, l'ambassadeur Marcel Rosenberg s'établit à son tour à Madrid. Deux autres personnages d'importance se trouvent également sur le chemin de l'Espagne. Les deux voyageurs, l'écrivain Ilya Ehrenbourg et le journaliste de la *Pravda* Mikhaïl Koltsov, ne comptent pas seulement au regard de leur prestige littéraire. Le premier est la figure de proue de l'intelligentsia soviétique. Le second paraît chargé d'une mission de contact militaire, et va exercer au mois de novembre un rôle d'éminence grise au sein de la Junte de défense de Madrid. Ces missions exploratoires importent peut-être plus que l'adhésion soviétique au Comité de non-intervention effectuée le 23 août. Sept jours plus tard, le chef des services secrets russes pour l'Europe occidentale, le général Krivitsky, reçoit la consigne d'acheter des armes en sous-main en Tchécoslovaquie, en Allemagne, aux Pays-Bas et dans les autres pays de l'Europe du Nord, puis de les acheminer sur les bateaux scandinaves en direction de la zone républicaine.

La décision d'intervenir de façon plus active en Espagne semble avoir été prise à ce moment. Au début de septembre, Ehrenbourg et Koltsov se trouvent déjà sur place. Ils sont rejoints par le responsable de la section des transports du NKVD, Alexandre Orlov, ainsi que par une poignée de pilotes russes dont la présence est notée à Alcala de Henares. Des secours alimentaires et médicaux parviennent déjà. A la suite peut-être d'une visite que Maurice Thorez rend à Staline le 22 septembre, le tournant décisif est pris en tout cas à la fin du mois. Selon les espions allemands en Turquie, les premiers navires soviétiques chargés d'équipement militaire franchissent le Bosphore au début d'octobre. Douze cargos s'y succèdent jusqu'au 26. Observé par un torpilleur allemand présent dans le port, le premier débarque le 15 octobre sa cargaison de cinquante chars à Carthagène. Neuf autres cargos arrivent du 20 au 28. Au total, une cinquantaine d'avions, une centaine de chars légers, quatre cents camions et également quatre cents spécialistes auraient été acheminés en zone républicaine au cours de cette période, à temps pour peser dans la bataille de Madrid. Fait remarquable, l'Union soviétique ne joue pas l'hypocrisie. Le 7 octobre 1936, elle déclare qu'elle ne se considérera pas plus liée par les interdits du Comité de non-intervention que certains de ses autres membres : l'Italie et l'Allemagne pour ne pas les nommer.

Les envois se maintiennent au même rythme pendant les mois suivants. Selon les estimations des services de renseignement de l'Espagne nationale, 300 avions, 275 canons, 1 500 mitrailleuses et 100 000 fusils soviétiques auraient été livrés aux républicains entre le 20 octobre et le 26 novembre 1936. Sans conteste exagérés, ces chiffres fournissent pourtant un ordre de grandeur, même si la qualité des armes livrées se révèle variable (à côté des excellents chasseurs Polikarpov — les Chatos des républicains — et des chars T 26 figurent des fusils Gras d'origine française remontant à la guerre de 1870). La noria continue ensuite de fonctionner jusqu'en mars 1938. Selon les espions allemands, 105 cargos se succèdent vers l'Espagne jusqu'en décembre 1937, puis encore 59 de janvier à mars 1938, la plupart soviétiques ou espagnols dans les premiers temps, puis de plus en plus britanniques bien qu'affrétés par l'URSS. Toujours d'après la même source, 242 avions, 703 canons, 27 pièces antiaériennes, 731 tanks, 500 obusiers et 1 573 camions ou tracteurs parviennent à l'Espagne républicaine par leur conduit. S'y ajoutent tous les matériels qui transitent par la France.

Venus d'Odessa, les navires russes ou républicains éprouvent en effet des difficultés croissantes à franchir le barrage naval érigé par le Comité de non-intervention ou les sous-marins hostiles. Pour contourner cet obstacle, des quantités réduites de matériel sont constamment acheminées par voie terrestre au travers du territoire français. Puis, du 13 mars à la mi-juin 1938, un gentlemen's agreement conclu entre l'Union soviétique et la France officialise ce transit sur une grande échelle. Au total, près de deux cents pièces d'artillerie, deux cents tanks, quatre mille camions et trois mille mitrailleuses auraient été concernés par cette facilité[7].

Selon d'autres sources, l'ensemble des fournitures d'armement russe effectuées au cours de la guerre se serait

7. H. Thomas, *op. cit.*, vol. II, p. 450-459.

élevé à 650 ou 700 chars, 1 500 à 2 500 canons, 120 à 300 blindés sur roues et 15 000 mortiers d'infanterie[8]. Parallèlement, l'Espagne républicaine aurait reçu 700 chasseurs soviétiques, auxquels se sont ajoutées quelques dizaines d'appareils de même origine construits partiellement en Catalogne ou à l'usine Hispano-Suiza de Guadalajara[9]. En outre, des équipements substantiels d'origine non soviétique furent achetés partout en Europe et acheminés par les soins de l'URSS dont au moins une centaine d'avions de fabrication française, hollandaise ou tchèque, des camions de marque américaine assemblés à Anvers, voire des munitions allemandes défectueuses que les services secrets de l'amiral Canaris se firent un plaisir de mettre à la disposition des républicains.

La présence physique des cadres russes est demeurée discrète tout en se révélant essentielle et aussi des plus controversée. L'effectif cumulé des Soviétiques stationnés à un moment ou à un autre en Espagne n'a guère dû dépasser deux mille hommes, avec des contingents successifs de quelques centaines de spécialistes présents dans le même temps. Les pilotes, instructeurs, mécaniciens et conducteurs de blindés ont été les plus nombreux. Ils sont intervenus directement sur le terrain de l'automne 1936 à la fin de l'hiver 1937. Par la suite, à l'inverse des Italiens et des Allemands, la prudence diplomatique de leur gouvernement les a éloignés de plus en plus du champ de bataille. Par ailleurs, comme dans le cas des officiers de la légion Condor, plusieurs des grandes figures de l'Armée rouge pendant la Seconde Guerre mondiale ont participé à la guerre d'Espagne. Tel semble en particulier avoir été le cas des futurs maréchaux Rokossovsky, Koniev, Malinovski et Youkov. A l'instar de leurs collègues allemands, ils ont expérimenté en cette occasion les dernières nouveautés de l'art militaire, notamment l'emploi massif de blindés porteurs d'infanterie inauguré lors de la bataille du Jarama, au début de 1937.

La présence d'autres conseillers moins présentables obs-

8. J.L. Alcofar Nassaes, « Las armas de ambos bandos », *Historia 16 (Guerra civil)* 10, 1987, p. 84-100.

9. J. Salas Larrazabal, *La guerra de España vista desde el aire*, *op. cit.*, p. 423-431.

curcit toutefois l'image de l'appui soviétique aux républicains espagnols, s'agissant spécialement de ceux qui apportent leur expertise insurpassable au Service d'investigation militaire (SIM). De manière plus générale, les experts russes jouent souvent un rôle dirigeant qui dépasse celui du simple conseil technique sur le plan militaire. Forts du soutien matériel prêté à la République par leur pays, ils imposent leurs points de vue en de multiples circonstances. Sur un plan directement politique, ils inspirent également la chasse aux sorcières menée contre les anarchistes et les membres du POUM. Coïncidant avec le paroxysme des purges staliniennes, l'intervention soviétique les transpose en Espagne. Secondés par les communistes locaux, les Russes y pourchassent l'hydre trotskiste qu'ils voient partout sur leur gauche, appelant même à la rescousse quelques-uns des futurs dirigeants des démocraties populaires de l'Europe de l'Est. Connu alors sous les pseudonymes de Singer ou de Pedro, le Hongrois Ernest Gerö exerce ainsi la haute main sur les purges de Catalogne, en attendant de ramener l'ordre communiste à Budapest en 1956.

Ces aspects sinistres se trouvent aggravés par le sort réservé aux spécialistes espagnols en stage de formation en Union soviétique. A partir de la fin 1936, des centaines d'apprentis pilotes effectuent de tels stages. Ils en retirent parfois des impressions mélangées. Surtout, 210 aviateurs républicains restent bloqués en URSS après la défaite de mars 1939. S'ajoutant aux 1 700 enfants et aux 102 instituteurs réfugiés en Russie[10], ils deviennent les otages d'une oppression stalinienne qui ne rehausse pas le souvenir de la « fraternité d'armes » hispano-soviétique des années de guerre civile. Le culte rendu à l'URSS et à Staline par la propagande républicaine des années 1937-1938 ne le sert pas davantage. Les Soviétiques n'ont rien gagné à pavoiser la porte d'Alcala — l'arc de triomphe de Madrid — à leurs couleurs.

Deux éléments supplémentaires lèsent plus encore la mémoire de la coopération entre l'Espagne républicaine et

10. El Campesino, *La Vie et la Mort en URSS*, Paris, Librairie Plon, 1950, p. 183-184.

l'Union soviétique. Pendant comme après la guerre civile, le premier est lié à l'envoi en URSS de la majeure partie des réserves d'or de la Banque d'Espagne. Dès le déclenchement de la guerre civile, le gouvernement de Madrid se préoccupe de mettre ce trésor à l'abri. Une fraction de l'encaisse-or part pour Paris, tandis que sa masse principale est convoyée vers la base navale de Carthagène. De là, un navire l'embarque le 24 octobre 1936 vers Odessa, où les lingots arrivent le 6 novembre après une escale à Tunis. Le chargement représente les deux tiers des réserves de la banque centrale : soixante-trois millions de livres sterling de l'époque selon certaines estimations.

Décidée et contresignée par le gouvernement de Francisco Largo Caballero, l'opération est parfaitement régulière et avisée à certains égards. L'or ne pouvait rester dans Madrid assiégée. Il ne se serait pas davantage trouvé en sécurité où que ce soit dans la zone républicaine, eu égard à l'état de déréliction de l'autorité légale. Compte tenu aussi du rôle détenu par la France ou la Grande-Bretagne au sein du Comité de non-intervention, il eût été non moins déraisonnable de mettre ces pays en mesure de geler les moyens de règlement de la République en confiant à l'un ou à l'autre la garde de la plus grande partie de ceux-ci. A tout prendre, le choix du refuge soviétique pouvait se comprendre. Cependant, il ne comportait pas que l'inconvénient de laisser les républicains sans réserves accessibles en dehors d'un petit reliquat du métal précieux conservé jusqu'à la fin de la guerre dans la capitale espagnole.

En effet, les réserves de la Banque d'Espagne se transforment dès lors en gage de l'aide soviétique aussi bien qu'en pièces à charge contre les responsables républicains et le gouvernement de Staline. Très probablement, les Russes n'ont pas tort d'affirmer que la valeur comptable de leur aide dépasse de près d'un tiers celle de l'or espagnol. Il n'empêche que leur mainmise sur celui-ci renforce au degré maximum la dépendance du gouvernement républicain vis-à-vis de Moscou. En fait, elle octroie aux Soviétiques le monopole quasi absolu des fournitures d'armement aux loyalistes. Parallèlement, l'abandon de l'or espagnol à une puissance étrangère revêt à la limite le visage d'une trahison non préméditée de la part des dirigeants qui en ont pris la responsabilité : en l'occurrence le président du Conseil Largo Caballero et son ministre des Finances Negrin[11]. Il témoigne aussi de leur aveuglement face à la personne de Staline. En tout cas, jamais le général Franco n'a dépouillé son pays à un tel point et ne s'est autant livré pieds et poings liés aux Allemands ou aux Italiens. Au-delà, la livraison volontaire des réserves d'or d'une nation à une autre nation demeure sans équivalent dans le monde. Enfin, cet abandon ne fait pas que laisser l'Espagne financièrement exsangue jusqu'à la fin des années 1950, par une sorte de malédiction jetée par les vaincus sur les vainqueurs. Il flétrit le sens du soutien soviétique à l'Espagne républicaine. Déjà soupçonné de relever plus de préoccupations de stratégie internationale que de solidarité prolétarienne, l'appui russe emprunte trop les traits de la malversation et de la duplicité au regard de l'affaire de l'or espagnol. La propagande franquiste ne s'est évidemment pas privée d'exploiter cet aspect des choses, même s'il apparaît plus simplement que Staline a agi surtout en négociant trop attaché à ses deniers, peu désireux de rétrocéder un pactole au général Franco.

Survenue au mois d'août 1939, quatre mois après la fin de la guerre civile, la signature du Pacte germano-soviétique intervient de son côté après coup pour ternir le souvenir de l'idylle douteuse nouée entre l'URSS et la république espagnole. Aux yeux des adversaires aussi bien que des amis d'un moment de l'Union soviétique, ce pacte confirme l'idée que Staline avait depuis longtemps souhaité se dégager de l'imbroglio espagnol. A la lumière du coup de théâtre de l'été 1939, les derniers mois de la résistance des républicains revêtent par là une autre couleur : celle de la trahison par leurs alliés staliniens. Dans cette optique, les efforts déployés par les Russes pour obtenir le passage de leurs livraisons d'armes après la deuxième fermeture de la frontière française opérée en juin 1938 prennent figure de comédie. Subitement, les conséquences des accords de Munich transparaissent sous leur vrai jour. A partir de septembre

11. Fonction exercée par Juan Negrin avant qu'il n'accède à son tour aux fonctions de président du Conseil.

1938, Staline désespère de parvenir à une entente avec la Grande-Bretagne et la France qui négocient de leur côté avec Hitler. Il songe lui-même à un rapprochement avec l'Allemagne et aspire à se dégager en Espagne. Le Pacte germano-soviétique sert de révélateur tardif de ce revirement. Il fait que l'enthousiasme pro-soviétique de 1936-1937 cède définitivement la place en 1939 à une amertume toujours vivace chez les vétérans républicains. Quant à leurs adversaires, il va de soi que le retournement de Staline ne fait que combler leur attente des turpitudes communistes.

Les Brigades internationales

Située dans le même espace idéologique, la geste des Brigades internationales compense l'image ambiguë de l'intervention de l'URSS. D'ailleurs, bien que les Brigades se peuplent de volontaires communistes et obéissent pour l'essentiel à des cadres de cette obédience, elles ne sont pas à proprement parler la chose de l'Union soviétique.

Les Brigades internationales relèvent plus directement de l'initiative du Komintern et des partis communistes de l'Europe de l'Ouest ou, secondairement, des États-Unis et du Canada. Dès la fin de juillet 1936, l'Internationale communiste se préoccupe de manifester sa solidarité active avec l'Espagne. Certains de ses dirigeants caressent déjà l'idée d'envoyer des volontaires combattre aux côtés des miliciens loyalistes. Cependant, la prudence du Komintern se révèle presque égale au début à celle du gouvernement soviétique. Le Parti communiste français, notamment, décourage les candidats qui affluent au mois d'août. Dans ces conditions, quelques milliers de volontaires français, allemands, italiens, belges, anglais, polonais ou originaires des pays balkaniques traversent la frontière pour leur propre compte jusqu'au début d'octobre. La plupart s'arrêtent en Catalogne, où ils rejoignent surtout les milices du POUM. Seule exception en dehors de la force mercenaire qu'est l'escadrille España de Malraux, une unité sanitaire britannique se constitue au début du mois de septembre. L'un de ses responsables, le communiste Tom Wintringham, se fait le propagandiste du projet encore vague de Brigades internationales. Dans les semaines précédentes, le conseiller municipal de Paris et officier de réserve, Vital Gaymann, s'est également rendu à Madrid, pour une mission exploratoire commanditée par l'Internationale et le PCF. André Marty serait aussi allé au même moment dans la capitale espagnole, encore que le fait soit incertain et ait servi surtout à lui attribuer la paternité de l'intervention des Brigades.

L'affaire se dénoue pendant la deuxième quinzaine de septembre 1936. Opposant modéré à Mussolini, Randolfo Pacciardi vient de voir son projet de formation d'une légion italienne repoussé par le président Largo Caballero. Marty qui lui succède — de façon certaine cette fois — avec une ambition plus vaste est davantage écouté par le chef du gouvernement, sans qu'aucune décision n'intervienne pourtant. A Moscou, en revanche, les autorités se soucient déjà de préparer des cadres militaires susceptibles de servir en Espagne. Depuis le début du mois, on y recherche des volontaires parmi les communistes réfugiés de l'Europe de l'Est, afin de les envoyer pour un stage d'un trimestre dans les écoles de l'Armée rouge[12]. L'idée des Brigades internationales proprement dites prend son tournant décisif aux alentours du 20 septembre, à l'occasion d'une réunion de l'Internationale à laquelle participe Maurice Thorez. Ce dernier s'en serait fait le défenseur auprès de Staline, de même que Togliatti et surtout Dimitrov, dirigeant suprême du Komintern.

Le dispositif requis s'organise dans les jours suivants à Paris. Josip Broz — le futur maréchal Tito — dirige l'appareil de recrutement. Des centres s'installent rue La Fayette, rue Chabrol, à la Maison des syndicats de la rue Mathurin-Moreau. Les candidats se trouvent soumis à une visite médicale, et ceux qui ne sont pas communistes subissent un interrogatoire politique. La CGT s'engage à fournir les uniformes. Des contingents de quelques dizaines d'hommes quittent la gare d'Austerlitz dès la fin du mois et deviennent plus massifs au début d'octobre. Les Français y entrent à peu près pour moitié, le reste étant formé surtout de réfu-

12. C. Serrano, *op. cit.*, p. 56.

giés politiques italiens ou allemands, de Belges, de Yougoslaves et de ressortissants des pays de l'Europe orientale. Installée à Albacète, à mi-chemin de Madrid et Valence, la base arrière des Brigades internationales reçoit son premier groupe de recrues étrangères le 13 octobre 1936. Celles-ci prennent leurs quartiers dans un casernement maculé encore par les taches de sang laissées par des gardes civils massacrés le 25 juillet.

Le 17 octobre, un décret du gouvernement espagnol entérine l'existence officielle des Brigades. Formée le 22, la première d'entre elles monte en ligne à Madrid le 8 novembre, quatre autres brigades étant constituées au cours des semaines suivantes. Fortes chacune de trois mille hommes en principe, elles rassemblent en pratique de dix mille à quinze mille combattants dans leur ensemble et selon les moments. A cet effectif s'ajoutent les éléments de la base d'Albacete ainsi que quatre à cinq mille étrangers affectés à d'autres unités. Au cours de la guerre, de trente à quarante mille étrangers se succèdent dans les rangs des Internationaux[13] ou des « inter-brigadistes », comme on les appelait en Espagne. Leur afflux se concentre avant tout d'octobre 1936 à mars 1937. Selon des données établies par la préfecture de police et ne concernant pour l'essentiel que la moitié nord de la France, 24 922 volontaires, dont 12 825 Français et 12 097 étrangers, auraient quitté la région parisienne ou auraient transité par celle-ci au cours de cette période[14]. A eux seuls, les Italiens et les Allemands auraient formé selon la même source les trois quarts du contingent non français, suivis des Belges et des Yougoslaves. Les estimations plus fragiles retenues par Hugh Thomas corroborent ces indications. D'après leurs tableaux d'effectifs, les Brigades internationales auraient rassemblé au cours de leur existence de 10 000 à 15 000 Français, 5 000 Allemands ou Autrichiens, 3 350 Italiens, 2 800 Américains, 2 000 Britanniques, un millier de Belges, Canadiens, Yougoslaves, Hongrois ou Scandinaves, ainsi que 5 000 volontaires de nationalités diverses. Les Juifs de toutes nationalités auraient compté pour 3 000

13. G. Jackson, *op. cit.*, p. 336.
14. C. Serrano, *op. cit.*, p. 59.

dans cet ensemble, soit pour près du dixième. Quant aux pertes, elles se seraient élevées à 3 000 tués chez les Français, 2 000 chez les Allemands ou les Autrichiens, 900 chez les Américains et 500 chez les Britanniques[15].

Par leur origine sociale et leur orientation politique, les Internationaux sont avant tout des ouvriers et des communistes. Ce profil général varie toutefois selon les nationalités. Les Français sont à 60 % des communistes, jeunes pour la plupart mais parfois aussi anciens combattants chevronnés de la guerre de 1914-1918. La proportion des communistes apparaît plus forte encore chez les Allemands, les Italiens, les Autrichiens et les Yougoslaves. Il s'agit le plus souvent dans leur cas de militants confirmés contraints à l'exil, plus âgés en moyenne que les Français, parmi lesquels les hommes dotés d'une expérience militaire figurent en grand nombre. En revanche, les Américains, les Britanniques ou les Canadiens n'appartiennent qu'en minorité à leur parti communiste respectif. La plupart sont des idéalistes d'esprit progressiste, très fréquemment des étudiants exaltés par l'aventure espagnole. En outre, les socialistes, libéraux ou démocrates sans affiliation particulière participent à tous les contingents nationaux. Il en va de même des aventuriers ou des marginaux au sens strict, qui auraient formé le cinquième de l'effectif selon André Marty. Mais quelles que soient ces nuances, il demeure que les Brigades sont créées, dominées et commandées par les communistes. De plus, cette note dominante communiste se trouve renforcée par les adhésions obtenues auprès des volontaires déjà engagés. Après quelques mois, la proportion des communistes atteint 80 % dans la plupart des bataillons internationaux.

La geste héroïque des Brigades internationales est connue. De l'automne 1936 au milieu de 1937, les brigadistes prennent part à tous les grands combats et s'y comportent admirablement. Pendant cette période, ils constituent en fait le corps d'élite et la force de choc de l'armée républicaine, à l'égal des *requetés* carlistes de l'armée adverse. Leur présence face au corps expéditionnaire italien et aux aviateurs

15. H. Thomas, *op. cit.*, vol. II, p. 452.

allemands symbolise aussi la solidarité internationale d'un autre type dont le camp républicain peut se targuer. Plus encore, les anciens des Brigades deviennent plus tard l'incarnation la plus forte de la légende de la guerre civile, quand bien même beaucoup d'entre eux — parmi les réfugiés de l'Europe de l'Est revenus en URSS en 1938-1939 — disparaissent du fait de la persécution stalinienne. Toutefois, cette légende présente son revers. La discipline imposée aux Internationaux se révèle souvent féroce. Certains sont fusillés dans leurs unités où les chefs voient des espions partout. D'autres désertent, et tentent notamment de se faire rapatrier par le consulat de France à Valence. La plupart se plaignent surtout d'être utilisés de façon systématique pour les opérations les plus meurtrières. Dans ce contexte, leur recrutement se tarit à partir du printemps 1937, au point que la défaillance des volontaires étrangers doit être compensée par l'affectation aux Brigades de recrues espagnoles. Progressivement, les bataillons internationaux se transforment presque en unités disciplinaires et ne comptent plus qu'une minorité d'étrangers — un tiers en général — dans leurs effectifs.

Les Brigades internationales ne sont plus ainsi que l'ombre d'elles-mêmes lorsque le président Negrin accepte de les dissoudre et de renvoyer les volontaires étrangers le 1er octobre 1938, devant l'assemblée générale de la Société des Nations. Après le défilé d'adieu organisé à Barcelone le 15 novembre, l'évacuation se déroule à partir du mois de décembre sous le contrôle d'une commission de la SDN dirigée par le général finlandais Jalander. Celle-ci dénombre alors 12 673 étrangers localisés pour l'essentiel en Catalogne, sans compter ceux qui, ayant acquis la nationalité espagnole, échappent au recensement. A la mi-janvier 1939, 4 640 d'entre eux ont franchi la frontière, parmi lesquels 2 141 Français, 407 Anglais, 347 Belges et 285 Polonais[16]. Beaucoup des autres, en particulier les Allemands et les Italiens, ne savent où aller, d'autant que la France ne facilite guère leur entrée. Surtout, la conquête de la Catalogne que les forces franquistes achèvent deux semaines plus tard expli-

16. H. Thomas, *op. cit.*, vol. II, p. 347.

que que plus de six mille étrangers se trouvent pris au piège dans la débâcle finale. Les Américains ou les Britanniques seront rendus à leurs pays. En revanche, les ressortissants de ces pays de l'Axe finiront souvent dans les prisons ou les camps de concentration de l'Allemagne.

Par ailleurs, il faut rappeler que les nationaux comptent aussi leurs volontaires étrangers en dehors de la légion Condor, du corps expéditionnaire italien ou de la légion portugaise. Cependant, leur présence demeure des plus limitées. Parmi les plus nombreux figurent les six cents catholiques irlandais ralliés à la « Croisade » espagnole, ainsi que les Français de la *bandera* — compagnie — Jeanne d'Arc de la légion espagnole. Une douzaine d'Anglais sont également signalés, ainsi qu'un nombre indéterminé de Russes blancs, de Hongrois ou de ressortissants de pays de l'Europe orientale. De toute manière, leur contribution ne supporte pas la comparaison avec celle des Brigades internationales et suscite peu d'écho hors quelques cercles intégristes d'Europe occidentale ou des États-Unis.

Les deux diplomaties espagnoles

Sur le plan international, la guerre d'Espagne représente un enjeu pour les grandes puissances ou une occasion d'engagement pour les étrangers. Mais il ne faudrait pas oublier que, parallèlement, les deux gouvernements espagnols en conflit mènent chacun une politique extérieure, qui ne se réduit pas aux démêlés des républicains avec le Comité de non-intervention ou aux rapports méfiants des nationaux avec l'Allemagne et l'Italie.

Pendant la guerre, l'objectif de la diplomatie républicaine se révèle double. Il tend en premier lieu à développer des relations privilégiées non seulement avec l'Union soviétique mais, aussi, avec d'autres pays hostiles à la cause franquiste. En second lieu, spécialement à l'époque des deux gouvernements Negrin, l'objectif est également d'obtenir que la Société des Nations reprenne l'initiative face à la tutelle exercée par le Comité de non-intervention.

Le bilan se révèle décevant dans les deux cas. Le soutien

de la France s'effrite dès les premières semaines, même si son gouvernement manifeste une complaisance épisodique vis-à-vis des républicains. En réalité, le cabinet de Léon Blum est de cœur avec l'autre gouvernement de Front populaire : celui de Madrid. Mais, dès la fin du mois de juillet 1936, il n'ignore pas que les responsables conservateurs britanniques ne partagent en rien cet élan. La neutralité anglaise qui s'esquisse repose sur le rejet simultané de l'Espagne républicaine débordée par ses « Rouges » et de l'Espagne nationale dominée par une armée factieuse. L'une comme l'autre lui paraissent étrangères aux valeurs et aux comportements d'une démocratie policée... De plus, le gouvernement de Londres se soucie de ménager l'Allemagne et l'Italie parce qu'il se croit à même de les amadouer. Dans ces conditions, l'alliance primordiale avec la Grande-Bretagne va l'emporter pour la France sur sa solidarité accessoire avec les républicains espagnols. Ces derniers pourront miser au mieux sur sa sympathie parfois complice, mais ils ne devront plus compter sur son aide à partir de l'automne 1936. Tout au plus la France tolérera-t-elle à certains moments le transfert sur son territoire d'unités loyalistes encerclées puis, pendant quelques semaines de 1938, le transit de quantités non négligeables de matériel militaire.

Le seul allié déclaré que l'Espagne républicaine conserve dans ces conditions en dehors de l'Union soviétique est estimable mais éloigné et impuissant. Il s'agit du Mexique. Se réclamant de sa révolution des années 1910 et marqué par un anticléricalisme militant, ce pays refuse d'admettre qu'une attitude de neutralité puisse se justifier dans le cas d'un conflit survenant entre un pouvoir populaire légitime et une armée rebelle soutenue par un clergé réactionnaire. Sans tenir compte des interdits du Comité de non-intervention, le Mexique apporte aux loyalistes une aide militaire à la mesure de ses moyens modestes, en lui livrant le 11 novembre 1936 vingt mille fusils et vingt millions de cartouches. Surtout, le gouvernement mexicain ne cesse à aucun moment de soutenir diplomatiquement l'Espagne républicaine, continuant même de reconnaître son gouvernement en exil après la Seconde Guerre mondiale. En revanche, la plupart des républiques latino-américaines basculent progressivement du côté de Franco. De son côté, la politique des États-Unis s'apparente sensiblement à celle de la Grande-Bretagne, en dépit des sympathies républicaines dominantes dans l'opinion américaine protestante ou juive (il n'en va pas de même des catholiques, en général acquis aux nationaux). De plus, le Département d'État subit l'influence de préoccupations commerciales fort étrangères aux principes démocratiques du président Roosevelt. Dans la pratique, celles-ci vont privilégier les relations économiques de l'Amérique avec l'État national.

Le fiasco est égal en ce qui concerne l'action de la diplomatie républicaine vis-à-vis de la Société des Nations. L'initiative franco-britannique de création du Comité de non-intervention dépouille en fait la SDN de ses prérogatives dans le conflit espagnol. Face à cette situation, le gouvernement républicain poursuit le dessein constant de les lui voir restituer. Il n'y parvient à aucun moment, y compris lorsque l'échec de la politique de non-intervention se révèle patent au cours de l'été 1937. Le 16 septembre 1937, à la suite du bombardement d'Almeria par un navire de guerre allemand et les torpillages de cargos républicains par des sous-marins italiens, le président Negrin stigmatise depuis la tribune de l'assemblée générale de la SDN l'indifférence internationale devant ces exactions. Il n'obtient qu'une satisfaction de principe touchant à l'interdiction de toute attaque contre des navires marchands se rendant en Espagne, même lorsqu'ils portent le pavillon espagnol. Mais le geste demeure platonique. Finalement, la SDN n'intervient en lieu et place du Comité de non-intervention qu'à la fin de 1938, lorsque tout apparaît déjà perdu. Encore le fait-elle avant tout pour vérifier le démantèlement des Brigades internationales, en assortissant ce premier et dernier acte d'une reconnaissance de l'égale belligérance des deux États espagnols en conflit. La politique extérieure républicaine cesse dès lors d'avoir quelque objet que ce soit, sinon celui d'alourdir les conditions de sa défaite.

Cette défaite consacre par contraste le succès de la diplomatie du général Franco. Dépourvue au début de tout statut de droit international, celle-ci vise d'abord à rompre cette inexistance juridique en obtenant la reconnaissance du gouvernement de Burgos par l'Italie, l'Allemagne, le Portugal et quelques pays latino-américains de deuxième rang. Puis elle tend à extraire l'État national de son tête-à-tête trop exclusif avec les puissances de l'Axe. Privilégiées à cette fin en 1937, les tractations difficiles avec le Vatican débouchent l'année suivante sur l'échange de diplomates de haut niveau avec le Saint-Siège.

Ce succès annonce le déblocage de l'isolement de l'État national. Il se traduit très vite par l'arrivée d'autres ambassadeurs, en particulier ceux du Japon et de divers pays balkaniques. En outre, l'objectif se modifie aussi à partir de ce moment. Désormais, il consiste d'une part à faire obstacle à toute médiation internationale capable d'imposer à l'Espagne une autre paix que celle des futurs vainqueurs franquistes de la guerre civile. D'autre part, il tend à asseoir la pleine respectabilité de l'État national par l'obtention d'un statut de belligérance égal aux deux camps en présence. La progression des nationaux sur le terrain facilite la poursuite de ces buts et la certitude de leur triomphe final fait qu'ils se trouvent bientôt dépassés.

Les démocraties plient elles-mêmes devant la réalité. Dès le mois de janvier 1939, la France et la Grande-Bretagne oublient l'Espagne républicaine et négocient leur reconnaissance *de jure* du gouvernement de Burgos. Sans attendre la reddition des dernières forces loyalistes du front central, le Premier ministre Chamberlain et le président Daladier la rendent publique le 27 février, après avoir tenté une dernière fois mais sans beaucoup de conviction d'obtenir une paix de compromis du général Franco. Le Caudillo triomphant s'offre le luxe de faire la fine bouche. Afin de le séduire, la France restitue alors à l'Espagne nationale les huit millions de livres sterling bloqués à Mont-de-Marsan depuis 1931 en garantie d'un prêt (bien que cette dette eût été remboursée dès avant la guerre civile, la Banque de France avait refusé de rendre ce pactole aux républicains aux abois). En contrepartie, le chef de l'État national veut bien consentir à donner son agrément à la nomination d'un ambassadeur français dont la personnalité honorerait son pays. Cet envoyé extraordinaire sera le maréchal Pétain.

La guerre des propagandes et l'impact dans le monde

Les épisodes diplomatiques de la guerre d'Espagne perdent de leur relief avec le recul du temps. Il n'en va pas de même de l'autre aspect international de ce conflit, qui touche à son impact dans l'opinion mondiale. Aujourd'hui encore, le souvenir persiste de ce que la guerre civile a représenté sur le plan émotionnel et idéologique, non seulement en Europe, mais aussi en Amérique du Nord, en Amérique latine et en d'autres lieux plus éloignés encore du théâtre de la lutte fratricide des Espagnols. A cet égard, la rigueur des faits rend mal compte de ce que l'écroulement progressif de l'Espagne républicaine a signifié en son temps. Partout, la guerre civile a nourri un nouveau mythe dichotomisant du Bien et du Mal politiques. Elle a entraîné également bien des révisions déchirantes.

Les services de propagande montés par les deux camps adverses ont joué un certain rôle, probablement secondaire, dans ces développements. Les plus riches de moyens ont été ceux du gouvernement républicain, dont la tâche se révélait au demeurant la plus facile. Ceux-ci ont inauguré une nouvelle formule de tourisme politique promise à un grand avenir, invitant les journalistes, intellectuels et hommes politiques réputés favorables à leur cause à parcourir la zone loyaliste dans le cadre de tournées de « solidarité internationale ». L'élite de la gauche européenne a défilé de la sorte en Espagne, des socialistes français aux travaillistes britanniques en passant par les grandes figures des internationales ouvrières. Bien au-delà, l'espace républicain est devenu un point de passage obligé pour les leaders de certains pays encore colonisés à l'époque. Le pandit Nehru et Indira Gandhi ont, par exemple, effectué le pèlerinage en 1938. En raison de leur profil idéologique moins flatteur, les responsables de la propagande nationale ont joui de moins de facilités. Ils ont cependant utilisé les mêmes recettes, invitant les personnalités conservatrices du monde entier, cultivant spécialement les associations et les circuits catholiques étrangers, organisant même en 1938 des visites guidées des anciens sites de combat du nord du pays un an à peine après la chute du Pays basque et des provinces atlantiques. De plus, la propagande radiophonique des nationaux s'est révélée plus active que celle des républicains. Les commentaires que le journaliste français Ferdonnet a diffusés depuis Radio-Saragosse ont touché en particulier un public qui s'est retrouvé plus tard autour des programmes que Radio-Paris a confié au même journaliste sous l'occupation allemande...

L'essentiel n'a pourtant pas tenu à cette action officielle. De façon pratiquement spontanée, la guerre d'Espagne a constitué pendant des années le point de repère capital de l'activisme militant ou simplement de la sensibilité politique de dizaines de millions de non-Espagnols. Si elle n'a mobilisé physiquement que les quelques dizaines de milliers de volontaires des Brigades internationales ou les membres de la minuscule légion étrangère pro-franquiste, cette guerre n'en a pas moins été le révélateur inesquivable des choix de la foule immense de ceux qui l'ont vécue par procuration. Le drame espagnol a fourni le thème récurrent des meetings progressistes. Il a justifié des milliers de collectes. Il a également offert aux esprits réactionnaires un objet de sympathie — l'Espagne nationale — moins compromettant que l'Allemagne ou l'Italie fascistes.

Par ailleurs, plus décisif encore apparaît le rôle que la guerre civile a joué dans la remise en cause des schémas politiques traditionnels. A son début, les sympathies républicaines ou nationales ont recoupé presque systématiquement le clivage gauche/droite ou la division entre le laïcisme et le cléricalisme. Il n'en a plus été de même par la suite, lorsque les options trop simples des uns et des autres se sont vues bousculées par la découverte de réalités souvent insupportables. Chez les intellectuels, en particulier, la guerre d'Espagne a induit de profonds retours sur soi-même et des revirements aussi déchirants que spectaculaires.

A gauche, elle coïncide avec les grands procès de Staline et précède de peu le Pacte germano-soviétique. A leur regard, la répression qui frappe le POUM et les anarchistes espagnols pendant le printemps 1937 marque souvent le point de départ d'une nouvelle forme d'anticommunisme professée par tous ceux qui en viennent à considérer que l'Union soviétique et ses agents trahissent la cause de la Révolution. Koestler se révèle à lui-même à cette époque. George Orwell n'aurait pas dénoncé le totalitarisme et écrit *1984* sans son expérience incandescente de la guerre civile en Catalogne. Plus largement, l'autocritique des staliniens repentis se dessine à partir de ce moment, même si elle connaît un rebond plus massif après 1956 et l'affaire de Hongrie.

Les conséquences des traumatismes suscités par le déchirement des Espagnols se révèlent plus sensibles encore à droite. Certes, le massacre des prêtres opéré pendant l'été 1936 sème l'épouvante et contribue à resserrer les rangs des masses catholiques de profil ordinaire. Par comparaison, il rend anodine la persécution religieuse menée par le pouvoir nazi en Allemagne. Cependant, la guerre civile ne se situe pas seulement dans le temps même de la première grande remise en cause du stalinisme à l'extrême gauche du spectre politique. A droite, elle surprend les démocrates-chrétiens au moment exact où ils se préoccupent de redéfinir leur position idéologique en s'éloignant du cléricalisme étroit et d'une certaine tentation pour le corporatisme autoritaire à la manière de Salazar ou de Dollfuss. En France, notamment, les événements d'Espagne contraignent les catholiques engagés à un choix blessant entre le principe démocratique ou le souci de justice sociale et la solidarité confessionnelle avec une Église alliée à une dictature réactionnaire.

Face à ce défi, Paul Claudel opte en 1937 en faveur de l'adhésion à la cause du général Franco. Le poète clame que « le moment est venu de choisir et de dégainer son âme », et il convie la « sainte Espagne à la représaille immense de l'amour... »[17]. Claude Farrère et beaucoup d'autres adoptent une position identique. Au début, François Mauriac lui-même approuve implicitement les militaires rebelles. Le 25 juillet 1936, il écrit dans *Le Figaro* : « L'Espagne est indivisible dans notre cœur et je crois être l'interprète d'une foule immense en criant à M. Léon Blum, qui peut-être est

17. Poème-préface à *La Persécution religieuse en Espagne*, Paris, Librairie Plon, 1937, p. IV et IX.

déjà intervenu dans le massacre, faites attention, nous ne vous pardonnerions jamais ce crime. » Toutefois, dès le mois suivant, les exécutions massives opérées à Badajoz par les nationaux fragmentent l'unanimité catholique. Le 18 août, Mauriac condamne cette « extermination de l'adversaire » dans *Le Figaro*. Un mois plus tard, *L'Aube* lui emboîte le pas. *La Croix* suit le journal démocrate-chrétien de façon moins ferme, tandis que la revue *Esprit* pose le problème dans toute sa clarté en novembre 1936. A ce moment, la revue de Mounier publie la lettre d'un lecteur dont ce passage apparaît particulièrement suggestif : « Si nous, catholiques chrétiens, nous connaissons des devoirs de fidélité envers les persécutés de l'Église d'Espagne, est-ce que nous, chrétiens catholiques, nous ne connaissons pas aussi des devoirs de fidélité envers les pauvres, les prolétaires de l'Espagne »...

Il faut pourtant attendre 1937 et les bombardements aériens de Madrid et Guernica pour que la campagne des catholiques démocrates ou progressistes prenne toute son ampleur. En février 1937, des intellectuels français parmi lesquels Jacques Maritain, Emmanuel Mounier, Marc Sangnier, Étienne Borne et Francisque Gay, mais non François Mauriac, lancent un manifeste qui se veut au-dessus de la mêlée, mais dans lequel les nationaux sont avant tout visés. « Contre tous ces crimes inexcusables, d'où qu'ils viennent — lit-on dans ce manifeste — nous devons à notre honneur de chrétiens d'élever une protestation indignée [...]. A l'heure où nous écrivons, Madrid est systématiquement détruite, sa population livrée aux angoisses de la mort [...]. Qu'on ne donne pas le masque d'une guerre sainte à une guerre d'extermination[18]. » En mai succède à ce premier manifeste un second texte s'élevant contre les bombardements de Durango et de Guernica, auquel s'associent pour la première fois des hommes comme François Mauriac, Charles Le Bras, Gabriel Marcel, Merleau-Ponty, Claude Bourdet et Georges Bidault. Un peu plus tard, dans le courant de 1937, la protestation des intellectuels chrétiens libé-

18. Cité par H. R. Southworth, *Le Mythe de la croisade de Franco*, Paris, Ruedo Ibérico, 1964, p. 136.

raux ou progressistes revêt une envergure telle qu'elle influence largement une presse catholique pourtant globalement conservatrice. En France, les hebdomadaires *Sept* et *Jeune République* se font les organes de ce courant démocratique qui entraîne aussi les jésuites démocrates des *Cahiers de l'action populaire* et pénètre les quotidiens *La Croix*, *L'Aube* et *Le Figaro*, ce dernier grâce à François Mauriac. En Grande-Bretagne, de même, *The Catholic Herald* reste ostensiblement profranquiste, mais les revues *Blackfriars* et *The Messenger of the Sacred Heart* s'éloignent de l'idéologie de Croisade, de même que la revue canadienne *Social Forum*. En Belgique, également, *La Cité chrétienne*, et *La Libre Belgique* deviennent progressivement moins acquises au camp national.

Surtout, le tournant définitif d'une fraction de l'univers catholique se trouve symbolisé en 1938 par la parution de l'œuvre de Georges Bernanos, *Les Grands Cimetières sous la lune*. Présent à Majorque lors du soulèvement, l'écrivain a constaté les horreurs de la répression nationale aux Baléares. Réquisitoire contre les crimes commis au nom d'une « Croisade », son livre trace le point de non-retour des intellectuels chrétiens hostiles à l'assimilation de la contre-révolution franquiste à une entreprise dotée de quelque valeur morale que ce soit. « Vous pouvez — crie Bernanos — raconter que le Mikado est un bon catholique, [...] ou même que le général Queipo de Llano est un type dans le genre de Bayard ou de Godefroy de Bouillon, cela vous regarde. Mais ne parlez pas de "Croisade"[19] »...

19. G. Bernanos, *Les Grands Cimetières sous la lune*, Paris, Plon, 1938, p. 115-116.

7

Le fracas des armes

A un demi-siècle de distance, la signification symbolique et affective de la tragédie de 1936-1939 l'emporte sur ses autres aspects. Mais quel que soit l'oubli qui brouille l'enchaînement des combats, traiter d'une guerre en négligeant son aspect proprement militaire relève de l'abus littéraire. L'essentiel demeure bien que la République espagnole a joué son destin sur le champ de bataille et que la dictature franquiste est née du sort favorable des armes. Ce sort s'est décidé sur le terrain. Il a dépendu aussi de la qualité de l'outil — c'est-à-dire de l'armée — dont chaque camp a disposé.

Les deux armées

Au-delà de l'impression créée par les tableaux d'effectifs et quels qu'aient été le courage et les souffrances des combattants, l'une et l'autre des deux armées sont relativement médiocres. A beaucoup d'égards d'ailleurs, le combat des républicains consiste précisément à édifier une armée à partir de rien et dans les pires conditions. Progressivement, ils la font moderne, mieux équipée par moments que celle de l'adversaire. Mais cette force demeure mal commandée par des cadres improvisés, inefficace, comme vouée à sa défaite ultime par une sorte de fatalité structurelle. En face, l'armée nationale représente une masse impressionnante à première vue. Lors de l'offensive finale, au début de 1939, elle aligne 1 020 000 hommes et plus de cinquante divisions opérationnelles, tandis que l'*Ejercito popular* (l'Armée populaire) de la République ne rassemble plus que 600 000 soldats répartis entre 200 brigades mixtes. Mais cette force imposante par le nombre ne constitue pas davantage un instrument militaire « à l'européenne ». Elle ne compte que 19 000 artilleurs et 11 000 sapeurs de génie. Elle demeure avant tout une vaste piétaille d'infanterie, dont le triomphe procède autant des erreurs du commandement républicain que de sa supériorité relative.

Voir dans la guerre d'Espagne une répétition de la Seconde Guerre mondiale relève par conséquent de la simplification. L'idée contient une certaine part de vérité dans le domaine politique et idéologique. Par contre, elle ne vaut guère sur le plan militaire. La guerre civile débute comme une campagne coloniale, avec des colonnes légères qui s'enfoncent à l'aventure dans leur recherche de l'ennemi. Par la suite, elle s'apparente fort peu au *Blitzkrieg* de la campagne de France en 1939-1940. Les Italiens feignent d'user de cette tactique lors de la prise de Malaga ou de l'achèvement de la conquête des provinces atlantiques. Ils n'en possèdent toutefois pas vraiment les moyens. De leur côté, les Allemands qui bombardent depuis leurs avions le font avant tout pour leur propre compte, sans lien très direct avec les opérations en cours. En définitive, l'armée républicaine est la seule à organiser une — à la fin de 1937 —, puis deux — au milieu de 1938 — divisions blindées ainsi que deux brigades d'artillerie antiaérienne. Elle n'en tire pas un avantage décisif. En 1938, le commandement républicain se veut offensif sans y parvenir de façon durable. Ses pontonniers excellent dans l'art de franchir les rivières mais les avions franquistes détruisent leurs ouvrages. En face, les généraux de l'armée nationale et en tout premier lieu leur chef, le généralissime Franco, avancent pas à pas quand ils ne stagnent pas de longs mois dans la guerre de tranchées. Ils repassent en somme de la guerre du Rif à celle de 14-18, avec, il est vrai, une aviation plus puissante... Au fond, leur victoire est surtout celle de la pugnacité sur l'hésitation puis le découragement croissant de l'adversaire.

Sur mer, le processus est semblable et se révèle très symptomatique de la nature du combat. Au lendemain du soulèvement du 18 juillet 1936, le gouvernement légal conserve le contrôle de la plus grande partie de la flotte.

De plus, les loyalistes parviennent à lancer cinq torpilleurs neufs au cours de la guerre, auxquels s'ajoutent des vedettes lance-torpilles acquises en Union soviétique. Pourtant, cette force perd plusieurs unités pendant la première année du conflit, et finit par se réfugier dans la base navale de Carthagène où elle demeure jusqu'à la défaite finale[1]. A partir de ce moment, les cargos soviétiques et républicains doivent cesser d'emprunter la Méditerranée pour faire le long détour par l'océan Arctique et l'Atlantique. Cependant, les marins nationaux ne profitent guère de l'occasion. Près de 90 % des chargements arrivent à bon port, en France il est vrai. Les mers froides paraissent trop éloignées aux navires franquistes. Qui plus est, un sous-marin républicain choisit ce moment pour sauver l'honneur et torpiller le croiseur national *Baleares*, en mars 1938.

Ce profil militaire médiocre de la guerre d'Espagne ne relève pourtant pas d'un défaut de combativité, bien au contraire. Longtemps il tient surtout à ce que les deux armées en présence demeurent embryonnaires et n'existent quelquefois que sur le papier. Pendant des mois, ce sont souvent des soldats en civil qui s'affrontent de chaque côté, armés de bric et de broc, sans idée de la situation générale, privés de toute expérience tactique dans le camp républicain et au contraire saturés d'officiers sans hommes de troupe dans le camp adverse.

Dès le 18 juillet 1936, le gouvernement Giral dissout toutes les unités dont les officiers sympathisent avec le soulèvement. Cette mesure revient presque à abolir l'armée, puisque seule la division de Valence échappe à la contagion factieuse. Le 27, les autorités républicaines tentent sans succès de réorganiser la garnison de Madrid et de mobiliser les réservistes des classes 1934 et 1935. Personne ne répond à l'appel, d'autant que les centres de mobilisation ont disparu et que les milices ouvrières font leur plein sans se préoccuper des injonctions officielles. Le 2 août, le pouvoir légal décrète la formation de bataillons de volontaires. Mais, le 17 septembre, il n'en existe encore que quatre, toujours en

1. L'escadre républicaine se réfugie alors à Oran puis à Bizerte, ses bateaux étant rétrocédés par la suite par la France au gouvernement franquiste.

voie de formation... Le gouvernement fait semblant d'agir, sans posséder la capacité d'encadrer et d'entraîner d'éventuels volontaires. Sur 17 000 officiers d'active de l'armée de terre, 500 à 3 500 seulement — on ne sait trop combien[2] — restent à sa disposition. Les autres sont passés à l'ennemi, se trouvent dans les prisons, ont été fusillés, se terrent, ou bien demeurent sans emploi parce que les républicains ne veulent pas d'eux.

Les nominations opérées au niveau du haut commandement constituent dans ces conditions des gestes factices. Le général Castelló assume d'abord la responsabilité suprême sur une armée fantomatique. Le 7 août 1936, il se trouve remplacé par le commandant Hernandez Saravia, ex-leader de l'Union des officiers antifascistes — l'UMRA — recommandé par le président de la République Manuel Azaña. Ce chef plus militant que militaire improvise un état-major central qui ne dirige rien. Dans la pratique, pendant l'été 1936, les milices des syndicats et des partis ouvriers ainsi que quelques bandes de soldats en rupture d'unité se trouvent seules pour résister à la pression adverse. Elles le font avec un amateurisme inévitable. Les miliciens manient les fusils que le gouvernement a livrés à leurs organisations et non point « au peuple » (à l'exception de cinq mille armes individuelles à Madrid). Mais ils portent des espadrilles et le bleu de chauffe, ne disposent d'aucune intendance ni d'aucun ravitaillement régulier en munitions. Le plus grave, surtout, tient à ce que leur commandement revient aux militants les plus péremptoires plutôt qu'aux rares professionnels quelque peu compétents. En Catalogne en particulier, les quelques officiers dont la conviction républicaine ne fait nul doute sont tenus dans la plus grande suspicion et mis à l'écart, s'agissant par exemple de Bayo, Escofet ou Guarner.

En définitive, la République ne résiste au cours des quinze premières semaines de la guerre que dans la mesure où les forces adverses se révèlent à leur manière tout aussi désorganisées et dépourvues de moyens. Dans son bastion de

2. G. Cardona, « Milicias y ejércitos », *Historia 16 (Guerra civil)* (10), 1987, p. 6-59.

Navarre, le général Mola ne peut compter que sur quelques bataillons carlistes ou compagnies squelettiques de l'armée régulière. Faute d'hommes à placer sous leurs ordres, il ne sait que faire des officiers qui affluent par centaines. Plus gravement, les armes manquent car les arsenaux se situent pour la plupart en zone républicaine. Quant aux munitions, il n'y en a pratiquement pas. La seule fabrique dont les nationaux s'emparent au début se situe à Séville. Les troupes de Mola n'en recevront des cartouches qu'à partir du milieu du mois de septembre 1936, après qu'elles eurent opéré leur jonction avec l'armée d'Andalousie à Talavera. En attendant, elles aussi se présentent comme un conglomérat de soldats débandés, de gardes civils en rupture de ban, d'officiers de réserve en uniforme d'opérette et de volontaires en tenue d'excursionnistes.

Dans le Sud, la situation demeure peu différente jusqu'à l'arrivée massive des unités du Maroc. Les officiers factieux réquisitionnent les autobus et les camions pour se lancer presque à l'aveuglette. En effet, dépourvus de cartes d'état-major, ils utilisent la carte Michelin nationale — alors seule existante — qui ne signale que les grands axes. En bref, l'armée nationale ne commence à se structurer qu'à partir des mois de septembre-octobre 1936, grâce à l'arrivée des bataillons venus d'Afrique. Encore ne compte-t-elle que trois divisions au début de novembre, dont une seule — la division « renforcée » du front de Madrid — possède une puissance réelle. Celle-ci repose avant tout sur deux corps d'élite peu nombreux : d'une part le *Tercio* — la Légion étrangère — fort de cinq mille hommes au début de la guerre et de quinze mille à la fin de celle-ci ; d'autre part les *harkas* de *regulares* marocains, qui rassembleront 62 000 hommes au total de 1936 à 1939.

Il est vrai que les forces républicaines possèdent aussi très tôt leurs corps d'élite. Les Brigades internationales présentent cette caractéristique, mais elles n'interviennent qu'à partir du début de novembre 1936 dans la bataille de Madrid. Avant cela, le 5ᵉ régiment formé par les milices communistes de Madrid représente le fleuron et le prototype de la future armée populaire de la République.

En dépit de son appellation modeste, le 5ᵉ régiment présente tous les caractères d'un embryon d'armée au sens plein du terme. Organisé par le communiste italien Vittorio Vidali, il monte en ligne pour la première fois le 5 août 1936, pour sauver la situation dans le secteur de la rivière Jarama, au nord-est de la capitale. Issu des « Milices antifascistes ouvrières et paysannes » (MAOC) d'avant la guerre civile, dirigées alors par Juan Guilloto, le futur colonel Modesto, le 5e régiment adopte d'emblée un style professionnel privilégiant la discipline et la rigueur du commandement. Ainsi que l'écrit leur adversaire le général Salas Larrazabal, les cadres du 5e régiment « ne jouent pas à la guerre, ils se préparent pour la faire[3] ». A cette fin, ils développent une infrastructure complète d'intendance, d'ateliers et d'écoles de formation, établissent les noyaux des diverses armes et inventent de nouvelles techniques de combat, comme celle des « chasseurs de chars » armés de cocktails Molotov. En outre, si le 5e régiment inaugure la hiérarchie parallèle (assez discutable) des commissaires politiques de style soviétique, reprise ensuite par l'ensemble de l'armée républicaine, il se dote également d'un état-major central efficace. De façon générale, ses cadres d'origine pourtant ouvrière vont fournir aux futures brigades régulières un très grand nombre de leurs meilleurs chefs, parmi lesquels se détachent José Maria Galán, Enrique Lister, Antonio Cordón, Enrique Castro Delgado. Pendant les premiers mois de la guerre, il va produire de même les meilleurs combattants républicains parmi les 26 662 miliciens qui passent dans ses rangs[4] jusqu'à sa dissolution opérée le 27 janvier 1937 (le 5e régiment achève alors de s'intégrer dans l'armée régulière).

Adoptant le nom d'*Ejército popular* (Armée populaire) l'armée régulière proprement dite prend corps dès septembre 1936 à l'initiative du gouvernement de Francisco Largo Caballero, au moment où les Brigades internationales se voient reconnaître parallèlement une existence légale. Elle est largement l'œuvre de quatre officiers de carrière : les généraux Castelló, Pozas, Miaja et le colonel Rojo. Le 16

3. R. Salas Larrazabal, *Historia del Ejército popular de la República*, *op. cit.*, vol. I, p. 221.

4. J.A. Blanco Rodriguez, « El Quinto Regimiento de Milicias Populares », *Historia 16 (Guerra civil)* (10), 1987, p. 108.

octobre, un état-major central est créé. Le 18, six premières brigades mixtes commencent à se former, dont trois sous le commandement des communistes Lister, Galán et Gallo. Le 20 octobre, un décret instaure un commandement unique des milices des organisations ouvrières. Mais, en fait, la difficulté principale subsiste à ce niveau. A l'exception des communistes et dans certains cas des socialistes, les partis et les syndicats répugnent à perdre le contrôle de leurs forces et à les fondre dans les nouvelles brigades mixtes (unités autonomes parce que regroupant toutes les spécialités, de l'infanterie à l'artillerie en passant par le génie ou le service de santé). Dans la pratique, le gouvernement ne dispose que d'un seul moyen de pression efficace : les soldes et les subsides publics ne sont attribués qu'aux unités soumises au commandement unique et obéissant à ses normes d'organisation.

Ces mesures centralisatrices tardent toutefois à faire sentir leurs effets, en particulier dans le cas des milices anarchistes de Catalogne. A Barcelone, comme le rappelle Koestler dans son *Testament espagnol*, les miliciens libertaires de Durruti refusaient au début de prendre des pelles pour monter au front, considérant qu'il leur revenait de « combattre et de mourir et non de travailler ». Ils conservent des traces de cette attitude par la suite. Sur le papier, l'Armée populaire aligne pourtant 500 000 hommes répartis entre 200 brigades mixtes au printemps 1937 — 47 sur le front atlantique et 153 dans la zone centrale — et, au total, l'œuvre difficile du gouvernement de Largo Caballero apparaît non négligeable. Les unités existent au moins en partie. Une certaine discipline règne à nouveau parmi les combattants, notamment grâce à la restauration d'une justice militaire sous la forme de tribunaux spéciaux de guerre. En succédant à Largo Caballero, le président Negrin hérite d'un instrument appréciable, puisque l'opération la plus délicate — l'intégration des milices ouvrières — se trouve désormais accomplie. L'armée régulière revêt l'uniforme marqué de l'étoile rouge, mais ses officiers portant le signe distinctif de leur grade exercent une autorité certaine lorsqu'ils n'entrent pas en conflit avec les commissaires politiques. De plus, les bataillons républicains sont de mieux en mieux équipés de matériel d'origine soviétique.

Ministre de la Défense du gouvernement Negrin, Indalecio Prieto parfait et développe cet instrument. Il crée une armée de l'air autonome, supprime dans la mesure du possible les commissaires politiques, améliore le fonctionnement des écoles militaires, réduit le rôle des communistes dans le commandement, réorganise la production locale d'armement au point de lancer deux usines de montage d'avions de modèle russe à partir de septembre 1937. Prieto consolide de la sorte une armée de 600 000 hommes, forte de 220 brigades mixtes regroupées en 70 divisions auxquelles s'ajoutent une première division blindée et deux groupements indépendants de défense antiaérienne. Le 14 décembre 1937, il lance dans ces conditions une offensive qui débouche sur la prise de la ville de Teruel, le seul chef-lieu de province que les républicains soient parvenus à reprendre aux nationaux. Mais ce succès reste de courte durée. Le 22 février 1938, Teruel est reconquise par les forces adverses qui, à partir du 9 mars, passent à leur tour à l'offensive sur le front d'Aragon. Honni par les communistes dont il a bousculé la pénétration dans l'armée et accusé par eux de défaitisme, Indalecio Prieto doit démissionner le 5 avril 1938. L'Armée populaire entre dès lors dans sa phase de déclin en dépit de ses sursauts parfois spectaculaires.

Le 15 avril, les troupes nationales parties de l'Aragon atteignent la Méditerranée à Viniaroz, coupant à nouveau en deux la zone républicaine dont les forces perdent alors 100 000 hommes et un matériel considérable. L'Armée populaire conserve néanmoins de beaux restes et parvient même à se reconstituer pour l'essentiel. En juillet 1938, elle a retrouvé un effectif de 600 000 hommes, constitués en 202 brigades mixtes et 66 divisions complétées par 2 divisions blindées. A nouveau, les républicains passent à l'offensive en traversant l'Ebre avec une maîtrise technique remarquable. Mais, cette fois encore, l'enlisement suit la percée initiale. Le commandement républicain surpasse le commandement adverse en matière logistique. En revanche, il ne sait toujours pas exploiter ses succès rapidement ni coordonner le mouvement de vastes concentrations d'hommes et de matériel. Les cadres républicains tendent à s'enliser dans les travaux de fortification. Finalement, la glorieuse bataille de l'Ebre sonne le glas des espoirs militaires du gouvernement du président Negrin. A partir du 23 décembre 1938, l'Armée populaire battue et reformée une dernière fois ne va plus faire que reculer jusqu'à son effondrement final.

L'immense armée nationale de plus d'un million d'hommes qui la refoule inexorablement durant les dix semaines de la conquête de la Catalogne a mis presque autant de temps à se forger. Les officiers ne lui ont pas manqué au début et elle n'a pas eu à inventer une nouvelle organisation militaire à l'instar de son homologue loyaliste. Mais les nationaux n'ont trouvé sur le territoire métropolitain que des unités à effectif incomplet, non opérationnelles, souvent frappées par la désertion des hommes de troupe ou des sous-officiers, peu armées, presque sans stocks de munitions. Ils ont, également, vu la marine et l'aviation leur échapper dans leur plus grande partie. Au lendemain du 18 juillet 1936, les militaires rebelles ne disposent en particulier que d'une centaine d'avions, tandis que les républicains en conservent plus de deux cents auxquels s'ajoutent les appareils commerciaux réquisitionnés. De même, les officiers insurgés ne s'appuient longtemps que sur l'arsenal de Séville, qui n'est pas le fleuron de l'industrie d'armement espagnole.

Dans l'attente des régiments du Maroc, leurs maigres colonnes ne forment dans ces conditions qu'un conglomérat de petites unités incomplètes, de gardes civils ralliés et de volontaires carlistes ou phalangistes. A partir de la fin du mois d'août, la venue des troupes coloniales ne leur fournit de plus qu'un maigre renfort d'une vingtaine de milliers de combattants. Un peu plus tard, en outre, le général Franco se heurte lui aussi au problème du contrôle et de l'intégration de ses propres milices — carlistes, phalangistes, parfois catholiques ou nationalistes — dans un dispositif centralisé. Jusqu'au 20 décembre 1936 où un commandant unique — le général Monasterio — leur est imposé et où elles se trouvent soumises au Code de justice militaire, les milices nationales demeurent largement indépendantes.

L'armée franquiste ne se développe vraiment qu'à partir de ce moment, sur la base de la mobilisation d'un nombre croissant de réservistes, grâce aussi au concours des officiers appelés, les *alfereces provisionales* — sous-lieutenants à titre provisoire — instruits rapidement dans les deux écoles ouvertes à cette fin en décembre 1936 également. Mais, au début de 1937 encore, le général Franco ne dispose d'aucune force de réserve. De ce fait, le concours du corps expéditionnaire italien lui est absolument indispensable pour stabiliser le front autour de Madrid et assurer la prise de Malaga. C'est seulement plusieurs mois plus tard que son armée atteint un effectif de 500 000 hommes comparable à celui des forces républicaines. A la fin de 1937, cette masse se distribue entre 48 divisions de ligne et 2 de cavalerie contre 3 divisions un an plus tôt. Cependant, elle demeure alors inférieure à son homologue républicaine sur le plan quantitatif au moins.

Le rapport réel des forces se renverse pourtant dès avant ce moment, lorsque les nationaux achèvent la conquête des provinces atlantiques en octobre 1937. L'effondrement du front nord prive les républicains des 200 000 hommes qui y capitulent. Il se traduit également par la perte de la suprématie aérienne qu'ils détenaient en général jusqu'alors. L'aviation loyaliste sacrifie 200 avions dans l'affaire. Au contraire, l'armée nationale peut désormais concentrer tous ses moyens sur un seul front, et ses moyens intacts sont ceux d'une force qui sent désormais la victoire à portée de main. A la fin de l'hiver 1938, lorsque les nationaux lancent l'offensive décisive en Aragon, ils disposent dans ce secteur de 500 avions contre 300 chez les républicains. Plus tard, dans les dernières semaines de la guerre, ils s'appuient sur 57 divisions dont le moral se situe au plus haut, face à la trentaine de divisions républicaines démoralisées qui subsistent dans la zone centrale après la chute de la Catalogne.

Il convient d'ajouter que la disproportion des armements n'entre guère en ligne de compte pour expliquer la supériorité militaire des nationaux. Les livraisons reçues de chaque côté s'équilibrent sensiblement, et les républicains jouiraient même plutôt de l'avantage en matière de moyens aériens et de blindés.

Tableau 4

Armements livrés aux deux camps[5]

nature	*République espagnole*	*Espagne nationale*
avions	1 475	1 300
pièces d'artillerie	2 000	2 500
chars et blindés	632	268
fusils	415 000	430 000

Il est vrai que la qualité du matériel et du « service après-vente » importe aussi. Livrés souvent avec leurs pilotes, les avions de chasse italiens demeurent un certain temps les meilleurs. A l'inverse, les chars de fabrication soviétique dont disposent les républicains l'emportent toujours sur les blindés d'origine italienne ou allemande, trop légers pour leur résister. Surtout, le calendrier et le rythme des livraisons déterminent largement le potentiel de chaque armée. Dans l'ensemble, les fournitures reçues par les nationaux restent constamment soutenues. Au contraire, celles qui parviennent aux loyalistes deviennent irrégulières entre octobre 1937 et mars 1938, et cessent presque complètement au milieu de juin de la même année. Mais jusqu'à ce moment, les républicains ne souffrent pas d'une infériorité caractérisée en matériel. Ils détiennent de plus un potentiel industriel local qui fait largement défaut aux nationaux.

Les combattants

Ce tableau des forces rappelle que la guerre ne constitue pas seulement une affaire d'organisation militaire ou d'armement. Elle est aussi celle des combattants qui la vivent la plus intensément. Dans les deux camps, près de 3 mil-

5. R. Salas Larrazabal, *Los datos exactos de la guerra civil*, *op. cit.*

lions d'hommes mobilisés se trouvent dans ce cas à un moment ou à un autre.

Dès l'été 1936, le gouvernement républicain est le premier à appeler des réservistes sous les drapeaux. Au total, il mobilise au moins partiellement vingt-sept classes d'âge au cours de la guerre. Les recrues les plus âgées appartiennent à la classe 1915 et atteignent quarante-quatre ans à l'issue du conflit. Les plus jeunes — celles de la classe 1941 — ont alors dix-huit ans. Dans l'ensemble, 1 700 000 hommes se trouvent touchés par les appels successifs. Par comparaison, les rappels de réservistes ou les convocations de jeunes conscrits opérés par le gouvernement national apparaissent plus réduits et progressifs. Ils ne portent que sur quatorze classes et demie — de la classe de 1927 à la classe 1941 — et s'appliquent à 1 260 000 hommes. Chez les franquistes, les rappelés les plus vieux n'ont que trente-deux ans en 1939. Sur le plan de l'obligation militaire au moins, la différence entre les deux zones se révèle par conséquent assez sensible.

Pourtant, si l'État national demeure moins mangeur d'hommes que son adversaire, il les traite moins bien à beaucoup d'égards. La disparité des soldes atteste ce fait. Un simple soldat de l'armée nationale touche trois pesetas par jour. Son homologue républicain en perçoit dix. Au-delà de cet indice, le mode de vie et le statut des combattants de chaque bord apparaît surtout différent. Dans les unités républicaines, la discipline est très relâchée au début, voire inexistante. Puis, lorsqu'elle se renforce, elle se fonde davantage sur l'explication ou la conviction que sur l'obéissance aveugle. Dans ce contexte, la distance entre les cadres et les hommes de troupe se marque peu, d'autant que l'existence de la hiérarchie parallèle des commissaires politiques complique la chaîne du commandement en offrant un recours contradictoire aux soldats.

La situation apparaît très distincte dans les forces nationales. Majoritairement de carrière, les officiers continuent d'y appliquer le règlement traditionnel de l'armée espagnole. Ils ressentent également une certaine méfiance vis-à-vis des appelés placés sous leurs ordres. Ceux-ci sont des gens du peuple mobilisés du simple fait de leur lieu de résidence, non des adeptes de la « Croisade ». De par leur origine sociale, ils sont soupçonnés d'être plus proches de la cause républicaine que de celle des insurgés. Dans ces conditions, la discussion ou la persuasion ne se trouvent guère admises dans les régiments franquistes où la discipline se comprend dans son aspect le plus rigide. L'augmentation rapide du nombre des officiers appelés — les *alfereces provisionales* — ne modifie rien sur ce plan. Ceux-ci appartiennent à des milieux aisés ; une barrière sociale et culturelle les sépare des hommes de troupe aussi bien que de la masse des sous-officiers. Comme leurs collègues de carrière, ils font leur le rude adage des casernes espagnoles : « Une gifle en temps voulu est un gage de victoire[6]. »

Il est vrai que la dureté de la discipline tend à se rapprocher dans les unités de choc des deux camps. Les « compagnies de fer » républicaines se trouvent fortement tenues en main en 1938, d'autant qu'elles revêtent en partie le caractère d'unités disciplinaires. La remarque vaut également pour les Brigades internationales. Cette fois encore, cependant, les troupes d'élite de l'armée nationale l'emportent en matière de brutalité du commandement. Tel est spécialement le cas des bataillons du Tercio, la Légion étrangère formée en réalité d'Espagnols pour l'essentiel. Parfois pour des peccadilles, des soldats y sont condamnés par exemple à creuser des tranchées en première ligne, sans arme, avec un sac de sable attaché dans le dos. Par contre, d'un côté comme de l'autre, ces unités bénéficient de tolérances particulières sur certains plans. Les combattants des commandos républicains ont quartier libre dans le sens plein du terme lorsqu'ils partent en permission. Ceux du Tercio l'ont même pendant quelques heures lorsqu'ils occupent un village ou une bourgade. Leur commandement ferme les yeux sur les viols ou la mise à sac des maisons, comme le fait aussi celui des bataillons de *regulares* marocains dont l'approche sème l'épouvante[7].

Le mode de vie et l'inconfort relatif des troupes de chacune des deux armées diffèrent tout autant sur certains

6. *Una bofetada a tiempo es una victoria.*

7. L'armée nationale recrute 62 000 soldats marocains au cours de la guerre civile.

points, même s'ils se ressemblent au moins dans un domaine. L'intendance étant inexistante au début puis notoirement indigente par la suite, le pillage représente une pratique quasiment admise. Que ce soit pour dénicher ou simplement pour améliorer leur ordinaire, les soldats nationaux aussi bien que républicains vivent sur le pays. Ils s'alimentent et s'habillent largement de cette façon, en puisant quelque butin dans les habitations qu'ils dévastent. Toutefois, les républicains deviennent progressivement mieux habillés que les nationaux. Ils perçoivent des brodequins à partir de 1937, reçoivent des uniformes nouveaux et plus commodes, endossent même des canadiennes fourrées ou des vestes de cuir dans les troupes d'élite. En bref, le gouvernement dont ils relèvent de gré ou de force se préoccupe de donner quelque attrait à la condition de simple soldat. Les autorités nationales ne partagent guère ce souci. Assez symboliquement, l'armée franquiste demeure en bonne partie chaussée d'espadrilles. De manière identique, les blessés y bénéficient en général de soins moins attentifs que dans l'autre zone.

Le contraste se manifeste aussi en ce qui concerne le traitement réservé aux prisonniers. Certes, dans les premiers mois de la guerre, le sort des officiers ou des gardes civils rebelles capturés par les républicains n'est pas plus enviable que celui des miliciens pris par les nationaux. Les uns et les autres se trouvent le plus souvent promis au peloton d'exécution. Mais si les choses se normalisent en 1937, il apparaît, d'une part, que les prisonniers républicains se comptent par centaines de milliers et sont infiniment plus nombreux que les prisonniers nationaux, d'autre part, qu'ils sont traités plus durement que ces derniers ne le sont dans la zone loyaliste. Les républicains capturés vont passer jusqu'à huit ans dans les camps ou les prisons franquistes dont certains ne sortent qu'en 1944. Pour eux, l'unique manière de s'en libérer consiste d'abord à s'engager dans le Tercio, où l'on accepte de faire table rase de leur passé. Puis, après la fin de la guerre, la seule alternative offerte est le service dans des unités disciplinaires de l'armée victorieuse. La plupart des prisonniers adoptent cette solution. En revanche, les nationaux quittent tous les camps républicains au début de 1939 au plus tard. En outre, ceux qui s'engagent avant ce moment dans les forces loyalistes afin de gagner leur liberté le font plus souvent en vertu d'une conviction réelle. Tel semble même être le cas des quelques prisonniers italiens du Corps des troupes volontaires qui se joignent aux Brigades internationales au printemps 1937.

En revanche, les pertes républicaines au combat se révèlent plus importantes que celles des nationaux. Certes, des deux côtés, les responsables des unités de choc ne sont pas avares de vies humaines. Un légionnaire du Tercio sur quatre trouve la mort entre 1936 et 1939, et la proportion des tués paraît du même ordre dans la plupart des Brigades internationales. Toutefois, sur un plan global, les nationaux ne perdent que 110 000 hommes au cours de la guerre, tandis que les républicains en voient disparaître 175 000 au moins[8]. L'écart s'explique notamment par l'efficacité moindre du commandement de l'Armée populaire. Il dérive sans doute aussi du contexte de défaite dans lequel cette armée se situe le plus souvent, avec des unités soumises au harcèlement jusqu'à leur disparition, des poches promises à l'extermination après recul du front principal, des guérilleros abandonnés derrière les lignes ennemies qui résistent pendant des mois ou des années avant d'être abattus...

Par ailleurs, les deux milieux militaires se distinguent plus encore au niveau de leurs cadres. L'armée nationale concentre comme on sait une pléthore d'officiers de métier de toutes armes, à concurrence de 15 000 à peu près. Même si la croissance gigantesque de ses effectifs l'oblige vite à recourir au service d'une vingtaine de milliers de jeunes sous-lieutenants de réserve formés en quelques semaines, leurs collègues de carrière entendent préserver leurs traditions et leurs préséances. Ils restent en particulier des plus pointilleux sur les règles d'avancement et les prérogatives de

8. Les estimations de ces pertes sont incertaines. Gabriel Jackson énonce le chiffre probablement trop faible de 100 000 tués au total pour l'ensemble des deux armées (G. Jackson, *The Spanish Republic and the Civil War*, *op. cit.*, p. 529). Plus vraisemblable paraît le dénombrement retenu par Hugh Thomas dont il est fait état ici (H. Thomas, *Histoire de la guerre d'Espagne*, op. cit., vol. I, p. 444-445). Il se réfère notamment aux statistiques officielles de l'armée nationale (110 000 tués ou décédés pour cause de guerre pour les seules forces franquistes).

l'ancienneté dans chaque grade. De ce fait, et en dépit de l'état de guerre, les promotions demeurent lentes dans le camp franquiste, presque comme pendant le temps de paix. Elles continuent également à obéir à des normes strictes, excluant l'arbitraire du haut commandement ou le favoritisme politique. Afin de satisfaire les besoins des unités, les fonctions sont découplées du grade, ou plutôt celui-ci n'est-il accordé normalement qu'à titre provisoire, pour la durée du conflit. Au total, seulement trente-sept colonels bénéficient d'une promotion permanente au rang de général entre 1936 et 1939, soit moins d'un sur vingt. La proportion des promus se révèle un peu plus généreuse aux grades inférieurs, sans relever jamais d'un processus météorique. De leur côté, les officiers appelés ne sont de même brevetés qu'à titre provisoire, jusqu'à leur démobilisation. Ceux d'entre eux qui, après la victoire, choisiront de ne pas quitter l'armée devront se voir confirmer dans leur grade après un stage de perfectionnement.

Pour des raisons évidentes, le dispositif républicain s'oppose diamétralement à ce professionnalisme rigide. Les forces loyalistes manquent cruellement de cadres de métier et doivent les improviser. De plus, quand ils lui demeurent fidèles par exception, elles s'en défient dans la plupart des circonstances, les laissant sans emploi ou les confinant loin du front, sans commandement, de crainte qu'ils ne désertent pour se joindre aux troupes franquistes. Dans ce climat, les rares professionnels qui parviennent à apaiser le soupçon et à démontrer quelque talent connaissent en revanche un avancement prodigieux. Le commandant Rojo finit général en 1939. De manière systématique, tous les officiers et sous-officiers reconnus politiquement fiables montent d'un grade dans les premiers mois de la guerre, étant entendu que la plupart ne s'arrêtent pas là. Parallèlement, le système de promotion est bouleversé. Désormais, toutes les nominations jusqu'au grade de colonel relèvent du libre choix du ministre de la Défense, sans considération d'ancienneté, ou même d'antécédents militaires quelconques. On peut devenir colonel d'un seul coup, après n'avoir été par exemple que sergent de réserve.

En 1937, les responsables des milices ouvrières ou du 5e

régiment se voient intégrés dans ces conditions dans la nouvelle armée régulière. Certains, comme Enrique Lister, terminent la guerre comme général. Toutefois, une procédure de recrutement plus classique se développe à partir de 1937. Comme dans l'État national, des écoles instruisent en un tournemain de jeunes officiers de réserve appelés, qui reçoivent le titre de « lieutenants de campagne » *(tenientes de campaña)*. Bien qu'ils puissent se targuer d'un grade plus élevé d'un cran, ceux-ci correspondent aux *alfereces provisionales* de la zone adverse. Leur profil social est pourtant différent, fréquemment prolétarien, et il contribue au style plus égalitaire du commandement de l'Armée populaire.

Sur le plan pratique ou tactique, ces modalités d'encadrement et de promotion divergentes se traduisent de façon complexe. Dans les deux armées, les officiers de terrain sont jeunes, soit parce que les républicains ne comptent guère de cadres subalternes âgés, soit parce que l'état-major franquiste éloigne ces derniers des responsabilités opérationnelles. Mais, curieusement, le haut commandement républicain se peuple d'un nombre appréciable de ronds-de-cuir galonnés dont l'unique mérite résulte de leur fidélité au pouvoir légal. A l'inverse, les chefs des grandes unités nationales se trouvent souvent désignés au regard des qualités qu'ils ont démontrées pendant la campagne du Rif, au mépris des règles de l'ancienneté et nonobstant leur jeunesse relative. Nombre de colonels exercent de la sorte les fonctions de général de division.

Les opérations de guerre en 1937-1938

Sur cette base, les opérations militaires revêtent la forme d'un grignotage graduel mais inexorable de la zone loyaliste par les forces franquistes. Grignotage ponctué par trois offensives décisives de ces dernières et par une série d'actions avortées des républicains. Dans une première phase, achevée à la fin de septembre 1936, chacun des adversaires s'efforce d'occuper le plus de terrain possible, dans une situation de désordre et d'impréparation totale. Les insurgés parviennent de la sorte à contrôler la plus grande partie du nord-ouest du pays. Ils réussissent également à opérer la jonction entre leurs armées du Sud et du Nord, en achevant le « nettoyage » sanglant de l'Andalousie orientale, de l'Estrémadure et des derniers points de la frontière portugaise encore tenus par les milices républicaines. En revanche, ces dernières font échouer l'offensive nationale sur Madrid. Elles conservent aussi les provinces riches de Catalogne et de la frange atlantique, dont le Pays basque.

Le front se stabilise dès lors sur deux théâtres d'opération : l'un situé sur une ligne sinueuse allant de Saragosse à Madrid et à Malaga ; l'autre encerclant les provinces loyalistes de Guipuzcoa (Saint-Sébastien), Bilbao, Santander et des Asturies. Pendant cette période, les actions des nationaux se heurtent presque partout à une résistance de plus en plus opiniâtre. Résistance qui culmine en faisant échec à la seconde attaque lancée par les nationaux sur Madrid du 8 au 18 novembre 1936, grâce à l'intervention salvatrice des premiers tanks et avions livrés par l'Union soviétique et au courage des éléments précurseurs des Brigades internationales chargés de la défense de la Cité universitaire. Finalement, les insurgés ne remportent à ce moment leur unique succès qu'à Malaga, qui tombe le 8 février 1937 après une bataille de quatre jours seulement. Cette victoire du général Queipo de Llano n'est permise toutefois que par l'entrée en ligne du corps expéditionnaire italien. Au mois de décembre 1936, le chef de l'armée du Sud ne dispose encore que de 15 000 à 20 000 hommes. En janvier 1937, les 40 000 Italiens lui sont envoyés en renfort parce que Franco entend les mettre à l'épreuve sur un théâtre secondaire. Dans ces conditions, l'offensive de février sur Malaga s'appuie pour la première fois sur des moyens terrestres, aériens et navals considérables du côté national. A l'inverse, la flotte républicaine reste ancrée dans le port de Carthagène sur l'ordre du gouvernement de Valence, tandis que les miliciens chargés de la défense de Malaga s'enfuient en désordre sur la route de Motril et Almeria. Le triomphe national se révèle presque trop facile, le plus étonnant étant que le général Franco se refuse à l'exploiter en poursuivant l'avance de ses forces le long de la côte andalouse.

La démonstration honteuse des troupes républicaines d'Andalousie n'est toutefois pas représentative de la combativité de l'ensemble des soldats loyalistes. En réalité, l'immobilité relative du début de 1937 s'explique par l'effort d'organisation mené aux arrières de chacune des deux armées. Elle n'est d'ailleurs qu'apparente, dans la mesure où des affrontements longs et furieux reprennent à ce moment autour de Madrid. Les nationaux se préoccupent d'intégrer l'appoint qui leur est fourni en décembre 1936 par le petit corps expéditionnaire allemand de la légion Condor, qui se rassemble à Séville au moment même où le Corps des troupes volontaires italiennes (CTV) quitte Naples afin d'occuper lui aussi sa place dans le dispositif du général Franco. De leur côté, les républicains accélèrent après le désastre de Malaga la mise en place de leur nouvelle armée populaire. Dans ce but, ils font largement confiance à des généraux et officiers supérieurs demeurés loyaux, en particulier au colonel Vicente Rojo devenu le grand stratège de l'état-major républicain.

Manquant toujours de moyens, les nationaux s'essoufflent pendant cette période dans diverses actions menées sur le front central. Appuyés sur le tard par les avions de la légion Condor, ils lancent une nouvelle attaque dans les environs de la capitale du 6 au 28 février 1937, dans le secteur de la rivière du Jarama. Cette poussée se transforme en première bataille de matériel de la guerre d'Espagne. Franco utilise toutes les forces disponibles. Mais il se refuse, contre l'avis des Allemands, à concentrer ses blindés pour des opérations de pénétration rapide (il les disperse au milieu des unités d'infanterie dont les chars doivent suivre la lente progression). A l'inverse, devenus responsables de la défense républicaine le 15 février, Miaja et Rojo suivent les recommandations de leurs conseillers soviétiques en manœuvrant leurs chars de façon massive. Ils bénéficient aussi de la supériorité aérienne. Finalement, l'offensive nationale échoue pour donner naissance à un succès défensif loyaliste. Les combats cessent à la fin du mois sur un front stabilisé, au prix de 10 000 morts de part et d'autre.

Instruit par l'expérience, le commandement franquiste reprend l'attaque le 8 mars dans le secteur de Guadalajara, à une quarantaine de kilomètres de Madrid. Cette fois, le dispositif national inclut les unités motorisées italiennes et une aviation renforcée. L'intention est, également, d'utiliser les blindés de façon plus concentrée. Cependant, les républicains possèdent de leur côté un moral élevé depuis les combats du Jarama, et ils se trouvent encore à parité avec leur adversaire dans le ciel castillan. Surtout, l'offensive éclair rêvée par Mussolini pour ses troupes se heurte dès le premier jour à des conditions atmosphériques déplorables. La neige, la pluie et le brouillard invitent à remettre l'opération mais l'état-major italien entend ne rien modifier à ce qui est prévu.

Tournant au désavantage des républicains dont le front s'effondre, le premier choc semble lui donner raison. Mais les avions nationaux ne peuvent décoller, l'artillerie n'aperçoit pas ses objectifs, et les véhicules s'embourbent dans l'unique route existante. Ce contretemps permet aux loyalistes de se ressaisir. Pendant les éclaircies, les appareils républicains pilonnent les colonnes italiennes bloquées, tandis que les meilleures unités loyalistes affluent de Madrid et du secteur du Jarama. Les combats avec les légionnaires du Tercio et les *regulares* marocains deviennent furieux mais leur manque de coordination avec les forces italiennes du général Roatta est patent. Les républicains tiennent et, le 15 mars, les Italiens dont les pertes s'élèvent déjà à 3 000 tués obtiennent du général Franco de se retirer des opérations. Non moins épuisés de leur côté, les républicains ne parviennent à exploiter cette situation que pendant quarante-huit heures, même si leur brève contre-offensive leur permet de capturer trois cents prisonniers, Italiens pour l'essentiel, ainsi qu'un matériel assez abondant. La victoire se révèle courte mais il s'agit bien d'une victoire à nouveau. Après la conquête directe manquée en novembre 1936, les nationaux ont échoué dans leur deuxième tentative d'encerclement de Madrid. Quant au Corps des troupes volontaires italien, le CTV, il reçoit désormais le surnom de *¿Cuando te vas?* (CTV); autrement dit : « Quand t'en vas-tu ? »

Toutefois, l'Armée populaire sort exsangue de ces combats. Dans les Brigades internationales en particulier, la discipline se maintient difficilement et des désertions se produisent. Leur reprise en main suscite l'indignation dans les pays anglo-saxons et, de façon générale, l'effort des républicains les épuise pour plusieurs mois. Les nationaux vont mettre ce répit à profit pour entamer la réduction finale de l'enclave loyaliste des provinces atlantiques et retourner la conjoncture militaire en leur faveur.

La conquête du Pays basque et des provinces de Santander et des Asturies va demander cependant sept mois de combats acharnés. L'objectif de Franco présente des dimensions multiples. Il tend bien entendu à étendre l'assise territoriale de la zone nationale. Il vise également à contrôler le potentiel économique de cette région, la plus développée sur le plan des ressources minières comme de l'industrie lourde. Il consiste, enfin, à mieux utiliser l'armée de Mola. Forte de 100 000 hommes, celle-ci s'est aguerrie et peut s'appuyer sur la flotte insurgée basée sur l'essentiel à La Corogne, en Galice. Renforcée par les divisions italiennes, elle est désormais capable d'investir la vaste poche légaliste du littoral atlantique sans obliger à dégarnir trop le front central.

A l'inverse, la position des troupes républicaines du Nord s'avère peu enviable. Isolées à deux cents kilomètres de la masse du territoire loyaliste, elles pâtissent du blocus maritime appliqué par la flotte franquiste aussi bien que par les patrouilles du Comité de non-intervention. Elles se trouvent également divisées au niveau du commandement. Nominalement responsable de ce secteur, le général Llano de la Encomienda ne se voit obéi par personne. La jeune armée basque suit les directives de son gouvernement autonome, tandis que les forces proprement républicaines demeurent largement à l'état de milices, comme l'étaient celles du front central au début de l'automne 1936. Elles dépendent en réalité du conseil de Santander ou de celui des Asturies, non de l'état-major sans troupes du front atlantique.

Dans ce contexte de désunion de l'adversaire, mais sur un terrain très accidenté où les soldats basques s'accrochent avec ténacité, le général Mola progresse pas à pas, au rythme d'opérations précédées de puissantes préparations d'artil-

Carte 3

Les deux zones en mars 1937

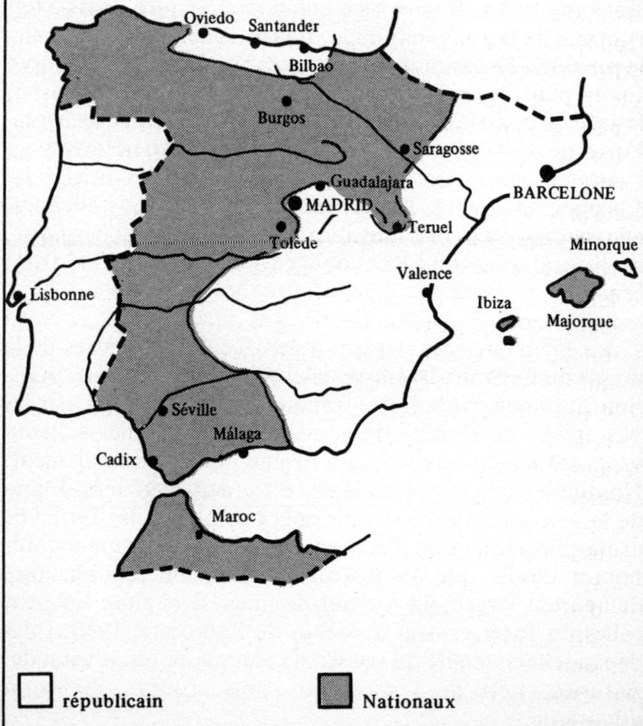

lerie et d'un véritable « matraquage » aérien. Cette méthode prolonge en fait la lutte, mais elle contribue à l'usure de l'aviation républicaine trop éloignée de ses bases. Le 3 juin, l'armée nationale approche de Bilbao au moment même où Mola meurt dans un accident d'avion. Ceci ne l'empêche pas d'attaquer la ceinture fortifiée de la capitale basque *(le cinturón de hierro)* à partir du 11, avec le concours de 150 pièces d'artillerie et de 70 bombardiers. La ville tombe le 19 juin, la résistance basque cessant pratiquement le 5 juillet.

La liquidation du front atlantique se poursuit toutefois jusqu'au 21 octobre. Du 5 au 26 juillet, le gros de l'armée républicaine tente de détourner la pression nationale sur le Nord en lançant une attaque de diversion à Brunete, à quelques dizaines de kilomètres à l'ouest de Madrid. Se soldant par de lourdes pertes de part et d'autre, la bataille tourne court sans produire le résultat prévu. Il en va de même de l'offensive lancée du 24 août au 27 septembre en Aragon, dans le secteur de Belchite. Près de 15 000 hommes disparaissent inutilement de part et d'autre dans cet affrontement, sans que la progression des forces franquistes se trouve sensiblement ralentie dans la zone atlantique. La ville de Santander tombe le 28 août. Le 21 octobre, le port asturien de Gijon succombe à son tour, tandis que les autorités républicaines tentent sans succès de fuir à bord de navires aussitôt coulés par l'aviation nationale. La République a vécu dans le nord de l'Espagne où elle enregistre sa première défaite irréversible. Celle-ci préfigure les deux autres effondrements ultimes qu'elle subira en 1939, en Catalogne d'abord puis, quelques semaines plus tard, à Madrid.

Les loyalistes perdent 150 000 prisonniers dans l'affaire. Mais ils se trouvent dès lors libérés de la nécessité de lutter sur deux fronts. Reste qu'ils partagent cet avantage avec les nationaux, désormais à même de centrer leur effort sur une seule ligne de front. Non sans difficultés, ces derniers parviennent à endiguer l'attaque que les républicains mènent au cours de l'hiver 1937-1938 dans le secteur de Teruel, à la limite de l'Aragon et de la Catalogne. L'action débute le 15 décembre à titre préventif, à peu de jours d'une offensive que Franco prépare de son côté en direction de Guadalajara. Les troupes nationales se laissent surprendre par une division aux ordres d'Enrique Lister, qui progresse d'une dizaine de kilomètres. Au prix de combats comptant parmi les plus durs de la guerre civile, les républicains s'emparent de la ville de Teruel le 8 janvier 1938, après reddition du colonel franquiste Rey d'Harcourt et par une température de dix-huit degrés en dessous de zéro. Mais leur triomphe se révèle de courte durée une fois de plus. Une adoucie de l'hiver permet l'arrivée de renforts nationaux. Ceux-ci contre-attaquent le 17 février, encerclant Teruel le 20. L'unique chef-lieu de province conquis par les républicains est évacué par eux le 22 février, après qu'ils eurent perdu vingt-deux mille prisonniers.

Le sort des armes s'inverse dès lors définitivement en faveur des nationaux, qui ne tardent pas à lancer leur deuxième grande offensive après celle menée contre le réduit républicain de la côte atlantique. Le 9 mars 1938, l'armée de Franco s'ébranle en direction de la Méditerranée depuis l'Aragon, dans un secteur compris entre Saragosse et Teruel. Les troupes se trouvent déjà sur place et leur pénétration est fulgurante. Le 17 mars, le colonel Rojo concentre les Brigades internationales à Caspe, afin de créer un point de fixation capable d'enrayer leur avance. La manœuvre échoue. Les nationaux ne s'arrêtent que cinq jours afin de préparer leur franchissement de l'Ebre. Le 30 mars, ils pénètrent la chaîne du Maestrazgo qui domine les rivages de la Méditerranée. Plus au nord, ils occupent Lérida le 5 avril, prenant ainsi le contrôle d'une première grande ville catalane. Dans les jours suivants, les forces nationales atteignent les centrales électriques qui alimentent Barcelone en courant, privant la métropole de sa principale source d'énergie. Le Vendredi saint 15 avril, enfin, une division de *requetés* commandée par le colonel Alonso Vega parvient jusqu'à la plage de Vinaroz, non loin de Tarragone. Le territoire républicain se trouve à nouveau scindé en deux parties. L'armée nationale a remporté sa victoire la plus décisive. Son triomphe final ne fait plus de doute à partir de ce moment.

L'Allemagne nazie a annexé l'Autriche un mois plus tôt, le 11 mars 1938. En France seulement, la situation évolue plus favorablement pour les républicains espagnols, puis-

Carte 4

Les deux zones en mai 1938

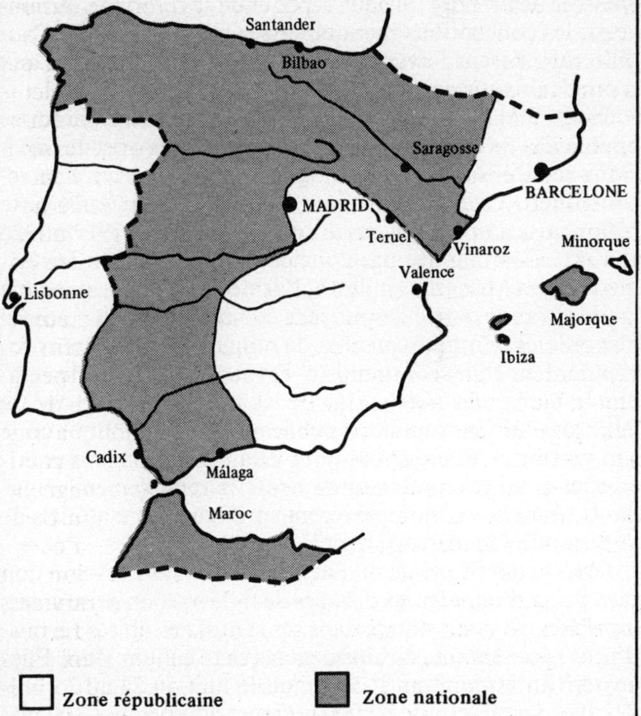

que le gouvernement de Paris vient de rouvrir le 13 mars sa frontière aux livraisons d'armement soviétique. Cependant, l'Armée populaire a été écrasée. Curieusement, le général Franco choisit pourtant d'arrêter l'offensive sur Barcelone pour la dévier vers Valence, où le gouvernement Negrin s'est installé à nouveau. A partir du 18 avril, les nationaux se heurtent dans cette direction au gros des forces républicaines, avant de subir des pluies torrentielles au cours des semaines suivantes. Le 26 mai, l'offensive nationale dans le Levant prend fin, afin de permettre aux unités épuisées de prendre quelque repos et de se reformer. A nouveau, les conceptions tactiques assez particulières du Caudillo ralentissent l'avance de son armée et fournissent aux républicains un dernier répit.

Jusqu'à la nouvelle fermeture de la frontière française opérée à la mi-juin 1938, ce délai de grâce autorise les divisions républicaines de Catalogne à se réarmer et à se reconstituer. Une mobilisation massive a lieu dans cette région, avec l'appel sous les drapeaux des classes 1919 à 1926 et 1941. Commandée par l'ancien organisateur du 5ᵉ régiment, Juan Modesto Guilloto, l'armée de l'Ebre rassemble la plus grande partie des moyens en hommes et en matériel disponibles. Comme son chef, la plupart de ses cadres proviennent du Parti communiste, et tous s'efforcent de rétablir le moral des unités afin de les transformer en fer de lance de l'ultime sursaut républicain. La République joue son va-tout... Elle dispose pour cela d'armements soviétiques et aussi tchécoslovaques neufs et relativement abondants, dont la technologie récente préfigure les matériels de la Seconde Guerre mondiale[9].

Dans le temps même où l'armée de Franco s'efforce non sans peine d'intégrer les dizaines de milliers d'ex-prisonniers loyalistes qu'elle a admis dans ses rangs, ces unités reconstituées subissent un entraînement accéléré en juin 1938. Elles passent à l'attaque sur l'Ebre dans la nuit du 24 au 25 juillet, avec un effectif de 80 000 hommes appuyés par 300 pièces d'artillerie. Des commandos franchissent le fleuve à

9. S'agissant par exemple des pistolets-mitrailleurs tchèques ZK 383 réservés aux commandos.

l'aide de 250 canots sans rencontrer la moindre résistance. En moins d'une journée, certains avancent de plus de dix kilomètres par endroits, capturant plus de 1 500 prisonniers. Simultanément, les pontonniers républicains jettent des passages provisoires qui permettent le franchissement du matériel, dont des chars. En bref, le franchissement de l'Ebre prend figure de chef-d'œuvre d'une Armée populaire dont les capacités logistiques se révèlent supérieures à celles de l'ennemi en cette circonstance.

Toutefois, les poches créées sur l'autre rive de l'Ebre, en particulier à l'est de Gandesa, ne s'élargissent guère au cours des jours suivants. Les groupes de choc des Brigades internationales dont c'est là le dernier combat majeur s'accrochent désespérément au terrain. Ils conquièrent les hameaux rue par rue, mais se font mitrailler par erreur par les avions qui sont censés les appuyer. Les liaisons radio font défaut et, dès la soirée du 25 juillet, l'aviation nationale renforcée par les appareils de la légion Condor prend le dessus dans le ciel. A son tour, l'état-major de Franco démontre sa capacité logistique en transférant des renforts dans les plus brefs délais. Le 2 août, Modesto doit convenir que son offensive se trouve enrayée et que la ville de Gandesa lui échappe. Les républicains comptent déjà 12 000 tués, blessés ou prisonniers contre 5 000 chez les nationaux, et ils se retrouvent sur la défensive. Ceci ne les empêche pas de résister pendant des semaines, notamment en raison du manque de décision du commandement adverse au niveau des petites unités surtout. La résistance se maintient toujours en septembre, au point que les franquistes suspendent momentanément les opérations, sans être parvenus à reconquérir le terrain perdu.

Les accords de Munich sont, il est vrai, signés entre Hitler, Mussolini, Chamberlain et Daladier le 30 septembre 1938. Ils ne contribuent guère à renforcer le moral des combattants républicains. Ils modifient aussi les intentions des experts militaires russes présents sur le front. Sur ordre de leur gouvernement qui leur enjoint d'éviter toute capture sur les lignes, ils inclinent à partir de ce moment vers le repli. Le 20 octobre, Franco entreprend la contre-offensive décisive. Le 16 novembre, les derniers éléments républicains évacuent leurs positions sur la rive gauche de l'Ebre. Cette bataille perdue se présente comme le plus haut fait et comme le chant du cygne de l'Armée populaire. Les républicains y ont infligé aux nationaux la perte de 57 000 hommes, dont 6 500 tués (un quinzième de leurs pertes totales de la guerre civile). Mais ils ont laissé eux-mêmes 55 000 hommes dont 20 000 prisonniers sur le terrain, qui appartiennent souvent aux unités d'élite. L'armée républicaine s'est consumée dans la bataille de l'Ebre en même temps qu'elle s'y distinguait.

La défaite finale et l'exode des républicains

Cette fois, les nationaux démentent leurs habitudes en ne lui accordant pratiquement aucun répit. L'offensive reprend en direction de Barcelone le 23 décembre 1938. Pour y résister, les républicains disposent sur le papier de 220 000 soldats, mais 100 000 seulement se trouvent normalement encadrés et équipés. En fait, il ne leur reste plus, en Catalogne, que 110 à 130 avions et une centaine de chars. Du 7 janvier 1939 au 4 février, l'opération de diversion menée par les loyalistes en Estrémadoure se solde par quelques succès éphémères qui n'allègent en rien la pression nationale vers Tarragone. Le 15 janvier, la ville tombe au pouvoir des troupes franquistes. A la même date et pendant les onze jours suivants, le gouvernement de Daladier autorise à nouveau le transit par la France d'armements soviétiques. Mais il est trop tard. Dans la nuit du 21 au 22, le général Rojo avertit le président Negrin de ce que le front n'existe plus. Au lever du jour du 26 janvier 1939, une avant-garde de *requetés* arrive sur la colline du Tibidado, dans les hauts de Barcelone. Déjà évacuée par les forces républicaines et les autorités, la métropole catalane n'est plus défendue. A quatre heures de l'après-midi, des blindés légers italiens avancent avec précaution dans ses avenues pour déboucher sur le Paseo de Gracia. Dans les heures qui suivent, le gros des unités nationales occupe la ville, sous les acclamations d'un public surtout féminin.

L'avance se poursuit ensuite sans désemparer, en dépit

de durs affrontements retardateurs. Depuis le 24 janvier, le président Negrin s'est installé à Figueras avec le général Rojo, tandis que le président de la République, Manuel Azaña, réside six kilomètres plus loin, au château de Perelada. Tous trois se réunissent une dernière fois le 29, pour admettre que la résistance est devenue vaine en Catalogne. Le dernier conseil des ministres se tient à Figueras les 30 et 31 janvier, tandis que les Cortès s'y réunissent pour leur ultime séance le 1er février, en présence de soixante-quatre députés. Le 3 février, Negrin apprend que la France se propose d'interner dans des camps après les avoir désarmées les unités républicaines qui se réfugieraient sur son territoire. La ville de Gérone tombe le lendemain. De son côté, l'île de Minorque capitule le 8 février, au terme d'une médiation de la marine britannique qui évacue six cents personnes.

La débandade se déclenche à partir de ce moment. Au matin du 5 février, le président de la République franchit la frontière française en compagnie du président des Cortès, Diego Martinez Barrio, et de Negrin. Ce dernier les quitte toutefois dès le premier village, afin de préparer son retour dans la zone centrale où il se rend en avion le 8 février, depuis Toulouse et à destination d'Alicante. Conformément aux ordres que le chef du gouvernement diffuse le même jour, le gros des troupes commence à se replier vers la France le même jour, la dernière division de couverture commandée par le colonel Pedro Mateo Merino traversant la frontière à Port-Bou, le 11 février 1939. Seules, quelques unités isolées résistent jusqu'au 13 à Puigcerda, l'armée nationale achevant alors d'occuper la totalité des points de passage de la frontière pyrénéenne.

L'exode massif vers la France qui prend fin à ce moment a commencé dès la chute de Barcelone, même s'il n'est devenu sauve-qui-peut général qu'entre le 5 et le 10 février 1939. Le drame collectif du peuple républicain de Catalogne se joue pendant ces journées. Les Français attendent jusqu'à la nuit du 27 au 28 janvier pour ouvrir les barrières aux réfugiés civils uniquement. Leur dispositif d'accueil prévoit l'arrivée de 2 000 personnes par jour. A Cerbère, au Perthus, au col d'Arès, à Bourg-Madame, tous les postes-frontières se trouvent immédiatement débordés par la cohue des femmes, des enfants et des gens âgés. Le 1er février, 114 000 réfugiés espagnols sont déjà dénombrés en France. Le 5, la situation s'aggrave avec l'entrée des colonnes militaires qui se présentent en bon ordre pour être désarmées. Vingt-quatre heures plus tard, 50 000 hommes se trouvent déjà parqués sur les plages et dans des camps improvisés, gardés comme des prisonniers de guerre par des fantassins français et des tirailleurs sénégalais, abandonnés à l'air libre, sans tentes et presque sans ravitaillement. Les camps définitifs s'improvisent dans les jours suivants, à Saint-Cyprien, à Barcarès, puis à Argelès, Gurs, Septfrond, Vernet... Les conditions qu'ils offrent se révèlent à peine compatibles avec les conventions de Genève.

L'afflux se poursuit sans perdre de son intensité dans les jours suivants, interrompu seulement par l'arrivée des avant-gardes nationales qui ralentissent le pas. Les franquistes occupent le Perthus le 9 février à deux heures de l'après-midi, quelques minutes après le repli du dernier échelon de couverture républicain. Ils atteignent Cerbère le lendemain. A ce moment, les camps français abritent 275 000 réfugiés civils ou militaires, dont 100 000 à Saint-Cyprien et 80 000 à Argelès. Au total, un minimum de 353 000 entrées en France est enregistré en janvier et février 1939, dont 163 000 civils[10], 180 000 soldats valides et 10 000 blessés évacués dans les hôpitaux[11]. Mais la réalité dépasse ce chiffre. Le nombre des exilés s'élève à plus de 500 000[12], beaucoup quittant l'Espagne par des sentiers de montagne ou par d'autres voies échappant au contrôle. Au début de mars 1939, les services français recensent 440 000 réfugiés de la zone catalane, dont 170 000 femmes, enfants et personnes âgées, 220 000 soldats, 40 000 adultes civils du sexe masculin et 10 000 blessés[13]. Ce dénombrement inclut, il est vrai, 45 000

10. Parmi lesquels 68 000 enfants, 64 000 femmes, 9 000 vieillards, 11 000 hommes adultes et 11 000 non recensés.

11. G. Hermet, *Les Espagnols en France*, Paris, Les Éditions ouvrières, 1967, p. 27.

12. *Mouvements migratoires entre la France et l'étranger*, Paris, Imprimerie nationale, 1943, p. 104-105.

13. J. Rubio, *La emigración de la guerra civil de 1936-1939*, Madrid, 1977, p. 72.

personnes présentes en France dès avant la chute de la Catalogne, souvent depuis 1937. En revanche, il ne comprend pas les 70 000 exilés catalans que les franquistes transfèrent par Irun du 1er au 19 février 1939. Pour l'essentiel, cette population immense va demeurer sur le territoire français, où les seuls camps retiennent encore 140 000 hommes en juin 1939.

La tragédie catalane ne marque pourtant pas le terme de l'existence du gouvernement républicain. Madrid, Valence, Alicante restent sous son autorité, de même que onze provinces ou fractions de provinces du sud-est du pays. Dix millions d'Espagnols peuplent cet ultime réduit et 250 000 soldats s'y trouvent encore rassemblés. De plus, les républicains disposent toujours des fabriques de munitions et d'armes légères de la côte du Levant, et même d'une usine d'avions russes.

Sensible au désarroi général, le président de la République considère néanmoins que la capitulation s'impose. Le 14 février, l'envoi à Burgos d'un diplomate français — Léon Bérard — chargé de négocier la reconnaissance de plein droit de l'État national ne peut que le conforter dans ce sentiment que tout est perdu, d'autant que les accords signés à cette fin le 18 — les accords de Bérard-Jordana — conviennent de ce que le matériel de guerre républicain saisi à la frontière pyrénéenne sera rétrocédé aux franquistes. Sans illusion, Manuel Azaña se préoccupe seulement d'assurer à la République des funérailles décentes. Averti le 27 février de la reconnaissance officielle des autorités de Burgos par les gouvernements de Paris et de Londres et du rappel de l'ambassadeur des États-Unis à Valence, il attend cet ultime moment pour notifier sa démission au président des Cortès, Diego Martinez Barrio. Réfugié à Paris, il prend alors le train qui le conduit à la maison qu'il possède à Collonges-sous-Salève, où il prend sa retraite politique.

A l'inverse, le président Negrin n'abandonne pas les rênes du pouvoir. Parti de France en avion, il rejoint la zone centrale à Alicante le 10 février au matin. Convaincu jusqu'à la perte de la Catalogne de la nécessité de poursuivre le combat à tout prix et où que ce soit, il ne croit sans doute plus à ce moment à la possibilité d'une telle résistance. Les

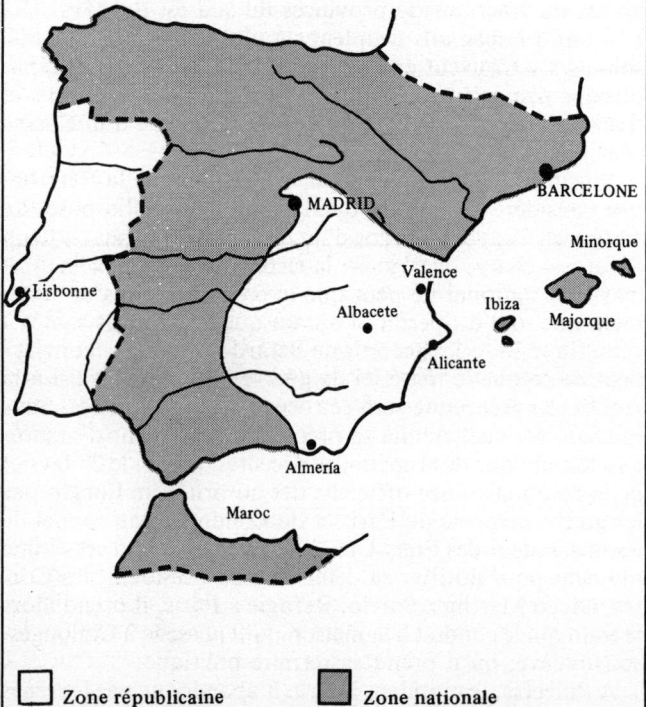

Carte 5

Le dernier réduit républicain (mars 1939)

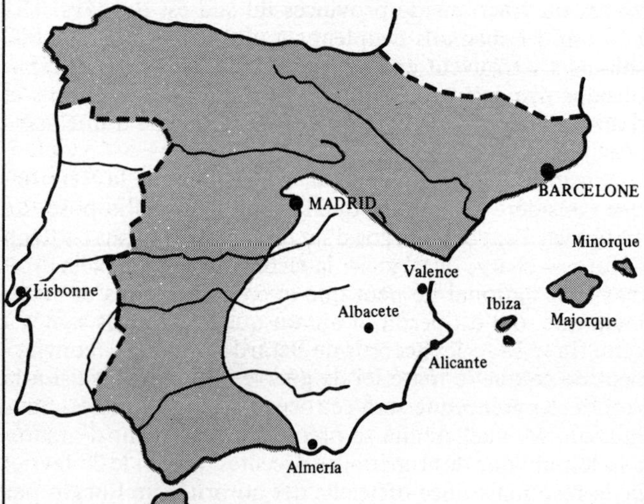

accords de Munich semblent avoir éloigné la perspective d'une guerre mondiale, et ce qui reste de l'Armée populaire ne peut tenir longtemps devant les forces adverses. Mais, à tout le moins, le président du Conseil entend s'efforcer d'obtenir une reddition honorable, assortie de garanties aux vaincus. Par un geste symbolique, Juan Negrin se rend à Madrid le 12 février afin d'y réunir ses ministres. Il leur déclare : « Ou nous nous sauvons tous, ou nous nous abîmons tous dans le massacre et l'opprobre. » Peut-être caresse-t-il encore l'espoir du miracle qui permettrait de tenir quelques mois de plus...

Le spectacle désolant de famine et de découragement que lui offre la capitale contredit ce dessein. Les arrières s'effondrent même si le front se maintient tant bien que mal. D'ailleurs, dans ce cas même, les chefs militaires que Negrin convoque à Los Llanos — près d'Albacete — le 13 ou le 14 février lui manifestent pour la plupart leur volonté de déposer les armes sans attendre. Seuls ou presque, les communistes demeurent déterminés à poursuivre la guerre et confirment cette option lors de la réunion de leur comité exécutif tenu le 19 février. Par contre, le colonel Casado, responsable de l'armée du centre, affirme sans ambages l'impossibilité de tenir face à l'attaque nationale à prévoir. Le chef des forces aériennes partage ce pessimisme et l'amiral Buiza, commandant des forces navales, menace de faire abandonner la base de Carthagène par ses unités si des pourparlers de paix ne sont pas entamés avant le 4 mars. La plus grande partie du commandement passe à l'état de rébellion contre le pouvoir légal. Parallèlement, les sondages entrepris auprès des franquistes par l'ambassadeur républicain à Londres, Pablo de Azcarate, se révèlent des plus infructueux. Le 18 février, le diplomate tente d'obtenir une « garantie de non-représailles » par le truchement du *Foreign Office*. La réponse du général Franco tarde jusqu'au 25 et elle est négative. La reddition doit être inconditionnelle.

Le commencement de la fin survient le 5 mars 1939, lorsque l'amiral Buiza met sa promesse à exécution. Ce jour-là, après vingt-quatre heures d'une situation confuse, trois croiseurs, douze destroyers et un sous-marin quittent la base de Carthagène pour mettre le cap sur Oran où ils seront internés. Ils le font sous le feu des batteries côtières dont des éléments pro-franquistes ont pris le contrôle à l'issue d'une sorte de coup d'État local[14]. Le même jour, à Madrid, le putsch du colonel Casado marque plus encore le terme de l'incertitude. La nouvelle guerre civile dans la guerre civile qu'il déclenche du 5 au 12 mars interrompt la résistance républicaine, débouchant entre le 25 et le 28 sur la capitulation sans conditions des centaines de milliers de combattants de la zone centrale. Elle sonne aussi le glas de l'existence du gouvernement Negrin.

Depuis le retour du président du Conseil à Alicante, son gouvernement ne possède plus de siège fixe. Il erre d'un point à l'autre, d'Ifach à Madrid, de Madrid à Albacete, d'Albacete à Elda, près d'Alicante, où le désastre final le surprend dans une propriété dénommée pour l'occasion « position Yuste ». C'est là que, le 28 février, Juan Negrin apprend la démission du président de la République. C'est également à Yuste que le président tente, le 3 mars, de reprendre le commandement en main par une série de nominations fulminantes. Cette mesure ne fait que précipiter l'action de Casado et joue également dans la révolte de la flotte. Dépouillé de son autorité par le Conseil national de défense créé à Madrid par les rebelles, sous la présidence de la grande figure socialiste Julian Besteiro, Negrin trahi par son propre parti n'a plus qu'à prendre acte de sa défaite et à se retirer. Le 6 mars, après avoir essayé en vain d'obtenir de Casado que la transmission des pouvoirs s'effectue au moins de façon « normale et constitutionnelle », il s'envole dans l'après-midi du terrain de Monovar, proche d'Alicante. Trois avions DC 2 partent alors avec le président et ses ministres, tandis qu'un appareil plus petit emporte les dignitaires communistes Dolorès Ibarruri, Antonio Cordon, Rafael Alberti et Maria Teresa de Leon.

Le dernier exil sera celui des dirigeants du Conseil national de défense de Madrid. Le 25 mars, au moment même où le maréchal Pétain remet ses lettres de créance au géné-

14. Le même jour, la base de Carthagène va être reprise par une brigade républicaine, pour peu de temps.

ral Franco, à Burgos, le colonel Casado diffuse un dernier message radiophonique. Il prend ensuite, sans attendre, le chemin de Valence, pour embarquer presque immédiatement sur un bâtiment britannique ancré à Gandia. Dans la capitale, désertée par les autres membres du Conseil national de défense qui s'enfuient également à l'exception de Julian Besteiro, la panique s'installe le 28 mars. Des dizaines de milliers de soldats et de civils se jettent sur les routes en direction des ports méditerranéens. La plupart n'y parviennent pas. D'ailleurs, 15 000 personnes s'entassent déjà sans grand espoir à Alicante, dont un grand nombre de responsables de haut rang.

Le 30 mars, au milieu de l'après-midi, la division italienne du général Gambara pénètre dans Alicante. Dans le port, les réfugiés ne sont plus protégés que par une centaine d'hommes et quelques chars légers. Une commission internationale s'interpose, essayant d'obtenir qu'une zone neutre soit préservée pendant le temps de l'évacuation finale. A regret, le général italien s'y refuse par respect de la consigne de l'état-major national. Le général espagnol Saliquet lui a ordonné « d'agir par la force des armes ». La flotte franquiste bloque la rade, empêchant le *Winnipeg* d'approcher des quais où il aurait pu emporter 6 000 passagers. La foule des vaincus n'a plus alors qu'à se rendre aux Italiens. Tout est terminé en trente-six heures. A Valence, le général Menendez, demeuré fidèle à la République jusqu'au dernier instant, s'est également rendu le 31 mars.

Au matin du 1er avril 1939, au moment où les derniers prisonniers sont capturés à Alicante, le général Franco peut enfin publier son communiqué de victoire. « Ce jour-là — écrit-il de sa main — l'Armée rouge étant captive et désarmée, les troupes nationales ont atteint leurs derniers objectifs militaires. La guerre est finie. » La paix réelle ne règne pourtant pas encore. Depuis trois jours, l'armée victorieuse occupe Madrid comme une capitale ennemie, pourchassant les vaincus. Partout, elle jette les bases de l'oppression d'une Espagne par l'autre.

Les pertes de la guerre

La guerre civile se prolonge sur plus de trente-cinq ans en ce qui concerne son legs politique inscrit dans la dictature du général Franco. Ses effets se font également sentir encore pendant près d'une dizaine d'années dans le domaine économique et matériel. L'Espagne sort détruite du conflit qui l'a déchirée pendant plus de trente-deux mois. Ses voies ferrées et son matériel roulant sont détruits, ses ponts ont été dynamités, l'outillage de ses usines est usé jusqu'à l'extrême limite, des centaines de villages sont rasés et bien des villes portent des traces des bombardements. En fait, ce n'est guère avant 1954 que le pays retrouvera son niveau de production d'avant 1936, privé qu'il est d'approvisionnements extérieurs par la conflagration mondiale de 1939-1945, puis par son isolement international.

Sur le plan humain, la guerre d'Espagne se survit également à elle-même. Nul terme ne peut lui être fixé en ce qui touche à la trace indélébile qu'elle laisse dans l'univers mental des Espagnols. En revanche, il apparaît qu'elle ne se termine que vers 1943 en tant qu'hécatombe meurtrière, lorsque cessent les dernières fusillades massives de la répression franquiste et que meurent les derniers blessés ou malades. La littérature dépasse il est vrai la déjà sinistre cruauté des faits dans l'estimation du massacre qui en résulte.

Le chiffre d'un million de morts, pour une population d'environ vingt-six millions d'habitants en 1936, a été souvent avancé par les romanciers en mal d'images frappantes aussi bien que par les officines de propagande. Le plus probable est que les pertes humaines directement provoquées par la guerre ou ses séquelles immédiates se sont élevées à 600 000 personnes environ. Émise en 1942, l'hypothèse maximale a été présentée par Jésus Villar Salinas. En extrapolant jusqu'en 1939 le taux de croissance enregistré par la population espagnole de 1926 à 1935, ce médecin-démographe a considéré qu'elle aurait dû s'élever à 1 100 000 habitants de plus lors du recensement de 1940, si le conflit n'avait pas eu lieu (26 900 000 au lieu de 25 800 000). Si l'on défalque les 300 000 ou 400 000 réfugiés républicains qui ont quitté le pays, la perte humaine atteindrait de la sorte un plafond de 800 000 personnes. Toutefois, rien n'assure que le taux de natalité de l'Espagne se serait maintenu intangible jusqu'en 1940, même dans un contexte de paix. Par ailleurs, le déficit démographique enregistré par Villar Salinas n'inclut pas seulement les morts violentes ou non. Il reflète aussi les naissances qui n'ont pas eu lieu du fait de la guerre et de l'absence des hommes mobilisés, également la hausse de la mortalité causée par la sous-alimentation ou la progression des maladies épidémiques. En bref, cette estimation sans doute assez exacte de son point de vue global ne correspond pas au nombre des victimes du conflit au sens strict.

Gabriel Jackson[15] et Hugh Thomas[16] se sont efforcés de

Tableau 5

Pertes humaines de la guerre d'Espagne

	G. Jackson	H. Thomas
pertes militaires sur le champ de bataille	100 000	285 000
atrocités et exécutions en zone républicaine	20 000	86 000
atrocités et exécutions en zone nationale (1936-1939)	200 000	40 000
victimes civiles des bombardements aériens	10 000	15 000
autres victimes civiles	?	25 000
décès civils par maladie et malnutrition	50 000	?
exécutions en zone nationale de 1939 à 1943	200 000	(200 000 ?)
Total	580 000	651 000

15. G. Jackson, *op. cit.*, p. 526-540.
16. H. Thomas, *op. cit.*, p. 443-446.

les recenser de manière moins indirecte, sur la base des décomptes établis par des services officiels ou des analystes supposés objectifs. Tous deux s'accordent sur un chiffre voisin de six cent mille morts pour cause de guerre civile, au cours ou dans les lendemains de celle-ci.

Bien qu'avec un écart important, les deux évaluations concordent sur le fait que les décès de militaires sur le champ de bataille ne sont pas les plus nombreux. La guerre d'Espagne frappe moins les combattants en uniforme que les non-combattants qui succombent sur les arrières, victimes des atrocités perpétrées au début dans les deux camps, des exécutions parées plus tard d'un simulacre de jugement, des bombardements aériens, des conditions de vie imposées à la population civile ou, encore, de la répression menée par les vainqueurs dans les quatre années qui suivent le terme du conflit. Qu'ils aient été 100 000, selon Jackson, ou 285 000, selon Thomas, les soldats tués dans l'action comptent moins que les 480 000 (Jackson) ou les 325 000 (Thomas) non-combattants, civils ou prisonniers, tués à l'écart du front. La guerre d'Espagne mérite bien son nom de guerre civile...

Ceci ne signifie pas, pour autant, qu'elle n'a été qu'un affrontement de basse intensité sur le plan militaire. Il apparaît, plutôt, que les effectifs engagés sont demeurés faibles jusqu'en février 1937 et ne sont devenus vraiment massifs qu'en 1938, en particulier lors des batailles de Teruel et de l'Ebre. Dans ces deux opérations de longue durée, 200 000 hommes se battent à chaque fois, sur des secteurs de quelques dizaines de kilomètres. A Teruel, le nombre des tués s'élève à une quinzaine de milliers pour l'ensemble des deux armées, auxquels s'ajoutent une cinquantaine de milliers de blessés. Près d'un homme sur trois est touché, de façon mortelle ou non. La bataille de l'Ebre apparaît plus sanglante encore. Sur les 200 000 combattants engagés des deux côtés, de 25 000 à 40 000 y auraient été blessés mortellement. Pour la seule armée républicaine, l'état des pertes se serait élevé à 17 000 morts, 41 000 blessés et 19 500 prisonniers pour un effectif total d'un peu plus de 100 000 hommes... Il ne s'est donc pas agi là d'une escarmouche, mais bien d'un holocauste à la manière de ceux de la Première Guerre mondiale. La spécificité espagnole a tenu seulement à ce que ces grands combats sont heureusement demeurés assez rares, et qu'ils ont été à la mesure de la population du pays. Peut-être aussi les chefs des deux armées ont-ils été moins prodigues de vies humaines que les généraux de la guerre de 1914-1918...

Il reste pourtant que la distance qui sépare les données retenues par Gabriel Jackson de celles dont Hugh Thomas fait état suscite l'interrogation, aussi bien d'ailleurs dans le cas des victimes militaires de la guerre que de ses victimes civiles ou non combattantes. Les deux niveaux de la question entretiennent probablement un rapport réciproque. Jackson se défie peut-être à l'excès des sources officielles s'agissant des pertes opérationnelles qu'il minimise. A l'inverse, Thomas les prend largement telles quelles, à tort ou à raison. Sans doute le décalage parallèle des chiffres concernant le massacre sur les arrières éclaire-t-il dans une certaine mesure leur discordance. Jackson ne se contente pas de faire sienne l'hypothèse la plus basse (20 000 assassinats) s'agissant des atrocités commises par les républicains. Alors qu'il repousse dans ce cas les exagérations grossières de la propagande franquiste, il reprend sans beaucoup de discernement les allégations antifranquistes en ce qui touche les atrocités et les fusillades (200 000 assassinats selon lui) commises par les nationaux. Au contraire, Thomas adopte une hypothèse minimale (40 000 victimes) en ce qui concerne les massacres perpétrés par les nationaux sur leurs arrières, et une hypothèse élevée (86 000 morts) en ce qui concerne les crimes du même ordre imputés aux républicains.

Sans doute une frange indistincte a-t-elle existé dans la pratique entre la mort sur les lignes et l'exécution sur les arrières. Des milliers de miliciens comptabilisés par certains comme combattants morts sur le champ de bataille ont été exécutés séance tenante en dehors de celui-ci, pour apparaître dans certains décomptes comme victimes non combattantes. Ceux des milices ouvrières ont dû être les plus touchés à cet égard, mais beaucoup de phalangistes ou de carlistes ont subi le même sort du fait des républicains. De la sorte, l'effectif des combattants tombés sur les lignes ou près de celles-ci se situe sans doute assez au-dessus du chiffre de 100 000 retenu par Jackson, tandis que celui des victimes proprement civiles des atrocités nationales ou républicaines est probablement moins disproportionné que ne le pensent cet auteur aussi bien que Hugh Thomas. Tout porte à croire qu'on ne pourra jamais en dire davantage à ce propos. Tout au plus connaîtra-t-on peut-être un jour l'étendue plus exacte des exécutions effectuées après la guerre sur décision des cours martiales franquistes. Gabriel Jackson avance le nombre de 200 000 fusillés, tandis que Thomas hésite à se prononcer. La justice militaire est paperassière et des états existent toujours. Leur exploitation extrêmement difficile permettrait d'y voir plus clair, pour découvrir éventuellement qu'il s'agit là d'une sous-estimation...

8

Le règne des vainqueurs

La victoire militaire d'une Espagne sur l'autre est loin de mettre un terme au déchirement des Espagnols. Le cauchemar de la guerre continue bien entendu d'obséder les esprits pendant des décennies, mais là ne réside pas sa seule trace persistante. D'un côté, les réfugiés républicains maintiendront longtemps leur propre Espagne de l'exil, vivant dans leur univers réservé au-dehors des frontières de leur pays et rêvant à l'an prochain à Madrid comme les Juifs le faisaient en pensant à Jérusalem. De l'autre côté, l'armée nationale se comportera pendant des années comme une force d'occupation étrangère dans l'ancienne zone loyaliste, prolongeant pour la masse de ses habitants la misère des vaincus.

L'univers des proscrits

L'Espagne républicaine se perpétue pendant trente-cinq ans dans les souvenirs et les espoirs des réfugiés qui se retrouvent sans patrie tangible au début du printemps 1939. Au bout du compte, elle ne cesse vraiment d'exister qu'en 1976, lorsque l'avènement de la nouvelle monarchie espagnole convainc les derniers carrés de la République de l'exil de dissoudre son gouvernement provisoire installé à Mexico. Jusqu'à ce moment, une Espagne sans territoire contient l'espérance des républicains même si elle devient chaque jour plus vaine. Elle constitue aussi le théâtre de leurs querelles et de leur détresse.

La République de l'exil a une population. D'abord celle des 450 000 réfugiés qui demeurent en France après la défaite[1]. La plupart viennent d'arriver de Catalogne. Mais certains, dont 70 000 Basques et une vingtaine de milliers d'Aragonais, se trouvent sur le sol français depuis un, deux, voire trois ans. Tous ont eu connaissance du sort réservé aux exilés rentrés en zone nationale en 1937-1938, parmi lesquels 63 000 habitants des provinces atlantiques, mitraillés parfois à la frontière sous les yeux mêmes des gendarmes français qui les avaient convoyés. Par la suite, un nombre indéterminé d'entre eux — 150 000 à 200 000 — reprend pourtant le chemin de la mère-patrie en 1939-1940 et surtout pendant l'occupation allemande. Mais les hommes adultes comptent peu dans ces retours qui sont davantage le fait des femmes, des enfants et des vieillards. En juin 1939, plus de 170 000 hommes peuplent encore les camps français du Sud-Ouest, tandis que 140 000 femmes et enfants ont été évacués dans les villages de la moitié nord du pays.

La France constitue le point de départ d'une diaspora plus vaste des réfugiés républicains. Les Français irrités par leur afflux considèrent que l'Union soviétique devrait être la terre d'accueil naturelle des « Rouges espagnols ». Mais, en fait, Staline n'accepte d'en recevoir que moins de 4 000, dont 500 cadres du PCE ainsi que 1 700 enfants, 102 instituteurs et 210 élèves-pilotes arrivés avant 1939[2]. L'URSS ne se préoccupe guère que d'abriter le Gotha communiste. En dehors de la France tellement décriée par les républicains, le Mexique et le Chili compatissent seuls vraiment au désarroi des Espagnols. Encore leur demandent-ils de montrer patte blanche — ou rouge — avant de les admettre. Par affinité idéologique, le président mexicain Lazaro Cardenas entend en particulier offrir une issue aux exilés. Mais son intention généreuse s'accompagne d'un tri sévère des immigrants. Les médecins, les ingénieurs, les universitaires sont retenus par priorité. Il en va de même des communistes, qui forment un contingent important parmi les 6 000 réfugiés

1. Selon D.W. Pike, *Vae Victis*, Paris, Ruedo Ibérico, 1969, p. 57. Ce chiffre est incertain, mais représente probablement un minimum.

2. J. Hernandez, *La Grande Trahison*, Paris, Fasquelle, 1953, p. 222-223. El Campesino, *La Vie et la Mort en URSS*, *op. cit.*, p. 183-184.

admis du mois d'avril au mois d'août 1939 sinon parmi les 16 000 autres personnes entrées au Mexique jusqu'en 1948.

Le Chili et la République dominicaine recevant de leur côté 2 300 et 1 200 républicains dès 1939, une cinquantaine de milliers de réfugiés trouvent de la sorte refuge dans l'ensemble de l'Amérique latine. Le reste du monde leur demeure en revanche presque fermé. L'Afrique du Nord en voit arriver 20 000, mais elle constitue à cette époque une dépendance de la France. Surtout après la débâcle française de juin 1940, la Grande-Bretagne ne devient terre d'exil que pour quelques personnages de haut rang, comme Juan Negrin ou le colonel Casado. Les États-Unis font de même dans une mesure plus réduite encore, tandis que la Suisse ne fait que conserver pendant un certain temps les colonies d'enfants établies pendant la guerre civile. De manière générale, la masse des sans-grade demeure en France, cependant que les « privilégiés » et les cadres politiques émigrent au Mexique à l'exception des hauts dignitaires communistes, installés à Moscou autour de Dolorès Ibarruri.

Il ne s'agit toutefois là que d'une tendance globale. Une fraction importante de l'élite intellectuelle émigrée reste en France pendant la Seconde Guerre mondiale, faute souvent d'avoir pu partir à temps en Amérique latine. Assumant la protection des républicains espagnols pendant l'occupation allemande de la France, le consulat général du Mexique à Vichy y recense en février 1942 près de 13 400 Espagnols diplômés de l'enseignement supérieur ou anciens titulaires de fonctions administratives ou militaires, parmi lesquels 1 743 médecins, 1 224 avocats, 431 ingénieurs et 163 professeurs d'université sur les 430 que comptait l'Espagne en 1936[3]... Parallèlement, l'ex-président de la République, Manuel Azaña, et le président de la Généralité de Catalogne, Lluis Companys, demeurent également sur le territoire français, ce dernier étant livré aux franquistes en 1941.

L'épisode sinistre de l'extradition puis de l'exécution à Barcelone du leader catalan rappelle que le sort de

3. G. Hermet, *Les Espagnols en France*, Paris, Les Éditions ouvrières, 1967, p. 27.

l'émigration républicaine se révèle en général dramatique jusqu'en 1945. Certes, la minorité installée dans les pays anglo-saxons ne connaît guère que des préoccupations financières. De leur côté, les républicains établis en Amérique latine et en particulier au Mexique s'intègrent facilement et réussissent dans de très nombreux cas de façon remarquable sur le plan professionnel. Dans ce dernier pays spécialement, les républicains se font commerçants ou industriels, deviennent médecins ou architectes en renom, occupent des chaires prestigieuses dans les universités, créent parfois des institutions promises à un avenir remarquable comme le Colegio de Mexico[4]. Toutefois, la misère et l'insécurité sont le lot des réfugiés dans la plupart des autres pays. Chargée du plus grand nombre d'entre eux et des plus démunis, la France se préoccupe à la fois de les surveiller et de leur imposer un emploi. Dès le printemps 1939, les hommes et les femmes valides se voient offrir des contrats peu rémunérés comme salariés agricoles ou ouvriers d'usine. La guerre venue, les anciens soldats sont tirés des camps pour former des compagnies de travailleurs occupés notamment à l'achèvement de la ligne Maginot. D'autres se laissent convaincre de s'engager dans la Légion étrangère. 15 000 environ[5] effectuent ce choix assez forcé, certains se retrouvant dans la 13e demi-brigade de la Légion qui remporte à Narvik la seule victoire alliée de la drôle de guerre de 1939-1940. D'autres encore demeurent dans les camps. Le dernier, celui de Vernet, ne se vide définitivement que le 9 juin 1944, pour livrer son millier d'occupants aux Allemands qui l'encerclent[6].

Ces camps conservent une réputation sinistre dans l'esprit des exilés républicains. Dans l'improvisation des premiers jours, 100 000 personnes s'entassent à Saint-Cyprien, et 80 000 à Argelès. Les épidémies s'y répandent, la lèpre y

4. Équivalent mexicain de l'École libre des sciences politiques ou de l'Institut d'études politiques de Paris, fondé en 1941 par des républicains espagnols.

5. Léo Palacio, *1936 : la Maldonne espagnole*, Toulouse, Privat, 1986, p. 391.

6. Beaucoup, dont les Juifs, avaient été libérés par les autorités de Vichy dans les jours précédents.

resurgit même. Des centaines de réfugiés meurent dans ces conditions, sans qu'on puisse faire la part des décès et des évasions parmi les 4 700 Espagnols qui disparaissent[7]. Parmi eux, Antonio Machado rend son âme de poète à Collioure le 23 février 1939, sa mort prenant figure de symbole du calvaire des républicains. De leur côté, les blessés de guerre sont entassés à partir de la fin du même mois dans quatre navires-hôpital ancrés à Port-Vendres, pour être laissés pour l'essentiel aux soins de leurs propres médecins militaires dépourvus de moyens. Enfin, les deux camps disciplinaires de Collioure et de Vernet rassemblent les fortes têtes ou les éléments réputés subversifs. Là règne un régime de terreur pour quelques centaines de prisonniers au sens propre, ainsi que le notent des observateurs de la Conférence internationale pour la défense de la personne humaine envoyés sur les lieux.

Pourtant, la brutalité française n'est pas systématique et nul autre pays ne se préoccupe de partager le fardeau représenté par l'immense masse des réfugiés. En 1939, des milliers d'internés acclament le nom de Staline lorsque le responsable communiste Francisco Anton — protégé de Dolorès Ibarruri — sort de son camp à la demande de l'ambassade soviétique à Paris. Ils auraient eu plus de raisons de le vilipender pour cet acte de favoritisme exceptionnel et ostensible. Qui plus est, et en dépit du sort réservé à Lluis Companys, le gouvernement de Vichy lui-même refuse dans la plupart des cas de livrer les internés réclamés par les autorités de Madrid, voire de favoriser simplement le retour en Espagne de certaines catégories d'exilés. Son attitude aurait été plus remarquable encore, il est vrai, s'il avait opposé les mêmes réticences aux autorités d'occupation allemandes. Tel ne fut pas le cas. De huit à douze mille républicains ont été déportés dans les camps de concentration allemands, en particulier à Mauthausen et spécialement après l'ouverture du front de l'Est, à partir de juin 1941. Jusqu'alors, la Gestapo avait hésité quelque peu sur le statut des « Rouges espagnols », qu'elle supposait proté-

7. J.B. Climent, « España en el exilo », *Cuadernos americanos* 126 (1), janv.-fév. 1963, p. 98-102.

gés par l'URSS et donc couverts par le Pacte germano-soviétique du mois d'août 1939...

De toute manière, le gros de la population exilée qui demeure en France parvient à y survivre dans des conditions peu à peu plus décentes. 200 000 républicains environ s'y trouvent toujours en 1945 et 165 000 sont recensés officiellement en 1951, auxquels s'ajoutent des milliers de naturalisés ou de francisés. De façon identique, la situation des Espagnols réfugiés en URSS cesse d'être tragique après 1945, même si elle reste non moins indigente que celle de la population soviétique dans son ensemble. Des centaines d'enfants accueillis en 1937-1939 sont rapatriés en Espagne au cours des années 1950, après que quelques dizaines d'entre eux eurent été retrouvés par la Wermacht en 1941-1942. Les autres se sont assimilés. Pendant la guerre mondiale, en outre, les Espagnols exilés participent avec brio à la lutte contre l'Allemagne.

Pour les anciens soldats républicains, le conflit mondial n'est qu'un prolongement de leur guerre civile. Évacués en Angleterre, les légionnaires de Narvik se joignent aux Forces françaises libres — les FFL — du général de Gaulle et reprennent le combat en Libye, où ils s'illustrent à Bir-Hakeim. D'autres Espagnols nourrissent par centaines les rangs des Corps francs d'Afrique du général Leclerc, qui s'amusait lui-même à se décrire comme « un calotin à la tête de ces Rouges[8] » (les vieux Parisiens se souviennent des chars libérateurs de la 2e DB, dont certains portaient les noms des batailles de la guerre d'Espagne : « Brunete », « Belchite », « Guadalajara », « Ebro »...). Cependant, les plus nombreux parmi les combattants républicains de la conflagration mondiale sont les maquisards espagnols.

Bien qu'important, leur effectif précis reste indéterminé. Certains avancent les chiffres de 50 000 à 60 000 hommes pour l'ensemble des départements du Sud-Ouest où ils se trouvent concentrés pour l'essentiel. Une autre source retient celui de 10 000 communistes et anarchistes espagnols véritablement encadrés et armés au milieu de 1944[9]. Quoi qu'il

8. L. Palacio, *op. cit.*, p. 395.

9. G. Laroche, *On les nommait des étrangers*, Paris, Les Éditeurs français réunis, 1965, p. 186.

en soit sur ce point, leurs unités aguerries jouent un rôle majeur dans la libération de l'Ariège et de la région de Toulouse, en partie sous les ordres du futur colonel Bigeard parachuté pour les conduire dans les semaines qui suivent le débarquement de Normandie. Certains Espagnols combattent alors dans le maquis depuis 1942. D'autres, rassemblés et encadrés dans des camps de bûcherons des Pyrénées, prennent les armes au moment de la libération.

Dans l'euphorie de la victoire, beaucoup pensent alors à libérer aussi l'Espagne. De très petits groupes de guérilleros y subsistent depuis 1939. En 1943, les services secrets américains ont pris conscience de leur existence et entraîné à Alger des radios venus par Melilla, au Maroc espagnol. Échappant à la tutelle des Français, des responsables des maquis communistes et anarchistes se préoccupent après le débarquement allié en Provence de mener une action plus décisive sur la frontière pyrénéenne. En septembre 1944, l'attaque principale menée depuis le col de l'Hospitalet par 20 000 guérilleros débouche sur les villages du Val d'Aran. Mais, misant sur le ralliement de la population, les maquisards espagnols voient au contraire celle-ci se dérober, par crainte des représailles franquistes comme sans doute aussi d'une nouvelle guerre civile. Encerclés par les troupes du général Yagüe, ils se trouvent dans une situation sans issue après dix jours de combats. Dépêché par le Parti communiste, Santiago Carrillo organise le repli. Des prisonniers restent sur le terrain, tandis que d'autres combattants s'infiltrent à l'intérieur de l'Espagne pour grossir les noyaux de guérilla déjà existants ou en créer d'autres.

Ces maquis essaiment bientôt dans les Asturies, en Galice, en Catalogne, en Aragon, en Andalousie et dans l'Estrémadure. Au moins dans l'imagination des responsables communistes aussi bien qu'anarchistes, ils constituent l'instrument d'une nouvelle stratégie de renversement de la dictature du général Franco. Certes, la puissance militaire des guérilleros est faible. Mais leur renforcement tendrait à démontrer que la résistance existe en Espagne comme dans les autres nations soumises auparavant à l'oppression totalitaire de l'Allemagne, et qu'une intervention alliée dans la Péninsule ibérique ne ferait que donner la dernière touche au conflit mondial en lui prêtant main-forte. Mais, dans la pratique, pourchassées par la garde civile au cours de l'été et de l'automne 1944, les guérillas ne sont guère soutenues par les paysans. Dans les montagnes de Cordoue, par exemple, les villageois redonnent aux guérilleros la vieille appellation de *bandoleros* en usage au XIXe siècle, leur rendant comme à ceux-ci un hommage surtout posthume. Après l'échec d'une dernière tentative de débarquement menée en 1946 sur la côte atlantique, privés d'espoir de victoire comme de secours extérieur, les maquis ne font plus que survivre pendant quelques années. En mars 1947, la garde civile reprend l'offensive et les réduit presque à néant. Seuls quelques maquisards aux abois se maintiennent en Catalogne et dans le Levant jusqu'en 1949, d'autres résistant même jusqu'en 1951 en Galice et dans la province de Grenade. Ce sont vraiment les derniers combattants de la guerre civile.

Leur héroïsme désespéré ne peut toutefois masquer les aspects moins exaltants de l'odyssée des républicains de l'exil. En France, les exécutions sommaires et les exactions de certains groupes de maquisards espagnols du Sud-Ouest laissent des souvenirs pénibles. Sur un plan différent, les rivalités et les haines réciproques des divers courants de la diaspora républicaine vont engendrer également des combats politiques peu flatteurs.

1945 : les derniers feux du gouvernement républicain en exil

Ces combats puisent leur origine dans la guerre d'Espagne elle-même, dans les affrontements de Barcelone entre les anarchistes et le gouvernement de Valence comme aussi dans le conflit qui oppose les socialistes modérés à Negrin et aux communistes pour déboucher en mars 1939 sur le putsch du colonel Casado. La défaite consommée, les antagonismes cristallisés au cours des deux années précédentes s'inscrivent dans les disputes pour le contrôle des organismes d'aide aux exilés et de ce qui subsiste des ressources financières du trésor républicain déposé à l'étranger. Au-delà, il s'agit toujours d'une lutte pour le pouvoir entre les clans qui prétendent capter à leur profit la légitimité républicaine.

Dès février 1939, le gouvernement Negrin se soucie de consolider son avenir dans l'exil en donnant vie à un organisme officiel de secours aux réfugiés dénommé Servicio de Emigración para Republicanos Españoles (Service d'émigration des républicains espagnols, SERE). Le SERE installe ses bureaux à Paris et aurait disposé de 250 millions de francs[10], soit 500 millions environ au cours actuel. Cette organisation fournit des subsides à certains exilés et assure le départ de France d'une quarantaine de milliers d'entre eux. Toutefois, les choix qu'elle opère prêtent à discussion. Immédiatement, les socialistes modérés et les anarchistes l'accusent de partialité en faveur des communistes et des fidèles de l'ancien président du Conseil. La tutelle que le gouvernement mexicain exerce dès mars 1939 sur le SERE ne change rien à l'affaire, dans la mesure où il semble partager les critères de sélection de ses responsables espagnols.

Les tensions enregistrées avec les autorités françaises et l'épuisement de ses fonds amènent cet organisme à interrompre pratiquement son activité à l'été 1940. Mais il se trouve déjà supplanté alors par une autre institution de secours animée par le grand rival socialiste de Negrin : Indelacio Prieto. Réfugié à Mexico dans les derniers jours de la guerre civile, l'ancien ministre de la Défense parvient à mettre la main sur une partie du trésor du SERE lorsque celui-ci arrive le 28 mars 1939 au port de Vera Cruz, sur le yacht américain *Vita*. Profitant de l'absence de l'émissaire de Negrin et assuré du consentement du président mexicain Lazaro Cardenas, Prieto capte de la sorte de 40 à 50 millions de dollars de l'époque. Ce pactole lui permet de contester avec des moyens réels la légitimité du gouvernement légal. Se rendant à Paris, Prieto obtient le 26 juillet 1939 de la délégation des Cortès en exil qu'elle déclare la « nullité » du cabinet Negrin et crée une nouvelle administration chargée de la gestion du « patrimoine national ». Officialisée le 31 juillet, celle-ci prend le titre de Junta de Auxilio a los Republicanos Españoles (Junte d'aide aux républicains espagnols, ou JARE) et se transforme en seconde autorité républicaine

10. A. Alted Vigil, « El exilio español y la ayuda a los refugiados », *Historia 16 (Guerra civil)* (24), 1987, p. 98.

de facto face au SERE. Jusqu'en 1946, la JARE apporte des secours à 11 000 réfugiés, principalement au Mexique. Toutefois, ses critères d'attribution se révèlent non moins partiaux que ceux de l'organisme adverse, étant entendu qu'ils favorisent cette fois les socialistes et les républicains modérés ainsi que les anarchistes. En novembre 1942, cette situation conduit les autorités mexicaines à mettre ses biens et ses fonds sous séquestre.

Cette affaire ne représente que l'épisode principal des zizanies républicaines pendant la guerre mondiale. Tous les partis et courants politiques ou syndicaux se divisent alors au regard des péripéties de la guerre civile, des socialistes aux anarchistes en passant par les communistes. En effet, ces derniers n'échappent pas aux règlements de comptes internes. En Union soviétique, un antagonisme de plus en plus violent oppose l'appareil central du Parti rassemblé à Moscou puis à Oufa autour de Dolorès Ibarruri, à un groupe contestataire inspiré par Jésus Hernandez. Ancien ministre de l'Éducation, Hernandez entre en conflit avec la Pasionaria — D. Ibarruri — à partir de 1942, quand celle-ci occupe le poste de secrétaire-général laissé vacant par le décès de José Diaz. Envoyé en mission à Stockholm, il noue des contacts avec des communistes espagnols mécontents exilés au Mexique, dénonce les intrigues personnelles et l'attitude de l'équipe dirigeante de Moscou à l'endroit des Espagnols réfugiés en URSS, accusant finalement la Pasionaria d'avoir provoqué la mort de José Diaz afin de prendre possession du secrétariat général du Parti. Les dirigeants en place répliquent en reprochant à Hernandez son rôle modérateur pendant la guerre civile, suggérant que son indignation n'est dictée que par le dépit de ne pas avoir remplacé Diaz comme secrétaire général.

En Espagne même, en outre, les réseaux de clandestins ne subissent pas que le harcèlement de la police franquiste. Le premier coordinateur de l'appareil communiste souterrain est un responsable de rang moyen évadé de prison en 1939, Heriberto Quiñones. Déjà périlleuse en elle-même, sa position se trouve compliquée par la signature du Pacte germano-soviétique. Coupés du Comité central du parti, les communistes de l'intérieur se voient mettre par surcroît en quarantaine par les clandestins des autres tendances politiques. Finalement, Quiñones en vient à son tour à contester les dirigeants de Moscou et à leur reprocher d'avoir pris la fuite. Envoyé par la direction centrale pour rétablir le contact avec lui, Jésus Contreras ne peut que constater la scission de fait, préfigurant le clivage chronique qui va séparer les appareils interne et externe du PCE pendant la dictature franquiste. C'est seulement après la capture de Quiñones, au cours de l'hiver 1941-1942, que l'émissaire de Moscou peut reprendre le contrôle des vestiges infimes du réseau communiste en Espagne.

L'approche de la défaite allemande ne réduit en rien ces divisions, pas plus que les travaux de la conférence de Téhéran où, du 26 novembre au 3 décembre, Winston Churchill est le seul des Trois Grands à ne pas condamner le régime franquiste. C'est toujours désunis que les républicains en exil se préparent dans la perspective d'un effondrement de l'État national. Dès l'été 1943, les communistes lancent une Junte suprême d'union nationale. En réponse, les socialistes et les républicains modérés fondent une Junte espagnole de libération établie à Mexico. Des deux côtés mais séparément, les préparatifs de rentrée au pays s'accélèrent pendant l'été et l'automne 1944. La Junte espagnole de libération installe au mois de septembre une délégation avancée à Toulouse. Dans les mois suivants, la Junte d'union nationale communiste intervient de son côté à l'intérieur de l'Espagne en constituant un nombre appréciable de juntes locales. Ce à quoi la Junte de libération socialiste réplique en développant à son tour à l'intérieur du pays, à partir de janvier 1945, un Groupement des forces armées de la République espagnole — l'AFARE[11] — censé encadrer des noyaux d'anciens combattants loyalistes.

La rivalité des deux courants socialiste et communiste auxquels s'ajoute celui formé par les anarchistes ne se modifie aucunement lorsque l'effondrement de la résistance allemande survient pour de bon et semble sonner le glas de la dictature du général Franco. Pourtant, le 11 février 1945,

11. *Agrupación de las fuerzas armadas de la República española* (AFARE).

le Premier ministre britannique cesse de se singulariser en manifestant une certaine compréhension à l'égard du Caudillo. Il apparaît, en effet, comme l'un des cosignataires du communiqué final de la conférence de Yalta. De concert avec le maréchal Staline et le président Roosevelt, il y prend « l'engagement sacré (...) de travailler unis pour que les peuples libérés ou qui ont agi dans l'orbite du nazisme puissent choisir leur gouvernement après des élections libres ». Qui plus est, en avril 1945, l'État espagnol se trouve exclu en raison de sa nature non démocratique de la conférence de San Francisco, où sont jetées les bases de l'Organisation des Nations Unies. A l'inverse, l'Espagne républicaine est officieusement représentée à la réunion. De même encore, réunis le 17 juillet à la conférence de Potsdam, Harry Truman et Winston Churchill se voient soumettre par Staline un mémorandum recommandant la rupture immédiate des relations diplomatiques avec Madrid et demandant qu'un appui décisif soit apporté aux forces démocratiques espagnoles pour le renversement du pouvoir franquiste. Bien que les deux chefs d'État britannique et américain repoussent cette proposition qui aurait pu donner lieu à une intervention armée des Alliés en Espagne, il reste que le régime issu de la « Croisade » de 1936-1939 paraît condamné de façon quasiment certaine.

En dépit de ces signes impressionnants, c'est de manière isolée que les courants politiques représentés au sein de la Junte de libération nationale lancent en septembre 1944 une Alliance nationale des forces démocratiques. Les communistes conservent leur Junte suprême d'union nationale qu'ils ne dissolvent qu'en janvier 1946. De plus, s'ils adhèrent finalement à l'Alliance dominée par les socialistes en juillet 1945, ce geste ne les conduit pas à participer au gouvernement républicain en exil formé à Paris le mois suivant, sous la direction de l'ancien président du Conseil de juillet 1936, José Giral. Le cabinet Giral ne comprend que des ministres de la gauche « bourgeoise » et des socialistes. Les anarchistes n'y figurent pas davantage que les communistes. C'est seulement à partir du 10 avril 1946 que le PCE sera admis en son sein, en la personne de Santiago Carrillo promu ministre sans portefeuille. Un autre communiste,

Vicente Uribe, se joindra également au second gouvernement en exil, présidé du mois de février au mois d'août 1947 par le socialiste Rodolfo Llopis. Cependant, les anarchistes tournent le dos à ce cabinet comme au précédent. Surtout, le début de la guerre froide fait sentir ses effets parmi les républicains espagnols comme dans l'ensemble de l'Europe occidentale. Le 5 août 1947, la démission de Vicente Uribe provoque la chute du gouvernement Llopis. Elle coïncide avec les querelles suscitées en Europe par l'annonce du plan Marshall et avec le retrait des ministres communistes des gouvernements français, italien et belge.

De toute façon, le temps du grand espoir est déjà passé à ce moment. Le 9 février 1946, l'Organisation des Nations Unies a confirmé sa condamnation du régime franquiste lors de sa première assemblée générale. Le 1er mars, la France a fermé sa frontière avec l'Espagne. Le 4 avril 1946, elle a condamné la dictature du général Franco conjointement avec la Grande-Bretagne et les États-Unis. Le 12 décembre, une nouvelle résolution de l'ONU a recommandé le rappel des ambassadeurs des pays membres en poste à Madrid. Mais, après ce point culminant, la mise en quarantaine de l'État national va demeurer largement platonique. Le déclenchement de la guerre froide apporte une sorte de ballon d'oxygène au pouvoir franquiste. En mai 1947, les États-Unis renoncent à prendre des sanctions économiques contre l'Espagne. En fait, ils se préparent à revoir totalement leur position à son endroit, manifestant le changement par la visite que l'amiral Sherman effectue à Madrid le 4 février 1948. Six jours plus tard, les Français rouvrent leur frontière.

Les vainqueurs de la guerre civile remportent à ce moment leur deuxième victoire. Leur exclusion du plan Marshall ne les empêche pas d'entamer à partir de ce moment leur rentrée en grâce diplomatique, concrétisée le 4 novembre 1950 par leur admission dans une première organisation internationale : l'Organisation pour l'alimentation et l'agriculture (la FAO). Deux jours plus tard, l'ONU qui ne peut moins faire autorise le renvoi des ambassadeurs, trois mois après que le Sénat américain eut approuvé l'octroi d'un premier crédit à l'Espagne franquiste. Pour compléter sa réhabilitation, il ne reste plus alors à celle-ci qu'à œuvrer à son admission à l'UNESCO, survenue le 17 novembre 1952 grâce à l'appui des pays arabes et latino-américains, puis à signer, le 26 septembre 1953, les accords militaires et économiques hispano-américains.

A ce moment, les républicains ont déjà perdu leur propre dernière bataille depuis six ans déjà. Privé depuis 1947 du soutien des communistes, leur gouvernement en exil ne subsiste que pour la forme et par une sorte de défi nostalgique. Transféré au Mexique où il jouit toujours d'une reconnaissance diplomatique, il forme avec la délégation permanente des Cortès une sorte de club d'anciens, qui deviennent bientôt des vieillards soucieux avant tout de mourir dans l'honneur et la fidélité à un idéal sous la conduite de deux présidents de la République successifs : Alvaro de Albornoz et Claudio Sánchez Albornoz. Il en va de même des cadres du Parti socialiste, de la Confédération nationale du travail ou des partis modérés réfugiés en France. Les dirigeants des formations républicaines tiennent impavidement leurs réunions et leurs congrès, comme pour assurer l'entretien d'un trésor oublié par la masse des Espagnols. Ils continuent aussi à remuer leurs rancœurs et leurs querelles, notamment vis-à-vis des communistes qui échappent seuls à ce vieillissement et qui reconstituent un puissant appareil clandestin en Espagne. Finalement, le sursaut salvateur ne survient qu'au début des années 1970 au sein du Parti socialiste, lorsque l'équipe conduite par un jeune dirigeant de l'intérieur, Felipe Gonzalez, parvient à déplacer de sa direction les vieux réfugiés menés par Rodolfo Llopis.

Le monde politique de l'exil républicain s'écroule alors, épuisé de souvenirs et de déceptions accumulées. Mais les dissensions des jeunes néo-républicains de l'intérieur ne s'interrompent pas pour autant. A guère plus d'un an de la disparition du général Franco, en 1974, elles se manifestent encore par la formation de deux structures politiques concurrentes dans la perspective de la démocratisation du pays : la Junte démocratique inspirée par les communistes et la Plate-forme démocratique dominée par les socialistes. Le plus singulier tient à ce que les uns et les autres se retrouveront monarchistes quelques années plus tard, Santiago

Carrillo et ses amis plutôt rares d'assez bon gré, les socialistes à leur grande surprise et par la force des événements. Face à la vieille bannière aux deux couleurs de la jeune monarchie démocratique, le drapeau tricolore des républicains finit par ne même plus être en berne. Il repose plié dans le placard de l'histoire depuis la mort du général Franco.

L'Espagne occupée par son armée

Au lendemain de la victoire des forces nationales, l'univers des vaincus ne se situe cependant pas tout entier dans les terres d'exil de France ou d'Amérique. Si les chefs parviennent à quitter le pays à l'exception du très petit nombre de ceux qui se livrent à l'ennemi à l'instar de Julian Besteiro, la masse des républicains demeure en Espagne, s'agissant du gros de la population aussi bien que des responsables de rang subalterne ou moyen. Tous subissent la loi des vainqueurs.

Dès l'été 1937, le Pays basque et les provinces atlantiques de Santander et des Asturies ont un avant-goût de l'amertume de cette paix franquiste. Elle prend le visage d'une occupation militaire et tel est bien le nom revendiqué par l'armée stationnée dans cette zone. Celle-ci applique une justice d'état de guerre en vertu d'une décision publiée le 28 juillet 1936. Dans ce contexte, deux décrets du 31 août et du 8 septembre 1936 disposent d'une part que les tribunaux militaires se substituent aux juridictions civiles pour les affaires touchant au conflit, d'autre part que les jurys cessent d'intervenir dans la procédure judiciaire en raison de leur « partialité notoire ». En outre, une disposition du 24 octobre 1936 réorganise la magistrature militaire en coiffant les « conseils de guerre permanents » d'un « haut tribunal de justice militaire ».

Cet appareil répressif écrase les provinces du Nord. D'un côté, la vie matérielle semble y reprendre assez vite son cours normal. A Saint-Sébastien et Bilbao surtout, les grands hôtels rouvrent leurs portes et publient des annonces invitant les bourgeois réfugiés à jouir de leurs commodités. Les usines se remettent également à travailler, et le ministère de l'Industrie transfère même son siège de Burgos à Bilbao. De même, le ravitaillement se rétablit et l'abondance alimentaire paraît régner à nouveau. Mais, simultanément, une chappe de propagande et de persécution tombe sur la région. L'utilisation de la langue basque se trouve aussitôt interdite dans les lieux publics, au point de créer des frictions avec les responsables ecclésiastiques conscients de ce que le clergé ne peut s'exprimer d'une autre façon dans certaines paroisses rurales où l'espagnol reste peu pratiqué. Sur un autre plan, de plus, les provinces de Guipuzcoa (Saint-Sébastien) et de Biscaye (Bilbao) perdent le régime administratif et fiscal particulier dont elles avaient toujours joui[12], tandis que celles de Navarre et d'Alava (Vitoria) conservent au contraire ce privilège à titre de récompense pour leur ralliement aux insurgés ou leur attitude plus favorable à ceux-ci.

L'esprit de vengeance se traduit plus encore au niveau de l'imposition de nouvelles valeurs et de la persécution des personnes. Dans un article publié à l'occasion de la prise de Bilbao dans le journal *ABC* de Séville, l'écrivain phalangiste Ernesto Giménez Caballero exprime l'esprit manichéen qui règne à cet égard. Pour lui, en s'emparant du Pays basque, « l'Espagne rurale et militaire des bergers et des soldats, des mystiques et des chercheurs d'absolu, vient de vaincre l'Espagne industrielle, pacifiste et socialiste des bourgeois et des ouvriers, des épicuriens et des républicains[13] ». De même, lorsque survient en octobre 1937 la chute d'Oviedo, un journal de la ville précédemment occupée de Santander tonne : « Lorsque se manifeste le raffinement du vice, les trompettes de l'Apocalypse ne tardent pas à sonner[14]. »

Dans ce climat, les habitants des provinces reconquises du Nord se voient enjoindre de « faire de la chemise bleue[15] une habitude de vie ». Là où le clergé avait été persécuté,

12. Régime dénommé *Concierto éconómico*.

13. R. Abella, *La vida cotidiana durante la guerra civil. La España nacional*, Barcelona, Editorial Planeta, 1973, p. 252.

14. R. Abella, *op. cit.*, p. 260, d'après *El diario montanés*.

15. Chemise d'uniforme de la Phalange, équivalent de la chemise noire des fascistes italiens ou de la chemise brune nazie.

le culte est rétabli par des solennités grandioses et la piété devient obligatoire. Surtout, les cadres républicains ou les officiers fidèles au gouvernement légal sont pourchassés. Pendant quelques jours, le procès du colonel Franco Mussio retient l'attention à ce propos. Directeur de la fabrique d'armes de Trubia, près d'Oviedo, ce militaire de carrière était demeuré loyal à la République après le soulèvement du 18 juillet 1936. Le verdict qui le condamne à mort avec sept de ses subordonnés fera jurisprudence. Il fixe pour la suite le sort réservé aux militaires loyalistes accusés désormais de trahison et passibles de la peine capitale.

A partir du printemps 1938, l'occupation de la province catalane de Lerida durcit plus encore les traits de la paix des vainqueurs. Dans cette zone, des civils sont fusillés pour avoir refusé de crier des slogans en faveur des nationaux. De manière générale, la Catalogne se présente davantage même que le Pays basque comme l'anti-Espagne à abattre aux yeux du clan le plus réactionnaire de l'État national. Dès le 11 octobre 1936, un arrêté pris à Séville par le général Queipo de Llano avait exonéré les habitants de la zone insurgée des dettes contractées vis-à-vis des Catalans alors qu'aucune mesure n'avait joué au détriment des créditeurs basques... Plus tard, spécialement avec l'offensive finale de janvier 1939 et la chute de Barcelone, la Catalogne se voit traiter en terre ennemie. Certes, diverses unités républicaines en retraite ne se trouvent pas exemptes de reproche. Ainsi lorsqu'elles fusillent les prisonniers qu'elles convoient vers la frontière, tels le colonel Rey d'Harcourt et l'évêque Polanco, capturés tous deux à Teruel et exécutés à Prat de Molins. Mais ces crimes de la débandade ne suffisent pas à expliquer la vindicte des nationaux. Le slogan franquiste est alors : « La Catalogne devrait être semée de sel. » Bien qu'il s'agisse d'une façon de parler, la consigne n'est pas loin de revêtir une certaine réalité.

Il va de soi que, comme les Basques, les Catalans ne sont pas tous hostiles aux franquistes et que beaucoup les accueillent avec des vivats. Il est clair aussi que l'arrivée victorieuse des troupes nationales met fin à la hantise des bombardements aériens et instaure un certain retour à l'ordre. Les rues jonchées d'ordures de la grande métropole méditerranéenne sont nettoyées dès leur entrée. L'électricité revient et les camions de l'Aide sociale du parti unique suivent les soldats. En peu de jours, l'extrême pénurie alimentaire disparaît et les difficultés matérielles de la guerre semblent s'évanouir. Toutefois, la Catalogne ne se voit pas seulement ordonner de « parler la langue de l'Empire » — le castillan — et d'oublier la sienne propre. La priorité des vainqueurs ne consiste pas davantage à la purger de ses éléments anarchistes, communistes, socialistes ou républicains comme toutes les autres provinces. Elle est de la punir de manière toute spéciale en tant que région et que collectivité humaine, spécialement de la « désindustrialiser » au profit de la Castille.

Dès son discours de la Noël 1936, l'ancien chef de la Phalange, Manuel Hedilla, avait manifesté son désaccord avec les outrances hostiles aux Catalans et aux Basques en déclarant : « Il y a sur notre arrière-garde des personnes qui ne trouvent rien de mieux à faire pour la patrie que d'exciter la haine contre la Catalogne et les provinces basques[16]. » La tendance se marque plus encore avec le triomphe des nationaux et elle caractérise surtout les secteurs militaires et ultras du camp franquiste. La Phalange aurait souhaité se montrer moins répressive. A Barcelone, notamment, le responsable des services de propagande du parti unique, Dionisio Ridruejo, se voit interdire par le commandant de la place les distributions de tracts en langue catalane comme aussi les réunions syndicales qu'il projetait dans les quartiers ouvriers, avec pourtant l'assentiment préalable du ministre de l'Intérieur. Les habitants des faubourgs comme ceux des quartiers bourgeois ne reçoivent de ce fait d'autre propagande que les sermons évoquant « Sodome et Gomorrhe », ou les malheurs mérités par le « péché » et la « fornication », que les prêtres revenus dans la ville leur prodiguent dans les églises à nouveau ouvertes. Mieux vaut s'y rendre, au besoin pour y mettre un genou en terre en faisant le salut fasciste...

Achevée le 31 mars 1939 avec l'entrée des forces nationales à Almeria, Carthagène et Murcie, l'occupation de la

16. J. Benet, *Catalunya sota el régim franquista*, Paris, 1973, p. 103.

zone centrale et de Madrid met un terme au provisoire en matière de répression. A l'instar de Barcelone, la capitale du pays est traitée comme une « Babylone moderne » vouée au châtiment. En même temps, l'amélioration de la situation alimentaire aussi bien que l'exaltation patriotique et religieuse des conformistes et des puissants provoquent et voilent à la fois l'étendue de l'épuration et l'atrocité des sanctions qui frappent le gros de la population ouvrière ou petite-bourgeoise. En face, cependant, ne se trouvent pas que des nantis. Une autre population, formée par la masse importante du peuple espagnol acquise à la « Croisade », attend qu'on en finisse pour toujours avec l'Espagne « rouge ». La presse de l'époque fournit chaque jour les preuves de cet état d'esprit dans un style qui rappelle celui de l'Inquisition. Tel est, aussi, le sens du mandat tacite délégué au général Franco, non seulement par ceux qu'on va qualifier de piliers de la dictature — les grands propriétaires, l'armée, les milieux d'affaires, le clergé de l'époque — mais aussi par la masse urbaine ou paysanne qui assiste avec une sorte de fascination satisfaite à l'écrasement sanglant de la classe ouvrière des villes et des campagnes.

La terreur s'abat sur le pays, bien vite isolé et replié par force sur lui-même dans une Europe en guerre cinq mois après la prise de Madrid. Les camps de prisonniers regorgent d'hommes. Une centaine de milliers de soldats républicains ont été capturés dès 1937 dans les provinces atlantiques. Environ 110 000 autres ont été pris à la nasse en Catalogne. Plus de 200 000 prisonniers du front central s'y ajoutent en mars 1939. Parmi ces derniers, la plupart croient avoir peu à craindre des vainqueurs auxquels ils se rendent individuellement ou par unités entières. Le 26 mars, en effet, un communiqué du quartier général du général Franco les a assurés que « ni le simple fait d'avoir servi dans l'Armée rouge ni celui d'avoir milité comme simple affilié dans des courants politiques contraires au Mouvement national ne constitueront des motifs de responsabilité criminelle ». Mais, en réalité, tous ceux qui se livrent, même volontairement, demeurent entre les barbelés pour quelques mois au minimum.

Les camps de prisonniers de guerre servent de centre de

tri et, le plus souvent, d'antichambre de la prison. Les interrogatoires s'y déroulent de façon brutale, et seuls les plus chanceux en sortent avant la fin de 1939. D'autres sont intégrés dans des unités de l'armée nationale. D'autres encore, très nombreux mais classés comme éléments dangereux, doivent servir pendant des années dans des bataillons de travail. Enfin, les plus compromis ou les plus malchanceux sont envoyés dans des centres pénitentiaires en vue de l'instruction sommaire de leur procès devant un conseil de guerre. Ils attendent là jusqu'à trois ans. Les photos de l'époque les montrent tondus, le visage quelquefois à peine moins émacié que celui des déportés des camps d'extermination allemands, souvent rassemblés de force pour des célébrations religieuses, parfois aussi réunis pour recevoir un certificat de bonne conduite et une attestation de formation professionnelle qui augurent d'une libération surveillée. Grossie par cet afflux d'anciens soldats, la population pénitentiaire, égale à moins de 13 000 détenus des deux sexes avant 1936, s'élève à 250 000 individus à la fin de 1939, 213 000 en 1940, et ne décroît vraiment qu'à partir de 1944.

Tableau 6

Population carcérale (1939-1944)[17]

année	*population carcérale*	*année*	*population carcérale*
1939	250 000	*1942*	96 000
1940	213 000	*1943*	47 000
1941	140 000	*1944*	28 000

Tous ces prisonniers ne sont pourtant pas d'anciens militaires. A Madrid uniquement, 50 000 suspects, dont beaucoup de civils et 5 000 femmes, sont arrêtés au cours des semaines qui suivent l'entrée des forces nationales. Par la suite, les dénonciations et les comités d'épuration font que

17. M. Brugarola, « Realizaciones sociales de España », *Razón y Fé* (574), nov. 1945, p. 527.

nul, parmi ceux qui ont eu quelque engagement républicain que ce soit, ne se trouve à l'abri d'un emprisonnement inopiné. Les perspectives de jugement offertes aux détenus sont rien de moins que terrifiantes. Promulguée le 9 février 1939, la loi sur les responsabilités politiques étend son champ d'application à des faits survenus à partir du 1er octobre 1934, soit plus d'un an et demi avant le début de la guerre civile. Complété en 1942, ce texte va demeurer en vigueur jusqu'au 10 novembre 1966... De son côté, une autre loi en date du 9 janvier 1940 encourage en fait les dénonciations, tandis que la loi du 1er mars de la même année sur la franc-maçonnerie et le communisme complète le dispositif pour sanctionner les simples délits d'opinion ou d'affiliation aux organisations concernées.

Sur cette base, selon des sources officieuses[18], 192 000 condamnés auraient subi la peine capitale entre le 1er avril 1939 et le 30 juin 1944, à un rythme d'au moins 500 exécutions par jour au début. Encore s'agit-il là d'un minimum, qui ne tient pas compte des décès par maladie, par inanition ou par « accident », et qui ne reflète surtout pas l'horreur de certaines fusillades. A Madrid, par exemple, un groupe de très jeunes filles des Jeunesses socialistes unifiées — les Jeunesses communistes — figure parmi les premières victimes. De façon plus générale, le massacre se déroule devant l'indifférence des âmes pieuses. Ainsi, le directeur général des prisons ne choque personne en publiant dans l'organe officiel de l'épiscopat espagnol, en janvier 1941 : « Aucune réduction de peine n'est accordée à ceux qui (...) n'ont pas acquis les principes élémentaires de notre Religion. Ce qui signifie — ajoute-t-il — que cette connaissance de la Religion devient une exigence de Droit public obligatoire[19]... »

En outre, la répression pure et simple s'accompagne d'une épuration poussée jusqu'à l'extrême limite après la guerre civile. Celle-ci intervient dans tous les secteurs professionnels, bien que plus spécialement parmi les anciens fonction-

18. S.G. Payne, *Franco's Spain*, New York, T.Y. Crowell, 1967, p. 111.
19. « Redención en carceles de España », *Ecclesia* 1 (2), 15 janv. 1941, p. 9.

naires de la République presque tous licenciés. Il ne reste bientôt plus que 160 professeurs d'université sur les 430 titulaires des chaires de 1936. 6 000 instituteurs tombent sous les balles pendant ou après la guerre civile, 7 000 prennent le chemin de la prison, des dizaines de milliers sont révoqués, dont 1 200 sur 1 800 pour la seule ville de Barcelone. L'épuration frappe même la police, pratiquement recréée en 1941. Parallèlement, les employeurs privés trient sur le volet les salariés qu'ils réembauchent un à un, de la même façon que les ordres corporatistes qui régissent les professions libérales éliminent leurs membres réputés trop libéraux.

La contre-révolution franquiste : entre le fascisme et le national-catholicisme

Corollaire de l'épuration, le partage des dépouilles favorise tous ceux qui peuvent ou savent se situer du bon côté. L'effectif de la Phalange passe de 650 000 membres en 1939 à 725 000 en 1940, 890 000 en 1941 et 932 000 en 1942. Pourvus de la sorte d'un brevet de respectabilité politique, ces phalangistes d'extraction très nouvelle en général repeuplent l'administration, les écoles et l'Université sans qu'on se préoccupe beaucoup de leur qualification réelle. L'Espagne ne compte plus bientôt que des paladins de la Croisade ou des suspects, la seule catégorie placée hors de cette dichotomie étant celle des orphelins des républicains morts au combat ou fusillés. Enfants livrés à la merci des vainqueurs, sur lesquels veillent avec un soin jaloux les prêtres des faubourgs populaires — « couronnes d'épines » des grandes villes dans le langage de l'époque — assistés des pieuses dames de l'Action catholique et des ardentes jeunes filles de l'organisation féminine du parti unique. En revanche, les trafiquants du marché noir — les *estraperlistas* — parviennent à obtenir les certificats de bonne conduite qui les situent du côté des bien-pensants...

Leur rôle très important constitue le symbole d'une époque dont la misère ne procède pas seulement de la répression. Coupée du monde par la guerre mondiale, l'Espagne en vient à manquer de tout à l'issue de sa propre guerre. Désorganisée par la collectivisation républicaine puis par la décollectivisation franquiste, freinée aussi par le manque d'engrais et de machines, la production agricole s'effondre de l'indice 109 en 1935 à l'indice 70 en 1940 et à l'indice 75 en 1942. Parallèlement, la valeur réelle de la production industrielle ne représente plus, en 1942, qu'un peu plus de la moitié de ce qu'elle était avant 1936. Enfin, les dommages subis par l'infrastructure ferroviaire, l'usure du matériel roulant et la quasi-disparition des produits pétroliers font que la distribution de la rareté devient elle-même impossible et que la disette s'installe aussi bien dans les villes que dans les zones rurales latifundiaires où les familles des journaliers agricoles ne disposent pas de lopins capables d'assurer leur autosubsistance. La famine s'installe au sens propre jusqu'en 1944, à laquelle échappent seuls les paysans tenanciers et les membres des classes moyennes ayant des attaches avec eux ou capables de supporter les prix du marché noir. Plus encore que dans les pays de l'Europe de l'Ouest occupés par l'Allemagne, un abîme se creuse entre une minorité d'affairistes douteux et une immense population sous-alimentée qui afflue vers les villes dans l'espoir vain d'y trouver le moyen de subsister. Autour de Madrid en particulier, les paysans, dont certains ont fui leurs villages à l'approche des troupes nationales, vont jusqu'à occuper les chapelles funéraires des cimetières qui sont seules à leur fournir asile... Les beaux jours de la guerre civile sur les arrières de la zone nationale sont bien loin.

Dans ce contexte de dénuement et de misère à la fois matérielle et culturelle, la Phalange et l'Église se disputent le contrôle de la société. Car si le parti unique jouit en principe du monopole politique et syndical, il ne peut l'appliquer en raison des réticences du général Franco et des préventions qu'il suscite au sein même de catégories sociales pourtant favorables au régime. Si le Caudillo juge opportun de flatter ses alliés allemands et italiens en appuyant son pouvoir sur un parti de style fasciste, il est au fond de lui-même hostile aux velléités pseudo-révolutionnaires des phalangistes et franchement opposé à l'appétit de pouvoir de certains d'entre eux. Il sait, aussi, que, en contenant les ambitions de la Phalange, il répond aux vœux d'un patronat heurté par la démagogie ouvriériste des dirigeants du syndicat officiel et calme les appréhensions de l'Église, choquée à la fois par le verbalisme assez laïciste du parti unique et par la prétention hégémonique de ses organisations de jeunesse. Ceci sans oublier que les membres de la bonne société trouvent la Phalange vulgaire et populaire ; ils n'admettraient pas que la dictature en fasse la seule structure d'encadrement offerte aux Espagnols.

Devenu responsable du syndicalisme d'État au lendemain de son rattachement à l'organisation phalangiste, le 9 septembre 1939, l'ancien militant socialiste Salvador Merino se heurte par conséquent à une opposition très forte lorsqu'il prétend le transformer en axe du système franquiste et en fer de lance du parti unique. S'inspirant des syndicats nazis et usant de méthodes qui ne peuvent qu'inquiéter l'Église et les catholiques, Merino développe son action après la promulgation de la loi d'unification syndicale du 26 janvier 1940, mobilisant à cette fin d'autres transfuges socialistes aussi bien que des anarchistes et des communistes libérés de prison. Mais à vouloir faire défiler des prolétaires même fascistes dans Madrid, il suscite une réaction devenue victorieuse après le voyage imprudent qu'il effectue en Allemagne en avril et mai 1941. Discrètement destitué dans les semaines suivantes, Merino est exilé en juillet aux Baléares, sous l'accusation de franc-maçonnerie... De la même façon, l'ambitieux président de la Junte politique de la Phalange qu'est Ramon Serrano Suñer, pourtant beau-frère du Caudillo, est mis au pas en plusieurs temps entre 1941 et 1942. Le 21 mai 1941, il voit d'abord ses attributions réduites au profit de celles de l'obéissant secrétaire général du parti, José Luis de Arrese. Puis il chute d'un cran supplémentaire le 20 novembre 1941, lorsqu'il ne peut s'opposer à l'arrêt du recrutement de nouveaux membres du parti et aux mesures d'épuration interne imposées par Franco sous le couvert d'Arrese. Enfin, il doit enregistrer l'échec de son projet de constitution phalangiste d'esprit totalitaire, avant de perdre son portefeuille ministériel lors du remaniement gouvernemental du 3 septembre 1942. Serrano Suñer est alors remplacé au ministère des Affaires étrangères par le général Jordana, figure de proue du clan antiphalangiste et réputé favorable aux alliés.

Dès avant ce moment, la Phalange perd également le contrôle de l'information qu'elle avait tenté de monopoliser à partir de 1940. Les problèmes qui se posent à cet égard remontent en fait à février 1938 et à la nomination de Dionisio Ridruejo à la direction de la propagande du ministère de l'Intérieur, où il remplace le commandant Moreno Torres, ex-député de la CEDA jouissant de la pleine confiance de l'Église. Jeune poète distingué par Serrano Suñer, Ridruejo compte parmi les rares intellectuels fascistes de valeur. Il complète parfaitement l'autre ami de Serrano Suñer et phalangiste « révolutionnaire » qu'est José Antonio Gimenez Arnau, nommé à la direction de la presse. De plus, la mainmise phalangiste sur l'information se renforce avec la désignation à la direction de la radio d'Antonio Tovar, jeune philosophe ami de Ridruejo et non moins brillant que lui-même. Inquiètes, les autorités ecclésiastiques mettent près de trois ans à obtenir que les représentants de ce courant laïque du parti unique soient écartés de leurs responsabilités. Mais elles y parviennent de façon totale en mai 1941. Ridruejo se voit relevé alors de ses fonctions, quelques mois après qu'il eut l'outrecuidance de préconiser la création dans le cadre de l'université de Madrid d'une faculté d'État de théologie échappant à la tutelle de l'Église.

Fasciste, le régime ne l'est donc guère que dans les espoirs de certains éléments de la Phalange et dans certains aspects de sa symbolique d'avant 1945, qui fait par exemple que le général Franco adopte le salut romain — bras tendu — pour mieux circonvenir peut-être les plus encombrants de ses alliés. Mais, plutôt qu'un programme d'encadrement fasciste, la dictature met en œuvre une politique de retour au passé pré-républicain, fondée avant tout sur une idéologie inspirée de la tradition assez mythique de l'Espagne impériale des XVIe et XVIIe siècles. Espagne réputée authentique, présentée comme modèle à un pays à libérer tout à la fois de l'emprise « mortelle » du libéralisme, de la tyrannie des partis diviseurs, de l'anticléricalisme, de la franc-maçonnerie et de l'irréligion. La phraséologie grandiose qui nimbe cette argumentation ne recouvre pourtant qu'une remise en ordre conservatrice. Elle crée très vite un espace intellectuel et une structure institutionnelle dont le dénominateur commun est moins le totalitarisme d'inspiration germano-italienne qu'une volonté contre-révolutionnaire légitimée au nom d'un catholicisme rétrograde appelé plus tard national-catholicisme.

Dans cette perspective, le triomphe de l'Église ne se traduit pas seulement par la réoccupation de l'espace social et culturel par l'institution catholique, notamment au travers des écoles ou collèges confessionnels. Il se traduit aussi par la collaboration étroite, ostensible et officialisée de l'État et de l'appareil ecclésiastique. L'Église apparaît de la sorte, au moins autant que la Phalange, comme une sorte d'administration publique du moral du peuple, et l'État comme une manière de théocratie dont le Caudillo « par la grâce de Dieu[20] » serait le prophète vivant.

Pie XII et les membres de la Curie montrent l'exemple, en encourageant les dirigeants laïques reçus en audience à collaborer avec le régime et en favorisant une certaine connivence entre les diplomates vaticans et espagnols. Mais l'entente entre l'institution catholique et l'État franquiste se concrétise surtout au niveau national. Dès le 24 mars 1939, le cardinal Goma — primat d'Espagne — félicite le général Franco pour une victoire qui n'est même pas encore proclamée. Par la suite, l'historiographie populaire de l'époque illustre à l'envi l'alliance étroite des deux pouvoirs politique et religieux, au travers spécialement de photographies où les évêques figurent au même titre que le Caudillo et les généraux vainqueurs au premier rang des cérémonies publiques. Devenus quasiment fonctionnels, les liens entre l'Église et la dictature se trouvent d'ailleurs affirmés sans ambiguïté dans le « serment de fidélité à l'État espagnol » prêté devant le Caudillo par les nouveaux évêques après l'accord de juin 1941 avec le Saint-Siège, qui restaure au bénéfice du général Franco le droit de présentation des candidats à l'épiscopat autrefois détenu par les rois d'Espagne. De plus, cette collaboration de l'Église et de l'État se développe bien au-delà des déclarations d'estime partagée et des menus services rendus.

20. Cette mention est frappée sur les pièces de monnaie à partir de 1942.

Les membres du clergé et les personnalités laïques du catholicisme sont nombreux à mettre leur compétence et leur prestige au service direct du pouvoir gouvernemental ou de la Phalange. Parallèlement, l'idéologie du régime est en grande partie élaborée par l'Église pour le compte de l'État. Certes, les gouvernants eux-mêmes sont les premiers à se réclamer des valeurs de la foi, en se passant au besoin de la médiation ecclésiastique. Cependant, les représentants de l'Église se disputent l'honneur d'apporter personnellement leur concours à l'œuvre de légitimation doctrinale du pouvoir, par une véritable surenchère vis-à-vis de l'autre officine idéologique de la dictature qu'est la Phalange. Successeur du cardinal Goma comme primat d'Espagne, l'archevêque Pla y Deniel se distingue à cet égard. Ainsi lorsqu'il encense, dans son discours d'intronisation de mai 1942, « ce gouvernement qui a reconnu dans ses lois l'Église comme une société parfaite, qui a rétabli notre unité catholique proclamée par le roi Récarède[21] »... Par ailleurs, l'Action catholique collabore de façon non moins déterminée à la justification du pouvoir établi, en se transformant en appareil d'encadrement complémentaire ou rival des organisations phalangistes. De concert avec ces organisations mais d'une autre manière et vis-à-vis d'une autre clientèle, les mouvements de laïques rassemblent bientôt des centaines de milliers de membres qui, tout en échappant au contrôle de la Phalange avec la connivence du gouvernement, restent formés jusqu'au début des années 1950 dans le culte rendu au Caudillo.

Néanmoins, ces témoignages d'entente entre l'Église et l'État franquiste n'excluent pas les conflits d'intérêts. Surtout, ils ne concernent pour l'essentiel que l'habillage idéologique de la dictature, non la matière même de son entreprise de contre-révolution. Celle-ci s'inscrit d'abord, mais pour assez peu de temps, dans un registre para-fasciste. Ainsi en va-t-il, dans le domaine syndical, des principes de collaboration des classes sociales et d'organisation corporatiste du monde du travail contenus dans la charte du Travail du 9 mars 1938 puis développés dans les lois du 26

21. *Ecclesia* 2 (44), 16 mai 1942, p. 19-20.

janvier et du 6 décembre 1940 créant le syndicat unique obligatoire. Plus tard, d'autres mesures juridiques s'orientent davantage dans le sens du conformisme religieux. La loi du 23 septembre 1939 abroge le divorce. L'ordonnance du 10 mars 1941 confirme l'obligation de fait du mariage religieux, en contraignant les couples qui souhaitent l'éviter à fournir la preuve difficile de leur non-appartenance au catholicisme. Sur le plan scolaire également, divers textes promulgués jusqu'en 1943 rendent l'enseignement religieux à nouveau obligatoire, rétablissent les subventions aux écoles confessionnelles et accordent à l'Église un droit de regard sur l'ensemble du système d'éducation.

L'activité législative du gouvernement demeure longtemps plus réduite en ce qui a trait à l'organisation des pouvoirs publics. Sur ce point, le général Franco semble soucieux de faire durer le provisoire et l'ambigu, afin d'éviter toute entrave susceptible de limiter sa prééminence politique face aux phalangistes ou aux monarchistes. Le 8 août 1939, tout au plus confirme-t-il le caractère permanent de ses fonctions de chef de l'État. Plus tard, l'ouverture relative du régime inscrite dans la loi fondamentale du 17 juillet 1942 relève de la fiction. Présentée comme la première pierre de l'édifice constitutionnel de l'État nouveau, cette loi restaure la vieille appellation de Cortès pour désigner l'assemblée de style corporatiste destinée à devenir l'organe représentatif du régime. Mais il ne s'agit que d'une chambre consultative, dont les membres sont nommés directement ou indirectement par le pouvoir, et dont l'influence réelle est nulle.

Plus décisive apparaît la politique économique et sociale du général Franco. Celle-ci est à la fois réactionnaire et nationaliste. Dans le domaine industriel, les circonstances adverses de la guerre mondiale condamnent l'Espagne à la pénurie et à l'autarcie. Mais le pouvoir travestit ce handicap en facteur de promotion de l'indépendance nationale. Dès 1939, une législation nouvelle vient limiter de manière drastique les droits des sociétés étrangères et leurs possibilités d'investissement, l'un des motifs inavoués de cette mesure étant de faire obstacle aux ambitions économiques de l'Allemagne en Espagne. En 1941, la création de l'Institut national d'industrie (INI) constitue, de son côté, la contrepartie positive du barrage opposé aux capitaux extérieurs. Au niveau des intentions au moins, elle donne à l'État la facilité de promouvoir un vaste secteur industriel public, dans une perspective de reconstruction du potentiel productif détruit par la guerre civile et de relance d'activités négligées par le secteur privé. Mais, faute de moyens, cet organisme demeure léthargique jusqu'au milieu des années 1950. Dans la pratique, le nationalisme industriel du régime aboutit à servir les monopoles en place, de la même façon que l'imposition du syndicat unique paralyse les revendications ouvrières en dépit des progrès marginaux réalisés en matière de stabilité de l'emploi, d'allocations familiales et de protection médicale des salariés.

Dans le domaine économique et social, l'élément crucial se rapporte d'ailleurs à la contre-réforme agraire mise en œuvre par l'État franquiste. L'organisme chargé d'assurer le retour à la situation foncière d'avant 1932[22] est le « Service national de réforme économique et sociale de la terre ». Créé en 1938, il hérite des moyens et d'une partie du personnel de l'Institut de réforme agraire de la République. En vertu du décret du 24 septembre 1936 et de la loi du 23 février 1940, la nouvelle administration restitue en quelques mois à leurs anciens détenteurs les domaines expropriés ou occupés. L'opération se trouve grandement facilitée par l'exode des paysans qui ont quitté leurs villages à l'approche des forces nationales. Les communautés rurales point trop compromises pendant la guerre civile et les tenanciers qui jouissent de la bienveillance de leurs propriétaires bénéficient cependant d'accommodements avec la contre-réforme agraire, sous forme de contrats de fermage et de métayage.

Dans le même esprit, dans le but d'atténuer le caractère par trop réactionnaire de cette politique et de récompenser les petits exploitants du Nord-Ouest pour leur soutien à la cause franquiste pendant la guerre civile, le régime des fermages est aménagé dans un sens plus favorable aux locataires en vertu de la loi du 23 juillet 1942. Cette législation

22. Année du début d'application de la réforme agraire de la République.

est vraiment conçue sur mesure. D'un côté, elle tend à assurer la fidélité politique des petits paysans de forte tradition catholique d'une partie de la Vieille-Castille et de la Galice. De l'autre, elle ne change absolument rien à la situation des ouvriers agricoles sans terre de l'Andalousie, de l'Estrémadure ou de la Nouvelle-Castille. Ceux-ci, acquis aux anarchistes ou aux partis d'extrême gauche, n'ont jamais eu accès à la terre, ne serait-ce que comme fermiers ou métayers. Celle-ci leur échappe à nouveau, au terme d'une opération qui constituait en fait l'un des objectifs de guerre principaux des insurgés du 18 juillet 1936.

Conclusion

La guerre d'Espagne s'achève en somme comme elle a commencé, en tant que fruit amer d'une contre-révolution hésitante mais bien réelle. Son déclenchement procède d'un procès d'intention aventuré. En 1936, la droite espagnole se persuade de l'imminence en fait douteuse d'une révolution sociale. Mais c'est précisément cette hantise qui engendre pour de bon le processus révolutionnaire, en tant que réponse imprévue au putsch militaire du 18 juillet. Au lieu de prévenir le cataclysme qu'ils redoutent, les conservateurs espagnols le déchaînent. A leur tour, ils se font vraiment contre-révolutionnaires en vertu du désastre qu'ils ont suscité, alors que la plupart n'étaient au début que des amis trop fébriles de la quiétude bourgeoise.

Même si chacun la conçoit souvent, une question se trouve rarement posée cependant. L'enchaînement catastrophique dont la guerre civile se nourrit ne s'inverse-t-il pas par la suite, dans un sens aussi peu prémédité que durant l'été de 1936 mais dans une direction exactement opposée ? Comme dans la fable de Mandeville, la malignité des agissements des vainqueurs ne débouche-t-elle pas sur des conséquences utiles ? En mettant à part le drame persistant du Pays basque, l'Espagne pacifiée et enfin prospère de ce temps doit-elle quelque chose à l'affrontement passionné de la guerre et aux gouvernements d'oppression qui y puisent leurs sources ?

La réponse ne peut être objective. Personne ne se trouve en mesure d'indiquer les chemins que la société espagnole aurait empruntés si elle ne s'était pas déchirée de 1936 à 1939. Tout au plus apparaît-il que les grands traumatismes meurtriers et les dictatures prolongées laissent partout des

[illegible]

les Français [illegible]

le spectacle de leurs passions [illegible]

En Espagne, il ne fut guère [illegible] quiste [illegible] au moins pendant [illegible] les [illegible] façon que les militaires insurgés de 1936 avaient sauvé la révolution en voulant l'étouffer. Pour maintenir leur domination, en effet, les économistes de l'État dictatorial ne font pas que lancer à partir de 1956 un processus d'industrialisation accélérée qui fait [illegible] espagnol et qui bouleverse les structures [illegible] les valeurs [illegible]les. À certains égards, [illegible] les « technocrates de l'Opus Dei » sont [illegible] du général Franco [illegible] par les [illegible] économique. Mais, par surcroît, [illegible] de la modernisation autoritaire de l'Espagne [illegible]nent, d'autres responsables franquistes [illegible] sur la répression que sur la persuasion [illegible] écrasent de façon indiscriminée les éléments modérés tout autant qu'extrémistes de la scène démocratique espagnole. Ce faisant, ils apportent sans le savoir [illegible] la cicatrice indélébile de la guerre civile.

Les modérés vont resurgir plus tard, [illegible]

Chronologie

	1936
17 juil.	Soulèvement militaire au Maroc.
18 juil.	Soulèvement militaire en Espagne.
	Ralliement des carlistes aux insurgés.
	Démission du gouvernement Casares Quiroga.
19 juil.	Martinez Barrio renonce à former un gouvernement.
	Formation du cabinet Giral.
	Giral sollicite l'aide de la France dans un télégramme à Léon Blum.
20 juil.	Échec du soulèvement à Barcelone et à Madrid.
22-23 juil.	Première bataille rangée au Alto del Leon.
	Mola échoue dans sa marche sur Madrid.
24 juil.	Début de l'aide de la France aux républicains.
26 juil.	*Zone nationale :* installation d'une Junte de gouvernement à Burgos, sous la présidence du général Cabanellas.
	L'Allemagne accepte de fournir des avions aux insurgés.
28 juil.	*Zone nationale :* proclamation de l'état de guerre.
	L'Italie accepte de fournir des avions aux insurgés.
30 juil.	*Zone nationale :* arrivée au Maroc des premiers avions italiens.
31 juil.	*Zone républicaine :* formation du Parti socialiste unifié de Catalogne (PSUC) rassemblant les communistes et les socialistes catalans.
	André Malraux arrive en Espagne.
	Zone nationale : arrivée des premiers avions allemands.
1er août	La France propose à la Grande-Bretagne et à l'Italie l'établissement de normes communes de non-intervention en Espagne.
3 août	*Zone nationale :* Franco membre de la Junte de Burgos.

5 août	*Zone nationale :* arrivée à Cadix des premiers techniciens allemands.
	Premier transbordement massif de l'armée du Maroc par voie maritime.
7 août	Les États-Unis mettent l'embargo sur la fourniture d'armes à l'Espagne.
8 août	La France ferme sa frontière.
16 août	*Zone nationale :* exécution sommaire à Grenade du poète Garcia Lorca.
	Première livraison de matériel terrestre italien.
	Débarquement républicain à Majorque.
21 août	Déclaration de non-intervention de la France et de la Grande-Bretagne.
22 août	Le Komintern favorable à la création de Brigades internationales.
25 août	*Zone républicaine :* arrivée d'un consul général soviétique à Barcelone.
	Zone nationale : le colonel von Warlimont chef des techniciens et pilotes allemands en Espagne.
	La France propose officiellement la formation d'un Comité de non-intervention.
27 août	*Zone républicaine :* arrivée de l'ambassadeur soviétique Rosenberg à Madrid.
30 août	*Zone républicaine :* les services secrets soviétiques reçoivent consigne d'acheter des armes européennes pour l'Espagne républicaine.
31 août	*Zone nationale :* les tribunaux militaires se substituent aux juridictions civiles.
3 sept.	Jonction des forces de Mola et de Franco à Talavera.
5 sept.	*Zone républicaine :* formation du cabinet Largo Caballero, associant des ministres socialistes, communistes et républicains modérés.
8 sept.	*Zone nationale :* suppression des jurys dans les tribunaux.
9 sept.	Le Comité de non-intervention inaugure ses travaux à Londres.
12 sept.	*Zone nationale :* première réunion des membres de la Junte de gouvernement à San Fernando, en vue de la désignation d'un commandant en chef.
27 sept.	Prise de Tolède par les troupes du général Franco.
29 sept.	*Zone nationale :* deuxième réunion de la Junte à San Fernando; choix de Franco comme généralissime et chef du gouvernement à titre provisoire.

fin sept.	Le Komintern prend la décision d'organiser la formation de Brigades internationales.
1er oct.	*Zone nationale :* le général Franco se proclame chef de l'État.
	Zone républicaine : vote de l'autonomie du Pays basque par les Cortès.
début oct.	*Zone nationale :* visite de l'amiral Canaris à Salamanque ; le général Franco doit accepter la mise en œuvre d'une force allemande échappant à son autorité (la future légion Condor)
7 oct.	L'URSS ne se déclare pas plus liée que l'Allemagne et l'Italie aux restrictions du Comité de non-intervention.
10 oct.	*Zone républicaine :* création d'une armée populaire; suppression des milices sur le papier.
12 oct.	*Zone nationale :* incident à l'université de Salamanque entre le recteur Miguel de Unamuno et le colonel Millan Astray.
	Interdiction de la détention et de l'exportation de pièces d'argent.
13 oct.	*Zone républicaine :* le premier contingent étranger arrive à la base des Brigades internationales d'Albacete.
15 oct.	*Zone républicaine :* arrivée du premier cargo russe à Carthagène.
17 oct.	*Zone républicaine :* reconnaissance légale des Brigades internationales.
22 oct.	*Zone républicaine :* constitution de la 1re Brigade internationale.
23 oct.	*Zone nationale :* débarquement à Cadix des premières unités italiennes.
24 oct.	*Zone républicaine :* décret de collectivisation des terres en Catalogne.
25 oct.	*Zone républicaine :* l'encaisse-or de la Banque d'Espagne quitte Carthagène en direction d'Odessa.
28 oct.	*Zone nationale :* Unamuno destitué de ses fonctions de recteur de l'université de Salamanque.
octobre	*Zone nationale :* exécutions de prêtres basques.
4 nov.	*Zone républicaine :* les anarchistes participent au gouvernement.
	Zone nationale : moratoire des dettes.
6 nov.	*Zone nationale :* constitution officielle de la légion Condor à Séville, sous les ordres du général von Sperrle.

7 nov.	*Zone républicaine :* le gouvernement se réfugie à Valence.
8-18 nov.	Bataille de Madrid : première intervention des Brigades internationales et victoire républicaine.
11 nov.	Le Comité de non-intervention publie un premier plan de contrôle des ventes d'armes.
18 nov.	*Zone nationale :* reconnaissance du gouvernement de Burgos par l'Italie, l'Allemagne et le Portugal.
20 nov.	*Zone républicaine :* le leader phalangiste J.A. Primo de Rivera est fusillé à Alicante.
26 nov.	*Zone nationale :* traité secret hispano-italien concernant les ventes d'armes et la venue d'un corps expéditionnaire.
7 déc.	*Zone nationale :* le général Roatta nommé à la tête du Corps des troupes volontaires italien (CTV).
20 déc.	*Zone nationale :* le gouvernement de Burgos expulse le chef carliste Fal Conde.
25 déc.	*Zone nationale :* le leader phalangiste Hedilla critique les excès de la répression dans son discours de Noël.
29 déc.	*Zone nationale :* le Vatican désigne le cardinal Goma comme observateur officieux auprès des autorités de Burgos.
31 déc.	*Zone nationale :* mort d'Unamuno.
	1937
14 janv.	Rencontre Göring-Mussolini : ajustement du soutien germano-italien à l'État national.
20 janv.	Le Comité de non-intervention étend sa compétence au contrôle des volontaires étrangers.
8 fév.	Prise de Malaga par le corps expéditionnaire italien.
6-28 fév.	Bataille du Jarama : échec d'une nouvelle offensive nationale à l'est de Madrid.
20 fév.	Le Comité de non-intervention installe des observateurs aux frontières.
8 mars	Le Comité de non-intervention adopte un nouveau dispositif de contrôle avec surveillance navale.
8-18 mars	Bataille de Guadalajara : défaite des forces italiennes et nationales dans le secteur de Madrid.
17 avril	*Zone républicaine :* incidents entre les forces gouvernementales et les milices anarchistes sur les postes frontaliers de Catalogne.
19 avril	*Zone nationale :* décret d'unification politique transformant la Phalange en parti unique.

25 avril	*Zone nationale :* arrestation du leader phalangiste Hedilla, après plusieurs jours d'agitation suscitée par la création du parti unique.
26 avril	Bombardement de Guernica par l'aviation allemande.
printemps	*Zone républicaine :* Largo Caballero projette un gouvernement syndical révolutionnaire formé par la CNT et l'UGT.
3-7 mai	*Zone républicaine :* soulèvement des anarchistes et du POUM à Barcelone.
8 mai	*Zone nationale :* adoption du principe de l'unification syndicale sous l'égide de l'État.
17 mai	*Zone républicaine :* chute du gouvernement Largo Caballero et formation du premier cabinet Negrin.
26 mai	Incident naval avec l'Italie : une bombe républicaine frappe le cuirassé italien *Barletta*.
29 mai	Incident naval avec l'Allemagne : le croiseur *Deutschland* attaqué par des avions républicains dans la baie d'Ibiza.
30 mai	L'Italie et l'Allemagne se retirent du contrôle naval du Comité de non-intervention.
juin	*Zone républicaine :* transfert du gouvernement de Valence à Barcelone.
3 juin	*Zone nationale :* le général Mola meurt dans un accident d'avion.
19 juin	Prise de Bilbao par les forces nationales.
1er juil.	*Zone nationale :* lettre collective des évêques espagnols en faveur de la « Croisade ».
5-26 juil.	Bataille de Brunete, sur le front de Madrid.
31 juil.	*Zone nationale :* arrivée de Mgr Antoniutti comme représentant officieux du Vatican.
août	Attaques sous-marines italiennes contre les navires républicains ou soviétiques.
7 août	*Zone républicaine :* autorisation de la pratique privée du culte.
11 août	*Zone républicaine :* dissolution du Conseil d'Aragon; des unités communistes mettent fin à la collectivisation des terres.
23 août	Capitulation de l'armée basque à Santona, devant les Italiens.
24 août-27 sept.	Bataille de Belchite, sur le front aragonais.
26 août	Prise de Santander par les forces nationales.

10-14 sept. Accords de Nyon : interdiction des actions sous-marines contre les navires non espagnols.

septembre L'assemblée générale de la SDN donne raison au président Negrin contre les accords de Nyon ; les actions sous-marines contre les bateaux espagnols sont prohibées également.

1er oct. *Zone républicaine :* Largo Caballero évincé de la direction du syndicat socialiste UGT.

7 oct. *Zone nationale :* Mgr Antoniutti désigné officiellement comme chargé d'affaires du Vatican à Burgos.

8 oct. *Zone nationale :* rétablissement de la religion comme matière obligatoire au baccalauréat.

19 oct. Prise de Gijon par les nationaux et achèvement de l'occupation des provinces ex-républicaines du littoral atlantique.

1938

8 janv. Prise de Teruel par les républicains, dans le cadre de leur offensive sur le front aragonais.

30 janv. *Zone nationale :* décret organisant les pouvoirs civils et confirmant les fonctions du général Franco à la tête de l'État.

31 janv. *Zone nationale :* constitution d'un gouvernement civil.

22 fév. Reprise de Teruel par les nationaux et échec de l'offensive républicaine en Aragon.

2 mars *Zone nationale :* suspension de la loi sur le divorce.

8 mars *Zone nationale :* rétablissement du crucifix dans les classes.

9 mars *Zone nationale :* promulgation de la Charte du Travail.
Offensive nationale en Aragon.

11 mars Anschluss : l'Allemagne annexe l'Autriche.

12 mars *Zone nationale :* restauration de la valeur légale du mariage catholique.

13 mars La France rouvre ses frontières au transit d'armements vers l'Espagne républicaine.

22 mars *Zone nationale :* interdiction du travail de nuit des femmes ; abrogation du libre choix du mariage civil.

5 avril *Zone républicaine :* démission d'Indalecio Prieto du ministère de la Défense.

15 avril Les nationaux atteignent la Méditerranée à Vinaroz, isolant la Catalogne du reste de la zone républicaine.

avril	*Zone nationale :* le gouvernement de Burgos annule le Statut de la Catalogne et la réforme agraire ; promulgation d'une loi de presse généralisant la censure et d'une organisation syndicale unique.
1er mai	*Zone républicaine :* proposition de paix « en treize points » du président Negrin.
3 mai	*Zone nationale :* levée de l'interdiction de séjour républicaine frappant les jésuites.
15 mai	*Zone nationale :* autodissolution des syndicats catholiques.
16 mai	*Zone nationale :* Mgr Cicognani nommé nonce de plein-droit par le Vatican.
mai	Accord italo-britannique sur le retrait progressif du corps expéditionnaire italien.
mi-juin	La France ferme sa frontière à nouveau.
5 juil.	Le Comité de non-intervention demande le retrait des volontaires étrangers.
18 juil.	*Zone nationale :* loi sur le subside familial (allocations familiales).
24 juil.	Début de la bataille de l'Ebre : la plus puissante des offensives républicaines de la guerre.
août	*Zone républicaine :* l'industrie de guerre catalane sous contrôle gouvernemental.
	Crise politique interne. Le président Negrin démissionne puis se succède à lui-même.
9 sept.	Pourparlers de paix infructueux entre Negrin et le représentant de Franco à Londres.
30 sept.	Accords de Munich.
1er oct.	*Zone républicaine :* le gouvernement accepte le retrait des Brigades internationales devant la SDN.
octobre	*Zone nationale :* retrait de 10 000 soldats italiens.
nov.	*Zone nationale :* le Japon reconnaît le gouvernement de Burgos.
15 nov.	Retraite de l'Ebre, après trois mois d'enlisement de l'offensive républicaine.
	Zone républicaine : défilé d'adieu des Brigades internationales à Barcelone.
19 nov.	*Zone nationale :* octroi de concessions minières à l'Allemagne.
23 déc.	Offensive nationale en Catalogne.
	1939
5 janv.	*Zone nationale :* versement d'un traitement public aux prêtres des zones libérées.

9 janv.	*Zone nationale :* loi confirmant le monopole de la Phalange comme parti unique.
15 janv.	Prise de Tarragone par les forces nationales.
15-26 janv.	La France autorise à nouveau le transit d'armes vers la Catalogne.
26 janv.	Prise de Barcelone par l'armée nationale.
4 fév.	Prise de Gérone par les nationaux.
5-9 fév.	Occupation totale de la Catalogne par les forces nationales ; exode des républicains vers la France.
8 fév.	Reddition de l'île de Minorque aux nationaux.
9 fév.	*Zone nationale :* loi sur les responsabilités politiques, rétroactive au 1er octobre 1936.
27 fév.	*Zone nationale :* reconnaissance du gouvernement de Burgos par la France et la Grande-Bretagne.
5 mars	*Zone républicaine :* la flotte républicaine quitte Carthagène.
5-10 mars	*Zone républicaine :* putsch du colonel Casado ; guerre civile intra-républicaine à Madrid.
6 mars	*Zone républicaine :* le président Negrin quitte l'Espagne avec son gouvernement ; départ des principaux dirigeants communistes.
15 mars	Occupation de la Tchécoslovaquie par l'Allemagne.
19 mars	Début des pourparlers de capitulation entre la Junte de Casado et le commandement franquiste.
25 mars	*Zone nationale :* le maréchal Pétain présente ses lettres de créance au général Franco.
26 mars	Reddition de l'aviation républicaine.
28 mars	Occupation de Madrid par les troupes nationales.
31 mars	Occupation de la totalité du territoire par l'armée nationale.
1er avril	Cessation des hostilités.

Orientations bibliographiques

Bien qu'assez substantielle, la bibliographie qui suit ne représente qu'une infime partie de l'immense littérature qui a été consacrée depuis soixante ans à la guerre d'Espagne. Les ouvrages ici retenus l'ont été au regard de trois critères : leur qualité reconnue comme histoires globales de ce conflit dans ses origines, son déroulement et ses suites immédiates, leur valeur de témoignage, ou bien encore les précisions qu'ils apportent sur certains de ses aspects précis. Les choix à opérer dans cette perspective ont nécessairement été difficiles et quelque peu arbitraires. Il faut ajouter, aussi, qu'en dépit de leur modestie relative, ces orientations bibliographiques visent non seulement à satisfaire la curiosité du lecteur mais à esquisser des pistes pour le chercheur ou l'étudiant avancé. D'où le grand nombre des travaux en langue espagnole, anglaise ou même allemande et italienne qu'on y trouvera, puisque la production d'expression française se révèle insuffisante pour qui veut approfondir le sujet.

ABELLA (Rafael), *Finales de enero, 1939 : Barcelona cambia de piel*, Barcelona, Planeta, 1992.
La mutation de la capitale catalane au lendemain de sa conquête par les forces franquistes (avec photos).

ABELLA (Rafael), *La vida cotidiana durante la guerra civil*, Barcelona, Planeta, 1973, 2 vol.
Le seul ouvrage disponible sur la vie quotidienne des civils des deux camps.

ABELLAN (José Luis), dir., *El exilio español*, Madrid, Taurus, 1976-1978, 6 vol.
La source la plus documentée sur l'émigration républicaine d'après la guerre civile.

ABENDROTH (Hans-Henning), *Hitler in der spanischen Arena*, Paderborn, F. Schöning, 1973.
La politique allemande en Espagne.

ALVAREZ DEL VAYO (Juan), *Les Batailles de la liberté*, Paris, Maspéro, 1963.
Témoignage et auto-justification du ministre des Affaires étrangères du dernier gouvernement républicain (1re édition : 1940).

ALVAREZ SIERRA (J.), GUTIÉRREZ-RAVE (José), *Dr. Juan Negrín*, Madrid, Graficas Yagües, 1966.
Présentation très critique du chef du gouvernement républicain.

(Les) Archives secrètes de la Wilhelmstrasse. L'Allemagne et la guerre civile espagnole, Paris, Plon, 1952.
Extraits des archives diplomatiques allemandes.

(Les) Archives secrètes du comte Ciano, Paris, Plon, 1952.
Documents et correspondance du ministre italien des Affaires étrangères.

ARRARÁS (Joaquin), *Historia de la Cruzada española*, Madrid, Ed. españolas, 1940.
Idéalisation pro-franquiste immédiatement postérieure à la fin de la guerre.

AZAÑA (Manuel), *Memorias políticas y de guerra*, Mexico, Oasis, 1968.
Témoignages du président de la République espagnole.
Ibid., *Causas de la guerra civil*, Barcelona, Critica, 1986.
Recueil de textes écrits après la démission du président.

AZCARATE Y FLORES (Pablo), *Mi embajada en Londres durante la guerra civil española*, Barcelona, Ariel, 1976.
Témoignage de l'ambassadeur républicain à Londres.

AZNAR (Manuel), *Historia militar de la guerra de España*, Madrid, Idea, 1940.
Histoire militaire quasiment officielle dans les lendemains du triomphe franquiste.

BERNANOS (Georges), *Les Grands Cimetières sous la lune*, Paris, Plon, 1938.
La répression franquiste aux Baléares selon Bernanos (existe en livre de poche).

BLINKHORN (Martin), ed., *Spain in Conflict, 1931-1939 : Democracy and its Enemies*, London, Sage, 1986.
Ensemble de contributions pénétrantes sur les antécédents politiques de la guerre et les luttes de factions auxquelles elle donne lieu.

BOLIN (Luis), *Spain : the Vital Years*, London, Cassell, 1967.
Considérations d'un agent de la conspiration militaire de 1936.

BOLLOTEN (Burnett), *The Grand Camouflage*, Londres, Pall Mall Press, 1968.
Les agissements des communistes pendant la guerre civile, d'un point de vue très critique.

BOLLOTEN (Burnett), *The Spanish Revolution*, Chapel Hill, University of North Carolina Press, 1979.
Sur les luttes de pouvoir au sein du camp républicain.

BORKENAU (Franz), *The Spanish Cockpit*, Londres, Faber and Faber, 1937.
Excellent témoignage sur les débuts de la guerre civile, d'un point de vue favorable aux républicains.

BOWERS (Claude), *Ma mission en Espagne (1933-1939)*, Paris, Flammarion, 1956.
Témoignage de l'ambassadeur des États-Unis auprès de la République espagnole.

BRASILLACH (Robert), BARDÈCHE (Maurice), *Histoire de la guerre d'Espagne*, Paris, Plon, 1939.
L'une des plus notoires parmi les prises de position pro-franquistes.

BRENAN (Gerald), *Le Labyrinthe espagnol*, Paris, Ruedo Ibérico, 1962.
L'ouvrage fondamental sur les antécédents de la guerre d'Espagne.

BROUÉ (Pierre), TÉMIME (Émile), *La Révolution et la Guerre d'Espagne*, Paris, Éditions de Minuit, 1961.
Conflits idéologiques et guerres civiles internes au sein du camp républicain.

CABANELLAS (Gal Guillermo), *Preludio a la guerra civil. Cuatro generales*, Barcelona, Planeta, 1977, 2 vol.
Portraits sans complaisance des principaux acteurs de la conspiration des généraux à l'été 1936, par le président de la Junte de gouvernement de Burgos.

CANTALUPO (Roberto), *Fu la Spagna : Ambasciata presso Franco*, Verona, Mondadori, 1948.
Récit de l'ambassadeur d'Italie auprès de Franco.

CARR (Raymond), *The Spanish Tragedy : The Civil War in Perspective*, London, Weidenfeld and Nicholson, 1977.
Une analyse historique fondamentale.

CASADO (Segismundo), *The Last Days of Madrid*, Londres, Peter Davies, 1939.
Témoignage de l'auteur du putsch de mars 1939 à Madrid.

CASTELLES (Andreu), *Las Brigadas internacionales de la Guerra de España*, Barcelona, Ariel, 1974. Un livre « grand public ».

CATTELL (David T.), *Communism and the Spanish Civil War*, Berkeley, University of California Press, 1955.
L'Union soviétique et la guerre d'Espagne.

CIERVA (Ricardo de la), *Historia ilustrada de la Guerra civil española*, Barcelona, Danae, 1970.
Ouvrage de vulgarisation bien fait et abondamment illustré de photos.

COVERDALE (John F.), *Italian Intervention in the Spanish Civil War*, Princeton, Princeton University Press, 1975.
Ouvrage de référence essentiel sur l'intervention du gouvernement mussolinien.

CROZIER (Brian), *Franco*, Paris, Mercure de France, 1969.
Biographie du général Franco, favorable à celui-ci.

DELPEYRIE DE BAYAC (Jacques), *Les Brigades internationales*, Paris, Fayard, 1968.
Bonne introduction, dans un style vivant.

DIEZ HIDALGO (Emilio), *Colección de proclamas y arengas*, Sevilla, Imprenta M. Carmona, 1937.
Textes des proclamations des généraux insurgés au début de la guerre.

DOMINGUEZ ARAGONÉS, *Los vencedores de Negrín*, Mexico, Roca, 1976.
Les ennemis intérieurs du président Negrin.

FAGEN (Patricia W.), *Exiles and Citizens : Spanish Republicans in Mexico*, Austin, University of Texas, 1973.
Étude universitaire fouillée sur les exilés républicains au Mexique.

FRANCO SALGADO ARAUJO (Francisco), *Mis conversaciones privadas con Franco*, Barcelona, Planeta, 1976.
Confidences recueillies par le cousin et aide-de-camp du général Franco.

GALLO (Max), *Histoire de l'Espagne franquiste*, Paris, R. Laffont, 1969.
La guerre civile et les trente premières années du régime franquiste (disponible en édition de poche).

GIBSON (Ian), *La Mort de Garcia Lorca*, Paris, Ruedo Ibérico, 1971.
Les circonstances de l'assassinat du poète espagnol à Grenade, à l'été 1936.

GIL-ROBLES Y QUIÑONES (José Maria), *No fué posible la paz*, Buenos Aires, Ed. Sur América, 1968.
Les antécédents de la guerre selon le grand leader catholique devenu opposant au franquisme.

GRAHAM (J.), *Socialism and War : the Spanish Socialist Party in Power and Crisis, 1936-1939*, Cambridge, Cambridge University Press, 1991.
Ouvrage définitif sur la trajectoire gouvernementale des socialistes pendant la guerre.

HEDILLA (Manuel), *Testimonio de Manuel Hedilla*, Barcelona, Ed. Acervo, 1972.
Témoignage du responsable de la Phalange après l'incarcération et l'exécution de J.-A. Primo de Rivera, déposé et assigné à résidence par Franco en 1937.

HERMET (Guy), *Les Communistes en Espagne*, Paris, Armand Colin, 1971.
Les communistes espagnols avant, pendant et après la guerre civile.

HERMET (Guy), *Les Catholiques dans l'Espagne franquiste*, Paris, Presses de la FNSP, 1980-1981, 2 vol.
L'Église et les catholiques dans la guerre civile et le régime franquiste.

HERMET (Guy), *L'Espagne au vingtième siècle*, Paris, PUF, 1986.
Les antécédents et les suites de la guerre d'Espagne.

HERNANDEZ (Jesus), *La Grande trahison*, Paris, Flasquelle, 1953.
Le noyautage de l'Espagne républicaine par les agents sovié-

tiques à l'époque des grandes purges staliniennes, dénoncé par un haut dirigeant rebelle du Parti communiste.

JACKSON (Gabriel), *The Spanish Republic and the Civil War*, Princeton, Princeton University Press, 1965.
Ouvrage fondamental sur la période 1931-1939.

JACKSON (Gabriel), *Histoire de la guerre d'Espagne*, Paris, Ruedo Ibérico, 1973.
Version française abrégée du livre précédent.

JELLINEK (Frank), *The Civil War in Spain*, London, Gollancz, 1938.
Une interprétation à chaud, en pleine guerre civile, anti-franquiste.

KINDELAN (Gal Alfredo), *La verdad de mis relaciones con Franco*, Barcelona, Planeta, 1981.
Témoignage peu favorable à Franco d'un général monarchiste.

KOESTLER (Arthur), *Un testament espagnol*, Paris, Albin Michel, 1939.
Témoignage en tant que correspondant de presse (existe en livre de poche).

LARGO CABALLERO (Francisco), *Mis recuerdos*, Mexico, Ed. Unidas, 1954.
Plaidoyer personnel du grand leader socialiste des débuts de la guerre.

LEVAL (Gaston), *Espagne libertaire : 1936-1939*, Paris, Éditions du Cercle, 1971.
Plaidoyer en faveur des anarchistes espagnols.

LISTER (Enrique), *Nuestra guerra*, Paris, 1966.
Le récit du plus illustre des jeunes généraux communistes de la nouvelle armée populaire de la République.

LLORENS (Vicente), *La emigración republicana de 1939*, Madrid, Taurus, 1976.
Autre ouvrage sur l'émigration républicaine.

LONGO (Luigi), *Las brigadas internacionales en España*, Mexico, Era, 1966.
Les Brigades internationales selon l'un de leurs deux principaux dirigeants.

LORENZO (César M.), *Les Anarchistes espagnols et le Pouvoir*, Paris, Éditions du Seuil, 1969.

Analyse plus rigoureuse du rôle des anarchistes dans la guerre d'Espagne.

LOVEDAY (Arthur F.), *World War in Spain*, London, John Murray, 1939.
Autre interprétation à chaud de la guerre civile, en termes de géostratégie européenne.

MALEFAKIS (Edward), *Agrarian Reform and Peasant Revolution in Spain*, New Haven, Yale University Press, 1970.
Le problème agraire et les collectivisations républicaines.

MENDIZABAL (Alfred), *Aux origines d'une tragédie*, Paris, Desclée de Brouwer, 1937.
Analyse à chaud des origines de la guerre civile, par un catholique modéré.

MERKES (Manfred), *Die deutsche Politik gegenüber dem spanischen Bürgerkrieg 1936-1939*, Bonn, Ludwig Röhrscheid, 1969.
La politique allemande en Espagne.

MONTERO MORENO (Antonio), *Historia de la persecución religiosa en España*, Madrid, Editorial católica, 1961.
Étude équilibrée de la persécution religieuse en zone républicaine.

MORROW (Felix), *Revolution and Counter-Revolution in Spain*, New York, New Park, 1976.
La remise en ordre communiste dans l'Espagne républicaine.

ORWELL (George), *La Catalogne libre (1936-1937)*, Paris, Gallimard, 1955.
Témoignage de l'auteur de *1984*, alors enrôlé dans les milices du POUM.

PAYNE (Stanley G.), *The Civil War in Spain*, New York, Putnam, 1962.
Histoire générale de la guerre de très bonne tenue.
Ibid., *The Spanish Revolution*, New York, Norton, 1970.
La révolution dans la zone républicaine.

PAYNE (Stanley G.), *Phalange*, Ruedo Ibérico, 1965.
Origines et développements du parti unique de l'Espagne franquiste.

PAYNE (Stanley G.), *Les Militaires et la politique dans l'Espagne contemporaine*, Paris, Ruedo Ibérico, 1968.
Ouvrage fondamental sur l'action politique des militaires espagnols, en particulier durant la guerre civile.

PEMARTIN (José), *¿Qué es lo nuevo ?* Santander, Cultura Española, 1938.
Considérations de l'un des idéologues du franquisme naissant.

PRESTON (Paul), ed., *Revolution and War in Spain, 1931-1939*, London, Methuen, 1984.
Ouvrage de référence sur les antécédents et le déroulement politique du conflit.

PRIETO (Indalecio), *Convulsiones de España : pequeños detalles de grandes sucesos*, Mexico, Oasis, 1967-1969, 3 vol.
Le témoignage du ministre de la Défense socialiste, notamment sur sa lutte contre l'emprise communiste sur l'armée.

RAMIREZ (Luis), *Franco*, Paris, Maspero, 1965.
Biographie du général Franco, d'un point de vue extrêmement hostile.

RICHARDSON (R. Dan), *Comintern Army : the International Brigades in the Spanish Civil War*, Lexington, University Press of Kentucky, 1982.
La main-mise communiste sur les Brigades internationales.

RIDRUEJO (Dionisio), *Casi unas memorias*, Barcelona, Planeta, 1976.
Récit d'un intellectuel « phalangiste de gauche », responsable de la propagande du gouvernement de Burgos en 1938-1939.

ROJO (Vicente), *Así fué la defensa de Madrid*, Mexico, Ediciones Era, 1967.
Témoignage du général Rojo sur la défense victorieuse de Madrid, à l'automne 1936.

ROMERO (Luis), *L'Aube de la guerre d'Espagne*, Paris, R. Laffont, 1969.
Les journées du déclenchement de la guerre civile, dans le style du reportage.

SALAS LARRAZABAL (Jesús), *La intervencion extranjera en la guerra de España*, Madrid, Editora Nacional, 1974.
La meilleure étude des appuis extérieurs aux deux camps.

SALAS LARRAZABAL (Ramon), *La guerra de España vista desde el aire*, Barcelona, Ariel, 1969.
La guerre aérienne en Espagne de 1936 à 1939, du point de vue à la fois vivant et très documenté de l'un des as de l'aviation nationale.

SALAS LARRAZABAL (Ramon), *Historia del Ejército popular de la República*, Madrid, Editora Nacional, 1973, 2 vol.
L'unique étude importante sur l'armée républicaine.

SALAS LARRAZABAL (Ramon), *Los datos exactos de la guerra civil*, Madrid, Edica, 1980.
Analyse critique récente et bien documentée des statistiques concernant la guerre d'Espagne (forces en présence, approvisionnement en matériel, pertes...).

SERRANO (Carlos), *L'Enjeu espagnol*, Paris, Éditions sociales, 1987.
Le Parti communiste français devant la guerre d'Espagne.

SERRANO (Carlos), dir., « Madrid 1936-1939 », Paris, *Autrement* (Série Mémoires n° 4) 1991.
L'atmosphère de Madrid devenue ville du front.

SERRANO SUÑER (Ramón), *Entre les Pyrénées et Gibraltar*, Genève, Bourguain, 1947.
Souvenirs politiques de l'un des principaux responsables de la Phalange et du gouvernement de Burgos.
Ibid., *Espagne : 1931-1945*, Paris, La Table Ronde, 1954.
Complément aux souvenirs de Serrano Suñer.

SOUTHWORTH (Herbert R.), *La Destruction de la Guernica*, Paris, Ruedo Ibérico, 1975.
Enquête minutieuse sur le bombardement de la ville basque par l'aviation allemande.

TÉMIME (Émile), *1936 : la Guerre d'Espagne commence*, Bruxelles, Complexe, 1986.
Remarquable tableau politique de l'Espagne au moment du soulèvement militaire.

THOMAS (Hugh), *Histoire de la guerre d'Espagne*, Paris, R. Laffont, Le Livre de poche, 1961, 2 vol.
L'ouvrage historique qui demeure fondamental.

TROTSKY (Léon), *The Spanish Revolution (1931-1939)*, New York, Pathfinder, 1973. Le plus autorisé des points de vue trotskystes.

TUSELL (Javier), *Franco en la guerra civil*, Barcelona, Tusquets, 1992.
L'irrésistible ascension du général Franco.

VILAR (Pierre), *La Guerre d'Espagne*, Paris, P.U.F., 1990.
Un excellent « Que sais-je ? ».

VIÑAS MARTIN (Angel), *El oro de Moscú: Alfa y Omega de un mito franquista*, Barcelona, Grijalbo, 1979.
Le problème du transfert à Moscou des réserves d'or de la Banque d'Espagne.

WHEALEY (Robert H.), *Hitler and Spain*, Lexington, The University of Kentucky Press, 1989.
L'étude définitive sur l'appui allemand au camp franquiste.

*Index général**

* Établi avec la collaboration de Sylvie Haas.

Table

Du même auteur

Le Problème méridional de l'Espagne
Armand Colin, 1965

Les Espagnols en France
Les Éditions ouvrières, 1967

La Politique dans l'Espagne franquiste
Armand Colin, 1971

Les Communistes en Espagne
Armand Colin, 1971

L'Espagne de Franco
Armand Colin, 1974

Elections without Choice
The Macmillan Press, 1978
(en collaboration avec Richard Rose et Alain Rouquié)

Des élections pas comme les autres
Presses de la FNSP, 1978
(en collaboration avec Juan Linz et Alain Rouquié)

Les Catholiques dans l'Espagne franquiste
Presses de la FNSP, 2 vol., 1980-1981

Aux frontières de la démocratie
PUF, 1983

Totalitarismes
Economica, 1984
(ouvrage collectif, sous la direction de Guy Hermet)

L'Espagne au vingtième siècle
PUF, 1986

Sociologie de la construction démocratique
Economica, 1986

Le Peuple contre la démocratie
Fayard, 1989

Politique comparée
PUF, 1990
(en collaboration avec Bertrand Badie)

Les Désenchantements de la liberté
Fayard, 1993

Culture et Démocratie
Albin Michel / UNESCO, 1993

Histoire des nations et du nationalisme en Europe
Seuil, coll. « Points Histoire », 1996

Le Passage à la démocratie
Presses de Sciences Po,
« Bibliothèque du citoyen », 1996

COMPOSÉ PAR CHARENTE-PHOTOGRAVURE À ANGOULÊME
ET TIRÉ PAR BRODARD ET TAUPIN À LA FLÈCHE (9-97)
DÉPÔT LÉGAL : MARS 1989. N° 10646-3 (6690S-5)